GLI INSUPERABILI

63

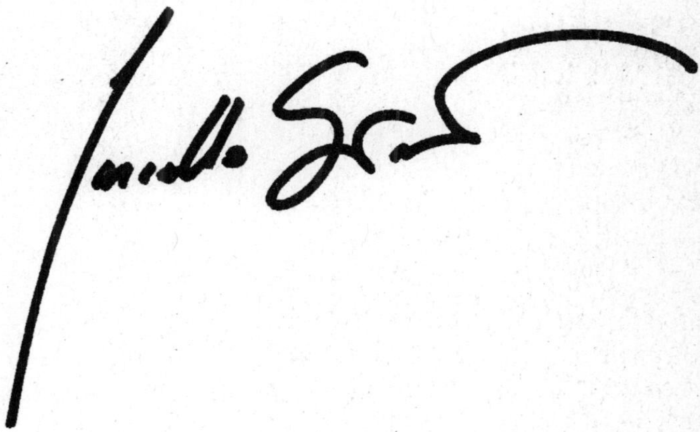

Dello stesso autore:
Il mercante di libri maledetti
I sotterranei della cattedrale
L'isola dei monaci senza nome

Terza edizione: ottobre 2013

Roma, Casella postale 6214

ISBN 978-88-541-5371-4

www.newtoncompton.com

Realizzazione a cura di Corpotre, Roma
Stampato su carta prodotta con cellulose senza cloro gas provenienti da foreste controllate e certificate, nel rispetto delle normative ecologiche vigenti

Marcello Simoni

La biblioteca perduta dell'alchimista

Newton Compton editori

A Leo Simoni,
alchimista della forma e del colore

PROLOGO

Anno del Signore 1227. Diocesi di Narbonne.

Nel suo punto più alto, la facciata della vecchia pieve era dominata da un'apertura circolare da cui non entrava mai la luce, nemmeno nei giorni più assolati. Sarebbe stato pretenzioso definirla un oculo, si trattava piuttosto di una cavità sagomata dalle intemperie, l'orbita di un grande teschio dove gli spifferi del vento si intrufolavano per giocare.

Affacciata a quell'apertura, una monaca solitaria faceva scivolare lo sguardo sulla vallata, fra le distese di verde e il biancheggiare delle greggi. Muoveva le pupille quasi con inerzia, indifferente ai segni di una primavera precoce. Era ben altro a rapire la sua attenzione. Contemplava il profilo di un'epoca funesta, ed era talmente assorta da udire i rintocchi delle campane di Saint-Denis che mesi prima avevano annunciato il rientro di Luigi VIII a Parigi.

Il re crociato era tornato cadavere, avvolto in una pelle di bue.

Ma la monaca non condivideva il pensare comune, si rifiutava di scorgere in quella disgrazia l'incombere della Grande Mietitura. Non erano i Cavalieri dell'Apocalisse a mettere a ferro e fuoco la sua terra, a fomentare la paura dell'eresia, a dare voce ai falsi profeti. Tutto ciò non dipendeva da Dio, ma dal genere umano. In parte anche da lei.

Batté le palpebre, nel tentativo di spezzare la catena dei suoi ragionamenti, ma il susseguirsi incessante dei pensieri, come una risacca, riportò alla memoria le visioni di un inferno sotterraneo dove a trovare sofferenza non erano i morti ma i vivi. E per un attimo si sentì avvolgere dalle tenebre di *Airagne*...

Una voce femminile la fece tornare alla realtà, ma non ne afferrò subito le parole. Abbassò lo sguardo verso la corte sottostante e rivolse un sorriso di gratitudine alla giovane consorella che l'aveva chiamata. «Cosa succede?», le chiese, quasi fosse sgusciata da un sogno.

«Scendete, *bona mater*», vociò la ragazza. Si sforzava di apparire calma, ma dal volto trapelava l'allarme. «Ne abbiamo trovato un altro».

"Bona mater", ripeté a se stessa la donna affacciata all'oculo. Sebbene non amasse vantarsene, non era una monaca qualsiasi. Era stata lei a infondere nuova vita in quella vecchia pieve, trasformandola in un rifugio per donne pie, un *béguinage*. Una ventata di sollievo in una terra dilaniata dalla guerra, e un modo per riparare in parte al male fatto.

Si scostò lievemente dall'oculo, preparandosi a scendere. «Sei sicura?», volle sincerarsi.

«È un ossesso, proprio come gli altri». Mettendo da parte il contegno, la consorella aveva preso a sbraitare. «L'abbiamo trovato mentre si abbeverava al nostro pozzo».

La monaca si portò la mano al petto, nel volto la durezza di un soldato. «Ha i *segni*?»

«Sì, i segni di Airagne».

La donna non esitò oltre e si affrettò a raggiungere la compagna mentre una nuova ridda di pensieri si affollava nella sua mente. Forse le voci del popolo avevano ragione, era vicina l'Apocalisse. E mentre scendeva le scale, non si rendeva conto di essere sfuggita da un incubo per finire dentro un altro ancora peggiore. L'incubo della realtà.

PARTE PRIMA
IL CONTE DI NIGREDO

Sappiate voi tutti, indagatori della sapienza, che il principio di quest'Arte – per cui molti perirono – è uno solo, ed è stimato dai filosofi il più potente e sublime tra gli elementi. Gli stolti invece lo tengono in spregio, come se fosse la cosa più vile del mondo. Ebbene, ciò noi veneriamo.

Turba philosophorum, XV

Nel ricercare la bella filosofia l'abbiamo trovata composta di quattro parti, e così abbiamo scoperto la natura di ciascuna di esse. La prima parte è caratterizzata dal nero, la seconda dal bianco, la terza dal giallo e la quarta dal porpora.

Libro di Comario e Cleopatra, V

1

Soldati in marcia lungo le sponde del Guadalquivir. Ignazio da Toledo li osservava da un'altura, tra i chiaroscuri del tramonto, cercando di scorgere i colori delle loro insegne.

Scese dal carro e abbassò il cappuccio che l'aveva protetto dal sole durante le ore più calde, scoprendo occhi scaltri e una barba da filosofo, e prese a passeggiare per il declivio senza perdere di vista le manovre dell'armata. L'unica destinazione possibile era una cittadella fortificata a poca distanza da Córdoba. Là avrebbe trovato quel che cercava, ne era certo, ma una simile intuizione lo inquietò, sebbene egli non cedesse facilmente alla suggestione. Era, al contrario, un uomo razionale, abituato a credere in ciò che poteva comprendere e a diffidare del resto. Strana attitudine per un mercante di reliquie.

Una voce lo distolse da quei pensieri. «Ti vedo preoccupato».

Guardò in direzione del carro. Aveva parlato suo figlio Uberto, seduto alla serpa con le redini strette nei pugni. Non più di venticinque anni, lunghi capelli neri e sottili occhi ambrati.

«Tutto bene». Ignazio scrutò di nuovo a valle. «Quei soldati recano le insegne di Castiglia, staranno senz'altro facendo ritorno al presidio di re Ferdinando III. Dobbiamo seguirli, voglio conferire con sua maestà prima che faccia notte».

«Stento a crederci. Non avrei mai immaginato di dover incontrare il sovrano».

«Abituati all'idea. Da due generazioni la nostra famiglia serve la casata reale di Castiglia». Ignazio abbozzò un sorriso amaro e non poté fare a meno di pensare a suo padre, che era stato *notarius* di re Alfonso IX. Veniva sfiorato di rado dal suo ricordo, e quando accadeva rivolgeva subito la mente altrove, per allontanare l'immagine di quell'uomo pallido e nervoso che aveva trascorso l'età adulta e la vecchiaia nel buio di una torre, a scribacchiare su pile di scartoffie. «Ti accorgerai ben presto come tale "privilegio" comporti più oneri che onori», disse sospirando.

Uberto si stiracchiò. «Ho udito molte voci su Ferdinando III. Dicono sia un fanatico religioso, motivo per cui viene chiamato "il Santo"».

«E in nome della crociata contro i mori espande i suoi feudi verso mezzogiorno, portando guerra all'emiro di Córdoba...».

Ignazio tacque, attratto all'improvviso da un rumore di zoccoli al galoppo. Si voltò a oriente e vide un cavaliere che si stava avvicinando a spron battuto. «Willalme è tornato», e accennò un saluto nella sua direzione.

Il cavaliere li raggiunse, si arrestò davanti al carro e scese con un balzo da sella. «Ho perlustrato la strada principale e buona parte delle biforcazioni secondarie», esordì, pulendosi il viso e i lunghi capelli biondi dalla polvere. Dopo anni passati a vivere in Castiglia, il suo accento francese era quasi del tutto svanito. «Nessuno ci ha seguiti».

«Bene, amico mio». Ignazio gli pose la mano sulla spalla. «Assicura il cavallo al carro e sali. Ci rimettiamo in marcia».

Il francese obbedì. «Hai scoperto dove si trova l'accampamento del re?»

«Credo di sì», rispose l'uomo, accomodandosi vicino a Uberto. «Ci basterà seguire quella truppa». Indicò la fila di armati diretta verso il piccolo abitato. «Dobbiamo raggiungerlo al più presto. Quando farà buio, queste terre traboccheranno di predoni».

Ripresero il tragitto. Il carro scivolò lungo il declivio, traballando a ogni buca della carrareccia, e si inoltrò in una vegetazione sempre più fitta e ricca di palmizi, man mano che si avvicinava al fiume. Benché si fosse nei primi giorni di estate, una leggera foschia attutiva i colori di vigneti lontani.

I tre compagni seguirono l'itinerario battuto dai soldati e oltrepassarono il fiume attraverso un vecchio ponte di pietra sorretto da quindici arcate, appena in tempo per vedere gli armati scomparire dietro le fortificazioni dell'abitato. Prima che anche loro potessero entrare, la cancellata d'ingresso si richiuse.

Uberto frenò i cavalli e si guardò intorno. La vallata taceva. L'abitato sorgeva su una collina delimitata da un anello di cinta. In cima al rilievo svettava un *castillo* turrito, fra le merlature garrivano i vessilli reali.

In quel mentre un drappello di soldati sbucò dalla boscaglia e circondò il carro. Erano tutti vestiti alla stessa maniera, con usberghi di metallo, elmi muniti di nasale e sopravvesti rosse. Il più grosso e irsuto del gruppo si appressò alla vettura, armeggiando con una lancia. «Fermatevi *señores*! Questo è un presidio del re di Castiglia».

Ignazio, che aveva previsto una simile evenienza, fece cenno ai compagni di stare calmi, poi alzò le mani e scese dal carro. «Il mio nome è Ignazio Alvarez da Toledo. Sono un mercante di reliquie e mi trovo qui per espresso ordine di sua maestà, re Ferdinando III».

Si fece avanti un secondo soldato. «Non mi fido di questi ribaldi!». Sputò per terra e sguainò la spada. «Per me sono spie dell'emiro».

«Se così fosse, farebbero la fine di quelli», ghignò un terzo, indicando quattro cadaveri che pendevano dagli spalti.

Per nulla intimidito, Ignazio si rivolse al soldato irsuto, che a dispetto delle sembianze aveva l'aria di essere il più ragionevole. «Possiedo una missiva con tanto di sigillo regio a dimostrazione di quanto affermo». Indicò la propria bisaccia. «Se desiderate ve ne farò mostra».

L'armigero acconsentì, intimando il silenzio ai commilitoni.

Il mercante di Toledo gli porse un rotolo di pergamena, ma sicuro che nessuno fra loro sapesse leggere, soggiunse: «Controllate il sigillo, lo riconoscerete senz'altro».

Il soldato prese l'incartamento, sorvolò sulle righe d'inchiostro e fissò lo sguardo sul marchio impresso sulla cera. «Sì, è il sigillo regio». Restituì il documento e accennò un inchino. «Lorsignori perdonino la rude accoglienza, ma le truppe maomettane sono accampate a poca distanza e di tanto in tanto cercano di infiltrare le loro spie nel nostro presidio. Tranquillizzatevi, ora do segno di farvi entrare». Si voltò verso le mura e gesticolò in direzione di una torretta di legno situata presso l'entrata. Da quella postazione, una sentinella rispose agitando una fiaccola.

«Proseguite fino all'ingresso», grufolò il soldato, mentre scrutava per l'ultima volta i viandanti. «Quando sarete in prossimità, alzeranno il cancello e vi lasceranno passare. Benvenuti ad Andújar, l'antica città di Iliturgis».

Ignazio risalì sul carro e Uberto incitò i cavalli a proseguire.

Si lasciarono alle spalle la cinta esterna e proseguirono attraverso quello che fino a poco tempo prima era stato un fiorente centro agricolo e artigianale. Ai bordi delle strade sorgevano fabbricati di ogni tipo, tutti abbandonati e anneriti dal fuoco. Gli unici edifici che continuavano a dare segni di vita erano le taverne, davanti alle quali confabulavano crocchi di soldati ubriachi.

La *plaza del mercado* ospitava i bivacchi delle truppe tra cui alcuni soldati berberi, acquartierati distanti dalle milizie regolari. Uberto li osservò con curiosità. Indossavano un'uniforme leggera, ricoperta da un mantello con cappuccio, il *burnus*. Per quanto apparisse strano, quegli uomini appartenevano ai reparti cammellieri del Nord Africa.

«Non stupirti della presenza di guerrieri mori», Ignazio disse al figlio. «Il califfo del Maghreb si è alleato con Ferdinando III, perciò ha inviato rinforzi».

«Ma Ferdinando sta combattendo contro l'emirato di Córdoba. Perché un califfo maomettano dovrebbe aiutarlo?».

Ignazio si strinse nelle spalle. «Questa non è una guerra di religione, ma di interessi».

«Come ogni altra», commentò Willalme.

Quando erano ormai nelle vicinanze del castello, andò loro incontro un cavaliere in arnese con uno scudo decorato da uno stemma a croce fiorata. «Señores, non potete proseguire», ammonì, senza manifestare scortesia. «A meno che non abbiate un permesso».

«Ce l'abbiamo, mio signore», assicurò Ignazio. «Siamo attesi da sua maestà».

«Sarà mia cura accertarmene, quindi scortarvi al suo cospetto».

Il mercante di Toledo porse la missiva contrassegnata dal sigillo regio. Il cavaliere la afferrò con la mano inguantata di ferro, lesse attentamente e la restituì. «Siete in regola a quanto pare». Abbassò la cuffia dell'usbergo, scoprendo un giovane volto abbronzato. «Io sono Martin Ruiz de Alarcòn. Seguitemi, vi indicherò gli stallaggi».

Il cavaliere fece strada, invitò i tre viaggiatori ad affidare carro e cavalli a uno stalliere, poi proseguirono a piedi verso il centro del castello, dove sorgeva il mastio.

Nel frattempo era calata la notte, le sentinelle provvedevano ad accendere fuochi intorno al perimetro delle mura.

«Sua maestà alloggia in cima al mastio», spiegò l'Alarcòn. «A quest'ora si starà intrattenendo con i dignitari e il consiglio di guerra».

Salirono le scale verso la sommità del torrione. L'ambiente era cupo; le pareti di pietra, prive di abbellimenti, sfoggiavano solo le macchie di fumo lasciate dalle torce.

«Non stupitevi della trascuratezza del luogo», precisò il cavaliere, notando gli sguardi interdetti dei tre visitatori. «Sua maestà vi si reca di rado, per scopi prettamente militari. Ma queste mura hanno una grande storia, risalgono ai tempi di Carlo Magno».

«Dopotutto», intervenne Uberto, scambiando un'occhiata d'intesa con Willalme, «questo castello non è che una testa di ponte protesa verso Córdoba. È risaputo che Ferdinando il Santo stia pianificando l'attacco decisivo contro l'emirato».

«I propositi di *reconquista* di sua maestà sono più che leciti». L'Alarcòn gli rivolse una smorfia tollerante. «Ma fossi in voi eviterei di chiamarlo "il Santo" in sua presenza. Ferdinando di Castiglia è piuttosto suscettibile in merito a certi epiteti, sebbene innocui».

«Scusate l'impudenza di mio figlio», sospirò Ignazio, nascondendo sotto la barba un risolino compiaciuto. Con il passare del tempo Uberto manifestava tratti sempre più comuni ai suoi, primi fra tutti l'insofferenza per le forme di autorità e il gusto di stuzzicare chiunque vi si assoggettasse con cieca dedizione. Ma per altri versi gli era dissimile, il suo sguardo e i suoi propositi erano sempre trasparenti come acqua di fonte, mentre Ignazio era sfuggente e pieno di segreti. L'esperienza gli aveva insegnato a tacere su certi argomenti, specie sugli aspetti proibiti del sapere. L'essere frainteso, in passato, gli era quasi costato l'accusa di negromanzia.

Dopo la seconda rampa di scale, raggiunsero un'anticamera drappeggiata da arazzi e guardata da un assembramento di soldati e valletti.

«Attendete che vi faccia annunciare, poi entrate uno per volta, senza fretta». L'Alarcòn lanciò un'ultima occhiata a Uberto, questa volta di monito. «E aprite bocca solo se interpellati».

Dopo una breve attesa, la compagnia fu lasciata passare.

Il mercante si mosse per primo, e superando l'anticamera attraversò con passi misurati un ambiente spazioso. Alle pareti risaltavano molte icone sacre, in quantità eccessiva rispetto alla norma, quasi dessero sfogo a una devozione maniacale.

Assiso al centro della sala stava Ferdinando III di Castiglia, un uomo di circa trent'anni con indosso un mantello di velluto azzurro e una tunica quadrettata. Aveva lunghi capelli castani che cadevano sulla fronte a mo' di frangia, un accenno di barba che metteva in risalto un mento sfuggente e occhi celesti persi nel vuoto. Varie personalità gli facevano da ala, consiglieri, religiosi e aristocratici. L'Alarcòn aveva trovato posto fra quelli ed era intento a confabulare con un individuo armato di tutto punto ma piuttosto singolare, poiché aveva il viso nascosto da un camaglio che lasciava liberi solo due pertugi per gli occhi.

Dopo aver notato tutto ciò, il mercante di Toledo si prostrò davanti al re e gli rese omaggio con il rito del baciamano. Uberto e Willalme lo raggiunsero e si inginocchiarono ai suoi fianchi.

Ferdinando III schiuse le labbra, preannunciando di voler parlare, e tutti nella sala cessarono di emettere il benché minimo bisbiglio.

«Voi sareste dunque Ignazio Alvarez». La voce del monarca era bassa, quasi flemmatica. «La vostra reputazione ha del sensazionale.

Si dice che in gioventù abbiate rifiutato di diventare *clericus* e persino *magister*, preferendo la vita raminga. Non neghiamo d'essere incuriositi».

«Non ho nulla da nascondere, sire». Ignazio soppesò le parole. «Chiedete nondimeno e vi sarà risposto. Sappiate però che sono un uomo semplice, non ho talenti particolari».

«Questo saremo noi a giudicarlo, mastro Ignazio». Ferdinando III acuì lo sguardo, quasi per saggiare la sincerità dell'interlocutore. «Siamo al corrente delle vostre imprese. Si vocifera tra l'altro di come nel 1204 abbiate raggiunto Costantinopoli e vi siate messo al servizio del doge di Venezia, sebbene fulminato da scomunica. Sappiate che non tolleriamo una simile condotta. Una famiglia legata al nostro nome non deve appoggiare i perseguitati dalla Santa Sede, pur trattandosi di blasonati o di condottieri», sospirò. «Ma saremo magnanimi. Sorvoleremo sui vostri trascorsi se accetterete le nostre richieste».

«Perché vi rivolgete a me?».

Ferdinando III fece un cenno infastidito. «Vostro padre, un uomo di rara intelligenza, ha servito questa casata fino alla morte, comportandosi sempre in maniera impeccabile. Esigiamo da voi la stessa obbedienza».

Uberto prestava attenzione a ogni sfumatura del discorso, dal *pluralis maiestatis* del monarca al tono sfuggente del padre, e tuttavia non riusciva a distogliere lo sguardo da un particolare bizzarro. Ferdinando teneva in mano una statuetta bianca a forma di donna e di tanto in tanto la accarezzava con gesti smaniosi, quasi infantili. Rammentò d'aver sentito parlare di quell'oggetto: era la famosa Madonna d'avorio da cui il re non si separava mai, neppure in campo di battaglia.

Il monarca, nel frattempo, continuava a parlare: «Soprattutto, mastro Ignazio, giudicheremo la vostra obbedienza in base all'operato che svolgerete. Vi attende un'importante missione, ecco perché siete stato convocato».

Il mercante alzò lo sguardo, incrociando quello del re per cercarvi anticipazioni di quanto l'aspettava, ma vide soltanto due occhi inespressivi, lucidi come porcellana. Spesso si era trovato in situazioni del genere. Non era insolito che i suoi servigi venissero richiesti alle corti dei grandi signori interessati al recupero di reliquie di santi o di oggetti bizzarri nascosti in luoghi lontani e inaccessibili. E tuttavia non immaginava cosa stesse per chiedergli il re. D'altro canto, a infastidirlo, era il ricorrere nel discorso della parola *obbedienza*.

«Alzatevi, mastro Ignazio». Una venatura di malanimo colorì il tono di Ferdinando III. «Dite, avete saputo qualcosa sul rapimento di nostra zia, la regina Bianca di Castiglia?».

Ignazio non seppe cosa rispondere. Negli ultimi anni le manovre dei regni di Castiglia e di Francia erano espressione più o meno esplicita della volontà di due sorelle, figlie legittime del defunto re Alfonso VIII di Castiglia. La prima, Berenguela, era la madre di Ferdinando il Santo e, sebbene non esercitasse direttamente il potere, aveva inculcato al figlio rigidi principi religiosi che lo spingevano all'espansione del regno e alla crociata contro i mori di Spagna. La seconda, Bianca, era andata in sposa al re francese Luigi VIII, detto "il Leone", ed essendo da poco rimasta vedova, aveva preso di persona il controllo della Francia, data l'età prematura del delfino.

Bianca si era rivelata una regnante di polso, non solo tenendo testa a una schiera di baroni restii a servire una donna di sangue castigliano, ma anche continuando a promuovere la crociata contro l'eresia catara avviata dal marito nelle terre di Linguadoca. Tale comportamento era stato cagione di molte inimicizie, ma le aveva anche garantito l'appoggio della Santa Sede e soprattutto del cardinale Romano Frangipane, legato pontificio.

Ignazio pensò che il rapimento della regina Bianca si incasellasse alla perfezione in quel groviglio politico. Ma lui non ne sapeva nulla, quindi abbassò lo sguardo e fece un cenno di diniego. «Sono costernato, sire. Sebbene intrattenga rapporti con diversi commercianti e viaggiatori della Francia, non sono stato informato di nulla al riguardo».

«Dunque è vero, la notizia non è ancora trapelata». Ferdinando

III appoggiò la statuetta su un bracciolo e lanciò un'occhiata verso l'armigero con il camaglio, poi si rivolse nuovamente al mercante: «È necessario agire alla svelta e con la massima circospezione».

«Dobbiamo soccorrere la regina Bianca di Castiglia?». La voce non era di Ignazio, bensì di Uberto, incapace di trattenere lo stupore. Tutti gli sguardi della stanza conversero in un attimo su di lui.

Il mercante di Toledo fu attraversato da una vampata di imbarazzo. Odiava dare spettacolo di sé. «Scusate l'impertinenza di mio figlio, maestà». Dardeggiò un'occhiata severa in direzione del costernato Uberto, poi prese a fissare l'intreccio del tappeto persiano che aveva ai piedi. «Scusate davvero».

«Non ne vediamo il motivo», affermò il monarca. «Ha perfettamente ragione».

«Ma come? Di grazia...». Ignazio rialzò lo sguardo, la fronte aggrottata. «Siamo una semplice famiglia di mercanti...».

«Sapete bene come ciò non sia del tutto vero. Comunque il vostro ruolo nella missione resterà marginale, l'azione vera e propria sarà affidata a chi di dovere».

Il monarca scrutò di nuovo tra la piccola folla e a un suo cenno si fece avanti l'uomo con il camaglio. Passò al fianco dell'attonito Ignazio, disegnò un elaborato inchino davanti al reggente e si mise alla sua sinistra.

Con un secondo cenno, Ferdinando III fece cessare il brusio che risuonava nella stanza. «Capite, mastro Ignazio? Quest'uomo dirigerà l'aspetto strategico e, se necessario, le azioni belliche che porteranno alla liberazione di nostra zia Bianca di Castiglia». Invitò poi il misterioso armigero a rivelarsi: «Prego, messer Filippo, mostrate il volto».

A tale richiesta l'uomo portò le mani al capo e sfilò la maglia d'acciaio che lo ricopriva. Rivelò un volto rude, simile a una maschera di rame. Ma a renderlo temibile erano gli occhi, animati da un'intelligenza non comune.

Senza manifestare stupore, Ignazio si rammentò d'aver incontrato quell'uomo molti anni addietro. Uno scambio di sussurri alle sue spalle gli confermò che Willalme e Uberto stavano consultandosi sulla medesima questione. «Messer Filippo di Lusignano», disse, «sono felice di ritrovarvi in salute dopo tanto tempo».

«Sono altrettanto lieto che vi ricordiate di me, mastro Ignazio», rispose l'armigero, arricciando le labbra in un sorriso.

«Come potrei dimenticare? Beneficiai della vostra scorta mentre ero in viaggio per Burgos. Sono passati quasi dieci anni da allora, e sono ancora in debito con voi».

«Vi prego, non sentitevi in obbligo di riconoscenza. Non mi costò alcun sacrificio aiutarvi. Comunque, se proprio ci tenete, in futuro avrete forse occasione di sdebitarvi».

«Non c'è tempo per i convenevoli», li interruppe Ferdinando III. «Urgono questioni impellenti. Messer Filippo, abbiate la cortesia di spiegare la situazione».

Filippo posò il camaglio e i guanti ferrati su un trespolo, poi iniziò a parlare: «Durante la Quaresima appena trascorsa si è riunito a Narbonne un concilio, per stabilire il da farsi sulla crociata contro i catari di Linguadoca. In tale occasione è stato scagliato l'anatema sui conti di Tolosa e di Foix, coalizzati con gli eretici contro Bianca di Castiglia». Fece una pausa per consentire agli astanti di memorizzare le notizie. «La regina ha ritenuto opportuno presenziare a tale concilio, ma da allora non abbiamo più avuto sue notizie. Ecco il punto, Bianca sembra essersi dileguata nel nulla». Puntò lo sguardo sul mercante di Toledo. «Alcune voci confermano che sia stata rapita e che si trovi prigioniera nel Sud della Francia, in balìa di un certo Conte di Nigredo. Non sappiamo altro».

Ignazio si accarezzò la barba, pensoso. «Da dove provengono queste notizie?»

«Dal venerabile Folco, vescovo di Tolosa», rispose Filippo. «Ne è venuto a conoscenza durante l'esorcismo di un ossesso».

«Un esorcismo?».

Il Lusignano aprì le braccia con fare evasivo. «Non ci è stato riferito nulla di preciso al riguardo. Monsignor Folco attende una nostra delegazione per ulteriori ragguagli». Dopo una pausa, seguitò con maggior persuasione: «Comprendo il vostro sconcerto, mastro Ignazio, e in parte lo condivido. Le parole di un ossesso sono un indizio vago, ma la scomparsa della regina Bianca resta un fatto concreto. Su questo non c'è dubbio. Per lo meno sappiamo da dove iniziare le indagini».

«Convengo con voi, tuttavia non capisco a cosa potrei servire io». Il mercante si rivolse a Ferdinando III, ma il suo sguardo si infranse nell'espressione vitrea del monarca. «Si tratta di cavilli diplomatici di cui non ho esperienza...».

A tali parole, una voce nascosta risuonò dal fondo della stanza: «Ignazio Alvarez, cosa vai dicendo? Rifuggi gli impegni come eri solito fare da fanciullo?».

Ignazio fu attraversato da un brivido. Conosceva quella voce ma non la udiva da moltissimo tempo. Vide la sagoma di un uomo uscire dai tendaggi alle spalle del trono, un vecchio segaligno con i capelli bianchi e la pelle scura come buccia di dattero. Indossava una sorta di tonaca monacale, ma più elegante.

Quando fu alla luce delle fiaccole, il vegliardo accennò un inchino in direzione del monarca. «Ho ascoltato fin troppo, sire. Lasciate che partecipi alla conversazione».

Ferdinando III annuì. «Parlate pure, magister».

Ignazio, che aveva assistito alla scena con crescente stupore, si avvicinò a quel vecchio e, senza staccargli gli occhi di dosso, lo prese per mano e gli si prostrò dinanzi. «Maestro Galib, siete proprio voi?».

Il vegliardo sorrise, inarcando le sopracciglia bianchissime. «Sì, figliolo, sono proprio io».

Mentre lo fissava con meraviglia, il mercante rievocò il loro primo incontro. Correva l'anno 1180 e, sebbene ancora fanciullo, Ignazio era stato ammesso alla Scuola di Toledo. Per suo padre era stato motivo di grande orgoglio, poiché in quel luogo si svolgeva la monumentale opera di traduzione dei manoscritti provenienti dall'Oriente. Il maestro Galib era all'epoca un brillante venticinquenne, provvedeva all'istruzione dei discepoli e aiutava il dotto Gherardo da Cremona, che si era insediato a Toledo appositamente per tradurre in latino i trattati dei filosofi arabi e greci.

Era stato proprio Galib a occuparsi del giovane Ignazio e a insistere perché fosse iniziato allo studio del latino, riconoscendo in lui un'intelligenza non comune. In quel periodo Gherardo da Cremona era troppo impegnato per notare il fanciullo, ma tempo dopo l'aveva voluto al suo fianco facendone uno dei discepoli prediletti. Ciò era potuto avvenire solo grazie alla mediazione di Galib.

«Vi credevo morto», ammise Ignazio, sovrastato dai ricordi. «Nessuno sapeva più dove foste finito».

«Mi sono semplicemente allontanato da Toledo», rispose il magister. «Ho continuato a insegnare per qualche tempo dopo la morte di Gherardo da Cremona, poi ho deciso di mettermi al servizio di re Ferdinando». Il suo sorriso si incrinò, rivelando una stanchezza profonda, tutta interiore. «Il Signore ha voluto prendersi gioco di questo povero vecchio, facendogli dono di un'inconsueta longevità...».

Ignazio aveva un'infinità di domande da porgli, ma Galib lo anticipò: «Non puoi rifiutare questa missione, figliolo. La tua partecipazione è di importanza vitale».

«Spiegatevi, magister».

«Non alludo alle informazioni che il vescovo Folco sostiene d'aver carpito durante un esorcismo». Il vegliardo alzò l'indice ossuto. «Ho già sentito parlare del Conte di Nigredo e sono al corrente della nomea che lo circonda. È un avversario temibile, un alchimista. Per questo motivo è necessario che tu accompagni messer Filippo fino alla contea di Tolosa e che indaghi al suo fianco sulla scomparsa della regina Bianca. So bene quel che dico. Sei stato di gran lunga il discepolo migliore di Gherardo da Cremona, versato soprattutto nelle scienze ermetiche e nell'esplorazione dell'occulto. Sono anche al corrente di come tu abbia scelto di intraprendere il mestiere del mercante per approfondire simili conoscenze durante i tuoi viaggi, non negarlo».

«Un alchimista...». Ignazio aveva riacquistato la solita tetragona impassibilità. «Dunque siete stato voi a proporre il mio nome per questo incarico».

«Sì». Il vecchio intrecciò le braccia, il suo corpo minuto parve restringersi tra le pieghe dell'abito. «Re Ferdinando mi ha chiesto di indicargli l'uomo più idoneo e io ho pensato subito a te. Avrei volentieri preso il tuo posto, ma sono troppo vecchio per affrontare una simile impresa. Allora, cosa intendi fare?».

Il mercante si volse in direzione di Uberto e Willalme, lesse nei loro volti perplessi, infine rispose: «Accetto l'incarico». Abbozzò un mezzo sorriso. «Dopotutto, non mi sembra di avere diritto di replica a un ordine del re».

«Infatti», insinuò il Lusignano, che aveva ascoltato con vivo interesse. «Partiremo domani stesso. Stanotte riposerete nel castello, in una stanza ai piedi del mastio».

«Molto bene». I lineamenti di Ferdinando III si erano distesi. «Ora che la questione è risolta, possiamo apprestarci per la cena», e così dicendo batté le mani. «Naturalmente, mastro Ignazio, siete invitato a prendervi parte insieme al vostro seguito».

Dopo aver parlato, il monarca si alzò in piedi e attraversò la stanza in direzione dell'uscita mentre un codazzo di nobili iniziava a seguirlo spintonando. Invece di aggregarsi a quella gente, Ignazio si scostò ai margini della sala. Non era avvezzo a mettersi al seguito di chicchessia. Fu allora che una mano ossuta gli strinse il braccio.

«Seguimi figliolo», disse Galib. «Conosco una scorciatoia per raggiungere la sala da pranzo».

2

La cena si tenne al piano superiore del mastio, in un salone dominato al centro da un camino cilindrico intorno al quale si apriva un lungo tavolo a ferro di cavallo. Ignazio fece scorrere lo sguardo sui volti dei commensali per soffermare l'attenzione su Galib, che gli sedeva di fronte con aria inquieta. Uberto e Willalme avevano preso posto accanto a loro.

Nella speranza che il magister fosse in vena di rivelazioni, il mercante aveva occupato l'estremità sinistra del tavolo, dove sedevano nobilucci distratti e cavalieri di bassa lega. Lì le sue parole sarebbero rimaste coperte dal chiacchiericcio di sottofondo mentre re Ferdinando, seduto al centro del ferro di cavallo, era intento a parlare con Filippo di Lusignano e con un ombroso frate domenicano.

«Magister, qualcosa vi cruccia?», chiese il mercante.

«Ti spiegherò più tardi», rispose Galib, sforzandosi di apparire sereno. «Ora pensiamo a svagarci. Dimmi di te e dei tuoi compagni...».

Ignazio gli narrò dei viaggi che aveva compiuto in Oriente, lungo le coste dell'Africa e in svariati Paesi europei. Poi descrisse il rocambolesco pellegrinaggio che aveva intrapreso lungo il *Camino de Santiago* nell'estate del 1218. Proprio in tale frangente aveva conosciuto Filippo di Lusignano, che nei suoi confronti era stato tanto cortese quanto misterioso.

In quel mentre entrò nella sala un drappello di valletti sovraccarichi di caraffe e vassoi, sciamò con ordine ai fianchi della tavolata e distribuì il primo servizio di credenza, frutta e pietanze fredde.

Ignazio si preparò ad affrontare uno dei più elaborati cerimoniali della corte castigliana, la cena, scandita, secondo usanza, da oltre una decina di portate. Avrebbe preferito spartire un pasto frugale con pochi commensali, magari nella penombra di una taverna. Poi fu colto dalla nostalgia per il focolare domestico e soprattutto per la moglie Sibilla. Non la vedeva da mesi, e al pensiero di averla lasciata di nuovo sola gli rimordeva la coscienza.

"Sono il peggiore dei mariti", si disse, e per un attimo cercò di immaginare cosa provasse lei, nella solitudine di una casa vuota, senza l'uomo che aveva giurato di amarla. Si sentì oppresso da un dispiacere intenso e da un'incontenibile urgenza di correre da lei. Ma quel senso di colpa fu tanto veloce a sconvolgerlo quanto a svanire, e un attimo dopo il volto del mercante era tornato impassibile. La sua razionalità lo rendeva capace di amare solo a momenti alterni e di accantonare in fretta i sentimenti. Si era allontanato da casa per l'ennesima volta, era vero, ma non gli era stata lasciata scelta. E per scacciare del tutto la malinconia si versò un calice di vino speziato.

Galib nel frattempo aveva interrogato Willalme sulla sua città d'origine, Béziers, messa a ferro e fuoco dai crociati perché ospitava eretici catari. Il francese precisò che in seguito a quell'evento era fuggito, salvandosi per puro miracolo.

«E i tuoi familiari?», chiese istintivamente il vecchio.

Willalme si oscurò. «Morti». Con un moto di stizza, prese una mela e la affettò con gesti secchi. «Mio padre, mia madre, mia sorella... Tutti uccisi dai crociati durante la presa di Béziers».

Non volendo metterlo a disagio, Galib approfittò di un nuovo cambio di portate per troncare il discorso.

Si passò dai sapori della frutta e della pasta di mandorle al salato dei formaggi e delle olive. La tavolata appariva allegra, eppure sotto quella parvenza di rilassatezza aleggiava una tensione trattenuta, visibile sulle facce tirate di alcuni commensali. Il mercante di Toledo se ne avvide ma non ne fece parola con nessuno. «Permettete una domanda, magister?», chiese d'un tratto. «Cosa c'entra Filippo di Lusignano in questa faccenda? Quando lo conobbi non apparteneva alla corte di Castiglia, indossava l'uniforme dei Templari e aveva rinunziato al titolo nobiliare».

«Il Lusignano è uno degli ambasciatori più preziosi di Ferdinando III per la Francia», spiegò Galib, scostando con disgusto un vassoio di carne intinta nell'agresto. «Si è presentato a questa corte circa sette anni fa e da allora si è sempre comportato in maniera impeccabile, al punto che sua maestà ne ha agevolato l'ingresso nell'Ordine militare di Calatrava e ha fatto in modo che ottenesse una commenda».

«E dite, chi è il domenicano che siede alla destra del re?».

A quelle parole il vecchio ebbe un sobbalzo, ma il mercante non se ne stupì. Aveva notato le frequenti occhiate che lanciava verso quel figuro.

«È Pedro Gonzalez de Palencia, confessore personale di sua maestà», rispose Galib. «Ferdinando III non muove un passo senza averlo prima consultato».

«Ho sentito parlare di lui, ha fama di essere un profondo conoscitore delle Sacre Scritture». Ignazio lasciò trapelare un sorrisetto malizioso. «Volete dirmi perché lo guardate con tanto malanimo?»

«Padre Gonzalez non è una persona schietta. Troppo compassato, troppo calcolatore. Inoltre credo sia al corrente di notizie riservate sul rapimento di Bianca di Castiglia. Deve sapere più di quanto vuol far credere, dal momento che è stato lui a convincere sua maestà a imbarcarsi in questa faccenda».

Ignazio corrugò la fronte. In effetti, dopo il colloquio intrattenuto con Ferdinando III, aveva iniziato a nutrire dei dubbi. Perché mai il re di Castiglia, sebbene consanguineo della reggente di Francia, avrebbe dovuto provvedere a soccorrerla? Una simile mossa poteva passare per un'intromissione politica nelle fin troppo contese terre di Linguadoca. Possibile che dopo la morte di Luigi VIII la corte parigina non riuscisse a prendere in mano la situazione? Non c'erano cavalieri, in Francia, in grado di soccorrere la regina? E quali vantaggi poteva ricavare padre Gonzalez nell'esercitare la propria influenza sulle terre occitane? Cosa significava esattamente la spedizione contro il Conte di Nigredo?

Evitò di mostrarsi preoccupato e iniziò a piluccare il cibo che gli veniva servito davanti, una *pastilla* di piccione avvolta in una crosta profumata di cannella. Galib invece si fece portare una semplice zuppa di segale e piselli.

Ma Ignazio aveva troppi pensieri per riuscire a tacere. «Magister, parlateci dell'ossesso che Folco di Tolosa sostiene d'aver interrogato».

«Ne so quanto te, figliolo». Galib si pulì le labbra con l'orlo della manica. «Non immagino dove il vescovo Folco abbia raccattato quell'ossesso e neppure so di cosa l'abbia messo al corrente. Dovrai indagare tu. Domattina partirai con Filippo di Lusignano alla volta di Tolosa, ma la missione dovrà svolgersi nell'assoluto anonimato. Vi sarà rilasciato un salvacondotto vergato da padre Gonzalez, che consegnerete soltanto a Folco». Il suo tono si fece grave. «Tuttavia ho un altro incarico da affidarti, oltre a quello già stabilito dal re».

«Mi cogliete di sorpresa».

Le sopracciglia di Galib si aggrottarono. «La faccenda è complessa. Come ti dissi, ho già sentito parlare del Conte di Nigredo. Il mio ricordo risale a diversi anni fa, quando incontrai un castellano del Sud della Francia, un certo Raymond de Péreille, della casata di Mirepoix. Fu lui ad accennarmi per la prima volta del Conte di Nigredo, descrivendolo come un alchimista, ma io non gli diedi troppa importanza, credendola una leggenda. Soltanto in seguito scoprii che il conte esisteva davvero».

«Ci sarebbe utile incontrare questo Raymond de Péreille», azzardò Uberto.

Galib annuì. «Infatti è quanto vi chiedo, ma la faccenda dovrà restare segreta. Non possiamo fidarci neppure del Lusignano, poiché riferirebbe ogni cosa a padre Gonzalez. E io non mi fido di quel domenicano». Esitò un attimo, guardandosi intorno. «Il signor de Péreille protegge gli eretici, parteggia per i catari. Capite la ragione di tanta riservatezza?».

Uberto esaminò il volto perplesso del padre, poi chiese: «Come possiamo incontrare Raymond de Péreille senza venire scoperti?»

«Semplice», rispose Galib. «Uno di voi tre, invece di raggiungere Tolosa assieme al Lusignano, partirà stanotte stessa e terrà un incontro segreto con il de Péreille. Tu, Uberto, credo saresti il più idoneo per l'impresa».

«Non se ne parla», grugnì il mercante. «Mio figlio resta con me».

Il vecchio non cedette: «Comprendo la tua apprensione, Ignazio. Ma se farete come dico, eviterete di lasciarvi manipolare da fra' Gonzalez e dal vescovo Folco».

«E se questo signor de Péreille fosse in combutta con il Conte di Nigredo?», obiettò il mercante, ormai palesemente innervosito. «Se fosse stato proprio lui a rapire Bianca di Castiglia? Dopotutto togliere di mezzo la regina di Francia giocherebbe a favore dei catari».

Galib scosse il capo. «Raymond de Péreille non è interessato a inimicarsi i crociati francesi, tanto meno la corte parigina», spiegò. «Dispone di così pochi soldati da aver bisogno della protezione del conte di Foix. Non ha le risorse per organizzare il rapimento di una regina. Inoltre, da quando lo conosco cerca di restare nell'ombra, lontano dal teatro della guerra».

Uberto piantò i gomiti sul tavolo e scrutò il padre. «Il maestro Galib ha ragione», disse, stringendo gli occhi come un gatto selvatico. «Il suo incarico è importante. E poi posso cavarmela benissimo, non sono più il ragazzino ingenuo di una volta. Incontrerò Raymond de Péreille, carpirò da lui le informazioni necessarie sul Conte di Nigredo, poi ti raggiungerò a Tolosa».

«Non sono del tutto convinto», ribatté Ignazio. Sapeva bene che Uberto moriva dalla voglia di mettersi alla prova, ma doveva tenere a freno la sua irruenza. «Dove si trova attualmente il de Péreille? Dove dovrebbe recarsi mio figlio?».

La voce di Galib si addolcì: «Sui Pirenei, presso un noto rifugio dei catari: la rocca di Montségur».

Il mercante parve rinfrancato. «Quel luogo è a sud di Tolosa, poco distante dal castello di Foix. Dunque Uberto dovrebbe semplicemente precedermi...».

«Non sarà rischioso», ribadì il magister, iniziando a gesticolare concitato. Sembrava entusiasta per i nuovi risvolti della vicenda e per poco non rischiò di rovesciare la zuppa di segale. «Così facendo otterrete informazioni sicure. Altro che le farneticazioni di un ossesso!».

Galib pronunciò l'ultima parola con tono un po' troppo alto, tanto che un brusio inquieto risuonò per la tavolata.

Un cavaliere di bassa lega, che stava attingendo a piene mani da un intingolo giallastro, scoppiò in una risata grassa. «Lasciatelo a me, quell'ossesso! Vedrete come farò presto a farlo rinsavire». Alcune risate di sottofondo lo incitarono a proseguire, e dopo essersi guardato intorno dichiarò: «Ma guarda che roba! Ai margini della tavolata si bisbiglia di alchimia, di ossessi e di altre sciocchezze del genere. Come se un re avesse bisogno di simili cialtroni per governare». Strappò un pezzo di arrosto e lo intinse nella salsa, incurante di immergervi le dita fino alle nocche. «Altro che chiacchiere e libri polverosi! Bastano una spada e un buon cavallo per sconfiggere Satana. E invece a chi ci affidiamo? A un vecchio bavoso e a un losco mozarabo. Sì, signori miei, non l'avete riconosciuto? Un mozarabo, ecco chi è quell'Ignazio da Toledo, uno sciacallo venuto a incantarci con i suoi sotterfugi».

«Ignorate quell'animale», consigliò Galib, mozarabo pure lui. «Dev'essere ubriaco fradicio».

Ma il cavaliere continuò la sua arringa: «Guardate come mangia a sbafo il nostro mozarabo! A chi importano le sue fanfaluche da negromante? Mi bastano queste mani per sconfiggere qualsiasi alchimista».

Ignazio non restò indifferente a quelle parole, benché pronunciate da un *guerrejador* del re di Castiglia. Il nervosismo per il nuovo incarico di Uberto turbava il suo sangue freddo, e poi intravedeva la possibilità di sfruttare la situazione a suo vantaggio, quindi batté la mano sul tavolo e parlò a gran voce. «Questo grazioso signore sembrerebbe ferrato nelle scienze occulte», esordì faceto, e subito l'attenzione generale si riversò su di lui.

Il guerrejador rigettò nell'intingolo il pezzo di arrosto, soffocò un rutto e scattò in piedi. «Di cosa blateri, mezz'arabo? Un cavaliere cristiano sa sempre distinguere il bene dal male».

Il mercante aprì le braccia, simulando stupore. «Perbacco, mi trovo al cospetto di un grande magister!». Attese che qualche risatina echeggiasse per la sala, poi proseguì la pantomima: «Egli di certo conosce i culti degli eretici o i segreti dell'alchimia».

«In vita mia non ho mai avuto bisogno di conoscere nulla!», esclamò il cavaliere, sbraitando con le mani grondanti di sugo. «Non mi serve la sapienza di un domenicano per riconoscere un eretico o un negromante, quando me ne trovo uno di fronte. E questo vale anche per il tuo caso, mezzosangue saraceno!». Dovette accorgersi di aver sragionato, poiché ripiegò sulla prima frase che gli parve opportuna: «In caso di incertezza potrei comunque chiedere consiglio a un buon frate».

«E siete in grado di distinguere un frate da un eretico? O un filosofo da un alchimista?». Con un ghigno furbesco, Ignazio alzò l'indice. «Attento, mio signore. Se ragionate in questo modo, prima o poi potreste finire in ginocchio persino davanti a un somaro».

A quella battuta un fragore di risate attraversò la tavolata. Gli stessi commensali che avevano incitato il guerrejador pendevano ora dalle labbra del mercante.

Il cavaliere di bassa lega sputò un insulto e senza pensarci due volte sguainò la sua daga e si diresse verso Ignazio. «Vediamo se avrai ancora voglia di scherzare, miserabile, quando ti avrò mozzato il naso e le orecchie!».

Il mercante, impassibile alla minaccia, lanciò un'occhiata in direzione di Ferdinando III e dei suoi commensali più prossimi. Willalme invece strinse il manico del pugnale arabo assicurato alla sua cintura, pronto ad agire, ma non ce ne fu bisogno. Tutto si interruppe al suono di una voce autoritaria.

«Cavaliere, riponete subito quell'arma e tornate a sedere!». Padre Gonzalez de Palencia si era alzato di scatto dal seggio, lo sdegno dipinto sul volto. «Avete dato abbastanza spettacolo di villania».

«Costui mi ha insultato!», abbaiò l'armigero, puntando la daga verso Ignazio.

«Egli si è difeso dalle vostre ingiurie dicendo il vero. Siete un bruto capace soltanto di dimenare un'arma. Qualsiasi bifolco in salute potrebbe imparare a farlo con eguale maestria». Il Gonzalez accentuò la smorfia sprezzante. «Obbedite, se non volete che si provveda a farvi mettere ai ferri».

A tale minaccia, il cavaliere si ammansì e tornò a sedere mugugnando a testa china. Il domenicano lo seguì con occhi imperiosi, poi si rivolse a Ignazio: «*Señor*, a nome di sua maestà e di questa corte, lasciate che esprima risentimento per l'accaduto. In caso vi sentiate offeso, quel cavaliere sconsiderato non esiterà a porgervi le sue scuse».

«Non è necessario, padre Gonzalez», rispose Ignazio, serafico. «Rendo grazie a voi per avermi difeso, e a sua maestà per avervi permesso di farlo».

Il frate predicatore abbozzò un sorrisetto incuriosito. «Ah, vedo che conoscete il mio nome...».

«Credo sia preciso dovere di un convitato informarsi sull'identità di chi siede alla destra del padrone di casa».

«Ammiro la vostra sottigliezza, mastro Ignazio». Padre Gonzalez lo scrutò con un'occhiata tanto profonda quanto discreta. «Apprezzo gli uomini di pensiero, quale io stesso mi ritengo. Quando anni fa rimasi zoppo, cadendo da cavallo, mi resi conto della troppa importanza che davo al corpo e alla vita materiale. È nella mente che risiede la vera possanza e spero sappiate usarla al momento opportuno, poiché il Maligno sta infliggendo un grave colpo alla cristianità». Afferrò i bordi del tavolo, quasi volesse spezzarlo. «L'Occidente è insidiato da molti flagelli: le orde saracene, l'eresia catara e le epidemie. Cosa accadrebbe se venisse a mancare Bianca di Castiglia, spada del Signore e persecutrice degli eretici? Chi si occuperebbe del regno di Francia? Non certo il giovane delfino, troppo inesperto. Il regno cederebbe alla tracotanza dei conti occitani e dei loro protetti, i catari, che non esiterebbero a diffondersi come scarafaggi e a dilagare a sud delle Alpi e oltre i Pirenei, nei regni di Aragona e di Castiglia».

«Come suggerite di rimediare, reverendo padre?».

Le mani del domenicano si aprirono come le ali di una colomba, poi si giunsero con fermezza. «Recatevi in fretta a Tolosa e chiedete consiglio al vescovo Folco. Egli, che attraverso un esorcismo ha saputo intravedere la verità dei fatti, vi indirizzerà verso la giusta strada. Gli presenterete una mia lettera, che ho già affidato a messer Filippo, nella quale confermo la vostra buona fede e il vostro legame con la corte castigliana. Inoltre, quando sarete giunti a destinazione, beneficerete della scorta dei cavalieri di Calatrava. Dieci di loro sono partiti da due giorni e si uniranno a voi nei pressi di Tolosa».

«Ora mi sento più tranquillo», disse Ignazio, innervosito in realtà da quell'ultima rivelazione. "Troppa gente fra i piedi", pensò.

«Sarete ricompensato a dovere per questo servigio», concluse il Gonzalez. «Senza contare che la vostra anima ne trarrà grande beneficio. Il paradiso è assicurato ai servitori del Cristo».

Il mercante chinò il capo, fingendosi profondamente onorato. La sua piccola messinscena aveva funzionato alla perfezione. Provocando l'ira dell'ottuso guerrejador, era riuscito a far intervenire il domenicano, così da poter saggiare il suo pensiero e la sua influenza a corte. Ed entrambi gli parvero elementi non trascurabili.

Il Gonzalez attese un gesto di Ferdinando III, poi tornò a sedersi.

La cena volse al termine culminando in una sfilata di portate di credenza, dopodiché gli inservienti sistemarono ai bordi del tavolo una serie di catini pieni d'acqua, in modo che i commensali potessero detergersi le mani.

Galib concluse il pasto sorseggiando una bevanda al ribes, poi informò il mercante che lui e i suoi compagni sarebbero stati ospitati in una stanza alla base del mastio, dove avrebbero trascorso la notte. Per ultima cosa si rivolse a Uberto: «Spero tu non sia molto stanco, ragazzo. Ti verrò a chiamare prima dell'alba».

Così dicendo, il magister allargò il viso in un ghigno inquieto, vagamente somigliante a una maschera di cera.

3

Sul castello di Andújar era calata la notte. La maggior parte degli abitanti era già sprofondata nel sonno, avvolta in un silenzio turbato a tratti dai passi delle guardie e dai versi atoni di animali lontani.

Il mercante di Toledo si trovava assieme a Uberto e Willalme in una stanza ai piedi del mastio. Erano coricati tutti e tre su giacigli di paglia, ma incapaci di dormire per il pensiero di ciò che li attendeva.

D'un tratto si udì bussare.

Uberto aprì un occhio e scrutò nel buio, quel segnale era per lui. Si levò in piedi, già vestito di tutto punto, e, senza urtare i compagni distesi ai suoi fianchi, raggiunse l'uscio.

Dall'altro lato della porta, Galib emerse dall'ombra sollevando una lucerna accesa. «Presto, figliolo, prima che qualcuno mi veda», bisbigliò trafelato.

Uberto lo lasciò entrare, notando subito il suo passo incerto. Non appariva più arzillo come poche ore prima, ma spossato e barcollante.

Galib diresse il lume lungo le pareti della stanza, rischiarando un arredo spartano limitato a uno scranno, una cassapanca e tre paglericci. Il raggio del lume si posò infine sul volto di Ignazio, segnato dal sonno.

Il mercante accennò un saluto. «Magister, è tutto pronto?»

«Naturalmente». Uno scintillio attraversò gli occhi del vecchio. «Tuo figlio deve seguirmi agli stallaggi».

Willalme scattò in piedi. «Vi accompagno, è più sicuro».

«No», intimò Galib. «Daremmo troppo nell'occhio. Le spie del Gonzalez...». Non fece in tempo a concludere che si accasciò, come se fosse stato colto da vertigine.

«Voi non state bene, magister», intervenne Ignazio, sospettoso, e scrutando nella semioscurità vide che il vecchio era arrossato e madido di sudore. «Le chiazze sul vostro viso... Il respiro irregolare... Cosa avete?»

«Nulla di grave», lo rassicurò Galib, appoggiandosi a una parete. «Soffro di una leggera indisposizione. Alla mia età...». Cercò di sorridere.

Quando il vecchio si fu ripreso, Willalme si avvicinò a Uberto e gli strinse la mano. «Fai buon viaggio, amico mio». Con un gesto inatteso e piuttosto impacciato gli porse il suo pugnale arabo. «Potrebbe servirti».

Il giovane osservò l'oggetto inguainato nel fodero d'avorio. «Ma è la tua *jambiya*. Non potrei mai accettare un simile dono...».

Il francese gli lasciò cadere l'arma tra le mani, in modo che la afferrasse. «Non insistere, odio le lungaggini. Me la restituirai al nostro prossimo incontro».

Il mercante lanciò un ultimo sguardo al vacillante Galib, poi si accostò al figlio per stringerlo a sé. Quel semplice gesto, pur dettato da sentimenti sinceri, gli riuscì difficile. Manifestare affetto gli costava ogni volta sforzo e impaccio.

Uberto si divincolò. «Padre, smettila, avevo quindici anni l'ultima volta che mi hai abbracciato».

«Stai attento, figlio mio», si raccomandò Ignazio. «Se ti accadesse qualcosa, non me lo perdonerei mai».

«Non temere, sarò veloce e accorto. Ci rivedremo a Tolosa. È probabile che mi trovi già là al momento del tuo arrivo. Se così non fosse, attendimi o lascia indicazioni su dove ti possa raggiungere».

Il mercante annuì. «In caso di contrattempi, ti lascerò un messaggio alla foresteria della cattedrale».

«Me ne ricorderò».

La voce di Galib si insinuò cupa: «È ora di andare».

Dopo un ultimo saluto, Uberto si mise a tracolla la bisaccia e uscì dalla stanza al seguito del magister.

Il vecchio e il ragazzo uscirono dal mastio e aggirarono con cautela gli appostamenti delle guardie, finché non raggiunsero il cortile, dove poterono procedere al sicuro tra le ombre della vegetazione. Galib incedeva con affanno crescente e più di una volta Uberto fu sul punto di sorreggerlo, ma vedendo che il vecchio rifiutava il suo aiuto si decise a seguirlo senza indugio, restando guardingo. Nell'arco di poche ore aveva cambiato più di una volta idea su di lui. Come spesso gli capitava quando si trovava di fronte a eruditi o a uomini di corte, non era stato semplice comprenderlo subito. Inizialmente l'aveva giudicato una persona ambiziosa volta a ingraziarsi il re e a fomentare sospetti, poi, a tavola, gli era parso timoroso e inquieto, infine aveva apprezzato la sua intelligenza e l'affetto sincero per Ignazio. Solo ora credeva di essersi fatto un'idea abbastanza precisa: Galib era cocciuto e orgoglioso, non pavido ma previdente, e soprattutto persuaso di agire per il bene comune. Ma Uberto era anche convinto che gli nascondesse qualcosa.

La sagoma del vecchio continuava ad avanzare sull'erba, trascinandosi sulle gambe con l'accanimento di un soldato ferito. La sua non era una messinscena o il capriccio di un sapiente annoiato, ma una missione che andava svolta a tutti i costi. Proprio per quel motivo, e per la dignità di quel portamento, il giovane si era fidato di lui e aveva scelto di assecondarlo senza chiedere troppe spiegazioni.

Dopo un breve cammino raggiunsero un piccolo edificio di pietra e argilla. Il magister si appoggiò allo stipite dell'ingresso, guardandosi intorno. «Entra, presto», disse.

Uberto varcò l'ingresso e si trovò immerso nell'odore di fieno e sterco animale. La luce lunare penetrava dalle fessure dei muri rischiarando le pareti, dove pendevano attrezzi da stalliere e finimenti equestri da caccia, da guerra e da parata.

Il vecchio attraversò la stanza. «Seguimi».

Superata una sorta di anticamera, giunsero all'interno di una scuderia. E per la prima volta da quando erano usciti dal mastio, Galib rivolse al giovane uno sguardo complice. «Ti piacciono i cavalli?»

«Be', sì», rispose Uberto.

Il magister si avvicinò a un magnifico stallone nero già sellato, accarezzò la criniera dell'animale, poi si assicurò che le redini fossero ben fissate e la sella allacciata a dovere. «Con lui viaggerai veloce».

Era un cavallo di razza. Non si trattava di uno di quei grossi destrieri turcomanni importati in Spagna, idonei a sorreggere il peso di guerrieri corazzati. Ricordava piuttosto i corsieri arabi, sebbene avesse stazza più imponente e zampe più robuste.

«È uno splendido esemplare», ammise Uberto.

Galib sorrise con orgoglio. «Il suo nome è Jaloque, che deriva dall'arabo *šaláwq*, "vento del mare". Mi è stato donato dal califfo Abū al-Alâ' Idrīs al-Ma'mūn, signore del Maghreb, in cambio di alcuni trattati astrologici. Gli arcieri berberi cavalcano su bestie della stessa razza... Ora è tuo».

Il giovane accennò un inchino di riconoscenza e si accostò al cavallo. Gli accarezzò il muso e il collo, infine notò un arco da caccia fissato all'arcione posteriore.

«Si tratta di una precauzione», spiegò Galib, porgendogli una faretra da cintura. «Potrebbe servirti».

Uberto annuì. Allacciò la faretra al fianco destro, infilò un piede nella staffa e salì in groppa con un volteggio. Il corsiero zampettò per qualche istante, poi scrollò il capo ed emise uno sbuffo.

«Con te non serviranno sproni, vero Jaloque?», sussurrò il giovane all'orecchio dell'animale, accarezzandogli la criniera. «Sembri proprio impaziente di lanciarti al galoppo».

Galib, fattosi nuovamente serio, estrasse un incartamento dalla svasatura della manica sinistra e glielo porse con una certa urgenza. «Consegnerai questa lettera a Raymond de Péreille quando sarai giunto alla rocca di Montségur. Gli ho scritto di metterti al corrente delle informazioni di cui dispone sul Conte di Nigredo, e gli chiedo anche di cederti copia di un raro manoscritto alchemico in suo possesso: il *Turba philosophorum*. Penso potrebbe rivelarsi molto utile, a te e a tuo padre, per comprendere le mosse del nemico. E stai tranquillo, il signor de Péreille mi conosce da tempo e non esiterà ad aiutarti».

«Farò come dite, magister».

«Bene, figliolo. Ora ascoltami: quando ti troverai fuori da questo castello, non dirigerti verso l'uscita principale della cinta, ma verso il lato opposto. Segui le mura fino a una piccola cancellata. Lì ti attende una coppia di sentinelle d'accordo con me». Gli porse una scarsella piena di monete. «Da' loro questa e ti lasceranno passare senza esitazioni».

Uberto prese la scarsella e dopo averla soppesata la assicurò alla cintura, vicino alla jambiya. «Dite a mio padre di attendermi a Tolosa». Spronò il cavallo e uscì al trotto dalla scuderia.

Il vecchio lo guardò allontanarsi mentre un improvviso dolore al petto lo costrinse a inginocchiarsi a terra. «Ricorda!», gridò, stringendo rabbiosamente un ciuffo di paglia tra le dita. «Ricordati del *Turba philosophorum*!».

Uberto, già lontano, fece cenno d'aver capito, senza voltarsi.

La sagoma del giovane cavaliere, sempre più distante, svanì nella notte.

Mentre cercava di fare ritorno alle sue stanze, Galib si rese conto di non avere più molto tempo da vivere. Un veleno misterioso gli stava devastando il corpo. Forse l'aveva ingerito a cena, miscelato nella zuppa di segale o nella bevanda al ribes. O magari gli era stato propinato dopo, durante il sonno, prima dell'incontro segreto con Uberto. In ogni caso, la maledetta sostanza iniziava a pregiudicare la sua percezione della realtà.

Le luci delle fiaccole emergevano dalle ombre con abbacinante intensità, allungandosi come bave di lumaca. Gli odori di resina e salnitro gli giungevano alle narici amplificati e rivoltanti, le vertigini gli impedivano di farsi strada, mentre il senso di soffocamento peggiorava a ogni passo.

Ecco perché aveva messo tanta fretta a Uberto, a costo di apparire brusco e perfino sospetto. Da circa un'ora avvertiva i sintomi dell'intossicazione e la sua esperienza in materia l'aveva subito indotto ad attribuirli a un avvelenamento. Era stato costretto ad agire finché era ancora lucido. E ce l'aveva fatta. Era riuscito a indirizzare il ragazzo sulla buona strada.

Ora non gli restava che raggiungere il suo alloggio e consultare qualche libro alla ricerca di un antidoto appropriato, sebbene lo ritenesse uno sforzo quasi vano. Ma prima ancora doveva trovare un modo per informare Ignazio dei suoi sospetti.

La strada che riconduceva al mastio sembrava interminabile e un caldo opprimente al viso e al petto lo costringeva a fermarsi di continuo per riprendere fiato. All'improvviso, durante l'ennesima sosta, si trovò di fronte a una figura avvolta in una cappa nera.

L'incontro fu talmente inaspettato che il vecchio arretrò d'un passo, rischiando di inciampare. «Chi siete?», domandò di primo acchito, ma subito si ravvide: «Ah, vi conosco...».

«Bene», ribatté l'incappucciato. «Così userete maggior confidenza nel rivelarmi dove avete inviato il ragazzo con tanta premura».

«Voi... Maledetto». Il vecchio si portò la mano al petto. «Dunque siete stato voi ad avvelenarmi...».

«Siete perspicace, magister. Leggete bene dentro le persone quasi quanto dentro i libri». La figura avanzò lentamente. «A proposito di libri, immagino sappiate cosa sto cercando. Suvvia, ditemi dov'è il *Turba philosophorum*».

Galib indietreggiò per la seconda volta. «Non vi dirò nulla».

«Pazienza», sospirò l'incappucciato. «Volete sapere una cosa? La dose di veleno che vi ho propinato non sarebbe letale per un uomo in salute, ma voi siete decrepito. Sarà forse questione di attimi... A quanto pare respirate già a fatica».

Il magister ebbe un mancamento ma resistette, e con uno sforzo di autocontrollo si appoggiò a una parete. Fu allora che, in un ultimo barlume di lucidità, vide qualcosa scintillare al collo dell'uomo avvolto nella cappa: un ciondolo dorato che riproduceva la forma di un insetto a otto zampe. «Il simbolo di *Airagne*!», esclamò atterrito. «Quel luogo maledetto...».

«Sì, il castello di Airagne», disse l'ombra, incedendo minacciosa.

«Airagne, la dimora del Conte di Nigredo... Ma certo! Allora voi...».

«Sapete molte cose, magister. Anzi, *troppe* cose». E l'incappucciato gli si avventò contro.

Il vecchio, ormai in preda al delirio, non vide una figura umana avanzare verso di sé, ma otto zampe lunghe e sottili guidate da occhi bulbosi che luccicavano nel buio. «Airagne!», tentò di gridare, sfidando la sensazione di soffocamento, ma il raccapriccio gli serrò la gola. Quando si sentì addosso quella creatura mostruosa, il terrore lo pervase e il suo cuore cessò di battere.

4

Castello di Airagne

Lettera prima – Nigredo

Mater luminosa, scrivo queste carte in laude a te, che fosti mia buona nutrice et magistra. La tua fabula sul jardino dell'alchimia non fu mendace. Io trovai quel jardino nell'ombra del claustro, oltre il tetro portale di Nigredo. *Così nomino la prima fatica dell'Opera, sicché la materia da forgiare si trova in uno stato ancora nigro et imperfecto. Questa nerezza mi rammenta la lana grezza, che è ancora manchevole di forma et di grazia. Nessuno le darebbe maggior valore di un'oncia di gromma, sebbene essa nasconda doti mirabili. Un grande segreto si cela in* Nigredo, *il bruno ventre de la terra.*

Il cardinale Romano Frangipane fece una smorfia dubbiosa e ripose la lettera nel cofanetto in cui l'aveva trovata, insieme alle altre non ancora lette. Chi poteva avere scritto un simile delirio? Certamente una suora impazzita durante la clausura o forse una beghina. Il pulsare della palpebra sinistra preannunciò l'incombere di un mal di capo. Il prelato emise un sospiro e si rassegnò ad accogliere il dolore, inevitabile conseguenza dei suoi mutamenti d'animo. Benché soffrisse di quegli attacchi fin dalla giovinezza, ultimamente si erano acuiti, costringendolo a cercare rifugio nel buio e nel silenzio più assoluti.

Dopotutto, si disse, l'aggravarsi dei disturbi nervosi era normale in certe situazioni, specie in stato di prigionia. Erano settimane che marciva in quella torre, o forse mesi. Difficile stabilirlo. Le bifore si affacciavano su un cielo plumbeo coperto da nebbia e da fumi oscuri che non lasciavano percepire il succedersi del giorno e della notte. Era già un miracolo conservare lucidità e raziocinio.

Un risuonare di passi leggeri anticipò la comparsa di una dama dai capelli rossi raccolti in una crocchia. Il Frangipane le rivolse un saluto ossequioso, poi irrigidì il suo corpo massiccio e intrecciò le dita sul ventre, sfoggiando sei anelli d'oro.

«Sua maestà sembra preoccupata», osservò il prelato.

«Come potrei non esserlo, eminenza?».

Il cardinale avvertì una fitta alla tempia sinistra, seguita da un ramificarsi di pulsazioni sulla fronte. «Non abbattetevi, mia regina. Siete Bianca di Castiglia, la regina di Francia. Verranno presto a soccorrervi».

La dama gli scoccò un'occhiata di biasimo. «Cardinale di Sant'Angelo, per carità, risparmiatemi le solite chiacchiere».

A quelle parole il mal di capo si acuì, suscitando nel Frangipane il desiderio di afferrare quella donna per il collo e di strangolarla. Fu un impulso violento, come violenta era l'avversione che nutriva per lei, per il suo alone di sensualità e di superbia. Non a caso, in ambiente di corte, le era stato affibbiato il nomignolo di "*Dame Hersent*", la lupa del *fabliau* della volpe Renard. E lui in quel momento la vedeva proprio così, una femmina insolente e lussuriosa.

Man mano che quel groviglio di emozioni andava districandosi, il cardinal legato contemplò l'eventualità di schiaffeggiare la Dame Hersent come una sgualdrina da quattro soldi, poi, imponendosi la calma, strinse i denti e abbozzò un sorriso paterno. «Sua maestà deve pazientare ed essere forte. Vedrete che presto il vostro esercito cingerà d'assedio questo castello, e allora il Conte di Nigredo sarà costretto a liberarvi».

«Non è così semplice». Bianca avanzò verso il prelato ancheggiando nel suo abito azzurro. Non aveva ancora compiuto quarant'anni e, benché avesse da poco dato alla luce l'undicesimo figlio, appariva fresca come una rosa. «Fingete di non capire? Il nostro esercito si è sfaldato e vaga per la Linguadoca senza controllo. Il luogotenente Humbert de Beaujeu, che ne è al comando, è stato murato insieme a noi in questa torre».

Il cardinale di Sant'Angelo si ritrovò ad annuire, incapace di staccarle gli occhi di dosso. Il mal di capo gli provocava una lieve vertigine che assopiva la brutalità provata un attimo prima. Ora si concedeva ben altre fantasie. Immaginava di sfiorarle il collo con tocchi leggeri per poi scendere più in basso, sotto le vesti... Premette l'indice e il pollice sui lobi frontali, quasi per impedire alla testa di spaccarsi a metà. Perché era tormentato da desideri che non aveva mai provato? Se solo avesse potuto sciacquarsi la faccia nell'acqua gelida! Combatté quelle malsane pulsioni e si sforzò di parlare con distacco: «Qualcun altro provvederà di certo a sostituire Humbert de Beaujeu, il nostro *lieutenant*, e riprenderà le redini delle milizie».

«Forse avete ragione», disse Bianca, che non sembrava notare i suoi travagli interiori. «Ma dite, nessuna notizia del nostro carceriere?»

«Non si è ancora visto».

«Non capisco», sospirò Bianca.

Il cardinale di Sant'Angelo annuì. «La situazione è strana, il Conte di Nigredo non ha ancora manifestato le sue intenzioni. Si limita a tenerci prigionieri. Probabilmente ciò gli basta a conseguire i suoi scopi».

«Cosa intendete?».

Il Frangipane aprì le braccia, lo sguardo opaco. «Tenendo prigioniera la regina, il cardinale legato che la consiglia e il luogotenente dell'esercito regio, il Conte di Nigredo conta di mettere in stallo la corte di Francia». Lasciò ricadere le mani sulle cosce robuste. Da qualche istante il dolore alla testa cominciava ad attenuarsi, e si rendeva conto di aver ripreso padronanza di sé. «Dopotutto, in seguito alla morte di vostro marito, la lealtà dei baroni del regno si è incrinata. Molti di loro sono diventati inaffidabili e corrotti».

«Lo erano già prima, eminenza. La mia volontà di proseguire la crociata in Linguadoca era finalizzata per l'appunto a vincolarli alla corona». Bianca abbozzò una smorfia sconsolata. «Voi stesso mi consigliaste al riguardo, non ricordate? Grazie alla crociata avrei asservito la nobiltà e beneficiato del favore della Santa Sede».

«Così è stato, infatti», rispose il cardinale. «D'altro canto sono persuaso che dietro il nome del Conte di Nigredo si nasconda un esponente della nobiltà a voi ostile».

«Che sia per questo che non ci è stata fatta alcuna richiesta di riscatto?»

«Probabile, mia regina». Il Frangipane si guardò intorno, cercando fra le ombre della stanza. «Ma si può sapere dove si è cacciato Humbert de Beaujeu? Non lo vedo da ore».

Prima di rispondere Bianca di Castiglia si portò a una bifora, in cerca di un raggio di sole. Ma vide solo nebbia. Il prelato la guardò con autentica devozione. Ora la vedeva lieve, quasi eterea come un angelo. La ferina Dame Hersent era scomparsa, cedendo il posto a una creatura indifesa.

«Il signor de Beaujeu è sceso alle radici della torre, in cerca di una via di fuga», rivelò Bianca. «Spero non si faccia sorprendere dalle sentinelle».

«Quell'uomo è pazzo!», esclamò il cardinale di Sant'Angelo, che non amava le iniziative dettate dall'istinto. «Spero che la sua ansia di compiere prodezze non ci metta tutti in pericolo».

Humbert de Beaujeu era sceso alla base del torrione dove era tenuto prigioniero. Non era stato facile, ma aveva eluso la vigilanza delle guardie strisciando lungo le pareti e sfruttando le rientranze dei muri. L'ingresso principale era troppo sorvegliato per tentare di attraversarlo, perciò aveva proseguito verso i piani sotterranei, che trovò inaspettatamente vasti e intricati. In quei luoghi ristagnava un'aria calda e mefitica.

Seguì un corridoio diretto verso il basso, mentre le torce infisse alle pareti iniziavano a farsi sempre più rade, lasciando spazio a un'oscurità quasi totale. A un certo punto fu costretto ad avanzare a tentoni, appoggiandosi alle murature, finché non si accorse che le pareti di pietra squadrata lasciavano posto a una superficie irregolare scavata nella roccia. Il corridoio era diventato una galleria.

Il lieutenant proseguì, ben intenzionato a trovare una via di fuga per raggiungere il suo esercito e organizzare una controffensiva. Era necessario agire, se voleva salvare la regina.

La galleria lo portò davanti a un grande portale dai contorni abbozzati a colpi di piccone. Humbert ravvisò nella sua forma qualcosa di atavico che lo turbò nel profondo. Ciò nondimeno lo oltrepassò, ma una zaffata di vapore acre lo costrinse subito a indietreggiare. Quelle esalazioni odoravano di fucina, ma erano molto più intense e quasi irrespirabili. Dominò lo sconcerto e proteggendosi il volto con le mani avanzò a occhi socchiusi finché, con sua grande sorpresa, non si trovò davanti a un parapetto. Lasciandosi sfuggire un'esclamazione esterrefatta, capì di trovarsi in cima a un tornante. Sotto i suoi occhi si apriva una discesa a forma di imbuto. Le pareti erano curve, percorse da scale scolpite nel granito che scendevano verso il basso lungo rampe sempre più strette.

Humbert non aveva idea di dove si trovasse, ma gonfiò il petto di coraggio e iniziò la discesa.

Le scale erano ripide e senza corrimani, un passo falso e sarebbe precitato nel vuoto. Inoltre, più si avvicinava al fondo, più percepiva il calore aumentare. Tuttavia un fioco lucore proveniente dal basso rischiarava il cammino, rassicurandolo. Procedette rasente alle pareti, aggrappandosi alle sporgenze della roccia, senza smettere di domandarsi dove l'avrebbero condotto quelle scale. L'ultimo tratto della rampa terminò in un ambiente disseminato di calderoni e vasche di pietra da cui si sprigionavano i vapori che l'avevano investito in cima al tornante. Humbert percepì un rimbombo cadenzato, come un respiro molto profondo, che ricordava il sibilare dei venti fra le cavità dei monti.

Il lieutenant non fece in tempo a orientarsi che si imbatté in un uomo ricoperto di stracci. Camminava verso di lui con le braccia tese e la bocca spalancata in una smorfia di allarme. Humbert riuscì a scansarlo, ma subito dopo si accorse che altri individui si accalcavano alle sue spalle. Era una massa di derelitti, per buona parte segnati da ustioni e da menomazioni. In molti brandivano catene, ganci o altri attrezzi metallici.

«State lontani, miserabili!», esclamò il lieutenant, ripiegando verso la salita.

La folla si ammassò verso di lui iniziando a mormorare una cantilena sempre riconducibile alla medesima frase: «*Miscete, coquite, abluite et coagulate!*».

«State lontani!», gridò ancora Humbert de Beaujeu.

Ma la massa dei derelitti continuava ad appressarsi.

«*Miscete, coquite, abluite et coagulate!*».

«State lontani!».

5

Le fiamme si erano levate alte sulle case di Béziers, oscurando il cielo con una coltre di fumo nero. Era trascorso molto tempo da allora, ma Willalme sentiva ancora le vampe del fuoco sul viso mentre rivedeva le immagini di una folla in preda al panico.

Erano tutti dentro la chiesa di Sainte Marie-Madeleine. C'era anche lui, bambino, premuto da decine di corpi, quasi incapace di respirare. Stringeva la mano di sua madre guardandosi intorno con la faccia annerita dal fumo. Vicino a lui, una bambina stava piangendo.

«Non aver paura, sorellina, ti proteggerò io», e l'aveva accarezzata.

La bimba si era strofinata il viso, guardandolo con gli occhi umidi. Un sorriso.

Poi un rimbombo. Il portone della chiesa aveva iniziato a tremare, percosso dai colpi di un ariete. Gemeva a ogni impatto come un animale ferito, finché non si era spezzato con uno schianto. Willalme ricordò l'irrompere della luce del sole, un chiarore accecante che quasi l'aveva fatto vergognare di essersi rifugiato nel buio. I soldati della croce erano entrati e i rifugiati avevano iniziato a urlare, a spingere come una mandria impazzita.

Willalme aveva stretto i piccoli pugni, pronto a difendere la madre e la sorella. Non voleva che i soldati le uccidessero, come avevano fatto con suo padre. Ma quando si era voltato di spalle non le aveva più viste.

Non c'era più nessuno dentro la chiesa di Sainte Marie-Madeleine.

C'era soltanto lui, nel buio, in un mondo di cenere.

E d'un tratto il rimbombo dell'ariete ricominciava a riempirgli le orecchie. Malvagio. Funesto.

“I miei ricordi sono fatti di cenere”.
Rimbombo.

Willalme si destò di soprassalto mentre la porta della camera veniva abbattuta. Agendo d’istinto, brandì la sua scimitarra che aveva riposto vicino al giaciglio, ma la voce di Ignazio lo fermò: «Riponi l’arma! Vuoi farci condannare?».

Senza comprendere cosa stesse accadendo, vide il mercante alzarsi di scatto e andare incontro agli armati che stavano facendo irruzione. Erano le guardie del castello. Avevano sfondato la porta senza alcun preavviso. Doveva essere accaduto qualcosa di grave.

Il mercante si avvicinò al capo della guardia, rivolgendogli una smorfia di indignato stupore. «Cosa significa questa intrusione? Esigo una spiegazione».

«Dovrete essere voi, señor, a fornirci parecchie spiegazioni», dichiarò il soldato facendo la voce grossa. Guardò nella stanza aggrottando le sopracciglia, tanto folte da spuntare come spazzole dalla celata. «Dov’è vostro figlio?».

Sul momento, il mercante preferì non mentire: «È partito stanotte, su espresso ordine del maestro Galib».

Il capo della guardia non manifestò emozioni, limitandosi ad accarezzare il pomo della spada. «Quel che dite è assurdo. Venite. Seguiteci senza opporre resistenza».

Ignazio e Willalme si scambiarono uno sguardo attonito, dopodiché acconsentirono a lasciarsi scortare all’esterno del mastio.

Le tonalità ambrate dell’alba non scalfivano minimamente i volti rudi dei soldati. Più di tutti, il capo della guardia ostentava un’ostica durezza. Non lasciava trapelare alcuna avvisaglia, tranne un esplicito sentore di gravità.

Raggiunsero in breve un capannello di persone radunato intorno a qualcosa che doveva trovarsi a terra, a giudicare dalla direzione degli sguardi. Prima che Ignazio e Willalme potessero capire di cosa si trattasse, spuntò fra i presenti il cavaliere coinvolto nell’alterco della serata precedente.

«Ma guarda che faccia cupa, il nostro mezz'arabo. Non ha tanta voglia di scherzare stamane», ghignò il guerrejador. «E fa bene, perché tra poco lo guarderemo pendere da una forca».

«Vedo che avete mani e bocca ancora lorde dalla cena di ieri sera, messere», disse il mercante, senza degnarlo di un'occhiata. Il suo sguardo era puntato verso il centro del crocchio, dove i soldati della guardia sembravano intenzionati a condurlo.

Al loro passaggio tutti i presenti si fecero da parte e Ignazio poté finalmente scorgere l'oggetto di tanta attenzione: il corpo di un vecchio sdraiato sull'acciottolato.

«Magister!», gridò, correndo verso il cadavere. «Chi ha osato! Cosa vi hanno fatto...».

Si inchinò davanti al corpo mentre un nodo di emozioni gli stringeva il cuore, ma l'incertezza della situazione gli impose di mantenere il sangue freddo. Doveva capire in fretta se non voleva fare una brutta fine. A giudicare dall'espressione di Galib, qualcosa doveva averlo terrorizzato prima della morte. I suoi muscoli apparivano contratti, quasi pietrificati, mentre il collo e il viso erano completamente ricoperti di chiazze rosse ben più estese di quelle notate la notte precedente. Segni di una congestione, forse. Ma a destare i sospetti del mercante fu una sbavatura verdastra colata dall'orecchio sinistro.

Ignazio toccò quella strana sostanza, trovandola viscida come linfa vegetale, e dopo averla annusata non ebbe più dubbi. «*Herba diaboli*», mormorò.

Il capo della guardia lo afferrò per un braccio. «Cos'avete detto?».

Il soldato non ebbe il tempo di aggiungere altro poiché Willalme gli fu subito addosso. «Lascialo stare!», sibilò il francese, allontanandolo dal mercante con uno strattone.

«Fermati!», ordinò Ignazio. «Vuoi peggiorare la nostra situazione?».

A tali parole, Willalme alzò le mani in segno di resa e abbozzò un cenno costernato. Il capo della guardia lo degnò di uno sbuffo, sistemò usbergo e sopravveste, poi lanciò un'occhiata rapace in direzione del mercante. «Ripetete, señor. Cos'avete mormorato?».

Ignazio osservò per un'ultima volta il cadavere di Galib, quasi prendendo congedo da lui, poi si levò in tutta la sua statura, ben superiore rispetto a quella del soldato. «Herba diaboli», ripeté, scandendo le sillabe affinché tutti capissero. «Si tratta di un'erba che provoca allucinazioni e confondimento, velenosa se usata in dose eccessiva. È anche nota con il nome arabo di *Tatorha*».

Il soldato si passò le dita sulle folte sopracciglia, quasi volesse ricacciarle dentro la celata. «E cosa c'entra con la morte di quest'uomo?».

Il mercante indicò la salma. «Vedete le macchie verdi sul collo e sul lobo sinistro del magister? È quanto resta di un distillato di Herba diaboli che gli è stato versato dentro l'orecchio, probabilmente durante il sonno. Se non avete ancora capito, il maestro Galib è stato avvelenato».

«Questo lo comprendo». Un lampo attraversò gli occhi del capo della guardia. «Quello che mi domando è perché vostro figlio l'abbia fatto».

«Mio figlio? Non capisco».

«È stato visto allontanarsi stanotte dalle scuderie, poco distante da qui». L'armigero indicò il vicino edificio degli stallaggi. «Dev'essere stato lui a uccidere il magister. Poi ha rubato un cavallo ed è fuggito. Ma non credo che abbia varcato la cancellata principale delle fortificazioni, nessuno l'ha visto passare».

«Uberto non aveva alcun interesse a commettere un simile delitto», replicò il mercante, mentre osservava il volto di Willalme incupirsi di preoccupazione.

A quel punto il guerrejador si fece largo tra la calca e puntò l'indice contro Ignazio. «Forse avevate voi interesse a ucciderlo, e avete incaricato vostro figlio di farlo».

«Io amavo il maestro Galib». Il mercante lo fulminò con un'occhiata, quasi volesse incenerirlo con lo sguardo. «Perché mai avrei dovuto avvelenarlo con l'Herba diaboli?»

«Ah, nominate ancora quella pianta maledetta». Il cavaliere piegò i suoi lineamenti volgari in un'espressione tronfia. «Questo prova la vostra colpevolezza. A parte voi, nessuno qui ha mai sentito parlare del maleficio con cui è stato compiuto il delitto...».

«Invece sì, cavaliere», lo interruppe una voce poco distante. Apparteneva a padre Gonzalez de Palencia, che stava avvicinandosi con passo claudicante insieme a Filippo di Lusignano. «Ma la conoscete con un altro nome, molto diffuso da queste parti: "erba delle streghe". Ha foglie larghe e bacche spinose, i suoi fiori sono bianchi o violacei, simili a piccoli imbuti. Dicono venga impiegata dalle *brujas*, le adoratrici di Diana, per compiere incantesimi e per volare».

«Per *immaginare* di volare», lo corresse Ignazio, rilassando lo sguardo. La comparsa dei nuovi arrivati lo rassicurava. «I preparati di Herba diaboli provocano delle visioni, permettendo di sognare a occhi aperti con estrema vividezza, al punto da non distinguere la fantasia dalla realtà».

«A giudicare dalla faccia del povero magister, nei suoi ultimi istanti di vita non deve aver beneficiato di visioni piacevoli», constatò Filippo, avvicinandosi alla salma.

«Solo un emissario di Satana può aver commesso un simile delitto», sentenziò padre Gonzalez, mentre un refolo di vento tiepido gli stropicciava la cappa nera. La luce mattutina si posò sul suo volto, rivelando i lineamenti di un uomo che non arrivava ai quarant'anni, portati tuttavia molto male. Quella senilità precoce sembrava nascergli da dentro, come se il fisico si fosse adattato a una disposizione naturale dell'animo.

«Si tratta di stregoneria, dunque», annunciò il guerrejador a gran voce. «Non se ne parli più. Alla forca! Impicchiamo il mozarabo».

Il Gonzalez gli si parò dinanzi e, non trovandosi al cospetto del re come la sera precedente, si guardò bene dal trattenersi. «Taci, idiota!». L'intimidazione risuonò tanto dura da far calare il silenzio tra i presenti. Il frate scoccò un'occhiata autoritaria in direzione del capo della guardia. «Comandante, prendete questo sconsiderato e rinchiudetelo nelle segrete. Già una volta, ieri sera, ha sfidato la mia pazienza».

Il soldato portò la mano sull'elmo, come se non sapesse interpretare gli ordini. «Intendete il mercante di Toledo o...».

«No, incapace! Alludo a quel cavaliere», sbraitò il Gonzalez. «Allontanatelo dalla mia vista».

Questa volta l'ordine era inequivocabile e le guardie agirono di conseguenza. Afferrarono il guerrejador per le braccia e lo trascinarono via, mentre il malcapitato scalciava come un mulo e imprecava. «Frate, non potete farmi questo! Sono un membro di questa corte! Io sono più utile di...».

«Cosa andate blaterando?». Il tono del domenicano manifestò un disprezzo viscerale. «Voi e gli sgherri della vostra risma siete soltanto utili a ricoprire i campi di battaglia con sangue e carne mozza, vostra o altrui. Questo è il ruolo che vi compete nella storia. Sarebbe meglio se si potesse stabilire il succedersi degli eventi in base all'intelligenza e alla misura, anziché servirsi di una masnada di fanatici privi di cervello. Non temete, cavaliere, non siete più utile di qualsiasi altro soldato. Uno in più o uno in meno... Ne resta comunque un'infinità».

Conclusa l'arringa, il religioso si chetò e rivolse lo sguardo verso Ignazio.

«Devo assolutamente interloquire con sua maestà», gli disse il mercante. «Dove si trova in questo momento? Perché non è qui, a interrogarsi di persona sull'omicidio?»

«Re Ferdinando non verrà». Il Gonzalez alzò le spalle, a intendere che la sua autorità era più che sufficiente a gestire la situazione. «In questo momento sta partecipando a un consiglio di guerra. Pare che un'armata dell'emiro di Córdoba si stia avvicinando da occidente. Occorrerà decidere come respingerla».

«Non abbiate timore, mastro Ignazio», intervenne Filippo di Lusignano. «Sia io che padre Gonzalez siamo persuasi della vostra innocenza. Resta però da stabilire quale fine abbia fatto vostro figlio».

«Come stavo spiegando al capo della guardia», ribadì il mercante, «Uberto è partito prima dell'alba per una missione affidatagli dal maestro Galib».

«Dunque il magister è stato ucciso dopo averlo incontrato», arguì Filippo.

«Dev'essere andata per forza così».

«Forse l'assassino nutriva interesse per la missione affidata da Galib a vostro figlio», dedusse padre Gonzalez. «Dite, mastro Ignazio, di quale compito si tratta?».

Emesso un sospiro stoico, il mercante mentì spudoratamente: «Purtroppo non ne ho la minima idea. Galib ha mantenuto un velo di segretezza, dicendo che me ne avrebbe parlato stamane. E come potete vedere, ora non sarà più in grado di rivelare dove ha inviato mio figlio».

«Capisco», mormorò il Gonzalez. «In ogni caso non si può attendere oltre, dovete assolutamente partire con messer Filippo alla volta di Tolosa. Il vescovo Folco vi aspetta. La salvezza di Bianca di Castiglia dipende da voi».

Il mercante disegnò un inchino. «Come voi ordinate, reverendissimo».

«Vi attendo fra un'ora agli stallaggi», decretò il Lusignano. «Così avrete tutto il tempo per rifocillarvi e fare provviste per il viaggio».

«Io invece predisporrò gli onori funebri per il povero maestro Galib e darò ordine di indagare sul suo omicidio», soggiunse il Gonzalez. «L'assassino non resterà impunito».

A un cenno del domenicano, i soldati della guardia sollevarono il cadavere del magister e lo deposero su una portantina di legno.

Il volto di Galib, ricadendo di lato, sembrò per un attimo riprendere vita. Ma fu solo parvenza. Dopo averlo issato, gli uomini si incamminarono verso il mastio, in direzione di una chiesetta in mattoni, sbiaditi dal sole. In quel luogo la salma del vegliardo avrebbe atteso il momento del funerale.

Ignazio si accodò alla processione senza fiatare. Willalme, sempre al suo fianco, assistette a uno dei rari momenti in cui i suoi occhi rivelavano sentimenti umani. Sapeva bene che presto non ve ne sarebbe più rimasta traccia visibile.

Dense folate di scirocco avevano sostituito il tepore dell'alba mentre il sole, ormai alto, ravvivava i colori degli altopiani. Ignazio seguì con lo sguardo uno stormo di fenicotteri levarsi dalle sponde del Guadalquivir. Gli uccelli, volteggiando nell'aria, disegnarono un arco nel cielo azzurro e si diressero verso l'ormai lontano castillo di Andújar.

Al suo fianco, Willalme sedeva alla serpa con le redini strette nei pugni.

Filippo di Lusignano faceva strada in groppa a un cavallo bianco, lo sguardo puntato a levante.

Il viaggio era iniziato.

PARTE SECONDA
L'OSSESSO DI PROUILLE

Chi dubita dell'esistenza dei demoni osservi gli indemoniati, poiché il diavolo, parlando attraverso le loro bocche e infuriando tanto crudelmente nei loro corpi, dà una prova concreta della sua esistenza.

Cesario di Heisterbach, *Dialogus miraculorum*, V, 12

6

Ignazio riaprì gli occhi con uno sbattere di ciglia, ferito dal barbaglio del tardo mattino.

«Ti sei addormentato?», gli chiese Willalme, che conduceva il carro per una strada polverosa.

«Per poco». Il mercante puntò lo sguardo sull'itinerario, una striscia di terra rossa disseminata di sterpaglie. Il sole picchiava con abbacinante intensità, arroventando le pietre sulla sabbia. Lontani come miraggi, spuntavano frutteti e campi coltivati.

Da qualche giorno si erano lasciati alle spalle le terre di Castiglia e stavano attraversando gli altopiani aragonesi, in direzione di un abitato che sorgeva su un colle vicino. L'avrebbero raggiunto nel primo pomeriggio.

Il Lusignano rallentò l'andatura del cavallo, portandosi a fianco del carro. «Siamo quasi giunti a Teruel. Propongo di accamparci là fino a domattina».

«Buona idea», disse Ignazio. «Così potremo riposarci. Le bestie sono esauste».

«La strada per la Linguadoca è ancora lunga», soggiunse Willalme, osservando uno stormo di uccelli neri che volteggiava con aria poco rassicurante sopra le loro teste. «Avremmo impiegato meno tempo muovendoci via mare, costeggiando Valencia e la Catalogna fino a Narbonne».

«È vero», ammise Filippo, «ma negli ultimi tempi i pirati islamici infestano quel tratto di mare. Le loro navi sono ormeggiate a Maiorca, a dispetto del re d'Aragona, perciò la navigazione sarebbe stata rischiosa».

Il francese fece per ribattere, ma abbassando lo sguardo scorse in lontananza una massa di persone che avanzava nella loro direzione. Schermò gli occhi dai raggi del sole per vedere meglio. A giudicare dagli abiti sembrava una processione di frati, ma quando fu più vicino dovette ricredersi. Comprendeva anche donne e bambini. «Avete visto quella gente?», chiese ai compagni.

«Sembrano venire verso di noi», disse Ignazio. «Ma non c'è da preoccuparsi, da come sono vestiti si direbbero begardi o penitenti».

«Penitenti?», ribatté Filippo con una nota di disprezzo. «Una congrega di miserabili, piuttosto. Non vedete come sono conciati?».

A poco a poco la massa di straccioni si avvicinò ai tre compagni. Alcuni di loro erano pallidi e magrissimi, imbruttiti dalla stanchezza e dalla dissenteria, altri avevano i volti rigati dalle lacrime o scavati dalla disperazione. Ignazio sapeva bene che le terre di Spagna erano battute da vagabondi e pellegrini diretti a Santiago, ma non si era mai imbattuto in una congrega così numerosa e malconcia. Chiese a Willalme di fermare il carro e rivolse un saluto a un vecchio segaligno che si trascinava con un bordone in testa alla moltitudine. «Chi siete?», gli domandò.

«*Bons chrétiens*», gracchiò il vecchio, il suo volto magro ricordava i grifoni dei deserti ispanici. «Non temete. Non intendiamo recarvi alcun danno, solo proseguire il nostro cammino».

Il Lusignano corrugò la fronte. «*Bons chrétiens*, avete detto? Per me assomigliate piuttosto ai cosiddetti "Poveri di Lione", i seguaci dell'eretico Pietro Valdo». Strattonò le redini del cavallo, che iniziava a manifestare inquietudine, e posò la mano sul pomo della spada. «Non sarete per caso in cerca di qualche ministro di Dio da depredare?».

Le pupille del vecchio si dilatarono per lo spavento. «No, *monsieur*, per carità! Non siamo valdesi».

Filippo allontanò la mano dalla spada, ma allargò il volto in un sogghigno minaccioso. «Allora chi siete?»

«*Bons chrétiens*, null'altro». Le mani del vegliardo si giunsero in segno di supplica. «Non siamo gente violenta, non infastidiamo nessuno...».

Ignazio, contrariato dalla piega che aveva preso la conversazione, si espresse in modo più affabile: «Da dove venite?».

A quelle parole il vecchio si rasserenò e indicò l'abitato che sorgeva sul monte vicino. «Siamo stati cacciati da Teruel, così ci stiamo spostando verso gli abitati più prossimi».

«Voi però non siete aragonese, parlate con accento provenzale».

«Infatti proveniamo dal Sud della Francia».

Ignazio lo scrutò incuriosito. «E perché vi trovate in queste terre?».

A quella domanda, le iridi del vecchio si accesero di terrore. «Fuggiamo dagli *Archontes*».

«Gli Archontes?»

«Sì, monsieur». Il vegliardo si aggrappò stancamente al bordone. «Sono i guerrieri che marciano sotto il vessillo del Sole Nero e battono i sentieri di Linguadoca e Provenza assalendo ogni *bon chrétien* che incontrano lungo il tragitto».

Il Lusignano si passò la mano sul mento, visibilmente dubbioso, tuttavia non si pronunciò. Trotterellò con apparente indifferenza intorno al carro del mercante, prendendo nota mentale di quella conversazione, di quel luogo e di quelle facce.

Ignazio, dal canto suo, non volle trattenersi oltre, e alzò la mano in segno di commiato. «Auguro buon viaggio a voi e ai vostri compagni. Che il Signore vi assista».

«Altrettanto a voi, monsieur», ricambiò il vecchio.

La calca di miserabili riprese il cammino e scomparve lentamente all'orizzonte.

Erano ormai giunti alla città di Teruel quando Filippo ruppe il silenzio: «Quegli straccioni erano eretici, senz'ombra di dubbio».

«Lo penso anch'io», affermò Ignazio. «Hanno detto di chiamarsi bons chrétiens, come usano designarsi i catari di Linguadoca. E a quanto abbiamo visto, se la passavano piuttosto male».

«Hanno però nominato gli Archontes», continuò il Lusignano. «Se non sbaglio, questo è il nome dei demoni a capo delle legioni infernali».

«Non solo. Parlando degli Arconti, gli eretici intendono gli esseri soprannaturali che imprigionarono la luce dello spirito dentro la materia, andando a formare il mondo in cui viviamo».

«Sapete molte cose, mastro Ignazio, e alcune di esse sono al limite della conoscenza consentita a un buon cattolico», disse il Lusignano, lasciandosi sfuggire un risolino poco lusinghiero. «Se non foste fedele alla corona castigliana e alla Santa Sede, credo sarei costretto a denunciarvi a un tribunale vescovile».

Il mercante liquidò la questione con un'alzata di sopracciglia. «Sarebbe vostro preciso dovere farlo. Ma continuiamo il discorso, stiamo tralasciando un dettaglio importante».

«Cosa intendete?»

«Il vecchio di prima, alludendo agli Archontes, non si è riferito a esseri soprannaturali ma a un esercito che marcia sotto il vessillo del Sole Nero».

«Ricordo bene, tuttavia mi pare strano. Che io sappia, non esiste nessuna armata contrassegnata da una simile insegna».

«Forse non un'armata, ma qualcos'altro sì».

«Spiegatevi».

«Il Sole Nero è il simbolo di Nigredo, la prima fase dell'opera alchemica. E il nostro nemico, guarda caso, è un alchimista chiamato Conte di Nigredo. Non vi suggerisce nulla?».

Il Lusignano annuì, visibilmente impressionato da quell'affermazione. «Avete ragione, non avevo colto... Credete che le milizie di cui parlava quel vecchio siano le armate del Conte di Nigredo?»

«Non posso escluderlo».

Filippo lo scrutò intensamente, quasi fosse sul punto di fare un'importante osservazione, ma la voce di Willalme interruppe la conversazione: «Guardate, si distinguono le mura della città».

Teruel si offrì ai loro occhi con la grazia pudica di una rosa del deserto. Le mura esterne apparivano della tonalità rosso-nocciola della terra, quasi contagiate dall'arsura dell'altopiano, ma oltre la cinta i tre uomini si trovarono ad ammirare l'eleganza degna di una città orientale, con viuzze sinuose e torri piastrellate di ceramica. Per la maggior parte i palazzi erano di stile *mudéjar*, commistione del gusto romanico con quello arabo. Numerosi musulmani, del resto, convivevano pacificamente insieme alla comunità cristiana.

La compagnia si fece strada tra una selva di edifici e tendoni, in cerca di un ospitale dove poter cenare e trascorrere la notte, e seguì un via vai di turbanti e cappucci fino a imboccare una borgata artigianale. Dietro le facciate delle botteghe si vedevano drappelli di garzoni sgambettare da una fornace all'altra e armeggiare con lunghe pale per estrarre e infornare vasellame dal colore terrigno.

«Quasi dimenticavo che Teruel è una città di ceramisti», disse Ignazio, osservando alcuni artigiani al lavoro.

Invece di ribattere, il Lusignano strattonò le briglie e distese il volto in un'espressione di contegno. Era appena sbucato dalla *plaza* un reparto di armati guidato da un frate a cavallo. Si trattava di un assembramento di fanteria irto di giavellotti, gli *almogavers* catalani agli ordini del re d'Aragona.

A tale vista la maggior parte dei passanti si scansò, stipandosi ai muri o scivolando nelle vie secondarie.

Il frate a cavallo avanzò con alterigia, puntando lo sguardo diffidente sui tre forestieri. Scrutò il loro vestiario, i finimenti del carro e della cavalcatura di Filippo, infine soffermò l'attenzione su Ignazio. «Non mi pare siate di queste parti, señor. Chi siete?»

«Proveniamo dalla Castiglia, venerabile padre», rispose con cordialità il mercante. «Siamo appena entrati in città, cerchiamo un ospitale o una locanda dove trascorrere la notte».

«Ce n'è una piuttosto accogliente qui vicino, presso la grande *catedral*», disse il religioso. «Ma non mi avete ancora risposto: chi siete?»

«Mi chiamo Ignazio Alvarez da Toledo, e costoro sono i miei compagni di viaggio. Siamo diretti in Francia».

Il frate annuì lentamente. «Non ho mai sentito parlare di voi, señor, tuttavia non somigliate alle persone che vado cercando». Piegò la bocca in una smorfia astuta. «Potreste però essermi lo stesso d'aiuto».

«Spiegatevi, ve ne prego».

Il religioso inspirò profondamente, quasi si preparasse a enunciare un bando pubblico, ma poi il suo tono risuonò calmo: «Mi chiamo Juan de Montalban e servo il tribunale vescovile di Saragozza in qualità di *testis synodalis*, indago cioè in nome del vescovo. Sono sulle tracce di un gruppo di eretici fuggiti dalla Provenza. Già una volta sono stati avvertiti di andarsene, ma continuano ad aggirarsi in queste terre. Ebbene, voi saprete che per legge non tolleriamo nelle nostre diocesi alcun tipo di eresia. Perciò se disponete di informazioni al riguardo siete tenuto a riferirle, pena la *diffamatio* o la scomunica, se non peggio».

Per tutta risposta, Ignazio assunse l'inespressività di una sfinge. «Di quale genere di eretici si tratta?»

«Catari, senz'ombra di dubbio. A molti però sono noti come "manichei", dal nome dei loro predecessori orientali, o "albigesi"», precisò il frate con una smorfia di spregio. «Somigliano a una massa di straccioni. Da quanto ho scoperto, sono stati cacciati da questa città nella serata di ieri».

A quel punto la voce di Filippo emerse cristallina: «Li abbiamo visti poche ore fa, padre».

Il religioso puntò lo sguardo verso il Lusignano. «Ne siete sicuro?»

«Sicurissimo», affermò il cavaliere, alzando il mento. «Stavano allontanandosi da Teruel. Erano diretti verso sud-est».

«Molto bene, ve ne sono grato».

Filippo rispose con uno sguardo fiero. «Ero tenuto a farlo, padre Juan. Spero le mie indicazioni vi siano utili».

«Lo saranno senz'altro».

Dopo un saluto sbrigativo, il frate impartì un gesto di comando e la compagnia si dispose in file ordinate, pronta a marciare.

Mostrando le spalle alla plaza, gli almogavers si incamminarono verso le porte della città. Al loro passaggio lasciarono un corteo di facce tirate e bocche semiaperte.

Ignazio, attento che nessuno lo udisse, si rivolse al Lusignano con tono di rimprovero: «Mi meraviglio di voi, messere. Avete appena condannato quella povera gente».

Il cavaliere alzò le spalle. «Era nostro dovere farlo. Un editto regio condanna all'esilio tutti gli eretici che si trovano in terra aragonese».

«Lo conosco bene, quell'editto». Il mercante si incupì, mentre osservava i pugni di Willalme stringersi con rabbia sulle redini. «È stato emanato anni fa da Pietro II d'Aragona, e prevede sanzioni spietate. Gli eretici che ne violano le prescrizioni vengono messi al rogo». Il tono della sua voce si fece grave. «Non vi rimorderà la coscienza il pianto di quei bambini, stanotte?».

Il Lusignano piegò il volto in una smorfia cinica. «Affatto. In qualità di templare, poi di cavaliere di Calatrava, ho spesso dovuto prendere decisioni ben più drastiche». Spronò il cavallo, manifestando un certo nervosismo nei movimenti. «Facciamola finita e troviamo un alloggio, devo inviare un dispaccio a padre Gonzalez de Palencia per comunicargli la nostra posizione».

Ignazio scrutò attentamente il volto di Filippo, scoprendo per la prima volta come la sua durezza non nascondesse bontà d'animo, ma una maschera di sadismo. Passasse pure se quel cavaliere manifestava di tanto in tanto un atteggiamento bigotto, ma il mercante non poteva certo restare indifferente a una simile cattiveria, e provò fastidio al pensiero di essere costretto a collaborare con quell'uomo. Willalme, dal canto suo, iniziò a nutrire per il Lusignano un odio istintivo, destinato a crescere a dismisura.

Verso sera, poco distante da Teruel, si levò una colonna di fumo nero alimentata da fiamme e grida strazianti.

7

In groppa al veloce Jaloque, Uberto aveva attraversato i pianori della Spagna in un soffio. Si era orientato senza problemi lungo il *camino aragonés* e aveva superato i Pirenei presso il valico di Somport, il *summus portus*, per giungere in territorio francese. Era la prima volta che viaggiava solo e ciò gli suscitava un'intensa euforia mista a un senso di libertà, inoltre si sentiva in competizione con il padre. Voleva portare a termine la missione e raggiungerlo a Tolosa in anticipo sui tempi, per dimostrargli il suo valore. Ma questa era solo una parte della verità. Prima di tutto aveva fatto una scommessa con se stesso. Per anni aveva seguito Ignazio alla ricerca di mercanzie sacre e profane, spostandosi dalle città marinare ai mercati del centro Europa, e il padre si era curato di fargli apprendere ogni cosa sui luoghi visitati e sui più vari aspetti del sapere, rendendolo sempre più capace e accorto. Tuttavia quei ricordi nascondevano anche risvolti spiacevoli, poiché Ignazio era un uomo avaro d'affetto. Uberto ne aveva sofferto l'assenza soprattutto durante l'infanzia, quando il padre aveva vissuto in esilio per oltre un decennio, senza mai dare notizie di sé, e costringendolo a trascorrere un interminabile isolamento in un monastero, separato dalla famiglia. Benché ne avesse compreso la ragione, Uberto non era mai riuscito a perdonarlo del tutto e anche in seguito, dopo essersi riunito a lui, non era stato capace di colmare il vuoto di quegli anni. "Ma ora che non mi trovo sotto la sua ala protettrice, sarà almeno costretto a preoccuparsi per me", aveva pensato accettando la missione di Galib.

Il viaggio era proseguito senza intoppi, ma in Guascogna una pioggia torrenziale l'aveva accompagnato per oltre una settimana. Il giovane non si era dato per vinto, e intabarrato in una cappa pluviale aveva cavalcato sotto lo scroscio tra distese di faggi e betulle, attento agli smottamenti del terreno, puntando sempre verso sud. Quando cessò di piovere l'aria divenne afosa, e Uberto si lasciò alle spalle promontori ammantati di verde superando la fortezza di Foix e il castello di Mirepoix.

Infine giunse in una radura deserta che attraversò in preda a un crescente disagio, finché non si imbatté in un villaggio carbonizzato. L'incendio era stato sicuramente doloso, di certo divampato in tempi recenti, inoltre le tracce sul terreno testimoniavano uno scontro avvenuto tra gli abitanti e un esercito invasore. L'unica stranezza era che non si vedessero cadaveri.

Il giovane non se la sentì di fermarsi tra quelle macerie e riprese la via del bosco. Seguì l'alveo di un ruscello, un'esile diramazione del fiume Ariège, e quando la canicola raggiunse l'apice sostò presso uno stagno all'ombra degli alberi.

Il viaggio l'aveva stremato, inoltre erano settimane che non si sbarbava, perciò assicurò il cavallo a un arbusto, concedendosi finalmente una pausa. Sfilò il farsetto chiazzato di sudore e immerse le mani nell'acqua gelida, poi tuffò il viso e sciacquò il petto. Si sentì rinascere.

Dopo un breve riposo riprese il viaggio, si lasciò alle spalle una deviazione per Tolosa e cavalcò con andatura sostenuta per tutto il pomeriggio. Iniziava già a temere di non trovare un bivacco per la notte, quando si accorse di essere giunto ai piedi di un monte. Alzò lo sguardo verso la cima e scorse un castello arrossato dal tramonto. La rocca di Montségur!

L'euforia di essere giunto a destinazione lo rinvigorì, e senza indugio spinse il cavallo lungo il sentiero diretto alla vetta, tra alberi che si diradavano in pascoli cespugliosi sempre più ripidi. Nell'ultimo tratto comparvero spuntoni di pietra nuda e terrazze affacciate sul vuoto, ma Jaloque non mostrò la minima esitazione.

Montségur sorgeva tra sterili protuberanze calcaree. Aveva una forma bizzarra, simile a un pentagono dominato a nord-ovest da un mastio a base rettangolare. L'elemento più curioso, di cui Uberto aveva già sentito parlare, erano i dodici pertugi praticati lungo il perimetro, che gli davano l'aria di un antico osservatorio astrale.

D'un tratto udì delle voci maschili risuonare nelle vicinanze, poi vide un gruppo di soldati sbucare tra i massi. Alcuni portavano scudi triangolari "ad aquilone", altri impugnavano lance e brocchieri. Il giovane indicò l'ingresso della rocca, ormai ben visibile in fondo al sentiero, e dichiarò di avere un messaggio per il castellano. A quelle parole, lo lasciarono passare.

Le mura di Montségur ospitavano una piazzola occupata da tendoni e stabili di legno. Nonostante l'ora tarda c'era ancora movimento di folla, per la maggior parte plebei abbigliati poveramente.

Uberto affidò Jaloque a un giovanissimo stalliere, poi allungò il passo verso il mastio, reputandolo il luogo più idoneo dove poter trovare Raymond de Péreille. Ma prima che potesse raggiungerlo fu attratto dal movimento dei passanti che si stavano raccogliendo al centro della borgata. Contagiato dall'entusiasmo generale li seguì, e quando giunse al centro del raduno vide un ragazzo vestito con un saio inginocchiato davanti a un vecchio dall'aria veneranda. Stava rivolgendo una supplica, «*Benedicite*», mentre il vecchio gli poneva una mano sul capo recitando il *Paternoster*.

Uberto riconobbe il rituale cataro del *consolamentum*, ma con una punta di delusione constatò che non avvenivano le oscenità descritte dai religiosi cattolici. Nessuno sgozzava bambini, adorava gatti o baciava il culo a Satana. Il rito consisteva in una semplice richiesta presentata da un ragazzo a un anziano di pregare per lui. Sapeva anche quanto fosse raro assistere a tali eventi in pubblico.

La recita del *Paternoster* terminò e il ragazzo al centro dello spiazzo levò gli occhi al cielo, spiritualmente rinato. Mentre la folla iniziava a disperdersi, Uberto riprese il cammino verso il mastio. Non impiegò molto per raggiungerlo.

Il torrione sorgeva a margine della piazzola, l'entrata era sorvegliata. Osservando la struttura il giovane si accorse che una donna lo stava osservando da una finestra. Gli parve molto bella, benché segnata da una certa preoccupazione, e non poté evitare di rivolgerle un cenno di saluto. Lei gli sorrise per un istante, poi scomparve.

La voce di una guardia lo riportò alla realtà: «Forestiero, non potete sostare qui davanti».

«Devo incontrare Raymond de Péreille, il castellano», fu la risposta di Uberto. «Ho un messaggio per lui».

Uberto fu scortato agli appartamenti del castellano, in cima al mastio. Le guardie lo fecero attendere davanti a un portone chiuso mentre il signor de Péreille veniva informato della sua presenza. Poco dopo gli fu dato il permesso di entrare.

La sala era illuminata da poche torce, con pareti tappezzate da arazzi e finestre ad arco affacciate sulla piazzola sottostante. Al centro vi era un tavolo rettangolare.

La luce delle fiamme lambì una figura maschile uscita dalla penombra. Era un ometto tarchiato, fulvo di pelo, tra i quaranta e i cinquant'anni, il capo rotondo segnato dalla calvizie e la barba ricciuta. Indossava un giustacuore azzurro e una tunica di velluto rosso, sulla fibbia della cintura esibiva lo stemma gentilizio di Mirepoix. Doveva trattarsi di Raymond de Péreille.

Camminò con andatura traballante verso il centro della sala e strinse gli occhi astuti, simili a quelli di un furetto, tenendoli puntati sul giovane. Come gesto di saluto, sollevò il calice e ne ingollò il contenuto in un sorso. «Dunque voi sareste Uberto Alvarez, nientemeno che dalla Castiglia...», disse con voce roca, poi si pulì con la manica una sbavatura colata dalla bocca. «Chi avete detto che vi manda?»

«Il venerabile Galib, che fu *socius* di Gherardo da Cremona», rispose Uberto, incapace di comprendere se la persona davanti a lui fosse davvero alticcia o stesse dissimulando. «Ho una lettera vergata di suo pugno a dimostrazione di quanto affermo. È indirizzata a voi».

«Mostratemela», disse bonariamente il de Péreille. «E mettetevi pure a vostro agio. Siete mio ospite».

Uberto frugò nella bisaccia ed estrasse il rotolo di pergamena consegnato da Galib, lo porse al nobiluomo, poi si guardò intorno in cerca di un punto dove sedere finché trovò un bel seggio dotato di braccioli e schienale.

Raymond lo osservò accomodarsi. «Sarete provato dal viaggio, immagino».

«Infatti», rispose il giovane.

Il castellano soffermò lo sguardo su di lui per un attimo ancora, quindi controllò la missiva con fare annoiato. «La lettera si direbbe autentica... Sì, sembra proprio scritta dal maestro Galib». Inarcò le sopracciglia. «A quanto pare il magister non insegna più allo Studium di Toledo...». Proseguì nella lettura. «La situazione è piuttosto seria, direi», concluse.

«Speravamo appunto in un vostro aiuto».

Raymond agitò la lettera come un ventaglio, poi lasciò cadere le braccia ciondoloni. «Cosa volete da me esattamente? Riassumete con parole vostre, la verbosità di questa missiva mi confonde... O forse ho bevuto troppo...».

Uberto puntellò i gomiti sui braccioli e si sporse in avanti, avvertiva nell'interlocutore una velata ostilità. «Come scritto dal maestro Galib, vorremmo ottenere informazioni sul Conte di Nigredo».

Il castellano sfoderò un risolino sarcastico. «Ah, cose da nulla insomma. Vi serve nient'altro?»

«Il magister ha accennato a un manoscritto alchemico in vostro possesso, il *Turba philosophorum*. Chiede se sia possibile ottenerne una copia».

«Per soccorrere Bianca di Castiglia?».

Il giovane aggrottò la fronte e fissò il nobiluomo dritto negli occhi. «Precisamente».

Il signor de Péreille distolse lo sguardo. «Spiacente, monsieur. Non posso accontentarvi».

«Ma come! Il magister mi ha assicurato...».

Raymond, assai incupito, cercò di giustificarsi: «È vero, tempo fa conobbi Galib e per anni ho nutrito una sorta di venerazione per lui. Mi sarebbe piaciuto introdurlo presso il mio seguito e beneficiare dei suoi consigli. Chi non lo desidererebbe, del resto? È un grande uomo, un sapiente». Sospirò. «Ciò nondimeno, le circostanze attuali mi impediscono di accondiscendere alle sue richieste».

«Quali circostanze? Spiegatevi».

Gli occhi che si posarono di nuovo su Uberto non erano affatto quelli di un ubriaco. «Mi sembrate un giovanotto sveglio, monsieur. Vi sarete senz'altro reso conto di cosa succede fra le mura di Montségur. Quale tipo di gente vi trovi rifugio, intendo dire».

«Catari, è ovvio». Il ragazzo si rizzò contro lo schienale, sentendosi minacciato. «Mi è bastato entrare nella rocca per assistere a un episodio raro da vedere in pubblico. Un uomo ha ricevuto il consolamentum sotto gli occhi di tutti».

Raymond annuì, un rossore ironico sul volto. «Spero non vi abbia turbato assistere a una pratica generalmente ritenuta... come dire... eretica».

«Figuratevi». Uberto aprì le mani con fare diplomatico. «Sono di altra natura le cose che hanno il potere di turbarmi».

«Del resto il consolamentum è l'unico sacramento che abbia valore per chi segue alla lettera il Vangelo di Giovanni. Perciò i catari amano definirsi bons chrétiens. Invece i *boni homines*, i loro maestri, vengono chiamati *perfecti*. Uno di loro è Bernard de Lamothe, il vecchio che avete visto nella piazza».

«Non capisco come ciò possa impedirvi di accondiscendere alle richieste di Galib. Né io né il magister osteggiamo le scelte di culto professate in questo luogo».

Raymond fece spallucce, e nel rispondere lasciò trapelare una nota burlesca: «All'inizio confesso di avervi scambiato per una spia del papa o qualcosa del genere, monsieur. Ma dopo molte traversie, posso dire d'aver imparato a riconoscere un bugiardo quando ne ho uno di fronte. La vostra sincerità è fuori discussione, credetemi. Però non posso affermare altrettanto del regno che rappresentate. Ferdinando il Santo è un sovrano cattolicissimo, proprio come sua zia Bianca... Mettetevi nei miei panni. Come posso fidarmi?».

Uberto cercò di nascondere il nervosismo, come gli aveva insegnato suo padre. «Io non rappresento Ferdinando III. Nessun componente della *curia regis* castigliana è al corrente di questo incontro».

«Illuso». L'interlocutore trattenne a stento una risata, posò sul tavolo la lettera di Galib e afferrò una fiasca di ceramica. «Questa sera sono tremendamente scortese, non vi ho ancora offerto da bere. Gradireste un sorso di quest'ottimo vino? Si chiama Aygue ardent. Proviene dall'alta Garonna».

«No, grazie».

«Come volete». Il castellano parve deluso dalla risposta. Riempì comunque il proprio calice e lo portò alla bocca con un'alzata di spalle. Dopo aver ingollato il vino, i suoi occhi brillarono più intensi. «Nulla si muove nella corte castigliana senza l'assenso di Ferdinando III e di padre Gonzalez de Palencia. Seguite un mio consiglio, non sottovalutate quel maledetto domenicano. Non è solito lasciare nulla al caso».

«Intendete che fra' Pedro Gonzalez sia coinvolto personalmente in questa vicenda?»

«Intendo che il Gonzalez è senz'altro in combutta con un prelato molto influente in queste terre e di cui certo avrete sentito parlare: il vescovo Folco di Tolosa». Raymond posò il calice vuoto sul tavolo. «All'apparenza curano gli interessi di regni differenti, ma obbediscono entrambi a un'unica persona...».

«Il papa», intuì Uberto.

«Infatti. Il vescovo Folco, in specie, fa riferimento all'inviato della Santa Sede in Francia: Romano Frangipane, cardinale di Sant'Angelo. A lui deve la massima obbedienza, più ancora che alla regina Bianca».

«A me non interessano questi intrighi», chiarì il giovane. «Voglio solo rintracciare il Conte di Nigredo».

«Siete un ingenuo, monsieur. Di cosa credete stiamo parlando? Il Conte di Nigredo è molto vicino a questi prelati, più di quanto immaginiate».

«Come fate a esserne certo?»

«Anche il Conte di Nigredo odia i catari», si limitò a rispondere il nobiluomo. «I suoi dannati mercenari battono palmo a palmo la Linguadoca, bruciando ogni villaggio che ospiti i bons chrétiens».

«Ora capisco...». Uberto strinse gli occhi felini. «Ma i suoi mercenari non uccidono gli abitanti. Li fanno prigionieri, giusto?».

Il signor de Péreille parve cadere dalle nuvole. «Come lo sapete?»

«Ho ragionato». Per un attimo il giovane credette di avere in pugno il suo interlocutore. «Oggi stesso, avvicinandomi a Montségur, mi sono imbattuto in un villaggio incendiato. È stata opera di un esercito, senz'ombra di dubbio, ma non ho visto nessun cadavere. Solo ora ho messo insieme i tasselli del mosaico: per un motivo che ancora ignoro, le truppe del Conte di Nigredo rapiscono gli abitanti dei villaggi catari. E voi esitate ad aiutarmi perché le temete».

«Presso Montségur, avete detto?». Raymond si lasciò cadere su uno scranno ai bordi del tavolo. «Gli Archontes si sono spostati più a occidente di quanto pensassi...».

Il giovane batté i palmi sui braccioli. «Dove vengono portati gli abitanti dei villaggi? E chi sono gli Archontes?»

«Voi sapete già troppo, monsieur», mormorò il nobiluomo.

Uberto scattò in piedi, i pugni stretti sui fianchi. «Tuttavia non abbastanza, mio signore. Aiutatemi, ve ne prego».

Raymond scosse il capo. «Sono spiacente. Il Conte di Nigredo, se osteggiato, può rivelarsi un nemico implacabile... E io non dispongo di milizie sufficienti a respingerlo».

«Ma beneficiate della protezione del conte di Foix!».

«Foix?». Il castellano sorrise beffardo. «Credetemi, al momento è più interessato a mettere le mani sul principato di Andorra».

«Cedetemi almeno una copia del *Turba philosophorum*», insistette Uberto. «Me ne andrò subito dopo e non sentirete più parlare di me, lo giuro».

Il volto del signor de Péreille si inasprì di colpo, manifestando un amalgama di astuzia e dispiacere. «Ma non avete ancora capito, ragazzo mio? Il *Turba philosophorum* non uscirà mai da qui. Resterà nascosto nell'ombra, sotto il segno del Leone... E neppure voi uscirete da questa rocca». Fissò l'uscio e chiamò imperioso: «Guardie, prendete quest'uomo!».

Il portone della sala si spalancò ed entrarono due soldati, che afferrarono Uberto per le braccia e lo trascinarono via senza usare troppo ritegno.

Il giovane si dibatté con furia, lanciando occhiate indignate in direzione di Raymond. «Non potete farlo! Non avete diritto di imprigionarmi! Comportatevi con onore!».

Il volto del castellano si deformò in una maschera di rabbia. «L'onore è un lusso che non posso concedermi, ragazzo». Indicò con un gesto secco una finestra affacciata all'esterno. «Guarda la gente laggiù, accampata nel borgo. Cosa patirebbe se queste mura venissero cinte d'assedio? E la mia famiglia? A quale destino andrebbe incontro? Come credi che possa permettermi di pensare all'onore in un momento come questo? Io ho un'unica missione, difendere Montségur». Con un guizzo inatteso ghermì la lettera del maestro Galib e la accostò a una torcia, così che le fiamme potessero divorarla. La sua bocca frattanto si storse in un ghigno spietato. «Per quel che mi riguarda, Bianca di Castiglia può marcire in eterno fra le spire di Airagne».

Uberto fece appena in tempo a udire quell'ultima parola, prima che la sagoma di Raymond de Péreille sparisse dietro il battente di una porta. Solo allora la disperazione si impossessò del suo cuore, mentre il buio iniziava a stringersi intorno a lui.

Non poteva immaginare che poco distante da quel luogo si stessero svolgendo eventi destinati a condizionare per sempre la sua vita.

8

Fra' Blasco da Tortosa attraversò la sala dell'interrogatorio con passetti nervosi, affacciandosi all'unica finestra per osservare le gibbosità del paesaggio al chiaro di luna. Quella notte c'era nell'aria una punta di salmastro. Forse il vento la portava dalle scogliere catalane o, più probabilmente, dalle coste di Linguadoca. Pensare al mare risvegliava sempre in lui ricordi di giovinezza.

Dopo aver inspirato a fondo, aggrottò lo sguardo e si rivolse all'interno della stanza, dove un giovane francescano seduto a uno scrittoio e un imponente saraceno dalla pelle nerissima attendevano i suoi ordini. Soprattutto il moro, di nome Kafir, gli era molto devoto. Fra' Blasco lo aveva conosciuto anni addietro, presso Barcellona, in un mercato di schiavi. Lo aveva liberato per convertirlo con pazienza al cristianesimo, e aveva trovato in lui un servo taciturno e fedele.

Fra' Blasco fece un gesto disinteressato. «Per ora basta, Kafir. Lascia che respiri».

A quelle parole il moro si avvicinò a un grosso bacile di legno posizionato al centro della sala, tanto alto da arrivargli al petto. Il recipiente era colmo d'acqua, dalla quale affioravano due piccoli piedi bianchi legati a una fune che pendeva da una carrucola fissata al soffitto.

Kafir agguantò la cima e fece forza con le sue braccia nerborute. Dall'acqua emerse un corpo di donna appeso a testa in giù.

Fra' Blasco osservò con distacco quell'immagine femminea. Le si accostò in cerca di un segno di vita, combattendo la seduzione di quel volto giovane e attraente, coronato da una matassa lucida di capelli neri.

Il petto della prigioniera ebbe una contrazione e il suo viso esplose in una crisi di tosse.

«È viva, grazie a Dio», squittì il francescano arroccato dietro lo scrittoio, e non potendo evitare di ammirare la nudità della donna, si schiarì la gola imbarazzato. «Sarebbe meglio riportarla in cella per aspettare che si riprenda».

«Prima deve decidersi a rispondere», sentenziò Blasco da Tortosa, poi notò che la prigioniera aveva iniziato a respirare con regolarità e ringhiò in sua direzione: «Ebbene, femmina, confermi di essere un'eretica?».

Un filo di voce le uscì dalle labbra: «No...».

«Bugiarda, poco fa hai confessato il contrario».

«Mi tenevate a digiuno da giorni...», disse lei, tossendo ancora. «Era l'unico modo perché mi deste almeno da bere...».

«Be', e non sei contenta? Ora hai tutta l'acqua che vuoi». Fra' Blasco si aggrappò all'orlo umido del bacile, trattenendo un brivido di piacere. «Dimmi, vipera, appartieni alla genia dei catari? O sei piuttosto una valdese?»

«No...».

«Forse allora idolatri le *foeminae sylvaticae* o le tre *fatae*. Molte villane coltivano in segreto queste superstizioni. È così pure nel tuo caso?»

«No...», mormorò di nuovo la ragazza.

«Menzogne! Tutte menzogne!», sbraitò il frate. «Sei stata catturata qui vicino, ai confini della Linguadoca. Vagavi senza meta, blaterando del Conte di Nigredo e degli Archontes. Vuoi spiegarmi da dove vieni? Non sei di questi luoghi, parli latino, ma con uno strano accento».

«Vengo dall'inferno... da un luogo di fuoco e di metallo fuso...».

«Continui a prenderti gioco di me! Ora vedrai». Fra' Blasco fendette l'aria con un gesto rabbioso. «Kafir, lascia andare la corda».

Il moro obbedì, e prima che l'appesa potesse inspirare ricadde dentro il bacile. Si dibatté nell'acqua mentre i capelli le avvolgevano il viso come un groviglio di alghe. Le mani, legate dietro la schiena, non potevano esserle d'aiuto, ingigantendo quel senso di impotenza che, più ancora del soffocamento e della paura, dominava il suo stato d'animo. Il fatto che altri potessero disporre a piacimento della sua persona, che la tenessero prigioniera e la sottoponessero a umiliazioni inaudite, fomentava in lei una rabbia silenziosa. Quel sentimento era l'unico appiglio per non cedere alla disperazione, e resistere a qualsiasi ingiuria. Era come se una parte sconosciuta del suo animo, più dura e coraggiosa, fosse emersa dall'ombra per governarla con polso.

Il francescano lasciò cadere lo stilo con cui stava scrivendo e scattò in piedi esasperato. «Non possiamo tormentarla in questo modo! Nessuno la accusa di alcunché. Quale diritto abbiamo...».

«Ce l'abbiamo, padre Gustave», lo rimbeccò fra' Blasco. «Il decreto papale *Ad abolendam* ci permette di interrogare i sospetti di eresia anche in assenza di testimoni. E se non bastasse, il quarto concilio lateranense ci sprona a scoraggiare ogni devianza religiosa».

«Ma la tortura non è consentita...».

«Sbagliate ancora, mio caro. In sede di interrogatorio, il *Decretum Gratiani* ammette tre eccezioni nelle quali poter applicare la tortura: dinanzi all'accusatore di un vescovo, a uno schiavo o a un villano sospetto. E questo è chiaramente il nostro caso». Fra' Blasco accentuò il cipiglio. «So quel che faccio. Limitatevi a stendere il verbale dell'interrogatorio e toglietevi dalla faccia quell'espressione spaventata».

Padre Gustave sprofondò tra le carte dello scrittoio, raccattò il calamo e fissò la superficie tremula dell'acqua. «Fatela issare, in nome di Dio. Non potrà reggere a lungo».

«Può resistere più di quanto immaginiate».

Immersa nel bacile, la ragazza percepiva suoni bassi e cacofonici provenire dall'esterno. Sapeva che stavano parlando di lei ma non vi prestava più attenzione, il torpore aveva preso il sopravvento. La mente si affollava di immagini confuse, finché d'un tratto si ritrovò a fissare un mare in burrasca. Le onde spumavano con roboante intensità, infrangendosi su scogli verdi di alghe, mentre al largo le acque si aprivano in un gorgo spaventoso...

Un improvviso scroscio e il riacquistato senso di pesantezza la strapparono dalla semicoscienza. Emise un colpo di tosse così violento da somigliare a un conato di vomito. Lo sterno parve spezzarsi per lo sforzo. Inspirò con affanno, a scatti, mentre il suo corpo magro oscillava nel vuoto.

Fra' Blasco, implacabile, le fu subito al fianco. «Parla ordunque! Dimmi chi è il Conte di Nigredo!».

«Non lo so... Non lo sa nessuno...».

«Non ci credo. Dimmi chi è o ti faccio immergere ancora».

L'intimidazione di tortura le si conficcò nella mente come un chiodo, generando una nuova ondata di rabbia che non riuscì a trattenere. E l'altra parte di sé, acquattata in un angolo della mente, si manifestò in una vampata d'istinto. «È il diavolo! Sei contento?», gridò. «Il diavolo! Il diavolo! Il diavolo! E ora lasciami andare, maledetto! Liberami! Voglio andarmene! Liberamiii!».

Padre Gustave scattò per la seconda volta in piedi, agitatissimo. «Sta delirando. Non può esserci di nessun aiuto in questo stato».

L'appesa continuò a gridare, schiumando dalla bocca come un ossesso, poi gettò gli occhi all'indietro e svenne.

«Maledetta strega», esclamò fra' Blasco. «Ha trovato il modo di sottrarsi all'interrogatorio». Riluttante a concedere una tregua, si rivolse al moro. «Slegala e portala alla sua cella, Kafir. Ma non creda d'averla vinta. Domattina la sottoporremo ai tratti di corda».

Le prigioni si trovavano nei sotterranei del convento. Per raggiungerle era necessario uscire dalla sala dell'interrogatorio, che aveva sede in un edificio isolato per non turbare la quiete dei religiosi, e poi attraversare un giardino confinante con l'aperta campagna.

Kafir issò in spalla la ragazza svenuta, ricoperta soltanto da una casacca di tela grezza, e si avviò verso l'uscita al seguito di fra' Blasco e di padre Gustave. Percorsero un breve corridoio che dava all'esterno, guidati dal bagliore di due fiaccole sistemate ai lati dell'uscio.

Quando furono a pochi passi dal portone, un indefinito raschiare risuonò dall'estremità opposta del battente.

Blasco da Tortosa tese le orecchie e controllò allo scuretto, ma fuori non vide nulla eccetto un'innocua distesa di erba. Forse era stato il vento o lo stormire delle fronde, si disse, e sbloccò il catenaccio con una sequela di mandate. Non era tipo da lasciarsi suggestionare, lui. Anni prima aveva sfidato i saraceni di Maiorca al fianco di Pietro Nolasco. Ciò nondimeno, dopo aver aperto la porta levò un grido.

Nel buio della notte luccicavano due occhi lupini. Un balzo felpato e fra' Blasco fu sopraffatto da un ringhio di zanne avvolte in una massa di pelo nero. Gridò ancora, più forte.

Kafir lasciò cadere la ragazza e sguainò la daga che portava appesa alla cintura. Era l'unico uomo armato nei dintorni, doveva intervenire. Superò padre Gustave e posò lo sguardo sulla belva riversa sul frate. Esitò un attimo, quella scena aveva un che di diabolico. Poi alzò la lama, pronto a colpire, ma qualcosa lo trattenne. Due braccia magre, ancora umide, lo cinsero al collo con sorprendente vigore. La ragazza! Il moro urlò, fuori di sé per la collera, cercando di scrollarsela di dosso.

Ma appena Kafir riuscì a liberarsi, fu aggredito dal cane nero. Cadde a terra, il morso della bestia stretto nell'avambraccio destro, mentre la ragazza approfittava della sua momentanea impotenza per strappargli la daga di mano. Brandì l'arma e minacciò di ucciderlo, gli occhi di giada dilatati dall'odio. Ma non lo colpì. E dopo una breve indecisione, gettò l'arma e fuggì via.

Vedendola allontanarsi, il cane lasciò la presa e la seguì.

Kafir si rialzò in piedi con il braccio destro pulsante di dolore, raggiunse il corpo accasciato di fra' Blasco e si chinò su di lui, in una pozza di sangue. La gola era stata squarciata dal morso del cane, il suo petto si alzava e abbassava con scatti irregolari, sempre più deboli.

Inaspettatamente il frate parlò: «Per me è finita... Vai... Uccidi quella *foemina sylvatica*... Uccidila per me...».

Il moro acconsentì con devozione, mentre quel volto arcigno, insolitamente pallido, si svuotava della vita. Obbedire, lui doveva solo obbedire. Questo aveva imparato, sin dall'infanzia. E così avrebbe fatto. Un attimo dopo raccolse la daga e si incamminò verso l'uscio, oltrepassando padre Gustave che si era inginocchiato a terra tremebondo.

Si affacciò all'esterno appena in tempo per scorgere due figure, la ragazza e il cane, prima che sparissero fra le ombre dell'aperta campagna, oltre la sagoma sghemba di una staccionata.

9

La prigione dove Uberto era stato rinchiuso appariva meno tetra del previsto. Le pareti erano di pietra calcarea e culminavano in un soffitto alto abbastanza da consentirgli di stare eretto, il pavimento era pulito e cosparso di paglia secca. Non mancava un giaciglio, ma dopo averlo esaminato il giovane evitò di coricarsi, trovandolo infestato dalle pulci. Preferì rannicchiarsi a terra, di fronte al battente sprangato dell'ingresso.

Passarono due giorni scanditi soltanto dalle variazioni della luce che filtrava da una stretta finestra, mentre il mondo esterno, con i suoi eventi lontani e impercettibili, sembrava prendersi gioco di lui.

Uberto, che non sopportava gli ambienti chiusi e ancor meno accettava di stare con le mani in mano, sprofondò nello sconforto. Nei giorni precedenti, mentre attraversava le distese dell'Aragona e della Linguadoca, si era sentito un grand'uomo e gli era parso di stringere il mondo in pugno. Persino quando si era trovato di fronte a Raymond de Péreille aveva creduto fino all'ultimo di poterlo convincere, superandolo in astuzia e in intelligenza. Invece era stato uno stupido. L'ansia di compiere la sua missione non l'aveva fatto riflettere abbastanza. Ecco la verità. Se si trovava in quella situazione lo doveva soprattutto a se stesso. Avrebbe dovuto agire con cautela, misurare le parole, intuire i propositi del castellano... Per di più lo infastidiva di aver fallito dove probabilmente Ignazio se la sarebbe cavata con disinvoltura. Gli parve quasi di udire le sue parole di rimprovero per essersi comportato con eccessiva avventatezza, e sorrise amaro. In quel momento avrebbe preferito udirle davvero, quelle parole, anziché trovarsi in una cella. Soprattutto al pensiero che forse l'avrebbero lasciato crepare là, senza che nessuno venisse mai a sapere della sua fine.

Ma la terza notte di prigionia accadde qualcosa. Sgusciò da un sonno agitato, accorgendosi che la porta della cella tremava, poi udì lo sferragliare del chiavistello e vide il battente aprirsi. Una figura minuta si fece avanti rischiarando l'ambiente con una lucerna. Una donna.

Non la riconobbe subito, poi ricordò di averla vista a una finestra del mastio prima di incontrare il de Péreille. Nel frattempo scattò in piedi, pronto a sfruttare l'occasione per tentare la fuga. «Chi siete?», le chiese.

Lei avanzò con passo lieve, lo sguardo fermo. Prima di parlare illuminò il prigioniero con la lucerna. «Sono Corba Hunaud de Lantar, moglie di Raymond de Péreille».

Uberto annuì guardingo, aveva già sentito parlare di Corba de Lantar. Era stata un buon partito per il signor de Péreille, dato che vantava legami di parentela con il conte di Tolosa, e tuttavia la casata da cui discendeva era nota anche per le sue inclinazioni ereticali influenzate dai perfecti del movimento cataro.

Malgrado la situazione, il giovane non sorvolò sulla bellezza della dama. Aveva lineamenti raffinati e lunghi capelli castani, e pur essendo di corporatura minuta emergeva slanciata fra le tenebre. Indossava un *bliaut* giallo che le scendeva fino ai piedi e uno scialle azzurro tenuto sulle spalle. Doveva essere di poco più grande di lui.

«Cosa ci fate in questa segreta?», le chiese, assicurandosi che non vi fossero terzi nascosti nell'ombra. Non sapeva ancora cosa pensare di quella visita inaspettata, ma non si sarebbe fatto sorprendere una seconda volta. «I sotterranei non si addicono certo a una nobildonna».

«Comprendo la vostra diffidenza, monsieur». La voce di Corba risuonò quasi carezzevole. «Sappiate comunque che sono qui per liberarvi».

«Non capisco... Vostro marito...», farfugliò il prigioniero.

«Non meravigliatevi. Per quanto stentiate a crederlo, agisco anche nel suo interesse».

«Ne siete convinta? Il castellano non è ben disposto nei miei confronti».

«Dovete scusare Raymond per il suo atteggiamento», sospirò lei. «Non è solito comportarsi in modo brusco, ma due giorni fa, quando vi ha dato udienza, era stravolto dal dispiacere. Aveva appena fatto ritorno da Labécède, dove si era recato sotto mentite spoglie per informarsi sulla cattura di alcuni suoi cari amici. Purtroppo è arrivato tardi. Sono stati giudicati eretici dal vescovo Folco e arsi sul rogo insieme ai familiari».

«Mi rincresce. Non potevo sapere».

Corba annuì. «So quanto sia difficile comprendere Raymond. Non è pavido, ma teme per chi gli sta accanto. D'altronde, cercate di capire, stiamo vivendo una situazione difficile... Da tempo Montségur è additato dalla Chiesa come un rifugio di eretici. E se dovessimo inimicarci anche il Conte di Nigredo...».

«Per voi sarebbe la fine», soggiunse Uberto. «Vostro marito me lo ha già spiegato. Ma ditemi, da quanto tempo il Conte di Nigredo rappresenta per voi una minaccia?»

«Non da molto, a dire il vero. Prima degli ultimi mesi, il Conte di Nigredo era soltanto una leggenda legata a eventi quasi dimenticati. Si favoleggiava su di lui, descrivendolo come un crudele alchimista. Quando abbiamo scoperto che dietro i recenti accadimenti si celava il suo nome, ne siamo rimasti sconvolti».

Uberto portò la mano al mento. «Secondo Raymond, il Conte di Nigredo è in combutta con certi alti prelati».

«Lo penso anch'io, monsieur. Però i suoi legami con la Chiesa sono misteriosi. Da quando imperversa in Linguadoca, il Conte di Nigredo ha manifestato un'indecifrabile doppiezza. Con il rapimento di Bianca di Castiglia sembrava volesse appoggiare il Sud della Francia contro la tirannia della corte parigina, ma poi i suoi mercenari hanno iniziato a devastare i villaggi di queste terre, prediligendo gli insediamenti dei bons chrétiens».

«Perseguita i catari... Rapisce gli abitanti di villaggi interi... Perché lo fa?».

La dama lo fissò con attenzione, e senza farsi vedere depose in una tasca dell'abito un piccolo pugnale dalla lama avvelenata. Fino ad allora l'aveva tenuto nascosto dietro il palmo della mano destra, per precauzione. Aveva capito di poterne fare a meno. «Ciò è quanto dovrete scoprire voi. Sarete utile alla nostra causa. Per questo motivo ho deciso di disobbedire a mio marito, liberandovi a sua insaputa».

«Voi rischiate molto, mia signora».

«Evitate di commentare e seguitemi». Corba lo invitò a uscire dalla cella. «Sappiate comunque che ogni rischio è lecito pur di proteggere Montségur. Voi forse non capirete, non conoscete la dottrina dei perfecti. Ci insegnano a rinnegare la materia e a sublimare lo spirito. I nostri corpi sono prigioni che ci relegano alla vita terrena, allontanandoci dalla purezza».

Il giovane alzò le spalle, era troppo razionale per cedere al fascino di qualsiasi forma di misticismo. «Io comprendo solo una cosa, mia signora, cioè che se la Chiesa perseguita i perfecti, lo fa perché li teme».

Corba accennò un sorriso. «Lasciate che vi conduca in salvo».

Uberto indugiò al ricordo della sua missione. «Aspettate, se davvero desiderate aiutarmi consegnatemi il *Turba philosophorum*. Quel libro è uno dei motivi per cui mi trovo qui».

La dama sobbalzò, la fiamma della lucerna guizzò come un pesciolino dorato. «Non sarà facile trovarlo. È nascosto in un *clusel*, un rifugio sotterraneo. Io sono in grado di raggiungerlo, ma soltanto mio marito conosce l'esatta collocazione del manoscritto che cercate».

«Se non avete nulla in contrario, mia signora, vorrei tentare ugualmente».

La donna acconsentì.

Abbandonarono l'ambiente delle prigioni, superando, non visti, gli appostamenti delle guardie. Corba si orientava con sicurezza nei sotterranei di Montségur. Scesero in un reticolo di piani sottostanti e imboccarono una lunga galleria priva di deviazioni.

«Il luogo dove siamo diretti si chiama "Pietra di Luce"», spiegò la dama.

«Ne ho già sentito parlare», disse Uberto, «ma credevo si trattasse di una sorta di reliquia, come il santo Graal».

Corba assunse un'espressione trasognata. «In un certo senso lo è, ma con precisione corrisponde a una stanza dove si custodisce il sapere dei perfecti. La sapienza racchiusa dentro la roccia, come la luce nell'oscurità».

«Permettetemi una domanda», continuò il giovane. «Perché un semplice manoscritto come il *Turba philosophorum* viene custodito tanto gelosamente?»

«Perché è opera dei seguaci di Pitagora e di Ermete Trismegisto».

«E per questo dovrebbe aiutarmi a sconfiggere il Conte di Nigredo?»

«Voi forse ignorate una cosa. La copia del *Turba philosophorum* qui custodita proviene dalla dimora del Conte di Nigredo, il castello di Airagne. Il manoscritto che cercate parla di alchimia ed è stato usato per costruire quel luogo, quindi ne custodisce i segreti».

«Airagne...», ripeté Uberto. «Dove si trova questo castello?»

«Da qualche parte in Linguadoca. Nessuno lo sa con precisione».

Possibile che non vi fosse spiegazione per nulla? Il giovane non si diede per vinto. «Chi ha portato qui il *Turba philosophorum*? Non sarà mica caduto dal cielo!».

Il percorso intanto era volto al termine. Corba si fermò davanti a un ingresso scavato nella roccia e delimitato da due colonnine calcaree. L'entrata della Pietra di Luce.

Prima di varcare la soglia, la dama si sentì in dovere di rispondere: «Il *Turba philosophorum* è stato portato qui da una donna fuggita da Airagne. Accadde anni fa, quando io non ero ancora stata data in sposa a Raymond». Strinse gli occhi, riportando alla memoria la vicenda. «Quando giunse a Montségur, quella donna parlò del Conte di Nigredo e di Airagne. Nomi che all'epoca nessuno conosceva ancora. Le leggende nate in seguito si fondano proprio sulle sue parole. Prima di ripartire, la donna consegnò a Raymond il *Turba philosophorum*, chiedendogli di nasconderlo nella Pietra di Luce. Il Conte di Nigredo non avrebbe mai più dovuto entrare in possesso di quel libro, poiché l'avrebbe usato per fini malvagi. Non raccontò molto altro, prima di andarsene. Alcuni dicono che si sia diretta verso la Spagna, altri sostengono di averla incontrata in Francia».

«Non rivelò nulla di preciso sul castello di Airagne?»

«Lo descrisse simile all'inferno, un torrido avello in cui la gente patisce atroci sofferenze». Corba sfilò una torcia da un portafiaccole vicino all'ingresso, la accese con la fiamma della lucerna e la porse al giovane. «Ma ora seguitemi, è tempo di entrare nella Pietra di Luce».

Dopo essere entrato, Uberto si lasciò sfuggire un'esclamazione di stupore. La Pietra di Luce era un'immensa sala circolare scavata nella roccia, occupata al centro da una tavola rotonda e lungo le pareti da una decina di armadi. Uno spazio vibrante che trasudava antichità, tanto maestoso da fare impallidire il chiostro di qualsiasi abbazia.

«La Pietra di Luce è il cuore segreto di Montségur», disse Corba, compiaciuta. «Da nessun'altra parte troverete tanta sacralità ricavata dalla nuda roccia».

In vita propria Uberto aveva visitato numerose biblioteche, alcune delle quali ricavate in stanze segrete di monasteri e castelli, ma mai una sotterranea. Se Ignazio si fosse trovato al suo posto, non sarebbe riuscito a contenere l'entusiasmo. Ma quella non era una visita di piacere, quindi passò a studiare gli armadi sforzandosi di comprendere se la loro disposizione rispondesse a un qualche criterio in grado di aiutarlo nella ricerca. Erano dodici, equidistanti tra loro, ben ordinati intorno al tavolo... E ognuno era collocato sotto un segno zodiacale scolpito sul soffitto. Quel particolare risvegliò in lui il ricordo di una frase udita di recente, e all'improvviso ebbe un'illuminazione. «Se avete detto il vero, in uno di questi armadi si nasconde il *Turba philosophorum*», disse, senza attendere conferma.

«È come dite, monsieur». Sul volto della donna apparve un'espressione di monito. «Tuttavia avete il permesso di portare via solo quel che cercate. Dovete promettermi di non toccare nient'altro. La sapienza dei boni homines deve restare fra queste mura, altrimenti rischierebbe di disperdersi nel mondo».

«Non metterò nulla a soqquadro», la rassicurò Uberto, e mentre osservava con attenzione i segni zodiacali scolpiti nel soffitto era sempre più certo di avere avuto l'intuizione giusta. «Sospetto che vostro marito, prima di farmi arrestare, mi abbia rivelato inconsapevolmente la collocazione del libro», disse, rievocando la conversazione avuta con Raymond. «"Resterà nascosto nell'ombra, sotto il segno del Leone", ha detto... Deve esserselo lasciato sfuggire perché non immaginava che potessi giungere fin qui, né che potessi comprendere il significato delle sue parole... Ma è certo un indizio prezioso, e credo di aver capito a cosa si riferisca!».

Così dicendo, raggiunse il mobile collocato sotto un graffito astrale simile a un omega. «Questo armadio è posizionato in corrispondenza del segno zodiacale del Leone». Spalancò le ante ed esaminò i libri contenuti. «Se ho ben inteso le parole di Raymond, il *Turba philosophorum* deve trovarsi qui dentro».

L'impresa non si rivelò facile. I manoscritti custoditi nell'armadio erano molti e dei formati più vari. Erano distribuiti su cinque ante stipate di tomi rilegati, fascicoli di pergamena cuciti alla bene e meglio e ingombranti rotoli sigillati con lacci di pelle. L'assenza di luce non agevolava l'operazione, senza contare che Uberto era ben lungi dall'essere sicuro di quanto ostentava. In realtà non voleva mostrarsi titubante agli occhi della dama che forse, di fronte a un comportamento restio, avrebbe potuto decidere di allontanarlo dalla Pietra di Luce. Inoltre aveva poco tempo a disposizione. Prima o poi la sua evasione sarebbe stata notata, quindi meglio per lui andarsene alla svelta dalla rocca... Ma i libri erano tanti e tra loro molto simili. Ci sarebbero voluti l'acume e il sangue freddo di Ignazio per uscire in fretta da quel ginepraio!

Uberto restò a spulciarli per un lasso di tempo che parve interminabile, finché non estrasse un piccolo codice finemente rilegato. «Dev'essere questo», affermò trionfante.

Mostrò a Corba il libro, tenendolo aperto sulla prima pagina. Il testo recitava: "*Arisleus genitus Pitagorae, discipulus ex discipulis Hermetis gratia triplicis, expositionem scientiae docens...*".

«Siete sicuro?», volle sincerarsi la dama.

«Sì», rispose lui. «Le parole iniziali di questo codice coincidono con quanto mi avete rivelato poc'anzi. Fanno riferimento sia a Ermete Trismegisto, sia a Pitagora. Il nome del primo viene citato nella maggior parte dei libri contenuti nell'armadio, ma quello di Pitagora invece compare soltanto in questo». Sfogliò di nuovo il manoscritto per trarre conferma di quanto diceva, e colse una quantità di frasi che descrivevano fasi di manipolazione della materia e di cottura di composti. «Sì, sono sicuro», disse ancora. «Questo libro è senz'altro il *Turba philosophorum*».

La dama gli si avvicinò, gli occhi impenetrabili. «Allora non ci resta che provvedere alla vostra fuga».

Illuminando il cammino con la torcia, Corba guidò Uberto attraverso un sotterraneo che conduceva all'esterno di Montségur. Il giovane la seguì senza mostrare titubanze, sapeva che la maggior parte dei castelli occitani era munita di passaggi segreti che garantivano la fuga anche in stato di assedio. Il vero mistero restava un altro. Non riusciva a comprendere appieno la signora de Lantar. La ammirava e se ne sentiva persino attratto, come sempre gli capitava quando si trovava di fronte a una donna bella e pericolosa, ma la sua avventatezza lo lasciava senza parole. Inoltre c'era qualcosa, in lei, che lo spingeva a non abbassare la guardia. Corba doveva esercitare senz'altro un grande ascendente su Raymond.

«Prima di farvi uscire di prigione, ho fatto condurre fuori dalla cinta la vostra cavalcatura», spiegò la dama, che camminava tranquilla come se passeggiasse in giardino.

Il giovane si limitò ad annuire, stringendo in pugno il manoscritto del *Turba philosophorum*. Ora che l'aveva trovato, le sue priorità erano cambiate. Doveva raggiungere Ignazio.

Un alito di vento annunciò l'imminente sbocco del cunicolo, e dopo pochi passi si intravidero infatti i primi raggi di luce insieme a ciuffi di vegetazione. Era l'alba, un trillo di passeri li accolse all'esterno.

Si trovavano nella pineta che ricopriva il fianco meridionale del monte, la postazione più idonea per la fuga. Sul versante occidentale la parete scendeva a strapiombo, mentre in cima la sagoma grigia di Montségur risplendeva al bagliore mattutino. Per la prima volta, Uberto notò che assomigliava a una gigantesca nave.

«Affrettatevi, non siete ancora al sicuro», lo esortò Corba, posando quel che restava della fiaccola all'ingresso del cunicolo. Le sarebbe servita più tardi, per il ritorno.

Si avviarono lungo un sentiero nascosto tra gli alberi finché non scorsero un cavallo nero assicurato a un arbusto. Vicino all'animale c'era un ragazzo vestito da stalliere, che vedendoli corse loro incontro. «*Madame*, *madame*, finalmente!», esclamò. «Temevo non arrivaste più!».

«Ben trovato, Isarn», rispose lei. «Ora puoi fare ritorno alle stalle. Ma mi raccomando, non raccontare a nessuno del favore che ti ho chiesto».

Il ragazzo fece un sorriso monello. «Sì, madame».

Uberto lo guardò scomparire come un leprotto fra la boscaglia, poi si avvicinò a Jaloque, che alla sua vista scrollò ripetutamente il muso.

«Siete libero di andare, monsieur». Corba gli porse un pugnale ricurvo. «Questo è vostro, l'ho recuperato dalle guardie che ve l'avevano sottratto prima di imprigionarvi».

Il giovane afferrò la jambiya, assicurandola alla cintura, poi notò che sulla sella del cavallo vi erano anche l'arco, la faretra e la bisaccia.

«Nulla vi è stato tolto», assicurò la dama.

Le fece un inchino e balzò in groppa al cavallo. «Senza di voi non ce l'avrei mai fatta, mia signora. Avete guadagnato il mio rispetto e la mia lealtà. Come posso ripagarvi?».

Corba de Lantar strinse gli occhi, saggia e spietata come un rapace notturno. «Impedite che venga fatta strage dei catari. Scoprite la verità sul Conte di Nigredo e riducetelo all'impotenza. Lo farete?»

«Ve lo giuro», rispose lui, e spronando il cavallo sparì nella macchia.

Gli zoccoli di Jaloque macinavano la strada con velocità prodigiosa. Già nel primo pomeriggio Uberto si trovava lontano da Montségur, attraversava un declivio tempestato di fiori selvatici con il *Turba philosophorum* al sicuro nella bisaccia. La prossima mossa sarebbe stata raggiungere Tolosa, ma doveva sbrigarsi. La prigionia gli aveva fatto perdere tre giorni, era probabile che suo padre l'avesse preceduto.

All'improvviso gli balenò davanti agli occhi una scena inattesa. Poco distante, dove il sentiero confinava con la fitta boscaglia, una ragazza spuntò dalla macchia e proseguì a correre. Un grosso cane nero le galoppava al fianco. Un attimo dopo comparve un cavaliere dai tratti moreschi in groppa a un destriero roano. Si guardò intorno, individuò la ragazza e si lanciò all'inseguimento con la daga sguainata.

La fuggitiva non aveva speranze.

Uberto agì d'istinto. Spronò Jaloque e scese velocemente dal declivio, poi tallonò il cavaliere sconosciuto e lo superò con uno scarto. Puntò verso la ragazza, ma prima di raggiungerla si sporse sul fianco destro del cavallo, i muscoli allo spasimo, e quando le fu appresso allungò il braccio e la agguantò senza fermarsi.

Lei si ribellò come un animale braccato e il giovane si ritrovò alle prese con un fascio di nervi tesi e un turbinio di capelli neri. Ma un attimo dopo la fuggitiva comprese d'essere stata tratta in salvo e si chetò, allora lui la issò in groppa e tornò a condurre Jaloque. Il cuore batteva all'impazzata.

«Non ce la faremo mai! Ci prenderà!», gridò lei, la paura negli occhi.

«Non con questo cavallo», rispose Uberto, stringendo le briglie di cuoio.

10

Castello di Airagne

Lettera seconda – Albedo

Mater luminosa, quando superai il primo portale di Nigredo *vidi la materia imperfetta che si purgava nel fuoco, e da quel momento il mio passo nel jardino dell'alchimia fu più celere et lieve, ma per esporre il mio intendimento userò parole semplici: lavorai come si fa nella filatura quando si ricava il filo dalla lana grezza avvolta nella conocchia. E il filo che io ricavai da* Nigredo *fu molto chiaro et bello. Questa è la seconda fatica dell'Opera,* Albedo*, il bianco portale che i filosofi nominano Lucifer a causa del suo splendore.*

La fiammella della bugia tremò, illuminando il volto pensoso del cardinal Frangipane. Una pulsazione selvaggia alla fronte preannunciava l'incombere dell'ennesimo mal di capo.

"*Lucifer*, il demonio", pensò, mentre riponeva la seconda lettera nel cofanetto. Altre due ne restavano da leggere.

Si alzò con lentezza dallo scranno mentre un malessere familiare gli intorpidiva la cervice e le spalle imponenti. Dov'erano i suoi compagni di prigionia? Humbert de Beaujeu aveva ripreso l'ispezione dei sotterranei, Bianca di Castiglia invece era sparita da ore. Pensandoci bene, non immaginava come quella donna impiegasse il tempo fra quelle mura.

La incontrava sempre più di rado e le conversazioni con lei si erano ridotte al minimo essenziale. Strano ammettere come ciò lo turbasse.

Vagò per la torre, la testa pulsante di dolore, finché all'improvviso udì un canto. Non proveniva da lontano, anzi, pareva risuonare da una stanza attigua. Tese l'orecchio. Era una composizione soave, intonata da una voce maschile.

Il cardinale, curioso, avanzò in punta di piedi e sforzandosi di muoversi furtivo assunse un portamento scomodo per la sua stazza corpulenta. Zampettando felpato giunse ai margini di una porticina coperta di tendaggi. Il canto proveniva dall'interno:

Celle que j'aime est de tel signeurie
que sa biautez me fait outrecuider...[1].

La voce maschile si interruppe di colpo e risuonò una risata di donna.

Romano Frangipane non resistette alla tentazione e scostò con cautela i tendaggi dell'ingresso per sbirciare. Ciò che vide lo lasciò senza fiato, e subito dopo gli provocò una fitta lancinante alle tempie.

Dietro i tendaggi c'era una camera da letto rischiarata da candelabri, due amanti riposavano fra le coltri. Il cardinale di Sant'Angelo sgranò gli occhi e osservò incredulo la donna che giaceva completamente nuda. Era Bianca di Castiglia. Per riconoscere il suo compagno dovette compiere un piccolo sforzo mnemonico. Si trattava del giovane Thibaut IV, conte di Champagne e vassallo della corona francese.

Cosa ci faceva il conte di Champagne dentro la torre? La questione, in quel momento, apparve secondaria. L'uomo dovette fare i conti con emozioni che non avrebbe mai immaginato di possedere, un intreccio di disgusto e gelosia.

Thibaut stava sgusciando dalle coltri, scoprendo il torso glabro e corpulento. «Aspettate madame», diceva, «lasciate che vi canti un'altra *chanson*...».

Bianca ignorava le sue parole. «Conosco bene le vostre doti di trovatore, mio caro, ma il canto non è quanto pretendo da voi adesso».

Romano Frangipane sentì le vene del collo gonfiarsi per la rabbia. Eccola la Dame Hersent, lupa dissoluta e crudele! In quel momento avrebbe voluto prenderla per il collo, strozzarla e maltrattarla mentre la guardava soffocare, ma nulla sarebbe stato più appagante

[1] Quella che io amo è di tal signoria / che la sua bellezza mi fa trasecolare.

di trovarsi in quel letto, al posto del giovane conte. Femmina ambigua! Davanti a lui ostentava un'aria castigata, poi si concedeva ai compagni d'alcova come una sgualdrina dei bassifondi.

La voce di Thibaut risuonò nella stanza: «Aspettate, madame, lasciatemi parlare. Il Conte di Nigredo mi ha convocato per...».

Quelle parole sortirono su Bianca l'effetto di una staffilata.

«Soltanto ora ne fate parola!». La dama si rizzò sulle ginocchia e scostò una ciocca dal volto. «Credevate forse non mi importasse sapere che siete qui in nome di colui che mi tiene reclusa?».

Lui alzò le mani. «Mi è stato semplicemente consegnato un messaggio del conte in cui mi si accordava il permesso di incontrarvi, e poi...».

«E poi cosa?». Il petto di Bianca si gonfiò di rabbia. «Intendete mettervi a disposizione del Conte di Nigredo? Volete scendere a patti con lui?».

Thibaut si ritrasse fra le coltri, lungi dal voler sopportare passivamente la sfuriata dell'amante. «Cosa vi aspettavate? Che stessi buono come un cagnolino festoso mentre venivo spogliato dei miei feudi?». Aprì le braccia, scoprendo il torace possente. «Mi avevate promesso maggiori privilegi sulle mie terre, e invece non ho ottenuto nulla! A quanto pare bisogna fare la voce grossa con voi, alla stregua di quel Mauclerc».

Lei digrignò i denti e affondò gli artigli in un guanciale. «Ah, è così! Perciò dietro questa storia c'è lo zampino del duca Mauclerc, il signore di Bretagna!».

«Ma no, cosa dite... lui non c'entra nulla...».

Bianca scaraventò il guanciale di lato e si avventò sull'amante. «Chi altri trama contro di me?», inquisì battagliera. «Siete venuto a ricattarmi?»

«Nulla di tutto questo, madame». Thibaut afferrò la dama per i polsi. «Il Conte di Nigredo mi ha convocato per parlarmi di voi. Capite adesso?».

L'espressione della regina mutò velocemente dalla collera alla diffidenza. «Povero sciocco, ne ero già al corrente! Non vi accorgete che sto giocando con voi? Mi irrita soltanto che finora me lo abbiate tenuto nascosto». Ricoprì le sue nudità con un lenzuolo. «Uscite dal mio letto, Thibaut. Credevo mi foste leale. Dicevate di amarmi, e invece?»

«Ma io vi amo, ve ne diedi già prova». Thibaut la scrutò con i suoi occhi ambigui. «Avete già dimenticato? Uccisi vostro marito per voi».

Udendo tali parole il Frangipane cadde quasi in avanti, rischiando di rivelare la sua presenza. Allora era vero! Le voci udite a corte corrispondevano a verità, la regina aveva sedotto Thibaut per ottenerne la complicità. Luigi VIII non era morto per una malattia contratta in guerra, era stato avvelenato! D'altronde pochi avevano avuto il permesso di esaminare il suo cadavere, quando era tornato a Parigi cucito in una pelle di bue.

Sconvolto da quelle rivelazioni, il cardinale di Sant'Angelo proseguì a spiare. Si era perso qualcosa? No. Eccola lì, la Dame Hersent, mentre distoglieva lo sguardo con aria indignata.

«Non avete certo dato prova di cavalleria, uccidendolo», ribatté Bianca. «Chiunque è capace di avvelenare un uomo. Il veleno è l'arma dei vigliacchi». Sistemò una ciocca ribelle dietro un orecchio. «E se il Conte di Nigredo vi chiedesse di compiere altri delitti?».

Thibaut de Champagne si lasciò sfuggire un risolino. «Continuate a biasimare il Conte di Nigredo, madame, tuttavia voi non gli siete dissimile».

«Spiegatevi meglio».

«Anche voi nascondete oscuri progetti. So del denaro che avete sottratto dal tesoro della corona e inviato in Castiglia per appoggiare vostro nipote Ferdinando III». Thibaut le si avvicinò, strisciando sul giaciglio come un grosso rettile. «E certo non avete accondisceso con riluttanza all'omicidio di vostro marito. Bramavate il potere, lo stesso potere inseguito da noi tutti e soprattutto dal Conte di Nigredo, chiunque egli sia».

Bianca strinse gli occhi, melliflua, lasciando scivolare fra le cosce il tessuto che copriva le sue nudità. «Conte Thibaut, vi chiamano "il

Principe trovatore" per le *chansons d'amour* che intonate, ma pochi sanno come la vostra lingua sia più affilata di un pugnale».

Lui accolse l'invito, si protese su di lei e la baciò sul collo. «E ciò vi eccita, non è forse vero madame?»

«Può darsi». La Dame Hersent sospirò di piacere. «Se assolverete una mia richiesta...».

E mentre le parole della regina si trasformavano in sussurri, Romano Frangipane si chiese se quella vipera dissoluta intrattenesse un rapporto segreto con il Conte di Nigredo. Forse era in combutta con lui, oppure ne subiva il ricatto.

Humbert de Beaujeu cercò di orientarsi nell'oscurità, le pupille dilatate e la fronte sudata. Se durante la prima ispezione dei sotterranei si era imbattuto in una torma di straccioni, ora doveva risolvere un altro problema. Si era smarrito.

Aveva esplorato le gallerie sotto il castello fino a giungere in un luogo attraversato da numerose canalette dove scorreva metallo fuso, poi aveva proseguito verso il basso, dove l'afrore e la temperatura dell'aria erano più tollerabili.

Intuiva di non trovarsi più sotto il torrione centrale del castello, doveva essersi spostato a sud, forse nei pressi di una delle otto torri edificate intorno alla cinta. Se aveva ragione, le possibilità di fuga aumentavano e prima o poi avrebbe trovato un passaggio diretto in superficie, fuori dal castello. Ma la galleria che stava percorrendo presentava molte biforcazioni, tanto che da un po' di tempo non riusciva a comprendere quale direzione avesse preso. Non era facile mantenere la mente salda. Il buio sembrava assorbire i pensieri.

Per farsi forza si aggrappò a un ricordo recente, il discorso che aveva intrattenuto con re Luigi VIII sul suo letto di morte.

«Venite, cugino mio, accostatevi al capezzale...», gli aveva detto il monarca con voce flebile.

«Sono qui, maestà. Ordinate», era stata la risposta di Humbert.

«In nome della parentela che ci lega e della lealtà che serbate per me, dovete prestarmi un giuramento».

«Tutto ciò che desiderate, sire».

Il re gli aveva rivolto uno sguardo febbrile. «Promettetemi di vegliare su mia moglie».

Humbert aveva fatto un passo indietro. «Ma sire, voi...».

Luigi si era agitato fra le coltri. «Io morrò stanotte, cugino mio, e a nessun altro affiderei questo incarico».

«Ma si vocifera che quella donna vi sia infida...».

«Come osate!». Il monarca era stato colpito da un accesso di tosse, poi aveva respirato con affanno. Ogni parola doveva costargli uno sforzo immenso. «Io l'amo... Cos'altro conta?»

«Null'altro, maestà. Avete ragione. In nome di san Michele arcangelo, giuro di proteggerla».

Luigi aveva sorriso, rasserenato. Sarebbe morto in pace.

Il frastuono di uno spostamento d'aria riportò Humbert alla realtà. Si trattava di un rumore già udito in precedenza, sebbene ora risuonasse più forte. Aveva una cadenza regolare e potente, simile al soffio del vento durante una tempesta.

Humbert si lasciò guidare da quel rimbombo, raggiunse una rampa di scale e si affacciò verso i piani sottostanti, non sapendo cosa aspettarsi.

Con sommo stupore intravide una moltitudine di uomini simili a quelli già incontrati in precedenza. Stavano manovrando enormi mantici rivolti verso la bocca di una grande fornace.

La visione aveva un che di bizzarro. Quegli ordigni si contraevano e allargavano come mostruosi polmoni di cuoio, imbrigliando ed espellendo l'aria con sibili acuti. Ecco la fonte del rumore! Alcuni degli operai addetti al loro funzionamento cadevano a terra sfiniti dal caldo e per lo sforzo, ma ai margini dell'ambiente c'erano guardie pronte a riportare la disciplina tra i ranghi, e per evitare che i moribondi si ammassassero a terra ordinavano che venissero trascinati via e sostituiti.

Il lieutenant fissò la scena a lungo, impressionato dagli sforzi di quegli uomini, mentre iniziava a farsi un'idea della situazione. I mantici servivano a regolare il calore della fornace, permettendo alle fiamme di raggiungere la temperatura adeguata per fondere il metallo che fluiva nelle canalette degli ambienti soprastanti.

Si trovava all'interno di una grande fucina, era chiaro, ma gli sfuggiva lo scopo di quell'opera. Cosa forgiava il Conte di Nigredo in quei sotterranei?

Osservò un'ultima volta i miserabili affollati intorno ai mantici. Sembravano mugugnare qualcosa, un lamento o forse una preghiera. Ma quando le parole gli giunsero alle orecchie, si rammentò di averle già udite: «*Miscete, coquite, abluite et coagulate!*».

11

Alle prime luci dell'alba Willalme si sedette su un masso in riva al fiume Garonna, sguainò la scimitarra e la pose sulle ginocchia. Ammirò la nervatura screziata di grigio, poi controllò il taglio passandolo tra il pollice e l'indice. Ogni tacca o dentellatura che gli scorreva tra le dita era legata a ricordi cruenti. Mentre li rievocava, affilava la lama con una pietruzza di cote.

Ignazio sedeva poco distante, ai margini di un focolare spento. Stava facendo il computo dei giorni di marcia. Erano trascorse più di tre settimane. Avevano superato i Pirenei e proseguito verso sud-est fino a incrociare il corso del Garonna, che avevano risalito per raggiungere i confini del Tolosano, ma non avendo trovato alcun riparo, la sera prima erano stati costretti a dormire sotto le stelle.

Nonostante il vescovo Folco fosse ormai vicino, il morale era basso. Da quando si trovavano in terra francese avevano notato molti segni di distruzione provocati da eserciti. I danni non erano sempre gli stessi e anzi sembravano dipendere da due volontà diverse. Fino a tre giorni prima avevano incontrato villaggi incendiati senza cadaveri né sopravvissuti, ma da quando viaggiavano nella contea di Tolosa la devastazione non riguardava gli abitati ma le coltivazioni e i granai. Nel primo caso sembrava che l'intento fosse stato quello di predare e forse di rapire gli abitanti; nel secondo, di ridurre alla fame i villani.

Il mercante si massaggiò le spalle e la cervice. Seppur di costituzione robusta, il suo fisico di cinquantenne non gli permetteva di superare indenne una nottata trascorsa all'aperto, ma il fastidio degli acciacchi in quel momento passava in secondo piano. Stava cercando di trovare un nesso tra la sua missione e l'avvelenamento di Galib. L'ipotesi più verosimile era che il magister avesse scoperto i segreti di qualche dotto dell'*entourage* di Ferdinando III, come lasciava sospettare la modalità stessa con cui era stato ucciso. L'assassino non poteva essere un comune armigero, ma un erudito capace di distillare l'Herba diaboli. E ciò dava molto da pensare a Ignazio. Forse anche lui correva simili pericoli. Ma anche un'altra faccenda lo preoccupava. Soltanto ora si rendeva conto di aver lasciato partire Uberto verso una terra martoriata dalla guerra, esponendolo a imprevisti e rischi di ogni genere. Era stata una pazzia obbedire a Galib.

Filippo di Lusignano aveva intanto finito di recitare le preghiere mattutine, ripiegò la *carpitte* di lana su cui aveva dormito e si avvicinò a Willalme per osservare la sua scimitarra. «Strana foggia per essere l'arma di un guerriero cristiano», disse. «Sarebbe più appropriato vederla in mano a un saraceno».

«Infatti fu un saraceno a donarmela», rispose il francese, senza smettere di affilare la lama. «Un pirata islamico, simile a quelli maiorchini che tanto temete».

«Io non temo nessuno», ribatté Filippo con una punta di irritazione. «Ma dite, perché un infedele vi omaggiò di un simile dono?».

Willalme alzò le spalle. «Quando restai orfano mi imbarcai per la Terrasanta, convinto di andare incontro a miglior fortuna... Invece fui venduto come schiavo ai mori». Fra le labbra gentili affiorò un sorriso amaro. «Il mio padrone si rivelò un pirata, però non era un selvaggio. Mi istruì nelle arti della navigazione e del combattimento, e prima di morire mi donò la sua scimitarra».

Stupore nel volto del cavaliere. «Combatteste al fianco di pirati saraceni?»

«Sì, e in quel periodo uccisi molti "ammazzamori" della vostra risma».

Filippo lo squadrò con disprezzo. «Credo non esistano assoluzioni in grado di lenire il vostro peccato».

Willalme alzò lo sguardo, lasciando trasparire una rabbia trattenuta a fatica. «Non mi curo delle vostre opinioni, messere. Siete così pieno di voi che avete persino scordato il motivo per cui lottate.

"Amate i vostri nemici", dice il Vangelo. Voi invece, i *presunti* nemici, li condannate al rogo!».

«"Riversa su di loro il tuo sdegno, o Signore; la tua ira ardente li avvolga"», salmodiò il Lusignano, fronteggiando il francese con un'occhiata torva. «I nemici della Chiesa vanno domati. Così affermano Alain de Lille e Anselmo da Lucca!».

«Ditelo alla mia famiglia, sterminata senza ragione da fanatici come voi!», esclamò Willalme, facendo roteare la scimitarra nell'aria.

«Basta così! È ora di rimettersi in viaggio», vociò Ignazio alzandosi in piedi. Se avesse esitato a intervenire, quei due si sarebbero misurati a duello. Anche lui non smaniava per il Lusignano, ma era consapevole della sua influenza a corte e non cercava rogne.

Filippo, riluttante a lasciar perdere, puntò l'indice contro il francese. «Quest'uomo è pazzo!».

«Un buon motivo per lasciarlo in pace», rispose il mercante, sornione. Guardò in lontananza, dove si intravedevano le mura di una grande città. «Rimettiamoci in marcia invece di litigare. Tolosa è vicina, la raggiungeremo prima di sera».

Raccolsero le loro poche cose e ripresero il viaggio. Durante il tragitto Willalme condusse il carro senza proferire verbo, il capo chino e gli occhi socchiusi. Si rammentò della morte del padre, rivide la madre e la sorella inghiottite dalla ressa... E poi il ricordo più spaventoso, quando si era risvegliato tra i cadaveri prima che la chiesa venisse data alle fiamme.

Per accedere a Tolosa bisognava attraversare la borgata periferica di Saint-Cyprien, affacciata sulle rive sud-orientali del Garonna. Il flusso delle acque, descrivendo un grossolano angolo retto, teneva diviso quel suburbio dal resto della città.

Ignazio ricordò di essere passato nelle vicinanze dieci anni prima, quando Tolosa era sotto l'assedio dei crociati francesi, e, come se fossero trascorsi soltanto pochi giorni dalla battaglia, notò che Saint-Cyprien portava ancora i segni della devastazione e della miseria. Gli edifici erano cadenti, le carreggiate invase da liquami e cumuli di ciarpame. Militi invalidi, prostitute e accattoni si affacciavano agli usci, curiosi come ratti, ma ancor peggio erano i bambini, intenti a sbirciare tra le rovine con occhi grandi e famelici.

Giunti in riva al fiume la situazione andò migliorando. L'aria era più salubre, le strade più pulite, e al posto delle catapecchie comparivano officine e botteghe. Poco più in là, lungo le sponde, c'erano molti uomini intenti a stivare merci sulle navi alla fonda. Fu allora che da un capannello raccolto intorno a un falò si alzò un soldato sui trent'anni, robusto, di carnagione olivastra, con indosso una casacca di cuoio e gambali da cavaliere. «*Comendador!*», chiamò, correndo incontro ai tre forestieri.

Filippo strattonò le briglie. «Thiago de Olite!», esclamò. «Sei proprio tu?»

«Sì, comendador», rispose il soldato. «Vi attendo da due giorni. Mi sono appostato qui per notare il vostro passaggio».

Thiago parlava con accento navarro. Ignazio e Willalme lo fissarono incuriositi. Doveva far parte della scorta incaricata di precederli a Tolosa. Era un subalterno del Lusignano e, prima ancora, di Gonzalez de Palencia.

«Sono lieto di rivederti, Thiago». Filippo guardò verso il falò da cui proveniva il soldato e vide un gruppetto di perdigiorno, nessuna faccia nota. «Dove hai lasciato i tuoi commilitoni?».

Il navarro esitò, strinse i pugni intorno alla cintura, dov'era inguainato un lungo pugnale chiamato "basilarda", e rispose: «Non eravamo ancora entrati nella contea di Tolosa quando siamo stati assaliti. Solo io resto vivo, per puro miracolo».

«Eravate dieci cavalieri di Calatrava armati fino ai denti! Come hanno potuto sorprendervi?»

«Erano in molti, ben equipaggiati. Sono spuntati dalla boscaglia e ci hanno accerchiati. Prima di incrociare le spade, tre di noi erano già caduti sotto il getto delle balestre».

«A quale esercito appartenevano?»

«Non saprei, comendador. Le loro insegne recavano un sole nero su campo giallo».

Il Lusignano annuì, un cenno quasi solenne, poi scambiò uno sguardo di intesa con Ignazio. «Gli Archontes, le milizie del Conte di Nigredo».

Thiago spalancò gli occhi. «Alcuni di loro hanno gridato quel nome!».

«Evidentemente quei maledetti sono al corrente del nostro piano e intendono ostacolarci. Dobbiamo subito incontrare il vescovo Folco. Lui ci dirà come agire».

«Purtroppo non sarà tanto semplice», soggiunse il soldato. «Il vescovo non risiede in città».

«Ma cosa vai dicendo?».

Thiago fissò il Lusignano, poi Ignazio e Willalme, tutti e tre molto stupiti. «A quanto pare non sapete proprio nulla...», disse. «Quando sono scampato agli Archontes mi sono rifugiato a Tolosa per avvisare il vescovo Folco del vostro imminente arrivo, ma ho scoperto una triste verità. Il signore di questa città, il conte Raimondo VII, è un anticlericale ribelle alla corona, e l'ha cacciato dalla sua sede. Al momento Folco si nasconde in queste terre, sotto la protezione di un esercito di fedelissimi che si fanno chiamare "Confraternita bianca"».

«Conosco la Confraternita bianca». Filippo incrociò le braccia sul petto. «Ma resta da comprendere perché nessuno di noi fosse al corrente della situazione. Strano. È stato proprio Folco a chiedere il nostro aiuto per soccorrere la regina Bianca. Perché non ci ha fatto menzione del suo esilio?»

«I casi sono tre», dedusse Ignazio. «Forse Folco non voleva rischiare che l'ubicazione del suo nascondiglio venisse rivelata a terzi, qualora le sue lettere dirette in Castiglia fossero cadute in mani di spie. Una seconda ipotesi è che abbia evitato di descrivere una situazione critica, che avrebbe dissuaso re Ferdinando III dall'intervenire, oppure», disse aggrottando la fronte, «come ultima ipotesi, padre Gonzalez e sua maestà ne erano al corrente e ci hanno deliberatamente tenuti all'oscuro».

«L'ultima ipotesi è inaccettabile», sbottò Filippo. «Significherebbe che siamo stati traditi dal nostro sovrano e da un suo subalterno, che è tra l'altro un uomo di Chiesa».

Il mercante di Toledo alzò le spalle, chiedendosi se il Lusignano fosse davvero all'insaputa di quella faccenda. Non lo riteneva degno di fiducia. Era un uomo che aveva cambiato molte bandiere nel corso della vita, e ciò denotava un temperamento instabile e ombroso, e forse una propensione al tradimento. «In ogni caso dovremo far fronte all'inconveniente», disse. «Se intendiamo scoprire qualcosa sul rapimento di Bianca, è necessario trovare Folco». Poi si rivolse a Thiago. «C'è modo di rintracciarlo?»

«Credo di sì», rispose il navarro. «A Tolosa, presso la cattedrale di Saint-Etienne, vi sono uomini che gli restano fedeli, affiliati della Confraternita bianca. Sapranno di certo dove si nasconde. Ma se vogliamo incontrarli dovremo correre dei rischi. In città la nobiltà e l'esercito parteggiano per Raimondo VII e per i catari. Se scoprissero le nostre intenzioni, faremmo senz'altro una brutta fine».

Filippo alzò il mento con fierezza. «Ebbene, correremo il rischio».

Dal molo di Saint-Cyprien si staccavano due ponti protesi verso la sponda opposta del fiume, dove sorgeva il centro di Tolosa. La compagnia di Ignazio, insieme a Thiago, attraversò il più meridionale e raggiunse l'ingresso della città. C'erano soldati di ronda lungo il camminamento, ma apparivano troppo oppressi dalla calura serale per interessarsi a loro e li degnarono soltanto di un'occhiata fiacca, senza interrogarli.

Entrarono in città e seguirono una via larga, fino a raggiungere la cattedrale di Saint-Etienne, un edificio in mattoni rosati a navata unica, e sostarono nelle vicinanze alla ricerca della residenza vescovile. Poco distante, un gruppo di frati cordiglieri cercava refrigerio presso una fontana.

«Quei frati ci stanno spiando», bisbigliò Willalme in direzione di Ignazio.

Il mercante, che di solito non si lasciava sfuggire nulla, lo ignorò. La sua attenzione era rivolta altrove. Aveva appena individuato, oltre la cattedrale, la reggia vescovile, imponente quanto un bastione, e invitò i compagni a seguirlo in quella direzione. L'aspetto marziale del palazzo non lo stupì. Sembrava riassumere nella sua forma i dissidi che laceravano la comunità di Tolosa, al momento divisa in due fazioni contrapposte: la Confraternita bianca del vescovo Folco, fedele alla Chiesa e alla corte parigina, e la Confraternita nera, fautrice della dottrina catara e della corrente separatista dei nobili occitani.

Le guardie li fecero aspettare all'ingresso, e in quell'attesa Ignazio non poté fare a meno di pensare a suo figlio. Uberto, secondo gli accordi, avrebbe già dovuto trovarsi in quel luogo, e tuttavia temeva che gli fosse accaduto qualcosa. Ma dominò l'apprensione. Non era il momento, quello, di mostrarsi vulnerabile.

Poco dopo si presentò all'ingresso una schiera di religiosi capeggiata da un vecchio benedettino. «Benvenuti viandanti», disse costui, andando loro incontro, e dopo averli scrutati tese una mano in avanti. «Devo pregarvi di favorire le vostre lettere di accompagnamento, se ne siete in possesso».

Filippo gli porse una pergamena. «Viaggiamo in incognito», spiegò. «Abbiamo solo questo salvacondotto, firmato da padre Gonzalez de Palencia».

«Basterà». Il monaco esaminò il documento con una rapida scorsa, poi li invitò ad accedere nell'atrio.

L'ambiente aveva visto tempi migliori. Tendaggi lisi, affreschi sbiaditi e mobili divorati dai tarli confermavano quanto si diceva sulle scarse riserve del tesoro vescovile. Folco le aveva esaurite per finanziare le spedizioni contro i catari, senza contare l'usurpazione delle decime a cui lo sottoponevano i nobili locali. La curia tolosana, secondo voce di popolo, era letteralmente assediata dai creditori.

Mentre faceva strada, il benedettino gettava di tanto in tanto un'occhiata sulla lettera, rileggendo i passaggi più significativi, finché non la restituì al Lusignano. «Da quanto ho letto, siete giunti in aiuto al nostro vescovo».

«Dovreste esserne al corrente, suppongo», disse Filippo.

«Lo siamo. Il vescovo Folco vi sta aspettando». Il monaco si fermò nel bel mezzo di un corridoio e scrutò i forestieri con serietà. «Al momento si trova presso la *Sacra Praedicatio* di Prouille, a un giorno di cavallo da Tolosa, assieme al grosso delle sue milizie».

Il volto di Filippo si allargò in un sorriso compiaciuto.

«Vi consiglio di mettervi in viaggio domani stesso», continuò il religioso, riprendendo a camminare. «Fermatevi qui per la notte, se lo ritenete opportuno. Il resto della città non è sicuro, vi si annidano nemici della Chiesa e della corona francese».

Prima che il benedettino concludesse, Ignazio non poté trattenersi dall'intervenire: «Una parola, se posso».

Il monaco alzò un sopracciglio. «Dite pure».

«Oltre a noi, si sono presentati altri messaggeri dalla Castiglia?».

Il benedettino negò, un po' disorientato.

Il mercante schivò un'occhiata sospettosa del Lusignano e continuò a rivolgersi al vecchio. «Nessun altro si è presentato? Ne siete certo?»

«Assolutamente. Se così fosse, l'avremmo invitato ad alloggiare nella foresteria della cattedrale. Chiedete pure là, se desiderate. Questa è la prassi».

Il mercante aggrottò le lunghe sopracciglia. «Capisco».

Uberto non era ancora giunto a Tolosa.

Una coltre di nubi aveva appena oscurato la luna quando una figura incappucciata entrò nella foresteria della cattedrale di Saint-Etienne. Raggiunse con passi misurati una nicchia ai margini della sala di ingresso, dove sonnecchiava un portinaio attempato.

«Che la pace sia con voi».

«Chi è?», sobbalzò l'uomo.

«Non temete». L'incappucciato scoprì il viso. «Il mio nome è Ignazio Alvarez, sono venuto a chiedervi una cortesia».

«Dite pure, benedetto pellegrino. Come posso aiutarvi?»

«Voi controllate le entrate e le uscite dei forestieri da questo luogo, giusto?»

«Giusto, monsieur».

«Allora tenete». Ignazio frugò nella sua bisaccia ed estrasse un biglietto piegato in quattro, sigillato con la cera. «Lo dovrete consegnare a una persona, un giovane, qualora si presentasse in questo luogo».

Il portinaio prese il biglietto. «Nulla di rischioso, mi auguro».

«Tutt'altro», assicurò il mercante. «Però mi raccomando, consegnatelo unicamente alla persona che vi dirò e non leggetene il contenuto per alcun motivo... Spero comprendiate».

«Comprendo».

«Badate bene». Negli occhi di Ignazio balenò una minaccia. «Mi ricorderei di voi qualora il messaggio non venisse recapitato, o la fiducia tradita. Capite cosa intendo?»

«Alla perfezione, monsieur». Le labbra dell'uomo ebbero un fremito. «A chi dovrò consegnare il biglietto?».

Il mercante porse all'interlocutore uno scudo d'oro. «Il suo nome è Uberto Alvarez. Un giovane sui venticinque anni, moro, di bell'aspetto. Viaggia solo».

«Uberto Alvarez. Mi ricorderò di lui, non temete». Il portinaio raccolse la moneta, soppesandola con avidità. «Non avete da preoccuparvi».

Ignazio accennò col capo, poi scrutò intensamente l'interlocutore, come per saggiarne l'affidabilità.

L'uomo si sentì sovrastato da quello sguardo. «Contate pure su di me», assicurò.

A quelle parole il mercante ricoprì il volto con il cappuccio e prese congedo. «Che la pace sia con voi».

«E con voi...», rispose il portinaio, ma la figura era già svanita nell'oscurità.

La luna, scivolata fuori dai nembi, aveva ripreso a splendere nel cielo.

12

Kafir cavalcava su una bestia pesante, adatta forse a trascinare un aratro ma non certo a lanciarsi all'inseguimento per lunghi tratti di strada. Uberto e la ragazza l'avevano seminato con facilità e dopo una breve fuga si erano avventurati in un bosco al confine con le terre di Tolosa. Cavalcarono per molte ore e al calar della notte decisero di sostare in un capanno da caccia abbandonato.

Uberto si chinò davanti alla bocca di un camino e prese ad armeggiare con una pietra focaia, lanciando occhiate verso la sconosciuta. «Come ti chiami?», chiese, tra il curioso e l'imbarazzato.

Lei esitò a rispondere. Se ne stava rannicchiata in un cantuccio della stamberga, a fissare il suo salvatore. Non si sentiva inquisita, né minacciata. Era tentata di rispondere a quel volto gentile, ma non fece in tempo ad aprire bocca che ebbe un rigurgito di memoria e le balenò davanti agli occhi il ghigno di Blasco da Tortosa. La visione svanì subito, ma le lasciò il bruciore di una ferita. Fra' Blasco era morto, morto per sempre, e non l'avrebbe più tormentata, eppure la terrorizzava ancora. Forse l'avrebbe inseguita per sempre negli incubi. Accarezzò la pelliccia nera del suo cane, che ora le stava accucciato ai piedi, e si sentì al sicuro. «Moira», disse. «Mi chiamo Moira».

«Io sono Uberto», rispose, accendendo il fuoco. «Non avere paura di me».

Lei annuì con timidezza. Solo allora si rese conto di trovarsi raggomitolata, il capo chino e le ginocchia piegate, strette fra le braccia. Distese le gambe seminude, raccogliendole nella posizione più dignitosa possibile, e rivolse lo sguardo al camino. Con vibrazioni quasi tattili, il calore del fuoco le irradiò il viso.

«Hai un bel nome, Moira». Uberto pose la sua bisaccia su un tavolo sgangherato, non riusciva a stare fermo e indugiava a guardarla negli occhi. Bellissimi occhi. Per sfuggire dall'imbarazzo, indicò il cane sonnecchiante. «Lui invece come si chiama?»

«Non so... Voglio dire, non ha un nome. L'ho incontrato circa due mesi fa lungo il mio cammino e da allora mi ha sempre seguita».

«È un po' triste che quel cagnone non abbia un nome». Uberto osservò l'animale acquattato, le orecchie a punta piegate in avanti, poi rivolse di nuovo lo sguardo a Moira. «Hai fame? Con me ho un po' di... Vediamo cosa mi è rimasto». Frugò nella bisaccia. «Carne essiccata... Formaggio... Pane raffermo... Temo di non avere altro».

La ragazza non rispose. Non ricordava l'ultima volta che uno sconosciuto le avesse usato tanta gentilezza, a eccezione di un vecchio tessitore di Fanjeaux che l'aveva ospitata nella sua bottega. Erano passati molti mesi da allora. Abissi di terrore la separavano da quel ricordo.

Uberto continuò a guardarla, seducente e discreto, e Moira quasi non si accorse che le stava porgendo del cibo. Prese un trancio di carne essiccata e iniziò a sbocconcellarlo, dapprima esitante, poi sempre più avidamente. Fu allora che si rese conto di avere una fame terribile. Non mangiava da giorni.

Il giovane le sedette di fronte. Non c'erano sedie in quel luogo, perciò si limitò ad accomodarsi sul pavimento a gambe incrociate, e prese a studiarla. Era veramente incantevole con quegli occhi allungati, il volto ovale tra le ciocche color ebano. Il corpo longilineo, forse un po' spigoloso sulle spalle, era nel complesso aggraziato. Nonostante la casacca sdrucita che indossava, aveva un che di aristocratico... Ma a incuriosirlo era soprattutto il suo accento orientale. «Tu non sei di queste parti», concluse.

«No», rispose Moira. «Sono nata e cresciuta ad Acri, in Palestina. Mio padre è però di origini genovesi».

«E cosa ci fai qui?».

Lei manifestò riluttanza nel parlare. Le sarebbe piaciuto dirgli che, come sua madre, portava nelle vene sangue georgiano, o raccontargli della terra lontana in cui era nata, ma trattenne il fiato. I suoi occhi scomparvero dietro un velo di capelli. «*Lui* ci troverà», disse con tono neutro, come se nient'altro avesse importanza.

«Non temere», la rassicurò Uberto.

Un pigro scrollare di crine risuonò dall'esterno, ricordando a entrambi la presenza di Jaloque, che pasceva mansueto fuori dal capanno.

Uberto decise di non fidarsi di Moira, almeno per il momento. Troppo misteriosa. Troppo bella. Ma lo stesso impulso che l'aveva spinto a salvarla lo indusse a proseguire la conversazione: «Chi era quel cavaliere saraceno? Perché ti seguiva?»

«Non lo so», esitò lei. «Ma non si fermerà finché non mi avrà uccisa».

«Per quale motivo?».

Moira abbassò lo sguardo, le dita affondate nella pelliccia del cane. «È colpa dei suoi padroni, i frati di un villaggio al confine con l'Armagnac. Mi credevano una strega, un'eretica o qualcosa del genere... Si sbagliano. Ma ormai non conta più nulla».

Uberto si sentì di nuovo in dovere di rassicurarla: «Non disperare, ora sei in salvo».

«Era meglio se mi avessi lasciata al mio destino», disse lei, fissandolo con i suoi occhi di giada. «Quel maledetto se la prenderà anche con te».

«Che ci provi!». Lui scattò in piedi, inorgoglito, poi si diresse verso il camino per ravvivare la fiamma. «Se desideri che ti aiuti devi dirmi di più. Spiegarmi bene chi sei e da dove provieni».

«Sono fuggita da Airagne...», bisbigliò Moira, ma subito si morse le labbra.

«Ho udito bene?». Uberto lasciò cadere un ceppo nel focolare e le fu subito appresso. «Non posso crederci! Tu sai dove si trova Airagne? La dimora del Conte di Nigredo?».

All'udire quel nome, Moira si ritrasse di scatto e fissò l'interlocutore come se avesse minacciato di ferirla.

«Parlami di quel luogo», insistette Uberto. «Sapresti indicarmi la strada per raggiungerlo? Potresti guidarmi?».

La ragazza indietreggiò ancora, premendo la schiena contro una parete. «Consegnami al moro piuttosto, ma non ti condurrò mai in quel luogo. Preferisco morire!».

«Non capisci...», si giustificò lui. «Devo aiutare mio padre...».

Moira si coprì il volto. «Basta, ho detto!».

Il cane alzò le orecchie e iniziò a ringhiare, poi si rese conto che non c'era pericolo, abbassò il muso e si sciolse in un lamentoso uggiolio.

Quando la ragazza tolse le mani dal viso, aveva assunto un'espressione implorante. «Lasciami riposare, ti prego. Sono così... stanca».

«D'accordo, ne parleremo domani». Uberto alzò le sopracciglia, indulgente, e indicò un involto di panni che aveva posato sul tavolo, vicino alla bisaccia. «Indossa quei vestiti, non puoi andare in giro conciata così... Qui ci sono un paio di brache, un farsetto e un paio di calzari. Si tratta di miei abiti da viaggio e ti andranno larghi, ma sarà sempre meglio degli stracci che hai addosso».

Lei accennò un sorriso.

In attesa che Moira si cambiasse d'abito, Uberto uscì per prendersi cura di Jaloque. Il capanno non era dotato di stalla, perciò aveva dovuto rinchiuderlo entro il recinto di un vecchio stabbio. Lo dissellò, controllò che avesse da brucare e da abbeverarsi a sufficienza, e gli concesse una serie di carezze ben meritate. Quelle azioni gli consentirono di riacquistare padronanza di sé, permettendogli di ragionare con lucidità. Il fatto di essersi lasciato incantare con tanta facilità da una fanciulla lo infastidiva. Non era uno sciocco e le donne non l'avevano mai intimidito prima d'allora. Uno dei vantaggi della vita del girovago era di non essere costretti a maritarsi con la prima contadina che si mostrava disponibile. Uberto aveva avuto modo di intrattenersi in diverse schermaglie amorose e di apprendere molto sul gentil sesso, ma fino ad allora non aveva provato sensazioni così forti. E tuttavia Moira non gli ispirava fiducia.

Sospirò. Prima Corba de Lantar e adesso quella strana ragazza! Ultimamente, pensò, aveva a che fare soltanto con donne misteriose.

Quando rientrò nel capanno, Moira aveva indossato i suoi abiti.

Le maniche troppo larghe e i risvolti alle brache la facevano assomigliare a un giullare. Entrambi risero.

L'ilarità si interruppe di colpo lasciando spazio all'imbarazzo, e quasi per sottrarsi da quella situazione lei si coricò di lato, vicino al fuoco. Prese sonno quasi subito.

Uberto invece aveva troppi pensieri per la testa per mettersi a dormire, e benché esausto sfilò dalla bisaccia il *Turba philosophorum* e iniziò a scartabellarlo alla luce del fuoco. Non sapeva con esattezza di cosa parlasse quel libro, ma secondo le parole di Galib e di Corba de Lantar gli avrebbe svelato i segreti del Conte di Nigredo.

Il codice era suddiviso in sermoni attribuiti a una moltitudine – una *turba* – di filosofi greci intenti a confrontarsi in una quantità di dibattiti sugli argomenti più disparati, dalla creazione della materia ai segreti dell'alchimia. Ci sarebbe voluto suo padre per interpretarli a dovere, tuttavia Uberto rimase a leggere qualche passo a caso, per distrarsi dagli altri pensieri che gli frullavano in testa, finché si soffermò su una frase: "*Iubeo posteros facere corpora non corpora, incorporea vero corpora*", che tradusse: "Ordino ai posteri di rendere corporeo il non-corporeo, invero incorporeo il corporeo". Doveva trattarsi di un accenno alla sublimazione della materia e al procedimento contrario. Ne trovò conferma poche righe più sotto: "Sappiate che l'arcano dell'Opera aurea deriva dal maschio e dalla femmina".

Non possedeva i rudimenti dell'arte alchemica, ma in più di un'occasione aveva udito il padre discorrere al riguardo con uomini dotti provenienti da diversi Paesi. Ma certe conoscenze gli derivavano anche dai ricordi di infanzia, quando si trovava relegato in un piccolo monastero affacciato sul mare Adriatico. All'epoca aveva conosciuto un monaco bibliotecario, Gualimberto da Prataglia, che era edotto nei fondamenti teorici dell'alchimia. Aveva udito da lui abbastanza per intuire che con "maschio" si alludeva al piombo allo stato solido e con "femmina" allo "spirito", cioè la sostanza volatile. E lesse ancora: "Il maschio riceve dalla femmina lo spirito tingente".

Richiuse il libro, frastornato, e quasi per aggrapparsi a qualcosa di concreto posò lo sguardo sul corpo addormentato di Moira. E senza smettere di fissarla, si addormentò a sua volta.

Poco distante, Moira sognava una distesa di rena battuta da onde gonfiate dal vento. Il cielo era grigio, le nubi scompigliate come la criniera di un cavallo. Lontano dalla riva le acque si erano spalancate in un enorme gorgo marino. Qualcosa veniva risucchiato al suo interno, negli abissi.

La ragazza tremò nel sonno mentre il fragore dell'acqua la assordava, rimbombandole nelle orecchie.

Quando Uberto si svegliò, la ragazza era fuggita.

13

A Ignazio era parso d'aver appena chiuso gli occhi quando la voce di Willalme lo strappò dal sonno. Impiegò un attimo per comprendere il suo parlottio, dapprima remoto, poi sempre più chiaro. Gli rivolgeva parole allarmate: «Svegliati... Dobbiamo fuggire...».

Con un gesto istintivo balzò giù dal letto e si guardò intorno. Non era ancora l'alba. Aprì una cassapanca in fondo al giaciglio, dove la sera precedente aveva riposto i suoi abiti, e dopo essersi infilato tunica e calzari diresse un'occhiata interrogativa al compagno.

«Siamo in pericolo», spiegò il francese. «I soldati del conte Raimondo VII stanno per entrare nella reggia vescovile. Sanno che siamo qui, ci stanno cercando».

Era logico, si disse Ignazio, che la presenza di forestieri presso la sede episcopale avesse allarmato il conte di Tolosa. Qualcosa però non quadrava. Tutto era accaduto troppo in fretta. Si trovavano in città solo da poche ore, com'era possibile che Raimondo VII fosse già stato informato della loro presenza?

Ignazio, sempre più accigliato, indossò la sua cappa e si affacciò alla finestra per dare un'occhiata alla strada sottostante. Davanti all'entrata del palazzo brillavano una decina di fiaccole. Un gruppo di armati premeva contro il portone d'ingresso. Erano i soldati di Tolosa.

In mezzo agli armati spuntavano quattro frati, i cordiglieri notati da Willalme il giorno prima.

Il francese li indicò. «Se ben ricordi, mi ero accorto che quei frati ci fissavano troppo, tu però non mi hai ascoltato».

«Hai ragione», disse Ignazio. «Quei frati devono essere spie di Raimondo VII. Sono stati senz'altro loro a segnalare la nostra presenza al conte di Tolosa».

«E per quale ragione lo avrebbero fatto?»

«Alcuni religiosi disapprovano la condotta della Chiesa e scelgono di favorire i catari e chi li protegge. Ciò deve valere anche per quei cordiglieri, e vedendoci accolti nella reggia vescovile ci hanno creduti emissari di Folco o della sua Congregazione bianca...».

«Ora basta parlare». Willalme fece cenno di seguirlo. «I monaci che ci hanno ospitato stanno trattenendo i soldati davanti all'ingresso principale. Fuggiremo dal retro del palazzo».

Mentre seguiva l'agile figura del compagno, Ignazio riportò alla memoria quanto udito sulle atrocità commesse dagli uomini di Raimondo VII. Ai sostenitori della Chiesa e della corona strappavano di regola gli occhi e la lingua. Piuttosto che finire in quel modo era preferibile morire tentando la fuga.

Uscirono all'aperto e percorsero un giardino delimitato da alte siepi, prestando attenzione a ogni rumore. Il mercante gettò un'occhiata speranzosa verso il campanile di Saint-Etienne, che si profilava nero contro il cielo stellato. Più in basso sorgeva la foresteria della cattedrale, dove poche ore prima aveva affidato un delicato incarico al portinaio. Pensò a Uberto e si augurò che fosse al sicuro.

Filippo e Thiago spuntarono fra le ombre del giardino. Avevano le facce tese e i muscoli frementi, pronti ad agire.

«Andiamocene», intimò il Lusignano. «Non ci tengo a sperimentare l'ospitalità del conte Raimondo». Allungò il passo verso un punto seminascosto fra le siepi, dove attendevano il suo destriero, il carro di Ignazio trainato da due cavalli e una cavalcatura per Thiago. In pochi istanti furono pronti per partire.

Le bestie nitrirono, lanciandosi con uno scalpitio di zoccoli fuori dai giardini, e prima ancora di giungere all'esterno travolsero una coppia di soldati del conte che tentava di irrompere dall'ingresso posteriore della reggia.

Fuggirono da Tolosa con il favore del buio.

Seguirono una carrareccia diretta verso sud attraverso un bosco cinto da alture. Si lasciarono alle spalle i centri di Lantar, Auriac, Roumens e Vaudreuille senza alcun intoppo, ma trovarono molti campi distrutti dal fuoco. Gli unici luoghi abitati sopravvissuti alla devastazione erano quelli meglio difesi, come le *sauvetés* raccolte intorno ai castelli e le *bastides* cinte da fortificazioni. Per i semplici villaggi di contadini non c'era stata speranza. Ma Ignazio aveva anche altro di cui preoccuparsi. Strada facendo Filippo e Thiago cavalcavano spesso distanti dal carro, confabulando tra loro, e il mercante iniziò a sospettare che conoscessero dettagli sulla missione, ignoti a lui e a Willalme.

Lungo il cammino fecero una sosta in una locanda di Labécède, un edificio piuttosto malmesso, ma era quanto di meglio offrisse l'itinerario. Lasciarono i cavalli e il carro in una stalla diroccata, dove l'animale di maggior pregio consisteva in un ronzino decrepito, e cenarono a base di focacce, lepre in salsa d'agresto e vino annacquato.

«Cos'è mai tale porcheria?», disse Filippo, dopo aver bevuto. «Non ci troviamo in una delle zone in cui si producono i migliori vini di Francia?»

«Lo era, monsieur», si lagnò l'oste. «Lo era, prima che la milizia del vescovo Folco distruggesse i nostri vitigni... Non avete notato la sciagura che si abbatte su questa contea?»

«È dunque la Confraternita bianca la responsabile della carestia del Tolosano?», domandò Ignazio, subito attento a quelle rivelazioni.

«Sì», confermò l'uomo. «Devastano i raccolti, disperdono il bestiame e rubano i nostri soldi. Da dove pensate che provengano i fondi usati da Folco per edificare la sua Sacra Praedicatio?»

«Non capisco perché il vescovo si accanisca tanto su queste terre».

«Per via dei *texerant*».

«E chi sarebbero?»

«I catari», spiegò l'oste. «Da queste parti li chiamano così perché per vivere si dedicano alla tessitura. Sono dei gran lavoratori e non infastidiscono nessuno... Ma Folco li vuole mandare tutti al rogo, soprattutto i perfecti. Il conte Raimondo non approva questa condotta e per questo ha cacciato via Folco e la sua Confraternita. Quei fanatici non si comportano certo meglio degli Archontes».

«Ancora gli Archontes!». Filippo batté il pugno sul tavolo. «Cosa sapete di loro?»

«Molto poco, monsieur. Sono diavoli, non uomini. Si aggirano nel Sud della Francia, incendiano i villaggi e rapiscono gli abitanti. L'avrete notato strada facendo, immagino. Non siete di queste parti e avrete di certo attraversato la Linguadoca».

«Avete ragione, ma non sapevamo che fosse opera degli Archontes», precisò Ignazio. «Perché rapiscono gli abitanti? Dove li portano?»

«All'inferno, o in un luogo molto peggiore, a quanto si dice, ma nessuno sa di preciso dove. La maledizione degli Archontes si abbatte su tutta la Linguadoca, tranne su questa contea. Forse il Conte di Nigredo non vuole mettere i bastoni tra le ruote alla confraternita di Folco».

«Oppure vuole lasciare Tolosa per ultima».

«Non saprei». L'oste distolse lo sguardo. «In ogni modo, mi rincresce per il vino... Perdonate la nostra miseria», e si dileguò fra i tavoli degli avventori.

Il giorno seguente, superate Castelnaudary e Laurac, i quattro raggiunsero Prouille, il rifugio di Folco. Il borgo era protetto da una palizzata, oltre la quale una cerchia di casupole si raccoglieva intorno alla chiesa di Sainte-Marie, la Sacra Praedicatio. Lo sguardo di Ignazio indugiò sulla facciata dell'edificio, non tanto per ammirare le proporzioni architettoniche quanto per i rampicanti color vinaccia che la ricoprivano per metà, e che gli diedero la sensazione di approdare in un'isola di pace. Poi, notata la presenza di molti soldati, cambiò subito idea.

Dinanzi alla chiesa furono ricevuti dalla badessa, una donna dall'aspetto florido con buffe sopracciglia simili a spighe di grano. Si accertò scrupolosamente della loro identità e delle loro intenzioni, poi confermò le informazioni che avevano ricevuto a Tolosa: Folco si nascondeva proprio in quel luogo.

Ma la badessa non permise che i quattro forestieri incontrassero subito il vescovo. Trovandoli sporchi e affaticati per il viaggio, dispose che prima si lavassero e venissero rifocillati.

14

Folco attendeva nella sala delle udienze e mentre passeggiava sul pavimento di cotto sfogliava la *Vita di Maria d'Oignies*, un libricino che Jacques de Vitry gli aveva dedicato. A dispetto della sua fama smisurata, era un ometto rinsecchito avvolto in una tonaca priva di fronzoli. La trama rugosa del volto ne testimoniava l'età avanzata, nonostante gli occhi ancora vivaci.

Quando i quattro forestieri entrarono nella sala, ripose il libro su un leggio che riceveva luce da una bifora e aprì le braccia in cenno di saluto. «Da quel che mi è stato annunciato, lorsignori recano notizie di padre Gonzalez de Palencia», esordì, e un'inconfondibile cadenza genovese tradì le sue origini italiche.

«Difatti, eccellenza, lasciate che vi porga omaggio». Filippo precedette il gruppo, giunse le mani in segno di preghiera e le ripose fra quelle del vescovo. Dopo che si furono scambiati un bacio simbolico, si presentò: «Io sono Filippo di Lusignano, cavaliere di Calatrava, al vostro servizio. Vengono al mio seguito Thiago de Olite, mio sottoposto, Ignazio Alvarez da Toledo e il suo accompagnatore Willalme». Mostrò il salvacondotto. «Questa è la nostra lettera di presentazione vergata da padre Gonzalez in persona, con beneplacito di Ferdinando III di Castiglia».

Mentre il vescovo esaminava il documento, il mercante lo osservò con curiosità. In gioventù aveva sentito parlare di lui, ma non in qualità di religioso. Folco era stato in passato un trovatore famoso per i suoi componimenti cavallereschi. In seguito era diventato abate, poi vescovo di Tolosa, stringendo rapporti di amicizia con sovrani del calibro di Riccardo Cuor di Leone e di Alfonso II d'Aragona. In sostanza, una leggenda vivente.

Il vescovo alzò lo sguardo dalla lettera. «Da quanto c'è scritto in siffatto documento, vedo che serbate un'idea piuttosto vaga del problema».

«Sappiamo soltanto della scomparsa di Bianca di Castiglia, eccellenza, e del coinvolgimento del Conte di Nigredo», sintetizzò Filippo.

«E dell'ossesso», soggiunse Ignazio con tono scettico.

«Ah, l'ossesso, per poco non me ne scordavo», disse il vescovo, quasi divertito, poi aggrottò la fronte rugosa. «Secondo le informazioni in mio possesso non è scomparsa la sola regina, ma anche il luogotenente Humbert de Beaujeu e soprattutto il legato pontificio Romano Frangipane. Proprio la sua assenza, più ancora di Bianca di Castiglia, ci rende vulnerabili».

Filippo lo fissò con interesse. «Cosa intendete?»

«Il Frangipane ha l'incarico della Santa Sede di stare al fianco della regina in qualità di primo ministro, e al momento è la spina dorsale della Francia. Humbert de Beaujeu detiene invece il controllo dell'esercito regio. L'assenza di questi due uomini rende la *curia regis* priva di cervello e di braccia».

«Non vi fidate di nessun altro in Francia?»

«Non esattamente». Il vescovo gesticolò con le mani nocchiute, quasi volesse plasmare nell'aria il corpo di un gigante. «Posso contare sulla mia milizia, il braccio armato della Confraternita bianca».

«Già lo sapevamo», commentò Ignazio, con una punta di sarcasmo. «Abbiamo notato i "segni" lasciati dai vostri soldati nel Tolosano. È un miracolo che nei dintorni cresca ancora qualche filo d'erba».

«Si chiama "missione terra bruciata", per l'appunto». Folco scrutò il mercante con la tipica superiorità dei chierici nei confronti dei laici. «Leggo nei vostri occhi una sfumatura di biasimo, ma vi assicuro che queste misure sono necessarie. Migliaia di catari si annidano a Tolosa e negli abitati circostanti, spingendo il volgo verso l'eresia. Sono costretto ad agire con la forza se voglio catturare le volpi nascoste nella vigna del Signore». Ammorbidendo di tono, si rivolse a Filippo. «Il problema non risiede nella fedeltà, ma nella qualità degli uomini di cui dispongo, soldati o valvassini privi di peso politico. È l'appoggio della nobiltà che mi manca».

«Possibile?». Il Lusignano aggrottò la fronte. «E la corte parigina?».

Folco mimò un gesto di impotenza. «Da quando la regina è stata rapita, ogni contatto con Parigi è decaduto. Pare che la corruzione dilaghi all'interno della curia regis».

Filippo portò la mano al mento massiccio. «Inizio a capire».

«Ebbene», soggiunse il mercante, «se vostra grazia lo ritiene opportuno, è il momento che ci riveli le informazioni di cui dispone sul Conte di Nigredo».

Il vescovo rimuginò, indeciso forse su come affrontare il discorso. «Sarà bene che vediate con i vostri occhi. Capirete meglio di fronte a cosa ci troviamo».

«A cosa alludete?».

Lo sguardo di Folco sprigionò una luce fino ad allora nascosta. E non esprimeva affatto sentimenti pietosi. «All'ossesso, naturalmente. Lo tengo prigioniero nelle segrete di Prouille».

I sotterranei della Sacra Praedicatio si rivelarono più estesi del previsto. Ignazio avanzava nell'ombra tra pareti chiazzate di muffa e salnitro, rivivendo uno spaventoso ricordo d'infanzia, quando si era perduto con il fratello Leandro in un luogo simile, ma molto più antico di quello. Una catacomba da cui lui soltanto era uscito vivo, per puro miracolo. Quella tragedia lo ossessionava ogni volta che scendeva nel sottosuolo. Nel frattempo Folco, accompagnato da un paffuto primicerio e da una coppia di armigeri, faceva strada verso le celle dove venivano tenuti rinchiusi coloro che erano sospettati di eresia. Una simile occupazione sarebbe spettata al conte di Tolosa, se non avesse parteggiato per i perseguitati dalla Chiesa. Secondo il mercante, quel luogo esprimeva alla perfezione il dualismo dell'istituto ecclesiastico, che nascondeva la sua natura repressiva dietro una maschera di pietà cristiana.

Folco proseguì per un cunicolo asfittico, poi si fermò davanti a un uscio sprangato e ordinò che venisse aperto. All'interno, in una cella angusta e maleodorante, una figura umana completamente nuda giaceva rannicchiata sul pavimento. Il riverbero delle torce ne rivelò l'estrema magrezza e la pelle ricoperta di segni violacei. Con un brivido feroce, Ignazio rammentò d'aver subìto egli stesso, anni addietro, il supplizio della tortura. «Quest'uomo è stato percosso con brutalità eccessiva», sentenziò con asprezza.

«Quando l'abbiamo trovato era già ridotto così», rispose Folco con finta innocenza.

Il mercante non ebbe il tempo di replicare, poiché ogni suo pensiero fu sopraffatto dallo sgomento. Il prigioniero si alzò in piedi e camminò verso l'uscio, lento e ingobbito, con il braccio destro sollevato e il sinistro penzoloni. Trascinò le catene fissate alle caviglie finché gli fu possibile, dopodiché inciampò, cadendo di nuovo a terra.

Il Lusignano disegnò una smorfia di disgusto. «Un tale obbrobrio può essere soltanto opera del diavolo».

Il vescovo confermò con un cenno del capo ed entrò nella cella, anticipato da un armigero con la torcia.

Alla vista del fuoco, il prigioniero emise una sorta di gracidio e si rintanò in un angolo.

«Visto?», ghignò Folco. «Rifugge la luce, come una creatura delle tenebre». Gli rivolse uno sguardo severo e tracciò una croce nell'aria. «Non lasciatevi ingannare dalla sua apparente idiozia. È più scaltro di quanto non sembri».

Ignazio osservò l'ometto compassato conosciuto poco prima che si tramutava in un giudice inflessibile del tribunale vescovile. Non era la prima volta che assisteva a simili metamorfosi, e come sempre non poté astenersi dal provare un fascino perverso. Dopotutto anche lui, suo malgrado, possedeva due nature inconciliabili, l'intelletto e la passione, come due corpi celesti che giocavano a eclissarsi l'un l'altro.

Folco sfiorò il recluso con la punta di un calzare. «Non hai nulla da dirmi oggi, Sébastien?», l'apostrofò, poi si rivolse ai visitatori: «I miei uomini l'hanno arrestato mentre perlustravano i dintorni di

Labécède, dove al solito trovano rifugio molti catari. Interrogandolo ci siamo resi conto di quel che sapeva».

Il prigioniero affondò il capo tra le spalle ossute e si lasciò sfuggire un risolino isterico. Solo allora il mercante si avvide che doveva avere più o meno l'età di suo figlio.

«Sembra non voler parlare», constatò Filippo.

Il vescovo abbozzò un'espressione miserevole. «I demoni che lo possiedono distorcono la sua percezione della realtà. A volte lo rendono feroce e a volte invece, come adesso, lo istupidiscono. Ma conosco un esorcismo in grado di farlo rinsavire». Impose i palmi sulla fronte del prigioniero e recitò con voce insolitamente possente: «*Omne genus demoniorum cecorum, claudorum sive confusorum, attendite iussum meorum et vocationem verborum!*». Inspirò profondamente, poi seguitò: «*Vos attestor, vos contestor per mandatum Domini, ne zeletis, quem soletis vos vexare, homini, ut compareatis et post discedatis et cum desperatis chaos incolatis!*»[2].

Il corpo di Sébastien fu scosso da una convulsione, poi la sua bocca si storse, quasi a trattenere un conato di vomito, e si spalancò per urlare: «*Miscete, coquite, abluite et coagulate!*».

Ignazio sbarrò gli occhi. «Cosa sta dicendo?». Gli era abbastanza vicino da sentire l'odore pestilenziale, vagamente dolciastro, del suo alito.

«*Miscete, coquite, abluite et coagulate!*», gridò ancora il prigioniero. «*Miscete, coquite, abluite et coagulate!*».

«Dimmi da dove vieni, Sébastien», lo incitò il vescovo, sollevando i palmi sulla sua fronte. «Dimmi di quel luogo sperduto fra i monti».

L'invasato si chetò, sembrò quasi sorridere prima di parlare. «Airaaaagne... Vengo dalle spiiiire di Airaaaagne».

Folco distese i lineamenti grinzosi. «È là, nel posto che chiami Airagne, che gli spiriti maligni si sono impossessati di te?».

[2] Demoni di ogni genere, che accecano, che dannano, che sciancano e che turbano, obbedite ai miei ordini e alle mie parole. Vi censuro, vi scongiuro per mandato del Signore, di non molestare, come vi è solito fare, gli uomini, sicché compariate, e poi ve ne andiate e con disperate anime abitiate.

Uno scintillio d'intelligenza balenò negli occhi del prigioniero, mentre il suo corpo continuava a essere pervaso dai tremiti. «Sììì...».

«E chi è l'artefice di tutto questo male?».

Lo sforzo mnemonico sembrò procurare a Sébastien una sofferenza quasi fisica. «Il Conte di Nigreeeedo...», mormorò. «Sììì, è cosììì... Il Conte di Nigreeeedo».

«Dimmi, figliolo, chi altri hai visto in quel luogo? Chi vi è tenuto prigioniero?»

«Taaaanta gente... Taaaanta gente nel fuoco e nel metallo roveeeente».

«Però giorni fa mi hai parlato di una persona in particolare, una dama molto bella trasportata da una carrozza. Ricordi?»

«Sììì». Il prigioniero divenne d'un tratto euforico. «L'ho viiiista prima di fuggiiiire. È la regina Biaaaanca...».

Folco rivolse uno sguardo significativo in direzione di Ignazio, poi riprese l'interrogatorio: «Sei sicuro? Come l'hai riconosciuta?»

«L'ho vista sceeeendere da una carroooozza con le insegne del re di Fraaaancia... E lei era beeeella, taaaanto beeeella... Aveva un vestito azzuuuurro coperto di gigli d'oooоro».

«E ricordi dove si trova il posto che chiami Airagne?»

«Fra i monti selvaaaaggi». L'orrore si dipinse sul volto del prigioniero. «Ma io sono fuggiiiito! Soooono fuggiiiito, fuggiiiito!».

«Molto bene, figliolo». Il tono di Folco si fece incalzante. «Vuoi parlare di quel maledetto luogo? A me ne hai già accennato, giorni fa. Vuoi ripeterlo a questi visitatori? Parlaci di Airagne».

Il prigioniero si guardò intorno come un animale spaventato, poi si coprì il viso con le mani.

«Perché ti ostini a tacere?», inquisì il vescovo. «Vuoi che ti faccia prendere ancora a frustate?».

A quelle parole, Sébastien deformò il volto in un ringhio feroce. «Soooono fuggiiiito! Fuggiiiito... *Miscete, coquite, abluite et coagulate!*».

Il Lusignano fece un passo in avanti, visibilmente irritato. «Parla dannato! Dicci di quel posto!».

«*Miscete, coquite, abluite et coagulate!*».

«Dove ti sei nascosto, Sébastien?». La voce tranquilla di Ignazio risuonò inaspettata. «Dove hai trovato asilo, una volta fuggito da Airagne?».

Il prigioniero sorrise di colpo. «All'*hospitium* di Saaaanta Lucina, vicino a Puiveeeert. Dalle braaaave sorelle dagli abiti biiiigi...».

«Brave sorelle un accidente! È risaputo che quelle beghine simpatizzino per i catari». Folco si chinò dinanzi al prigioniero, incurante del lezzo che emanava. «Ed è questo che sei anche tu, vero Sébastien? Un cataro, un adoratore del Gatto. Ecco perché Satana è entrato nel tuo corpo».

Il mercante si rivolse al vescovo, la fronte solcata dal dubbio: «Vostra grazia ne è proprio certo? A mio avviso costui non è posseduto da spiriti maligni. È solo malato. Forse ha subìto un avvelenamento».

Folco, che non ammetteva di essere contraddetto, sfogò la sua irritazione su Ignazio: «Si può sapere cosa farneticate? Non riconoscete forse l'opera di Lucifero, com'è palese a tutti qui dentro?».

Ignazio preferì non ribattere e con un veloce cenno invitò Willalme a nascondere la sua smorfia sprezzante.

Approfittando della distrazione generale, Sébastien spalancò le fauci e si avventò contro il vescovo per azzannarlo, ma Folco se ne accorse in tempo e lanciò un grido d'allarme. Un armigero intervenne in sua difesa, trattenne l'ossesso per le catene e iniziò a prenderlo a calci.

Nessuno proferì verbo. Ignazio, agghiacciato da tanta brutalità, ebbe il buonsenso di tenere fermo Willalme per un braccio, prima che si azzardasse a intervenire in difesa del prigioniero. Il grasso primicerio, rintanato alle spalle di Folco, assisteva invece alla scena con un risolino sadico stampato sul volto.

Tuttavia l'evento più raccapricciante doveva ancora verificarsi. Quando cessò il pestaggio, il prigioniero continuò a contorcersi come se accusasse dei violenti spasimi al basso ventre. Il dolore non sembrava provenire dai colpi appena ricevuti, ma da un male misterioso che nasceva dall'interno del suo corpo. «*Tres fatae celant crucem!*», gridò all'improvviso, dimenandosi come un serpente ferito. «*Tres fatae celant crucem! Tres fatae celant crucem!*».

«Guardate», vociò Thiago, allibito. «Sta pisciando sangue!».

Sébastien lacerò l'aria con un urlo straziante, poi vomitò grumi di sostanza nerastra e stramazzò al suolo, privo di vita.

E tutti stettero a fissarlo per un lasso di tempo che parve interminabile.

Nelle segrete di Prouille era calato un silenzio di tomba, regnava lo sbigottimento.

Ignazio era l'unico fra i presenti ad aver mantenuto il sangue freddo e approfittò dell'occasione per studiare il cadavere dell'ossesso. Il macabro su di lui non suscitava alcun effetto, era ben altro a turbarlo. In meno di un mese si trovava di fronte al secondo decesso avvenuto in circostanze misteriose, sebbene in quel caso non ravvisasse tracce di Herba diaboli. Il volto del cadavere era deformato dai segni di un male sconosciuto, ma a insospettirlo fu soprattutto il colorito giallastro della pelle e un insolito alone blu scuro sulle gengive. Non erano segni lasciati dalla scrofola, né dalla peste o dalla lebbra, ma neppure dai veleni più comuni. La soluzione del dilemma doveva risiedere altrove, e d'un tratto il mercante si ricordò di avere sentito parlare di qualcosa di simile durante i suoi viaggi in Oriente.

«Non possiamo assolverlo». Lo sguardo di Folco si posò sulla salma. «È morto nel peccato».

«Aspettate a dirlo, vostra grazia». Ignazio distolse lo sguardo dal cadavere, ormai sicuro delle proprie ragioni. «Quel recluso non era posseduto dal demonio. Sembrava sotto gli influssi di una strana febbre, forse cagionata da...».

«E cos'è la febbre, se non uno spirito maligno che entra dentro il corpo?», lo interruppe il vescovo.

«Molti filosofi trovano nelle malattie una spiegazione razionale».

«Lasciate perdere, per favore». Folco era palesemente irritato.

«Le malattie sono causate dal peccato, che rende l'uomo debole e lo trasforma in un ricettacolo del male». Un'ombra di presagio gli appesantì le occhiaie. «E anche le spire di Airagne, senza dubbio, sono opera di Lucifero».

«A quanto pare in quel luogo accadono cose misteriose». Ignazio si accarezzò la barba, riflessivo. «La faccenda mi incuriosisce non poco...».

A tali parole il vescovo non poté più trattenere lo sdegno. «Frenate la vostra curiosità, mastro Ignazio! Come vi permettete? *Curiositas est scientia funesta!*».

«La curiosità esprime la libertà dell'intelletto», ribatté il mercante, punto nel vivo. «Anche sant'Agostino la esalta».

Folco gli rivolse un sorrisetto compassionevole. «Agostino ammette la curiosità, è vero, ma la subordina al timor di Dio». Gli puntò l'indice contro. «Voi invece la idolatrate».

Ignazio fece per ribattere, ma si trattenne. Si trovava di fronte a un ministro della Chiesa. Ancora una parola e non sarebbe uscito tanto facilmente da quelle segrete. Inoltre detestò ammettere che l'ammonimento di Folco lo aveva scosso nell'intimo. Era vero. Idolatrava la ragione e non resisteva alla curiosità di svelare la logica nascosta dietro ogni fenomeno, a costo di compiere bassezze e di ricorrere a sotterfugi.

La voce del Lusignano spezzò la tensione che si era creata tra il vescovo e il mercante: «Come intendiamo procedere con le indagini? L'ossesso è morto prima di rivelare dove si trova Airagne».

«Però ha fornito un indizio», ammise Folco. «Un indizio di cui voi non disponevate ancora».

«Alludete all'hospitium di Santa Lucina», affermò Ignazio, sgusciando dal suo doloroso esame di coscienza. «Sébastien ha asserito d'avere trovato ospitalità in quel luogo dopo essere fuggito da Airagne. È probabile che là vi siano indizi».

«Stavolta avete intuito giusto, mastro Ignazio». Il vescovo si guardò intorno irrequieto, forse iniziava a sentirsi a disagio in quella prigione. «Il cosiddetto hospitium di Santa Lucina si trova a est dello *château* di Puivert, nella viscontea di Narbonne. Per l'esattezza, sorge presso l'abbazia di Fontfroide».

«Siete piuttosto informato al riguardo», osservò il mercante.

«Non è stata la prima volta che l'ossesso ha menzionato quel luogo, ne parla da settimane. Ho avuto tutto il tempo di individuarlo e di fare infiltrare alcuni agenti della Confraternita bianca tra i conversi di Fontfroide, in segreto. Da là indagano sulle consorelle di Santa Lucina. Il fatto che quelle donne abbiano ospitato Sébastien non può essere casuale. Sospetto che siano legate ad Airagne, in un modo o nell'altro. Ma finora nessuno dei miei uomini ha scoperto nulla. Le consorelle sembrano condurre una vita pia, all'apparenza».

«All'apparenza?»

«Già», sospirò il vescovo. «Dovete sapere che la fondazione di Santa Lucina non è propriamente un hospitium, ma un autentico béguinage, cioè una comunità di donne pie chiamate "beghine". Si tratta di laiche votate al soccorso dei bisognosi, al lavoro e alla preghiera. Imitano le regole degli ordini religiosi ma non appartengono a nessuno di essi. Ecco dove risiede il male: trovandosi al di fuori dell'ordinamento ecclesiastico diventano terreno fertile per l'eresia».

«Perdonate, vostra grazia, ma mi sfugge una cosa», disse Ignazio. «Di quale utilità potremmo esservi noi, se i vostri uomini svolgono già queste indagini?».

Folco apparve spiazzato e rispondere gli costò un certo imbarazzo: «Non sono stato io a chiedere il vostro intervento, se è a ciò che alludete. È stato padre Gonzalez a voler prendere parte a questa missione a tutti i costi. Ed è sempre stato lui a insistere che accettassi il suo aiuto e che indirizzassi i suoi inviati verso la giusta strada. Io ho semplicemente accettato, ma, come mi sembra di aver dimostrato, non ho bisogno di voi».

Ignazio ammutolì. Non Folco, ma il Gonzalez teneva le fila del gioco! Lanciò un'occhiata interrogativa verso il Lusignano che, per tutta risposta, distolse lo sguardo. Un gesto eloquente. Di certo quell'infame conosceva la verità fin dall'inizio e l'aveva taciuta. Chissà cos'altro nascondeva!

«Bene». Filippo ruppe quel silenzio imbarazzato. «Partiremo per Santa Lucina domani stesso, non appena farà giorno».

Ignazio nascose il sospetto e si rivolse di nuovo al vescovo: «Un ultimo ragguaglio, vostra grazia. L'ossesso, prima di morire, ha ripetuto una frase: "*Tres fatae celant crucem*", cioè "Le tre *fatae* nascondono la croce". Sapete a cosa possa alludere? Chi o cosa sono le tre *fatae*?»

«Le *fatae* sono femmine diaboliche, come quelle descritte nel *Super Apocalypsim* di Godefroy d'Auxerre», rispose Folco. «Nelle campagne francesi e germaniche, dove vengono spesso menzionate, si dice appartengano alle tradizioni pagane... Ma se fossi in voi non mi curerei troppo degli enigmi biascicati da un indemoniato. Satana è ingannevole e si diverte a confonderci».

«Non è di Satana che dobbiamo preoccuparci», replicò il mercante, muovendo il passo verso l'uscita della prigione. Si rese conto di essersi espresso in modo brusco, ma la rivelazione sul Gonzalez l'aveva palesemente innervosito. Come aveva rivelato Galib poco prima di morire, il gioco era più grande ed esteso di quanto si potesse immaginare. Era un'enorme ragnatela. E lui vi si trovava invischiato, proprio nel mezzo.

PARTE TERZA
LE TRE FATE

Sublime Spirito, luce degli uomini,
purifica le orride tenebre della nostra mente.

Notker il Balbo, *Hymnus in die Pentecostes*

15

La compagnia del mercante pernottò a Prouille e al mattino si congedò dal vescovo Folco per riprendere il viaggio. Ignazio era reduce da un dormiveglia pieno di ripensamenti. Dopo le ultime rivelazioni sentiva l'ombra del Gonzalez alle sue spalle. Non riusciva a comprendere le intenzioni di quel domenicano e nemmeno fino a che punto il Lusignano ne fosse al corrente. Aveva valutato l'alternativa di fuggire per andare alla ricerca di Uberto, che immaginava disperso fra i sentieri della Linguadoca, forse in pericolo. Ma agire in quel modo avrebbe significato trasgredire gli ordini di Ferdinando III, con le dovute conseguenze. Il mercante era quindi costretto a lasciarsi trasportare dalla marea degli eventi, in attesa del momento propizio per agire. Soffermandosi su simili pensieri, egli però tralasciava di proposito altre considerazioni. Di fatto il mistero di Airagne lo incuriosiva al punto da impedirgli di rinunciare alla spedizione. Voleva scoprire cosa si nascondesse in quel luogo di fuoco e di metallo fuso, e da dove nascesse la follia dell'ossesso di Prouille.

Superarono le terre del Lauragais, lasciandosi alle spalle l'abitato di Fanjeaux, e dopo una sosta dinanzi alle mura di Carcassonne proseguirono verso sud, lungo il corso dell'Aude. Oltrepassati Limoux ed Espéraza il paesaggio mutò, la vegetazione si fece più fitta e le vette dei monti Corbières spuntarono all'orizzonte.

Quando giunsero presso il castello di Quillan deviarono verso ovest in direzione di Puivert e seguirono un sentiero che si inoltrava in un bosco. Entro breve, stando alle indicazioni di Folco, avrebbero raggiunto il béguinage di Santa Lucina.

Durante il cammino Willalme sgusciò dalla sua cappa di silenzio per porre una domanda a Ignazio: «Cosa intendevi nelle segrete di

Prouille, attribuendo il comportamento dell'ossesso a una sorta di febbre?».

L'espressione del mercante, che fino ad allora era stata assorta, mutò in un sorriso volpino. «Quell'uomo non era posseduto da nessuno spirito maligno. Potrei scommetterci».

«Ritieni fosse stato colpito da una malattia?»

«Non da una malattia, ma da una sostanza velenosa. Le esalazioni di un metallo».

Il Lusignano avvicinò il suo cavallo al carro. «Teoria interessante, mastro Ignazio. Spiegatevi meglio».

Il mercante gli rivolse uno sguardo ironico. Il sospetto e il disprezzo che nutriva per quell'uomo si stavano tramutando in autentica avversione. «Messer Filippo, pensavo condivideste l'opinione di Folco. Non vorrei compromettere le vostre convinzioni in merito».

«Non siate ingenuo. Semplicemente non ho ritenuto opportuno contraddire uno dei prelati più influenti del Sud della Francia. D'altro canto, confesso di sapere ben poco sulle possessioni demoniache. Il mio compito, finora, si è limitato a combattere i mori», si giustificò. «Ma Sébastien, quel miserabile, non recava traccia di malvagità nello sguardo. Tutto quel che ho notato in lui è stato lo squilibrio mentale e, come dire, una sorta di bizzarria fisica, uno scoordinamento nei movimenti».

«Infatti, ma vi sono altri elementi degni di nota». Ignazio prese a contare sulla punta delle dita. «L'odore dolciastro dell'alito. Il tremore diffuso per il corpo. La paralisi degli arti. Il colorito della pelle. Infine, una sorta di orlo bluastro sulle gengive». Pronunciò le ultime parole con una certa enfasi, in modo che la sua voce sovrastasse il ballonzolare del carro. «E poi le convulsioni, il sangue nell'urina, gli attacchi di vomito... Sono tutti sintomi di un disturbo molto raro. Ne so molto poco, ma ho sentito dire che a volte colpisce chi pratica l'alchimia».

Willalme lo fissò con curiosità. «A cosa alludi?»

«Parlo di un male identificato già dagli antichi. Viene chiamato "saturnismo" o, meglio, "male di Saturno"».

«Ancora non capisco», ammise il Lusignano. «Spiegatevi più in dettaglio».

«Il nome di Saturno designa il *plumbum nigrum*, volgarmente detto "piombo". Le persone che lo manipolano o ne respirano le polveri, a volte, vengono colte dalla pazzia. Come Sébastien. Il piombo entra nel loro sangue e le fa sragionare». Ignazio sottolineò un concetto: «Il plumbum nigrum viene impiegato nella prima fase dell'opera alchemica, Nigredo. Come vedete, ancora una volta gli indizi ci portano verso la solita direzione».

«Ma certo, il Conte di Nigredo... Il suo legame con l'alchimia...», disse il Lusignano. «Però mi sembra strano che quel mentecatto di Sébastien possa essere stato un alchimista. E se invece avesse semplicemente lavorato in una cava di galena, da cui si ricava il piombo?»

«Dimenticate la formula latina che ripeteva di continuo: "*Miscete, coquite, abluite et coagulate*". Non biascicava a vanvera. Elencava le operazioni necessarie per la trasmutazione alchemica dei metalli, che probabilmente aveva svolto di persona».

«La faccenda si fa interessante», proferì Willalme.

«Interessante e misteriosa», soggiunse Ignazio. «Ecco perché gli agenti inviati da Folco per indagare sul béguinage di Santa Lucina non hanno trovato indizi. Cercano sospetti di eresia. Noi invece dovremo prestare attenzione a particolari molto più insoliti, facili a essere confusi per qualcos'altro, come ad esempio gli effetti collaterali cagionati dall'opera di un alchimista».

Filippo annuì compiaciuto. «Comprendo il motivo per cui re Ferdinando vi tiene tanto in considerazione. Siete davvero una mente illuminata».

L'allusione al monarca provocò in Ignazio una sorta di agitazione interiore. Non un turbamento emotivo ma un sovrapporsi di pensieri che fece brillare le sue iridi di una luce più intensa. E senza rivolgersi a nessuno in particolare, enunciò: «Solo ora intuisco la vera ragione per cui ci è stata affidata questa missione».

Thiago non si lasciò sfuggire quelle parole. «Cosa intendete?».

Ignazio fissò il navarro, che doveva essere molto più intelligente di quanto lasciasse trapelare. Prima di rispondergli si chiese se quell'uomo serbasse maggior fedeltà verso il Lusignano o verso il Gonzalez. O se magari servisse una terza persona. «Intendo che Ferdinando III, padre Gonzalez e il vescovo Folco non sono interessati a soccorrere Bianca di Castiglia, ma a qualcos'altro».

Thiago storse il naso con fare dubbioso, ma fu Filippo a rompere il silenzio: «Suvvia, mastro Ignazio, non c'è motivo di esprimersi tanto aspramente nei confronti del nostro monarca...».

D'un tratto un grido di battaglia risuonò dal folto della macchia. Un attimo dopo si udirono passi affrettati tra i cespugli, poi sbucarono dalla boscaglia un cavaliere e cinque fanti muniti di lance e balestre.

I viandanti non ebbero il tempo di coordinarsi per rispondere all'assalto e gli aggressori ne approfittarono. Il cavaliere nemico avanzò a spada tratta e vibrò un fendente in pieno volto a Thiago, dopodiché incrociò la lama con quella del Lusignano mentre gli altri armigeri accerchiavano il carro.

Willalme balzò dalla serpa e si gettò nella mischia, sguainò la scimitarra, evitò la stoccata di un fante e con un gesto fluido gli amputò un braccio. Mentre metteva in difficoltà un secondo avversario, non si accorse di un balestriere che lo stava prendendo di mira. La balestra scoccò un verrettone che lo trafisse alla spalla sinistra. Il mercante vide l'amico cadere a terra e perdere la spada, fece per soccorrerlo, ma un armigero gli fu addosso e tentò di strappargli le redini di mano. Reagendo d'istinto, Ignazio strattonò le briglie. I cavalli, già spaventati, si impennarono con un nitrito e si lanciarono al galoppo.

Il carro schizzò senza controllo nella macchia e il mercante non poté fare altro che aggrapparsi alla serpa per evitare di essere sbalzato a terra. Tutto avvenne a una velocità vertiginosa. Si guardò alle spalle, verso i suoi compagni, e riuscì a distinguere la sagoma di Thiago riemergere dalla mischia, la spada e la faccia sporche di sangue.

Sprezzante del dolore, Willalme si rialzò sulle ginocchia per anticipare un nuovo assalto. Raccolse la lancia del fante che aveva abbattuto, la bilanciò sul palmo e la scagliò contro un balestriere acquattato fra i cespugli. L'uomo gettò l'arma a terra e sollevò a difesa un brocchiere, ma la punta della lancia scivolò sopra lo scudo e gli perforò la gola. Il francese lo osservò accasciarsi sull'erba.

Filippo nel frattempo disarcionò il cavaliere nemico e caricò in soccorso di Thiago. Il navarro, ferito al volto, armeggiava alla cieca contro due fanti.

Willalme lanciò un'occhiata ai compagni.

«Pensate a mastro Ignazio!», gridò il Lusignano, mentre vibrava un fendente sulla testa di un soldato.

Il francese non replicò, balzò in sella al corsiero del cavaliere disarcionato e con un colpo di briglia sparì fra gli arbusti. La spalla, trafitta dalla punta del verrettone, gli doleva terribilmente.

Quando Ignazio riuscì a frenare i cavalli, il carro era ormai giunto presso un rivo nascosto tra gli alberi. Sulla sponda opposta, il bosco si interrompeva lasciando spazio a una radura e in mezzo allo spiazzo compariva un accampamento militare circondato da palizzate, fra le quali stazionavano soldati con uniformi di varia foggia.

Il mercante reputò che si trattasse di un esercito di mercenari. Nelle terre di Linguadoca era frequente imbattersi in reparti di *soudadiers* a pagamento. Ma quando identificò i loro stendardi si ricredette e, colto dall'inquietudine, arretrò con cautela dove la macchia si infittiva.

Un rumore di zoccoli al galoppo lo fece trasalire, poi si voltò di scatto e si accorse che l'uomo a cavallo aveva un volto amico. Il sollievo durò solo un attimo, poiché Willalme ebbe un calo di forze e scivolò dalla sella.

Ignazio si precipitò in suo aiuto mentre il francese, per non stramazzare al suolo, si era aggrappato a una borsa fissata all'arcione, facendola cadere a terra insieme a lui. Un attimo dopo il mercante era al suo fianco. «Sei ferito».

«Nulla di grave...», minimizzò il francese, pallido in volto. «Tu piuttosto... Sei salvo!».

«Parla a voce bassa, per carità», lo esortò il mercante, indicando l'accampamento oltre il rivo.

«Chi sono quei soudadiers?». Poi Willalme osservò le insegne ed ebbe un sussulto. «Raffigurano un sole nero su campo giallo... Pensi che siano gli Archontes?»

«Sì». Il mercante esaminò la ferita del compagno. «Gli sgherri che ci hanno attaccato devono essere dei loro. Forse in esplorazione».

«O forse cercavano proprio noi...», insinuò il francese, portandosi la mano alla spalla. «Ma ora aiutami a togliere questo verrettone...».

Il mercante scosse il capo. «Se lo togliessi ora, lacererei la carne e ti farei perdere molto sangue. Dobbiamo trovare un luogo sicuro per medicarti a dovere. Fammi vedere come posso rimediare nel frattempo...». Strappò la casacca dell'amico per scoprire la ferita e tamponò il sangue con una pezza di stoffa, poi raffazzonò una fasciatura provvisoria. «Messer Filippo e Thiago?», chiese nel frattempo.

«Sono bravi guerrieri... Avranno già fatto piazza pulita».

«Raggiungiamoli». Ignazio diresse un'ultima occhiata verso l'accampamento e notò con sorpresa che alcuni soldati sfoggiavano uniformi crociate o addirittura dell'esercito regio. «Dobbiamo allontanarci da qui alla svelta».

«Aspetta...», obiettò Willalme. «Se quelli sono davvero gli Archontes, non sarebbe meglio seguirli?»

«Prima devo pensare a te, e poi non è detto che quei miliziani sappiano dove sia reclusa Bianca di Castiglia».

Il mercante aiutò il compagno a salire sul carro, ma prima che potesse sedersi accanto a lui uno strano luccichio attirò il suo sguardo e lo fece tornare dov'era caduta la borsa staccata dall'arcione. Parte del contenuto si era rovesciato a terra. Si chinò in mezzo all'erba e scoprì con meraviglia che conteneva monete d'oro. «Da dove proviene questo denaro?»

«Non ne ho idea», rispose il francese, altrettanto meravigliato. «Il cavallo apparteneva a uno dei soldati nemici... Forse l'oro proviene da una razzia».

Ignazio raccolse una moneta dall'erba e la osservò con crescente stupore, dopodiché la porse al compagno. Era stata marcata con l'effigie di un ragno dalle zampe ricurve.

Il francese sgranò gli occhi. «Cosa significa?».

Invece di rispondere, Ignazio gli mostrò l'iscrizione impressa sul rovescio della moneta: AIRAGNE. «Capisci ora? Questi scudi devono essere stati coniati ad Airagne». Soppesò con attenzione la moneta. «Strano però... C'è qualcosa di anomalo...».

«A me sembra normalissimo oro». Willalme si avvicinò per guardare meglio, cercando di ignorare il dolore della ferita. «Ma dato che siamo soli, fammi una confidenza... Spiegami a cosa alludevi dicendo che lo scopo della missione non è soccorrere Bianca di Castiglia».

«Devo prima accertarmi di alcune cose». Il mercante si guardò intorno con circospezione, racimolò il gruzzolo e lo nascose nel bancale del carro. «E mi raccomando, non fare parola con nessuno di quanto abbiamo scoperto, né dell'accampamento degli Archontes né dell'oro di Airagne».

Fecero appena in tempo a raggiungere i due compagni per vedere Filippo infilzare l'ultimo soldato caduto a terra, che ancora accennava a muoversi.

Thiago rinfoderò la spada e corse verso il mercante. «State bene?».

Ignazio, prima di rispondere, scrutò il volto del navarro. Il fendente del cavaliere nemico l'aveva sfigurato, aprendogli un taglio trasversale sulla faccia. Per fortuna era stato colpito di striscio. Se la sarebbe cavata con uno sfregio, ma aveva rischiato di perdere il naso e un occhio, se non peggio.

«Io sto bene», disse il mercante. «Ma abbiamo due feriti da curare».

«Nulla a cui non possa rimediare un bravo cerusico», sdrammatizzò Filippo con un gesto grossolano.

«E gli aggressori?», proseguì Ignazio. Contò sei cadaveri. «Li avete uccisi tutti? Avete idea di chi fossero?»

«Tutti morti», rispose Thiago. «Non portavano insegne... Al diavolo!». Con una smorfia di dolore, si portò la mano al volto. «Questo maledetto taglio non smette di sanguinare. La mia vista si annebbia... Cosa contate di fare?».

Il mercante indicò un punto poco distante, dove il sentiero scendeva verso una vallata. «Secondo le indicazioni di Folco, in quella direzione sorge il béguinage di Santa Lucina. Se ci muoviamo lo raggiungeremo prima del vespro, ne sono certo. Là riceveremo le cure necessarie e troveremo rifugio per la notte».

«E nel frattempo cercheremo indizi sul Conte di Nigredo», soggiunse il Lusignano, pulendo la spada su un cadavere.

16

Moira era fuggita durante la notte. Ecco cosa si guadagnava a fidarsi delle donne, pensò Uberto, al risveglio, dopo essersi accorto della sua assenza. L'aveva salvata, le aveva dato da mangiare, da vestirsi, e per giunta si era quasi infatuato di lei... Era chiaro che gli mancava quella capacità di valutare le persone tanto spiccata in suo padre.

Indispettito e umiliato, era stato tentato di lasciarla andare per la sua strada, poi ci ripensò. Non poteva permetterselo. Lei gli serviva, conosceva la strada per Airagne. Elaborò quindi un piano per rintracciarla e rimontò in sella. Se non altro, Moira era stata così gentile da non rubargli il cavallo...

Perlustrò per mezza giornata i sentieri circostanti finché non trovò alcune tracce fresche. Erano dirette verso est e lo condussero a una grande foresta di querce. Il sentiero piegava a sud, aggirando la macchia, ma le tracce proseguivano dentro la foresta e Uberto non poté fare altro che seguirle.

Le chiome degli alberi erano così fitte da impedire il passaggio dei raggi solari. Il giovane scese da sella per evitare i rami bassi e proseguì a piedi conducendo Jaloque per le redini. Si sentiva avvolto da un'atmosfera dal sapore antico, quasi sacrale. La foresta somigliava a una sconfinata cattedrale, con i tronchi al posto delle colonne e le chiome come intricati soffitti.

Ma a occupare i suoi pensieri era soprattutto Moira. Si interrogò sul vero motivo che lo spingeva a rincorrerla e si accorse che il suo interesse per lei era più forte di quanto pensasse. Ora non provava più risentimento, ma preoccupazione. Era impaziente di ritrovarla e sperava che non le fosse accaduto nulla di brutto. Ma d'un tratto si sentì uno sciocco e si impose di mantenersi lucido. Moira gli serviva anzitutto per l'adempimento della missione, il resto non contava.

E proseguì fra gli alberi.

Era difficile distinguere le tracce nell'oscurità del bosco. Le impronte diventavano incerte, oppure sparivano sotto uno strato di foglie secche, ciò nonostante Uberto era certo che quella fosse la direzione giusta.

Un rumore di passi lo fece trasalire, percepì un movimento alle spalle, ma prima che potesse voltarsi ricevette una bastonata alla testa. Cercò di reagire ma una seconda percossa, più violenta, lo colse alla bocca dello stomaco.

Si piegò in due per il dolore, e prima di svenire vide una sagoma cenciosa chinarsi su di lui.

Nel buio della foresta echeggiò una risata brutale.

Moira aveva superato indenne la spaventosa foresta di querce e stava attraversando un sentiero che l'avrebbe condotta a Tolosa, in compagnia dell'inseparabile cane nero. Spossata dal cammino e dalla calura, si avvicinò a un pozzo che sorgeva sul ciglio della strada. Si sedette sulla bocca di pietra grigia e calò un secchio sgangherato appeso al verricello. Trovarsi in uno spazio aperto le faceva apparire tutto più semplice, meno ostile, e senza neppure accorgersene ripensò al giovane che l'aveva aiutata, Uberto. Era dispiaciuta di essere fuggita da lui in quel modo, e più di una volta era stata sul punto di tornare indietro, verso quella voce e quel sorriso che l'avevano messa a suo agio. Forse, al suo fianco, avrebbe potuto tornare a essere la persona gentile che era stata un tempo. D'altro canto Uberto era diretto ad Airagne...

Il secchio risalì colmo d'acqua e Moira vi immerse le mani, si sciacquò il viso e bevve. Avrebbe dovuto sentirsi corroborata, invece il rumore delle gocce e le increspature dell'acqua la turbarono. Si ingigantirono nella sua mente, fino a risvegliare il ricordo di una nave scossa dalla tempesta. Il fragore del mar Tirreno non dava pace, squassando a suo capriccio la chiglia mentre un gemito legnoso preannunciava lo scardinarsi dell'albero maestro. La prua si impennava tra le onde come se volesse ribellarsi ai flutti.

Poi ricordò il gorgo che si era aperto nel mare, un vortice dalle pareti nere e lucenti come metallo. Finché la nave non era stata inghiottita nell'abisso...

Uberto riaprì gli occhi, la testa pulsava per il dolore, ma prima di muoversi cercò di capire cosa fosse accaduto. Due uomini erano in piedi accanto a lui, impegnati a discutere. Parlavano con accento tolosano, più stretto rispetto a quello della gente di città. Il loro era un borbottio vernacolare e agreste.

Il più robusto dei due faceva la voce grossa, cercando di spartire il bottino a proprio vantaggio. Voleva tenere per sé il cavallo. L'altro, un gobbo, non era d'accordo. A suo avviso il cavallo valeva molto di più del resto.

Uberto prese atto della situazione, allungò furtivamente la mano destra verso la cintura e strinse l'impugnatura della jambiya preparandosi ad agire. I due compari nel frattempo erano giunti a un accordo: prima di spartire il bottino si sarebbero accertati del contenuto della bisaccia a tracolla della loro vittima.

Il bandito più robusto si chinò sul giovane e credendolo svenuto iniziò a frugargli addosso. Ma un attimo dopo gridò di dolore e ritirò la mano, fulminato dalla sorpresa. Uberto si era voltato di scatto, la jambiya in pugno, tranciandogli di netto quattro dita.

L'uomo arretrò grufolando, premendo al petto l'arto ferito, mentre il compare lasciava cadere un fagotto già arraffato dalla sella, indeciso sul da farsi. Uberto approfittò della loro titubanza, si alzò in piedi minaccioso e puntò contro di loro il pugnale ricurvo. «Andate via!», gridò, incurante del dolore alla testa. «Via, bastardi, o vi uccido!».

I banditi esitarono, il gobbo raccolse un bastone da terra, ma il giovane avanzò, per nulla intimidito. Allora i due si scambiarono uno sguardo e sparirono a gambe levate fra le ombre del bosco.

Uberto rimase immobile, la jambiya puntata contro il vuoto. Tremava. Una strana sensazione si era impadronita di lui. Non aveva mai agito con tanta violenza. Cosa gli succedeva?

Era colpa di quel bosco, della sua oscurità.

Doveva uscirne al più presto.

Moira, ancora turbata dai ricordi, riprese il cammino. Il paesaggio davanti a lei spaziava vasto e solitario, un arazzo sconfinato. Valutò se fosse il caso di ritornare da Uberto. Forse, si disse, l'avrebbe potuto convincere ad abbandonare la ricerca di Airagne. Sarebbe stato bello passare altro tempo insieme a lui. Ma l'incanto si spezzò, un cavaliere uscì dalla boscaglia e puntò verso di lei.

Il moro l'aveva ritrovata.

La ragazza iniziò a correre d'istinto, senza pensare, mentre lo scalpitare degli zoccoli le rimbombava dentro il petto in un crescendo di terrore. Il panico la rendeva cieca e goffa. Inciampò e si ritrovò nell'erba, il sole negli occhi. Poi vide la daga del moro scintillare sopra di lei e portò le mani al volto in gesto di difesa. Remoto, come in un sogno, il ringhio impotente del suo cane.

L'aria fischiò e un fiotto di sangue le schizzò sui palmi.

Moira riaprì gli occhi, stupita di essere viva, e vide la faccia nera di Kafir. Il suo sguardo era vuoto, inchiodato dalla morte. Poco più in basso, il collo era stato trafitto da una freccia. Si scostò prima che le stramazzasse addosso.

Poi guardò in lontananza e vide ai margini del bosco un cavaliere con l'arco stretto in pugno. Era in groppa a uno splendido stallone nero.

Continuò a fissarlo, sempre più incredula, finché non la raggiunse.

Uberto assicurò l'arco all'arcione e spronò Jaloque verso la ragazza, incapace di liberarsi di una malsana eccitazione. Aveva appena ucciso un uomo senza il minimo ripensamento. Non era da lui. Non aveva mai fatto una cosa del genere. Tuttavia quei pensieri rimasero sospesi nel nulla, lasciando spazio a un'emozione più intensa. L'aveva ritrovata.

Ma quando fu vicino a Moira cancellò dal volto ogni segno di sollievo e le rivolse uno sguardo freddo. «Cos'altro dovrò fare per guadagnarmi la tua fiducia?».

La ragazza, ancora in preda allo spavento, spalancò gli occhi bellissimi. «Come... Come hai fatto a trovarmi?», fu tutto ciò che riuscì a dire.

«Mi sarebbe stato impossibile seguirti. Ti muovi leggera e io non sono certo un cacciatore esperto in grado di scorgere le orme di un leprotto nel sottobosco. Per fortuna il moro che ti braccava ha lasciato delle tracce vistose e inconfondibili. Mi è bastato seguire le impronte del suo cavallo per giungere a te».

Lo sguardo di Moira non faceva che alzarsi e abbassarsi, posandosi ora sul volto di Uberto, ora sul corpo di Kafir.

«Perché sei fuggita?», le chiese Uberto. «Non volevo farti del male».

Lei sussultò. «Tu sei diretto in un luogo da cui la gente non fa ritorno».

«Non dire sciocchezze. Solo dall'inferno non si fa ritorno».

«Di' quel che vuoi», sbottò Moira, recuperando un brandello di coraggio. «Ma io non ti guiderò ad Airagne, di questo puoi essere certo».

Uberto le rivolse un sorriso spietato. «Se la metti così, non mi dai altra scelta». Sguainò la jambiya e gliela puntò alla gola. «Ti consegnerò al primo tribunale vescovile che incontreremo per la strada. Così forse ti si scioglierà la lingua».

17

Proseguirono il cammino all'ombra dei monti senza incontrare anima viva, eccetto greggi di pecore che pascolavano libere lungo il sentiero, e d'un tratto credettero di essersi perduti. Ma le previsioni di Ignazio si rivelarono veritiere. Dopo un breve tragitto si trovarono di fronte a un pugno di stamberghe raccolte intorno a una vecchia pieve. Il béguinage di Santa Lucina.

Davanti alla chiesa, tre giovani donne dagli abiti bigi erano indaffarate a tosare una pecora. L'operazione sembrava più complicata del solito, poiché la bestia si ribellava al trattamento ed era necessario tenerla ferma. Le donne perseveravano con pazienza, quasi divertite, ma non appena videro i quattro forestieri interruppero ciò che stavano facendo e si rifugiarono di corsa nella chiesa, sprangando il battente. I viandanti, confusi da quell'atteggiamento, sostarono ai margini dell'edificio.

Ignazio scese dal carro e si avvicinò all'ingresso, scansando la pecora mezza tosata. «Cerchiamo rifugio per la notte», esordì a gran voce, ma dato che nessuno rispondeva bussò ripetutamente.

«In nome del Signore, andatevene», esortò una voce femminile dall'interno.

«Abbiamo due feriti», dichiarò il mercante. «Vanno curati al più presto».

Seguì una pausa, poi un rumore di catenacci. I battenti si schiusero in una fessura e dallo spiraglio spuntò una faccia di vecchia.

«Presteremo soccorso ai feriti. Lasciateli qui, ce ne occuperemo volentieri», annunciò la beghina. «Ma gli altri non potranno entrare: non diamo ospitalità agli sconosciuti».

«Pensavamo fosse un hospitium», replicò il mercante, simulando rammarico.

La vecchia indietreggiò verso l'interno come un gatto che misura il balzo prima di scattare. «Non lo è. La casa di Santa Lucina accoglie solo le donne. Non facciamo entrare uomini se non per curarli». Fece un sospiro, poi si ammansì. «Soprattutto dopo quanto è accaduto».

«Cos'è successo di tanto grave?».

Dallo sguardo della donna trapelò compassione. «Ieri l'altro è stata usata violenza a una nostra consorella, povera anima».

«Me ne rammarico, *soror*». Ignazio chinò il capo. «Ma noi non apparteniamo a quel genere di uomini, vi assicuro...».

«Non insistete, ve ne prego. Se dico che non si può, non si può e basta. Inoltre la badessa è assente. Solo lei potrebbe autorizzarvi ad alloggiare».

Il mercante indicò il carro, dove giaceva Willalme semicosciente. Thiago era sceso da cavallo e sedeva a terra, poco distante, con la faccia bendata. «Dovremmo quindi abbandonare qui i nostri compagni feriti e tornare a Puivert? La strada è alquanto lunga...».

La beghina scosse la testa. «Non sarà necessario, monsieur. Poco distante da qui sorge l'abbazia cistercense di Fontfroide. Si trova nel cuore del vallone, all'ombra dei monti. Se vi sbrigate la raggiungerete prima del crepuscolo. Là i monaci vi daranno ospitalità per la notte e domani potrete far ritorno qui, per visitare i vostri feriti».

«Va bene, ci avete persuaso», tagliò corto Ignazio, suscitando il tacito sconcerto del Lusignano. «Affideremo alle vostre cure i nostri compagni, dopodiché ce ne andremo. Permettetemi però una domanda».

«Se mi è consentito rispondere...».

«A quale ordine religioso appartenete?».

La vecchia emise un colpo di tosse nervosa. «Siamo figlie di santa Lucina. A lei consacriamo il nostro operato».

«Santa Lucina?»

«Sì. *Mater* Lucina, colei che dà alla luce».

Ignazio si astenne dal replicare. Distolse lo sguardo e si avvicinò al carro per aiutare Willalme a scendere. «Queste donne ti aiuteranno, amico mio», gli disse con premura, mentre un gruppetto di consorelle usciva dalla pieve per soccorrere i feriti. «Domani starai molto meglio, vedrai».

E dopo aver affidato Willalme e Thiago alle cure delle beghine, Ignazio e Filippo si allontanarono da quel luogo misterioso.

Ignazio e il Lusignano si misero in marcia seguendo le indicazioni della vecchia beghina. Il paesaggio era cupo, il suolo trasudava l'odore acre della terra di cimitero. Fu con vero sollievo che, all'imbrunire, si trovarono nelle vicinanze di una chiesa costruita con la pietra rosata dei monti vicini.

Il mercante si rizzò sulla serpa per vedere meglio. «Dev'essere l'abbazia di Fontfroide. *Fons frigidus*, il luogo dove si nascondono gli agenti di Folco».

Il Lusignano sbuffò con aria piccata. «Ho preferito non intromettermi nella conversazione di prima, ma mi siete parso un po' troppo avventato. Ritenete di esservi comportato bene affidando i nostri compagni a quelle donne?»

«Credevo mi aveste compreso», mentì Ignazio, che in realtà si era deliberatamente comportato in modo misterioso, divertendosi a lasciare Filippo nel dubbio. «Avremmo potuto portare Willalme e Thiago fin qui, dove i monaci di Fontfroide li avrebbero ugualmente medicati. Ma così facendo ci saremmo preclusi l'occasione di tornare al béguinage senza destare sospetti. Domani, con il pretesto di visitare i nostri compagni, indagheremo su quel luogo e cercheremo di capire cosa nasconde». Schioccò le redini per spronare i cavalli. «Inizio a sospettare anch'io, come il vescovo Folco, che esistano legami tra la comunità di Santa Lucina e il luogo chiamato Airagne».

Il Lusignano regolò l'andatura del suo destriero a quella del carro. «Sembrate piuttosto sicuro. Avete già notato qualcosa di sospetto?»

«Mi è saltata agli occhi una bizzarria».

«Riguardo cosa?»

«Riguardo santa Lucina. Nome insolito per una santa, ne convenite? Sono quasi certo che Lucina non venga citata neppure nel Martirologio geronimiano. Poco fa la vecchia beghina l'ha descritta come la portatrice di luce... Anzi, no, come "colei che dà alla luce". E poi, anziché definirla "santa", ha usato la parola "mater". Non vi suggerisce nulla?»

«Sinceramente no. "Mater" è un epiteto piuttosto consueto in ambito religioso».

«Eppure mi suona strano. Mi ricorda una divinità romana venerata dalle donne, soprattutto dalle levatrici e dalle partorienti. Veniva chiamata Mater Lucina, poiché favoriva la nascita dei bambini, accompagnandoli dall'oscurità del ventre materno alla luce del sole».

«Non ne sapevo nulla, ma se quanto dite è vero, l'omonimia con santa Lucina non può essere casuale», ammise Filippo. «Ritenete che dietro quel nome si nasconda un legame con Airagne?»

«Al momento sarebbe un'ipotesi azzardata, ma dobbiamo tenere presente che stiamo svolgendo un'indagine non comune. Siamo sulle tracce di un alchimista. E se ragionassimo in termini di alchimia, il passaggio dal buio alla luce potrebbe essere inteso come un'allusione al superamento della fase di Nigredo, per giungere a quella di Albedo».

«Dal nero al bianco... Cosa significherebbe in termini pratici?»

«Albedo, il bianco splendore, allude alla calcinazione. Il suo nome indica la purificazione della materia grezza».

«Dunque il nome di Mater Lucina potrebbe essere un riferimento ad Albedo...».

«Non lasciatevi entusiasmare». L'argomentazione di Ignazio si fece evasiva. «Si tratta soltanto di un'ipotesi, per adesso».

Erano ormai a pochi passi dall'abbazia quando assistettero a una scena singolare. Proprio in quel momento una donna in groppa a un mulo stava uscendo dall'edificio. Era in età avanzata, umilmente vestita, ma ostentava un portamento dignitoso. Un giovane monaco la inseguiva con foga, rischiando di inciampare nei lembi della tonaca. «Aspettate madre, aspettate! Non potete andarvene così!», gridava concitato. «Quella fanciulla va punita, è accusata di stregoneria».

«Come osate?», rispose la donna. «La mia consorella ha subìto violenza!».

Bastarono quelle parole per far comprendere a Ignazio chi fosse la signora. Doveva trattarsi della badessa di Santa Lucina, probabilmente a Fontfroide per difendere la reputazione di una sua protetta: la stessa sventurata di cui gli era stato accennato poco prima al béguinage. E ora, reduce da una discussione, stava facendo ritorno alla propria sede.

«Ma non capite?», continuava il monaco, rallentando il passo. «Il monaco che ha giaciuto con la vostra fanciulla è affetto da pustole... Ha subito un *maleficium*!».

La badessa gli rivolse uno sguardo inviperito. «Un vostro confratello ha abusato di una povera orfana e voi la accusate di stregoneria? Altro che maleficium, è stato il Signore a punirlo! E da quanto mi è stato detto, ha iniziato a marcire proprio in quella parte del corpo che gli uomini si vergognano di mostrare, o almeno dovrebbero!».

Il monaco piantò i talloni a terra. «È stata quella *fata* diabolica a farlo ammalare!».

La donna lo guardò con compatimento, senza rallentare l'andatura del mulo. «No, la causa è stata la sua dissolutezza. È risaputo che certi *fratres* frequentino i postriboli dei dintorni, travestiti da laici e con i capelli pettinati in avanti per nascondere la tonsura. Nulla in contrario, per quel che mi riguarda. Ma dite loro di lasciare in pace le mie consorelle».

«Taci, *fata*!». Il monaco arrossì in volto. «Ecco cosa siete voi tutte: *fatae* filatrici di inganni! E pure eretiche! Ma un giorno o l'altro sarete bruciate vive sul rogo!».

La badessa non lo degnò di uno sguardo e condusse il mulo lungo il sentiero. «Riferite al vostro abate che riceverà mie notizie».

«*Fata!*», continuava a gridare il monaco.

Quella parola fece ricordare a Ignazio la frase pronunciata dall'ossesso di Prouille prima di morire. "*Tres fatae celant crucem*". Gli sfuggiva ancora il significato, ma qualsiasi cosa fossero le *fatae* dovevano avere un legame con Airagne. Ora però aveva altro da pensare. Era ormai giunto presso la facciata del monastero, ma si ripromise di indagare al più presto sulla questione.

E tuttavia non poté evitare di rabbrividire quando d'un tratto si ricordò che Mater Lucina, secondo alcune leggende, rappresentava Ecate, la dea dei sogni cattivi.

Willalme riaprì gli occhi. Era coricato su un giaciglio, le membra deboli e madide di sudore. Gli erano stati sfilati i vestiti di dosso, scorgeva la luce di una lucerna sul petto. Il dolore del verrettone conficcato nella spalla non gli dava requie, si sentiva scottare per la febbre.

Si voltò di fianco e riconobbe Thiago sdraiato su un pagliericcio poco distante. Uno straccio macchiato di sangue gli copriva la faccia. Non si muoveva, pareva morto.

Per un attimo scivolò nell'incoscienza e si ritrovò a pensare a sua madre e a sua sorella. Vide i loro volti emergere dal buio, ma lui li ricacciò nei meandri del torpore, dove non potevano far male. Poi si rese conto di essere solo. Perché Ignazio l'aveva abbandonato a delle donne sconosciute? Stava forse morendo? E che razza di posto era quello? Chiuse gli occhi e d'un tratto percepì qualcosa di nuovo. Un rumore di ordigni in movimento che saliva dal basso...

Una porta si aprì e comparve una ragazza. Era bella, il suo sguardo era triste. Una rabbia segreta le covava dentro gli occhi.

Willalme cercò di dirle qualcosa, ma non ne ebbe la forza, poi vide la ragazza estrarre un coltello e avvicinarsi a lui. Si allarmò, cercò di reagire, ma lei gli sorrise e disse che non gli avrebbe fatto del male. Gli recise una ciocca di capelli, la lisciò fra le dita, poi la avvolse intorno a un sasso che teneva nell'altra mano.

«Ho legato la tua vita a questa pietra, così non fuggirà via», gli spiegò benevola. Infilò il sasso sotto il capezzale e recitò una breve preghiera, poi gli coprì gli occhi con una mano, ma lui la allontanò, scostando il capo. Allora la ragazza, con un sospiro, afferrò un paio di tenaglie e le strinse sull'estremità del verrettone che sporgeva dalla ferita.

E Willalme urlò di dolore.

18

Ignazio e Filippo furono accolti nell'abbazia di Fontfroide da un vecchio monaco che disse di chiamarsi Gilie de Grandselve. Era il *portarius hospitum*, addetto all'ospitalità dei forestieri. Dopo averli fatti entrare, li guidò nel complesso che sorgeva a fianco del monastero. Superarono i giardini del chiostro e percorsero un ambulacro collegato a numerosi cubicoli. Ma prima che giungessero alla foresteria, il mercante fermò il monaco e avanzò una strana richiesta. Disse di avere bisogno di una fucina.

Padre Gilie apparve piuttosto imbarazzato. «Sì», ammise infine, strizzando gli occhietti cerchiati di rosso, «l'abbazia possiede una piccola fucina... Ma forse ho capito male».

Ignazio sorrise. «Invece avete capito benissimo, padre. Chiedo il permesso di poterne usufruire stanotte», chiarì, incurante dell'espressione di biasimo del Lusignano. «Naturalmente pagherei per il disturbo».

«Non so cosa dire», indugiò il portarius hospitum. «La vostra richiesta è alquanto inconsueta, monsieur».

«Ne sono consapevole, ma mi è di necessità».

«Perché non attendete fino a domattina? Potreste rivolgervi al nostro maniscalco. Vi assicuro che è un maestro nella sua arte, qualsiasi cosa abbiate in mente di fare».

«Domani sarebbe già troppo tardi». Ignazio estrasse dalla bisaccia una scarsella gonfia di monete e la soppesò con movenze circolari, quasi ipnotiche.

Padre Gilie giunse le mani, sprofondando in un intaccabile e contegnoso silenzio. Di certo non intendeva scomodare l'abate, che a quell'ora si trovava nel bel mezzo della recita di compieta, per risolvere quella seccatura.

Il mercante approfittò della sua apparente indecisione: «Comprendo la vostra titubanza, padre, ma in cambio del favore elargirò una lauta offerta. Consentitemi inoltre di donarvi una reliquia». Estrasse dalla bisaccia un sacchettino odoroso d'incenso. «Un dente di san Vidano, soldato martire. È molto venerato da queste parti».

Il portarius hospitum tese le mani per ricevere sia il denaro che la reliquia. «Se la mettete così», ammiccò, «faremo uno strappo alla regola».

Senza farsi udire dal monaco, Filippo bisbigliò in direzione di Ignazio: «Vi ha dato di volta il cervello? A cosa vi serve una fucina a quest'ora?».

Ignazio, impassibile, finse di guardare il cielo oltre l'arcata di una bifora. «Devo verificare una cosa. Voi non preoccupatevi, dormite tranquillo». Lo rassicurò con una pacca sulla spalla. «Ci rivedremo domattina. Per allora forse avrò qualche rivelazione da farvi».

Le loro strade si divisero. Il Lusignano fu indirizzato ai giacigli della foresteria, mentre Ignazio veniva guidato da padre Gilie verso la bottega del fabbro.

La fucina si trovava presso gli stallaggi, e Ignazio ne approfittò per farsi aiutare da padre Gilie a trascinare nella bottega un pesante baule che aveva portato con sé a bordo del carro.

«Vi sono obbligato», lo ringraziò il mercante.

«Badate bene», lo avvertì il portarius hospitum, fissando con curiosità il baule. «Ho acconsentito alle vostre stranezze senza sollevare obiezioni, ma non crediate di spadroneggiare a vostro piacimento. Ci troviamo in un'abbazia, una casa del Signore. Verrò a farvi visita nottetempo per controllare cosa starete combinando».

«Giustissimo, padre. Ma prima di allontanarvi, abbiate la bontà di soddisfare un'ultima richiesta...».

«Che sia l'ultima davvero», sbuffò padre Gilie, fermamente convinto a non voler spostare altri oggetti pesanti.

Ignazio lo tranquillizzò con un gesto. «In realtà si tratta di una domanda. Poco fa ho udito un vostro confratello rivolgersi a una donna con una strana parola. L'ha chiamata *fata*, se non sbaglio. Cosa significa?».

La risposta fu recisa: «*Fatae sunt foeminae diabolicae*, le tre figlie di Satana».

«Intendete le streghe, che dalle mie parti vengono dette brujas?».

Padre Gilie annuì di sfuggita e si ritirò, doveva aver esaurito la sua scorta di pazienza.

Quando fu solo, il mercante riordinò i pensieri. La risposta del portarius hospitum non gli era stata di aiuto. Chi erano le *fatae*? Sébastien ne aveva parlato in riferimento alle beghine di Santa Lucina o a un mistero più intricato? Che legame avevano con il Conte di Nigredo? Troppi enigmi. Ignazio si impose di affrontarne uno alla volta, e al momento non aveva tempo per riflettere sulle *fatae*. Doveva togliersi un dubbio riguardante gli scudi di Airagne, ecco perché aveva bisogno della fucina.

Si accertò che nessuno lo spiasse, poi accese una lucerna e si avvicinò alla bocca del forno. Come sperava, le braci erano ancora calde, quindi allestì sopra di esse un sostegno per la cottura servendosi di un treppiede metallico. Gli avrebbe fatto comodo un forno da alchimista, ma ovviamente nella fucina di Fontfroide non c'era nulla del genere.

Dopo aver predisposto l'apparato per la cottura, aprì il baule ed estrasse dal fondo due *al-anbiq* simili a sottili bicchieri di vetro dalla forma panciuta. Dentro il primo versò vetriolo, nel secondo salnitro disciolto in una soluzione collosa, poi li sistemò entrambi sul treppiede e li collegò a dei lunghi beccucci di scarico collegati a una terza ampolla, dove sarebbero confluiti i vapori delle due sostanze esposte al calore.

Ravvivò le braci tramite un mantice ai piedi del forno e osservò i fluidi dentro i vasi finché non li vide bollire. I vapori si alzarono timidi, prima incanalandosi verso i beccucci di scarico, per poi confluire nella terza ampolla.

Rise tra sé. Nessuno poteva sospettare che un semplice mercante di reliquie fosse a conoscenza di certe cose, ma in passato Gherardo da Cremona l'aveva iniziato allo studio degli astri e dell'alchimia. Gli aveva fatto tradurre manoscritti arabi di filosofia occulta, di cosmologia e di altri argomenti, che a volte Gherardo aveva preferito non divulgare. Il magister aveva sempre temuto di essere accusato di negromanzia e Ignazio adesso intuiva il perché. Il sapere non poteva essere rivelato nella sua interezza a chicchessia, non si poteva sfidare il tradizionalismo della Chiesa. Ma quella notte avrebbe tralasciato anche il buonsenso pur di avvicinarsi alla verità. Troppe questioni restavano incerte. E lui non era solito accontentarsi delle mezze verità, né obbediva agli ammonimenti di prelati come Folco. Il valore di un uomo – era convinto – si misurava in base al coraggio impiegato per squarciare il velo dell'ignoranza.

Nell'attesa che il misterioso elisir fosse pronto, prese dal baule un tomo rilegato in pelle, lo accostò al lume e iniziò a scartabellare. Era il *De congelatione et conglutinatione lapidum* di Avicenna, un libro di alchimia. Voleva consultarlo riguardo certi dubbi che covava dal pomeriggio.

Lo scorse rapidamente e si soffermò su un passo latino: "Le specie dei metalli non si possono trasmutare, sebbene sia possibile realizzare cose simili ad altre. E nonostante gli alchimisti riescano a tingere il rame del colore che vogliono, facendolo somigliare all'oro, oppure tolgano le impurità del piombo, in modo che sembri argento, sempre si tratta di rame o di piombo a seconda della sostanza usata".

Ignazio ruminò più volte quelle parole, poi ripose il libro nel baule e passeggiò per la stanza come un animale in gabbia. La sua fronte si aggrottava e distendeva con moti inquieti, sfiorata dal riverbero delle braci. Avicenna si sbagliava? Era possibile che il piombo si tramutasse in oro? D'un tratto l'ambiente della fucina gli parve soffocante e fu costretto a uscire all'aperto. Si appoggiò allo stipite dell'ingresso per respirare a pieni polmoni l'aria della notte.

La luce lunare gli permise di scorgere qualcosa presso gli stallaggi. Uomini a cavallo erano sopraggiunti nell'abbazia. Si trattava di soldati, ma l'oscurità non permetteva di distinguere chi fossero. Padre Gilie era impegnato ad accoglierli.

"Meglio rientrare", pensò il mercante. Se il portarius hospitum l'avesse visto appostato sull'uscio si sarebbe potuto insospettire. Per fortuna l'avvento di quei cavalieri l'avrebbe tenuto lontano dalla fucina, impedendogli di curiosare.

Ritornando nell'ambiente caldo della bottega, attese che l'elisir fosse pronto.

I vapori del vetriolo e del salnitro si condensarono a poco a poco nella terza ampolla, miscelandosi in una sostanza che Ignazio conosceva con il nome di *aqua fortis*: un acido in grado di corrodere qualsiasi metallo tranne l'oro. Quando tutto fu pronto, separò il contenitore dai due al-anbiq e lo pose con cura su un ripiano sgombro, poi, dopo aver controllato la colorazione dell'acido ricavato, sfilò una moneta dorata da una tasca e ve la immerse. Era uno degli scudi con il marchio di Airagne.

Ignazio si era subito insospettito maneggiando quelle monete. Le aveva trovate strane al tatto e forse un po' troppo lucenti. Un'ipotesi gli ronzava per la testa e ora aveva l'occasione di verificarla. "Se questa moneta è fatta d'oro puro, l'aqua fortis non la corroderà", pensò. "Non potrà neppure intaccarla".

Si rannicchiò in un cantuccio, gli occhi pesanti fissi sull'ampolla; sbatté un paio di volte le palpebre e senza neppure accorgersene si addormentò. I suoi sogni furono popolati dai ricordi di Toledo, ai tempi della sua giovinezza, quando forse era più saggio e più sincero con se stesso.

Due ore prima dell'alba, poco distante da Fontfroide, un uomo sgusciò dal béguinage di Santa Lucina e schizzò via a cavallo in direzione di Puivert. Abbandonò il sentiero e galoppò verso occidente, lungo una direzione in cui non c'erano abitati, ma solo natura selvaggia. Superò la macchia e guadò un rivo, frenando il destriero a pochi passi da un accampamento militare.

Una luna inquieta schiariva il recinto di palizzate e i vessilli del Sole Nero.

Scese da sella, entrò nel campo e puntò con lunghi passi verso il tendone centrale, allestito a mo' di taverna. Salutò i presenti con un cenno frettoloso e si sedette di fronte a una faccia da tagliagole barricata dietro a una fila di fiasche vuote.

«Thiago de Olite, vecchio compagno d'arme. Finalmente ti fai vivo», mugugnò il ceffo. Aveva occhi chiari, quasi glauchi, e a guardarli bene la dicevano lunga su di lui. «Con quello sfregio alla faccia non ti ho quasi riconosciuto», ghignò. «Ti manda il templare?»

«Parli sempre a sproposito, Jean-Bevon», ribatté Thiago. «Sai bene che il maestro non è più un templare».

Jean-Bevon si piegò in avanti, lo sguardo torbido. «Oh sì, ora è un cavaliere di Calatrava. Un comendador!». Il suo alito avvinazzato indispose l'interlocutore. «Titolo d'effetto, senz'ombra di dubbio. Scommetto che fa colpo sulle donne». Gonfiò le guance e rigurgitò una risata volgare.

«Porta rispetto! Ricorda che sei un suo sottoposto, come tutti qui dentro».

«Non agitarti, amico mio». Il ceffo si lisciò i baffi, arricciando le labbra. «È colpa del vino, compatiscimi...», e indicò una fiasca mezza vuota. «A proposito, la scorta di cavalieri che hai portato qui dalla Castiglia si è integrata bene. Nove omaccioni prestanti».

«Che non si facciano vedere in giro con le insegne di Calatrava, mi raccomando. Secondo la versione data da me e dal maestro sono tutti morti durante un agguato. Nessuno deve sospettare che ce li siamo portati appresso per rifornire le milizie degli Archontes, neppure padre Gonzalez».

«Sono ottimi soldati, ci saranno utili». Jean-Bevon abbozzò un gesto vago. «Ma dimmi piuttosto, qual buon vento? Perché ci fai visita? Non eravamo d'accordo di ricongiungerci più tardi, per evitare di destare sospetti?»

«Ho una ragione più che valida per farlo». Thiago cercò di domare il nervosismo. «Oggi, nel pomeriggio, alcuni tuoi soldati ci hanno attaccato. Un cavaliere e cinque fanti. Per poco non ci ammazzavano».

«Ma che vai dicendo?».

Il navarro si sporse in avanti e con un gesto brusco scaraventò a terra le fiasche che occupavano il tavolo. «Guarda la mia faccia, sciagurato!». Indicò il taglio che gli attraversava il volto. Nonostante gli impacchi delle beghine, la pelle intorno si era gonfiata a dismisura. «Pensi abbia voglia di scherzare? Li ho riconosciuti benissimo i tuoi sgherri! Chi ha dato ordine di attaccarci?»

«Non ti capisco mica, sai? Di cosa ti lagni?». Con la rudezza degna di un orso, Jean-Bevon si grattò il ventre stropicciando la sopravveste sudicia. «Non si era forse detto di eliminare quell'Ignazio da Toledo?»

«Sì, dannato idiota», sbottò Thiago, incapace di trattenere l'irritazione. «Ma non in questo modo, e non ancora! Sai bene che il mozarabo ci può essere utile vivo, altrimenti sarebbe già stecchito da un pezzo. Come ti sei azzardato a mettere a repentaglio la vita del nostro maestro?».

Il ceffo si limitò ad alzare le spalle. «Evidentemente il tuo maestro non è più il mio. Ora sono al servizio di un altro, come tutti qui dentro». Gli puntò il dito contro. «Tutti tranne te».

«Tu... Traditore!». Thiago balzò indietro e fece per sguainare il pugnale, ma non ne ebbe il tempo. Due uomini lo sorpresero alle spalle, immobilizzandolo.

«Si è assentato troppo a lungo il tuo maestro», continuò Jean-Bevon. «E noi avevamo fame d'oro, l'oro di Airagne».

«Com'è possibile?», gridò il navarro, mentre veniva fatto sdraiare a forza sul tavolo. «L'oro! Chi produce l'oro?»

«L'oro? I texerant, naturalmente. Lo sai anche tu che la manovalanza non scarseggia da queste parti».

«Maledetto! Il maestro te la farà pagare...».

Thiago non poté dire altro. Jean-Bevon estrasse un coltellaccio dallo stivale e glielo conficcò in pieno addome. «Non mi sei mai piaciuto, navarro. Né tu, né il tuo maestro».

Era già terminata la funzione del mattutino quando Ignazio si ridestò ansando, immerso nel buio della fucina. Respirava a fatica, emettendo un sibilo asmatico, e un caldo opprimente gli infuocava il viso e il petto. Desiderò sciacquarsi con dell'acqua, ma non ne ebbe il tempo.

Si accorse di avere compagnia. Un uomo incappucciato con indosso una tonaca scura. Forse si trattava di padre Gilie che, come promesso, era venuto a controllare l'operato nella fucina prima dell'alba. Ma sembrava più alto e per giunta stava in silenzio, rivolto verso la bocca del forno. Il riflesso delle braci arrossava i contorni della sua figura.

Il mercante ignorò un insolito formicolio alle membra e lanciò un'occhiata all'ampolla dell'aqua fortis per verificare lo stato della moneta immersa all'interno. L'acido l'aveva intaccata, assottigliandola. Avicenna aveva ragione.

L'incappucciato parve indovinare l'oggetto del suo interesse e parlò senza voltarsi: «Potreste averne quanto ne volete di quell'oro. L'offerta vi alletta?».

Ignazio si sentiva molto intorpidito, ma riconobbe subito quella voce. «Non è oro, anche se gli somiglia», enunciò con enfasi. «Vedete? L'aqua fortis l'ha corroso. Si tratta di un metallo comune, forse piombo, sottoposto a un processo di *tinctura* da un alchimista».

L'uomo con la tonaca rispose con voce strozzata: «Temo di non capire».

«Capite benissimo invece, messer Filippo». Il mercante pronunciò quel nome allo stesso modo in cui si affonda una pugnalata, ma un forte capogiro lo costrinse a troncare la frase. Che succedeva? Aveva le vertigini. Una sensazione di viscosità all'orecchio sinistro lo fece trasalire. Portò la mano alla cavità del timpano e la trovò piena di una sostanza oleosa. Herba diaboli! Ricacciò la paura nel ventre. «Vi siete preso gioco di me fin dall'inizio. Voi praticate l'alchimia, non è forse vero?».

L'incappucciato, sempre rivolto alla bocca del forno, aprì le braccia. «Non vedo come una moneta corrosa dentro un'ampolla possa confermare ciò che dite».

Ignazio dominò la tensione. «Mi avete appena offerto quell'oro alchemico. Significa che potete disporne a piacimento, o forse sapete come produrlo. Siete coinvolto nel mistero di Airagne! Il fatto stesso che vi troviate qui lo dimostra». Una vampata di calore lo aggredì al petto e la sua percezione della realtà si incrinò. Vide le ombre del pavimento brulicare come vermi, ma cercò di mantenersi freddo.

«Voi non state bene, messere. Sragionate».

«Non mi ingannate, sospettavo già di voi. Le vostre continue domande sull'alchimia e sul saturnismo non scaturivano dalla curiosità, ma dall'intenzione di scoprire quanto io sapessi in merito. Volevate capire fino a che punto fossi in grado di intralciarvi o forse di esservi utile...».

«Arguto e testardo. Un degno discepolo di Gherardo da Cremona», disse infine il Lusignano, con una certa impazienza. «Ma forse non intuite ancora chi io sia veramente».

Le vertigini aumentarono, Ignazio strinse i denti. «Siete un assassino, tanto mi basta. Avete avvelenato il maestro Galib con l'Herba diaboli. Ucciderete anche me alla stessa maniera, immagino... Anzi, lo state già facendo».

Filippo continuò a fissare le braci. «Per ora tale eventualità si può scongiurare. La dose che vi ho propinato non è letale, serve solo a rendervi più... compiacente. La vostra vita dipende da cosa mi risponderete. Dov'è vostro figlio Uberto? Quale missione gli è stata affidata da Galib?»

«Dovete essere disperato se lo chiedete a me». Ignazio si sforzò di assumere un tono sarcastico, ma le allucinazioni lo tormentavano. I lumi della stanza si prolungavano come lance verso il soffitto. «Anche se lo sapessi non ve lo direi», soggiunse.

«Parlate più forte, messere. Stento a udirvi», lo schernì l'incappucciato, poi il suo tono si fece serio. «Permettete che vi spieghi come stanno le cose. Anni fa una donna mi rubò un libro molto prezioso, il *Turba philosophorum*. Non ho mai saputo che fine abbia fatto, ma sospetto che Galib ne fosse a conoscenza e ve lo abbia rivelato prima di morire. Questo è uno dei motivi per cui ho permesso che giungeste sano e salvo fin qui».

«Perché tenete così tanto a quel libro?»
«Non vi riguarda». Le parole del Lusignano si fecero sferzanti. «Rispondete. Dov'è vostro figlio? Dov'è il libro?»
«Perdete il vostro tempo. Non conosco le risposte».
«Allora morirete!».
Il figuro si voltò all'improvviso per avventarsi contro Ignazio.
Il mercante si aspettava di trovarsi faccia a faccia con Filippo, ma per effetto dell'Herba diaboli vide spuntare da sotto il cappuccio un groviglio di serpi, e in preda al disgusto arretrò.
«Dannato mozarabo, non mi sei di alcuna utilità!». Il Lusignano sguainò un pugnale. «Tanto vale ucciderti! Dirò a Ferdinando III che sei stato trucidato dagli Archontes. Anzi, dirò che eri uno di loro!».
Ignazio schivò un fendente e cadde davanti all'ampolla dell'aqua fortis, quindi afferrò il piccolo recipiente e lo scagliò contro l'aggressore.
Si udì un rumore di vetri rotti e subito dopo un grido di rabbia, poi di dolore. Il Lusignano portò le mani al volto, mentre uno sfrigolio annunciava che l'acido gli stava bruciando la pelle. In un ultimo barlume di lucidità, il mercante notò un ciondolo dorato appeso al suo collo. Aveva la forma di un ragno.
Ignazio approfittò del momentaneo vantaggio, si rialzò dal pavimento e, sebbene stremato dalla vertigine, brandì un attizzatoio e colpì il nemico con tutta la forza di cui disponeva. Filippo si difese come meglio poté e respinse l'avversario facendolo ricadere a terra.
«Che sta succedendo qui dentro?!».
Quella voce proveniva da dietro la porta, apparteneva al portarius hospitum. Alla fine era venuto a controllare, come promesso, o forse i rumori della colluttazione avevano attirato la sua attenzione.
«Vogliono uccidermi!», gridò il mercante. «Chiamate soccorso!».
«Zitto, maledetto!», ruggì l'aggressore.
«Chiamate gli arcieri dell'abbazia!», continuò a gridare Ignazio, sempre più debole.
Lanciando un'imprecazione rabbiosa, Filippo raggiunse l'ingresso

della bottega e spalancò la porta con violenza, facendo cadere a terra il povero Gilie de Grandselve appostato dietro il battente. Il monaco non rappresentava certo una minaccia, ma forse qualcun altro aveva udito il richiamo di Ignazio. Filippo non attese un attimo di più e si diede di corsa alla fuga.

Il mercante arrancò verso di lui, ormai a un passo dal perdere i sensi, ma quando si affacciò all'esterno il Lusignano si stava già allontanando al galoppo. Sbarrò gli occhi, impietrito. L'Herba diaboli lo fece assistere a una spaventosa allucinazione, che si sarebbe ripresentata per anni nei suoi incubi peggiori. Filippo gli era apparso sotto le sembianze di un demone a cavallo di un grifone.

Dopo quella visione infernale calò il silenzio.

19

Castello di Airagne

Lettera terza – Citrinitas

Mater luminosa, laborare sine intellecto est grave delicto. Quando varcai il secondo portale, il bianco chiarore di Albedo *si fece algido et quasi smorto, dunque ricorsi all'arte della brace et della forgia. Lo scaldamento della materia produsse una mutazione di colore, ma saprei spiegare questo fenomeno soltanto usando parole figurate. Avvolsi il filo di lana intorno al fuso, ma il filo, scorrendomi tra le dita, perse il suo albore. Questa fatica è la terza dell'Opera:* Citrinitas, *il giallo che vira al rosso. Chi ha buon intendimento saprà che questo è il limite tra la scienza vera et quella mendace.*

Una voce di donna ruppe il silenzio: «Eminenza, ultimamente siete diventato più schivo di un eremita».

Il cardinal Frangipane, ancora assorto nella lettura, levò gli occhi dallo scrittoio e scrutò la Dame Hersent, apparsa al suo cospetto come un demone meridiano. Sembrava fissarlo divertita con quel visetto grazioso, che così volentieri lui avrebbe schiacciato come una noce.

Sorrise beffardo. «Date le circostanze, credo di potervi servire meglio restando solo, maestà».

Bianca lo scrutò perplessa. «Intendete dire che mi state evitando deliberatamente?»

«Tutt'altro, mia signora». Il prelato afferrò una brocca di metallo ai bordi dello scrittoio e si riempì una coppa d'acqua. «Siete voi, anzi, a prediligere altro genere di compagnie».

«A cosa vi riferite?».

Romano Frangipane bevve in poche sorsate il contenuto della coppa, indifferente all'espressione sorpresa della regina. Appariva scossa. Era forse turbata? Tanto meglio. «Vi incontrate con Thibaut de

Champagne», ammise lapidario. «Ho visto quale genere di attenzioni pretendete dal vostro vassallo canterino».

«Il conte di Champagne? Ne siete certo?»

«Ve ne sono forse altri?». Il prelato la squadrò con sfrontatezza. «Quanti uomini accogliete nel vostro letto, mia signora?».

Bianca strinse i pugni. «Come osate?».

Il cardinale di Sant'Angelo ripose malamente la coppa, il volto arrossato, gli occhi quasi fuori dalle orbite. «Io... osare? Voi piuttosto! Come vi permettete di disonorare la memoria di vostro marito? Vi siete gettata fra le braccia di un ragazzino!».

Nonostante la sua apparente fragilità, Bianca si espresse con voce ferma: «Non mi potete giudicare con tanta freddezza. Non sapete come stiano realmente le cose».

«Oh, ci vuole poco per immaginarle», ironizzò il Frangipane.

«Siete meschino».

L'esclamazione della dama spezzò il filo della tensione. Qualcosa di fisico aveva accompagnato le loro parole.

Il cardinale di Sant'Angelo camminò con passi nervosi per la stanza, il respiro cavernoso. Faticava a inquadrare la situazione. Le sue riflessioni erano intermittenti e si biforcavano per strade separate. Difficile seguirle entrambe con eguale lucidità. La regina gli nascondeva qualcosa ed egli intendeva forzarne la reticenza. Nel contempo non riusciva a smettere di pensare alla lettera che aveva appena letto, l'enigma della Madre luminosa. A quanto pareva, era l'unico a mostrare interesse per quegli scritti. Li aveva mostrati ai compagni di prigionia, ma sia Bianca che Humbert li avevano trovati inutili e puerili.

Tenersi occupato su due fronti era per lui un esercizio consueto, lo metteva in pratica ogni qualvolta era insidiato dal fascino della sua interlocutrice. Tentava di ignorarla, per non lasciarsi incantare. Se si fosse soffermato sulla sua bellezza, sulla visione di quella bocca vellutata, ogni costrutto logico sarebbe crollato e Bianca l'avrebbe sopraffatto.

Tuttavia c'era dell'altro. Il rompicapo della Madre luminosa lo assillava davvero. Tutte le missive custodite nel cofanetto dello scrittoio descrivevano astrusi arcani riferiti all'alchimia e alla filatura. Chi le aveva scritte? Alludevano a rituali segreti? Nascondevano un legame con il Conte di Nigredo? Leggendo la quarta lettera, l'ultima restante, si sarebbe fatto forse un'idea più precisa sull'argomento.

D'un tratto il prelato ruppe la tregua: «La condotta morale che seguite è affar vostro. A me premono altre questioni».

La dama socchiuse gli occhi e gli rivolse uno sguardo velenoso.

Lui accolse quella manifestazione di odio a viso aperto. Ne aveva affrontate di peggiori, da gente ben più temibile, eppure si ritrovò indifeso senza quasi avvedersene. Quello sguardo non esprimeva i soliti sentimenti degli accusati, ma bruciava di passione. Era stata quella passione a coglierlo impreparato, anche se ne serbava memoria: era quanto restava dell'ardore provato dalla regina mentre giaceva con l'amante. Ma ora sembrava rivolta a lui. Se la sentiva addosso come un vestito dismesso, un abito intriso dell'odore di un altro uomo. Sensazioni rubate, si disse, ma non gli ci volle molto per farle sue, e ingigantì quell'ardore fino ad appagare se stesso.

Quando capì di essere caduto in fallo era già troppo tardi. Strinse le labbra e si infiammò d'ira. Era stato contaminato dalla lussuria di una femmina! Aveva subìto un attacco senza neppure accorgersene! E sentendosi preda di un vespaio di emozioni, reagì nell'unico modo che ritenne adeguato. Inquisì. «È palese che voi nascondiate segreti sulla nostra prigionia. Chi ha consentito a Thibaut de Champagne di incontrarvi? È forse in combutta con il Conte di Nigredo? Com'è entrato in questa rocca? Da quale versante del castello ha trovato accesso?».

Bianca incrociò le braccia. «Risparmiatevi l'interrogatorio, non risponderò a nessuna domanda».

Il Frangipane avanzò contro di lei per intimidirla. "In fondo è solo una donna", pensò, mettendo a confronto la propria mole con l'esile figura della regina. Ma non osò fissarla negli occhi, non più. «Difendete dunque il Conte di Nigredo, a patto che vi permetta di soddisfare la vostra lussuria?»

«Voi non capite nulla». La regina sorrise acidamente. «Siete solo un uomo volgare».

«Da quanto mi risulta», rispose a tono il prelato, «l'unica ad aver commesso volgarità qui dentro è ora davanti a me».

«Volete forse che le commetta anche con voi?», si sentì rispondere.

L'uomo spalancò la bocca e scrutò sbigottito la regina, che sembrava non aver fiatato. Continuava a squadrarlo indignata, come se nulla fosse. Dannata femmina, certo che era stata lei a pronunciare quelle parole! Chi altri poteva essere stato?

Iniziarono a pulsargli le tempie. Dolore improvviso, feroce, incuneato tra le ossa e la carne. Dovette chiudere gli occhi e portare le mani al viso, mentre sentiva perdere il controllo della mimica facciale.

«Minacciano di fare del male ai miei figli», balbettò Bianca, quasi in un atto di resa. «Finché sarò prigioniera, sarò costretta a cedere a qualsiasi ricatto pur di difenderli. Thibaut può essere un valido alleato: sosterrà la mia causa a corte e dinanzi al Conte di Nigredo».

Il Frangipane tremò al suono di quella voce, il mal di capo la rendeva stridula e fastidiosa. Arretrò, stringendosi la testa fra le mani.

«Ma voi non mi ascoltate...», osservò Bianca. «Che vi prende? Non state bene?».

Il cardinale vacillava, aveva la vista annebbiata. Sentì le mani di Bianca su di lui e tentò di ritrarsi, ma si ritrovò a terra. La donna gli stava dicendo qualcosa, ma non capì. Una frase gli rullava nella mente coprendo tutto il resto: «Volete che le commetta anche con voi?».

La regina cercò di sorreggerlo, ma l'uomo si divincolò con uno strattone.

Impietrita da quell'atteggiamento, Bianca lo guardò rannicchiarsi a terra come un bambino terrorizzato. Nei suoi occhi c'era una luce sinistra, una malattia senza nome. Non osò muovere un passo verso di lui, anzi, pensò bene di fuggire.

Il cardinale invece la vide avanzare con un sorriso sguaiato, chinarsi e passargli gli artigli di lupa lungo la schiena.

E mentre gridava come un ossesso, la regina fuggì per i corridoi della torre rivolgendo i pensieri a Humbert de Beaujeu. Se fosse stato presente avrebbe preso le sue difese, ma doveva essere sceso ancora una volta a ispezionare i sotterranei del castello.

Il labirinto si faceva sempre più oscuro e intricato. Humbert avanzava nella speranza di scorgere un barlume che gli permettesse di vedere in quale luogo si trovasse.

Non fu però la luce a sorprenderlo, ma il risuonare di un picchiettio metallico, che crebbe a poco a poco fino a tramutarsi in centinaia di battiti sempre più nitidi. Sembravano attrezzi battuti contro la roccia.

Il lieutenant avanzò guardingo, finché non vide davanti a sé miriadi di puntini che luccicavano nelle tenebre. Poi le sue pupille misero a fuoco l'immagine e capì di trovarsi davanti a semplici lucerne appese alle pareti.

Quegli schizzi di luce erano appena sufficienti a diradare il buio. Fu necessario un ulteriore sforzo visivo per individuare gli uomini che si muovevano all'interno della cava.

Minatori.

Erano macilenti, le facce affondate in lunghe barbe e capelli arruffati. Alcuni brandivano picconi e scalpelli mentre altri raccoglievano i detriti, spalancando gli occhi di talpa per distinguere il materiale buono dagli scarti. Humbert ne contò una cinquantina, ma immaginò che ve ne fossero molti altri disseminati in quegli anfratti.

C'era un solo guardiano a vigilare, un soldato erculeo armato di un *bec de corbin*, un mazzapicchio a forma di martello dalle estremità uncinate. Bastava la sua stazza a spronare i minatori al lavoro. Le cicatrici sulle schiene di alcuni di loro la dicevano lunga su come il sorvegliante riuscisse a imporre la disciplina.

Il lieutenant non si lasciò impietosire dalle condizioni di quegli operai. Era un soldato, per giunta aristocratico, educato a disprezzare qualsiasi cosa apparisse impura e abietta. Malattia e miseria accomunavano la marmaglia di villani schiacciati dalla piramide sociale.

Dio stesso voleva che fosse così. Esisteva una gerarchia celeste, perciò anche una terrestre. I *laboratores* dovevano sacrificarsi e ammazzarsi di fatica perché altri – la nobiltà e il clero – si ergessero al di sopra e trasformassero il loro sudore in magnificenza. Questo era l'ordine naturale delle cose, l'unico possibile.

Se quegli schiavi si trovavano in simili condizioni, un motivo doveva esserci. Ma i pensieri che pungolavano Humbert erano altri: chi aveva il potere di asservire tanta gente? E a quale scopo?

Innanzitutto doveva capire cosa si stesse estraendo da quella cava, e studiando il luccichio bluastro emanato dalle pietre intuì che si trattava di cristalli di galena.

20

La luce vibrò sotto le ciglia e Willalme riaprì gli occhi. La ragazza che l'aveva curato sedeva ai margini del suo capezzale.

«Sei stata tu a medicarmi?», le chiese.

Lei distolse lo sguardo.

«Ti devo la vita...».

La giovane continuava a tacere, perciò Willalme evitò di fissarla. Sapeva quanto potessero essere importuni gli occhi della gente, specie degli estranei. Non voleva aggravare ciò che credeva un atteggiamento suscitato dall'imbarazzo, quindi guardò altrove.

Si trovava in una piccola cella. Le pareti spoglie testimoniavano una vita condotta secondo le regole di una povertà dignitosa. Il francese cercò Thiago, ma non era più accanto a lui. Che fine aveva fatto?

La voce della ragazza lo distolse dai pensieri: «Chi sono Julienne ed Esclarmonde?».

Lui sobbalzò. «Come fai a conoscere quei nomi?»

«Le hai chiamate per tutta la notte, nel sonno», confessò lei. «Deliravi».

Willalme si sedette ai bordi del giaciglio ed esaminò la medicazione alla spalla. La ferita bruciava, ma confidò di rimettersi entro breve. Soffermò lo sguardo sulla ragazza. Non era timidezza, la sua. Sembrava covare una rabbia repressa, una misteriosa ritrosia.

«Sono i nomi di mia madre e di mia sorella», le rispose infine. «Le ho perdute anni fa, insieme a mio padre».

«Anch'io ho perduto i miei cari», confessò lei. Era sincera, ma restava guardinga.

«Mi dispiace. Chi si prende cura di te, adesso?»

«Le consorelle di Santa Lucina. Molte di loro sono vedove o trovatelle, come me», sospirò la ragazza. «La guerra, da queste parti, sradica la felicità di molte famiglie».

Gli fece cenno di aspettare e attraversò la stanza. Il francese non riusciva a staccarle gli occhi di dosso. Gli ricordava Esclarmonde, sua sorella. Avrebbe avuto più o meno la stessa età, se fosse stata ancora viva... Scacciò i ricordi e ritornò a fissare la ragazza. Doveva avere sofferto molto, di recente per giunta. Lei cercava di apparire naturale, si sforzava con tutta se stessa, eppure una tensione nervosa le irrigidiva il busto e le spalle, come un animale selvatico reduce da uno spavento.

Ma non era quello il momento per discorsi imbarazzanti, e Willalme divagò: «Che fine ha fatto il navarro ferito alla faccia che era sdraiato su quel giaciglio?».

La ragazza prese una ciotola di terracotta, la riempì con un tozzo di pane di segale e si avvicinò di nuovo a lui. «Se n'è andato stanotte, all'improvviso. Non ha voluto sentire ragioni». Gli porse il cibo.

Willalme le sorrise, allungò la mano per prendere la ciotola e così facendo le sfiorò un polso.

A quel gesto lei sobbalzò. «Non toccarmi!», gridò, mentre la ciotola finiva a terra in frantumi. «Nessuno mi deve toccare! Mai più!».

Il francese si sporse in avanti, cercando di rassicurarla, ma riuscì soltanto a peggiorare la situazione.

Dopo un istante la porta della cella si spalancò ed entrò una vecchia beghina, il volto allarmato. Alla sua vista, la ragazza si accasciò sul pavimento e scoppiò in lacrime.

La vecchia le fu subito appresso e la rassicurò con parole e carezze. «Non piangere, Juette», le disse. «Va tutto bene. Calmati». Poi alzò gli occhi verso l'attonito Willalme. «Non avertene figliolo, non è per causa tua che si comporta così», spiegò con amarezza. «Tu non sai cos'è successo a questa povera creatura...».

Il francese strinse le mascelle, turbato. Un bruciore violento gli pervase il petto, come ogni volta che assisteva a un sopruso.

La vecchia non riuscì a trattenere le parole: «È stato un uomo, un monaco di Fontfroide... Frenerius de Gignac è il suo nome...».

21

Fu un Ignazio alquanto provato dalle traversie notturne quello che smontò dal carro davanti al béguinage di Santa Lucina. Infastidito dal bagliore del tardo mattino, nascondeva sotto il cappuccio le occhiaie di una lunga insonnia.

Al sorgere dell'alba l'effetto dell'Herba diaboli era svanito quasi del tutto, lasciando come ricordo un cerchio alla testa e una lieve vertigine. Prima di partire da Fontfroide, il mercante era stato costretto a dare spiegazioni a padre Gilie de Grandselve sull'accaduto della notte precedente. Aveva mentito, dicendo di non conoscere il motivo dell'aggressione del Lusignano. Di certo l'intervento del monaco gli aveva salvato la vita, sebbene padre Gilie non avesse fatto in tempo ad allertare gli arcieri, preferendo soccorrerlo e verificare il suo stato di salute. «Meglio così», aveva sottolineato il mercante, «e non stiamo a scomodare l'abate o chicchessia per un banale incidente». Visto che il Lusignano si era allontanato da Fontfroide senza farsi notare, il monaco si era mostrato d'accordo nel tacere sull'accaduto. Poi, chiarita quella faccenda, aveva iniziato a fare domande sull'operato di Ignazio nella fucina. «Nulla di fatto. Ero più stanco del previsto e ho dormito finché non mi sono trovato di fronte messer Filippo che voleva uccidermi», era stata la sua risposta. Ma quella seconda menzogna non gli era stata sufficiente a zittire il portarius hospitum, perciò il mercante aveva dovuto comprare il suo silenzio, donandogli una sacca piena di monete. Una lauta offerta per l'abbazia, aveva sottolineato. Si trattava in realtà degli scudi di Airagne, tutti d'oro falso, ma Gilie de Grandselve non poteva certo immaginarlo e aveva liquidato la questione con un sorrisetto omertoso.

Ignazio camminò in direzione della pieve di Santa Lucina e, guardando la facciata, rimase colpito da un particolare che gli era sfuggito il giorno prima. Sulla lunetta sovrastante il portale, compariva un bassorilievo che rappresentava tre donne nude, con i seni a forma di serpe e il pube coperto da un rospo. Immagini mostruose, sebbene familiari. Ne esistevano di simili presso la chiesa di Moissac.

A pochi passi dalla facciata, una donna in abito bigio si godeva il sole su un seggio di vimini. Una beghina, senz'ombra di dubbio. Stava filando una matassa di lana intorno a un fuso di legno, accompagnando quei gesti con una litania simile alle filastrocche dei fanciulli. Ma in quel caso le parole erano latine:

Involvere filum tres fatae se tradunt
Vitas mortales sic fato ipsae obstringunt.
Et ut octo fusis Airagne texere possit
Auream suam telam nigredini infodit.

Appena la donna si accorse del forestiero, smise di cantare e accennò un saluto garbato.

"Questa non fugge via, per lo meno", pensò Ignazio, e mascherò la stanchezza dietro un'espressione gioviale. «Buona giornata, soror. Cosa stavate intonando con tanta gaiezza?»

«È una filastrocca», rispose lei, posando il fuso in grembo. «La canta a volte la nostra badessa».

«Sembra piuttosto caratteristica». Il mercante fremeva per la curiosità, ma non lo diede a vedere. Aveva udito bene, quella litania parlava proprio delle *tres fatae* citate dall'ossesso di Prouille. «Sapete cosa significa il testo?»

«Non esattamente, monsieur. La melodia e le parole mi sono rimaste impresse nella mente, ma ne ignoro il significato. Non conosco il latino».

Ignazio le si avvicinò ammiccando, non poteva lasciarsi sfuggire quell'occasione. «Stringiamo un patto. Io tradurrò le parole e voi mi aiuterete a svelare il significato di alcune di esse, se lo conoscete».

La donna accettò, divertita, e mentre ripeteva la litania il mercante la tradusse d'un fiato:

Ad avvolgere il filo le tre Fate s'adoprano
Le vite mortali così al fato esse vincolano.
E affinché con gli otto fusi Airagne tessere possa
L'aurea sua tela nella nerezza ella infossa.

La beghina apparve delusa. «Non avrei mai immaginato che quelle parole avessero un tale significato. Ne capisco ancor meno di prima».

«La mia versione è corretta, soror. Non c'è dubbio». E per dimostrarlo Ignazio chiarì il senso delle strofe: «Le *fatae* filano e Airagne tesse... Abbiate pazienza e ricambiate il favore: cosa significa anzitutto la parola "*fatae*"?»

«Anche i bambini saprebbero rispondervi. Le *fatae* sono le tre sorelle filatrici che popolano le leggende. Si racconta che dopo il tramonto escano dai boschi e vaghino di casa in casa per portare visita ai mortali. Se non vengono ospitate come si deve, sono capaci di scagliare tremendi malefici».

«Non ho mai udito nulla del genere. È probabile tuttavia che confondiate le *fatae* con le Parche venerate dagli antichi romani. Il loro nome suona quasi uguale».

«Le Parche? Non saprei». La donna apparve un po' confusa. «Ma a volte, da queste parti, la nostra Mater Lucina viene chiamata in modo simile. Partula».

Ignazio tenne per sé un'intuizione e formulò la seconda domanda: «E cosa sapreste dirmi di Airagne, citata nel terzo versetto della litania?»

«Airagne?». L'interlocutrice snocciolò le sillabe, poi riprese a filare la lana tenendo lo sguardo basso. «"Ariane" vorrete dire. È facile confondersi. Dalle nostre parti si pronuncia più o meno allo stesso modo. È a causa della "n" storpiata alla maniera degli ispanici».

«Ariane?». Il volto dell'uomo si illuminò. «Quindi secondo voi la filastrocca allude ad Arianna, che aiutò Teseo a orientarsi nel labirinto grazie a un filo avvolto in un fuso... Non capisco, perché nella litania si parla non di uno, ma di otto fusi?»

«Ariane è il ragno antico», si limitò a ribattere la beghina, sottovoce. La sua espressione si era indurita. Solo gli occhi continuavano a scintillare, non di intelligenza ma di scaltrezza.

Ignazio capì che non avrebbe ottenuto più nulla da lei, perciò cambiò tono e argomento: «Sono venuto a portare visita a due compagni feriti. Li ho accompagnati qui ieri sera. Sapreste dirmi in quali condizioni si trovano?»

«Uno è partito prima dell'alba», disse la donna con tono ormai distante. «È balzato in sella e si è allontanato al galoppo in fretta e in furia».

«Chi intendete dei due? Il giovane dai capelli biondi o...».

«No, l'altro. Il navarro dal volto sfregiato».

Il mercante si aspettava una simile rivelazione. Dopo il voltafaccia di Filippo, non lo stupiva più nulla. «E invece il biondo? L'occitano, intendo. Come sta?»

«Molto meglio». La beghina inarcò le estremità della bocca, mimando un sorriso spento. «È stato medicato a dovere. Non so se vi convenga disturbarlo: in questo momento starà riposando».

«Vuol dire che ne approfitterò per chiedere udienza alla vostra badessa».

La donna apparve contrariata: «Non potete...».

«Perché? È forse fuori sede?»

«No. In questo momento si trova nel giardino, dietro la pieve. Ma...».

Il mercante guardò verso l'edificio, come potesse vedere al di là dei muri e degli scuri serrati. «Allora non dubitate, sorella. Mi riceverà».

Quando il forestiero si fu allontanato, la donna riprese ad avvolgere la lana intorno al fuso. E ricominciò a cantare, intonando daccapo la litania:

«*Involvere filum tres fatae se tradunt...*».

Puntò lo sguardo verso la lunetta del portale, dove campeggiavano le tre donne mostruose.

«*Vitas mortales sic fato ipsae obstringunt...*».

Come un gregge sparso su un prato, una dozzina di beghine lavorava tra le siepi del giardino, le schiene curve intiepidite dal sole e i volti attenti, coperti dai veli. L'unica in piedi, la badessa, camminava adagio tra di loro, le osservava una a una mentre smuovevano il terriccio con piccole zappe o potavano i tralci con i falcetti, e ogni tanto si fermava per dare consigli. Allora le beghine alzavano il viso verso di lei, adoranti, rivolgendole sempre la medesima supplica: «*Benedicite, bona mater*». La badessa acconsentiva, accennava gesti benedicenti e riprendeva a camminare con andatura più serena.

La quiete fu turbata all'apparire nel giardino di uno sconosciuto. Le donne gli diressero occhiate furtive e bisbigliarono fra loro, ma continuarono imperterrite a lavorare tra le piante officinali, simulando indifferenza.

La badessa osservò il forestiero camminare in sua direzione, cercando di capire a quale razza d'uomo appartenesse. All'inizio pensò a un monaco, poi si ricredette. Quegli occhi smeraldini e il portamento svagato rivelavano un'insolita commistione tra il mondano e il filosofale. Era certa di non aver mai incontrato nessuno del genere, e fin dalla prima occhiata considerò che l'ispezione di un agente del vescovo l'avrebbe preoccupata molto meno.

«Voi dovete essere la madre badessa», esordì il forestiero disegnando un inchino. «I miei ossequi».

«Ricambio il saluto», rispose la donna. «Chi è giunto a onorarci con la sua presenza?»

«Ignazio Alvarez dalla Castiglia, per servirvi».

«Egli è un ispanico, dunque», osservò la badessa, rivolgendosi a lui con la terza persona per innalzare una barriera di formalità. «Cosa lo porta tanto distante da casa?»

«Un dilemma, reverenda madre».

«Ed egli conta di trovare risposte in questo luogo?».

Come da canovaccio, Ignazio fu lesto a cambiare registro: «Veramente sono qui solo di passaggio. Un mio amico, offeso da un colpo di balestra, ha ricevuto le cure delle vostre pie consorelle. Riposa fra queste mura».

«Ah, il giovane occitano, ne sono al corrente. È in buone mani, guarirà».

«Ciò mi allieta, ma nell'attesa di recargli visita desidererei scambiare due parole con voi».

«Non vedo proprio di cosa si potrebbe discorrere». Gli occhi della badessa fuggirono tra i cespugli di peonie. «Noi figlie di santa Lucina evitiamo argomenti mondani».

Il mercante accigliò lo sguardo, già appesantito per effetto dell'-Herba diaboli. Era certo che in quel luogo si nascondessero segreti su Airagne, ma non poteva rivolgere domande dirette. Doveva coinvolgere l'interlocutrice poco per volta, convincerla con sottigliezza, e per riuscire nell'intento era necessario fare leva su argomenti di cui era a conoscenza, in modo da apparire più informato di quanto realmente fosse. Fece il primo passo: «Non siate precipitosa. È appunto della Mater Lucina che desidererei parlare. Il fatto è che mi intendo di reliquie e sono interessato a ogni forma di culto, soprattutto se sconosciuta».

La donna tentò di svicolare: «Santa Lucina non è sconosciuta. Viene festeggiata il 30 giugno ed è ricordata dai fedeli come discepola degli apostoli».

Una simile risposta aveva tenuto a bada per anni le domande dei curiosi. Ma il mercante non si lasciò sviare: «Io non mi riferisco alla Lucina "discepola degli apostoli" ma a quella definita "mater", che non compare in alcun *legendarium* cristiano. Ed è proprio lei, la dea Mater Lucina, a essere venerata in questo luogo».

La badessa si sentì soffocare. «Fate discorsi più grandi di voi, monsieur. Non potete capire».

Le consorelle, allarmate da quel mutamento di tono, alzarono i volti per comprendere di cosa si stesse parlando. Ignazio, che aveva notato il passaggio al "voi", si preparò ad affrontare un difficile discorso. «Capisco eccome, reverenda madre. La "vostra" Lucina viene chiamata Partula. Me l'ha confidato una consorella del béguinage e mi è bastato per vederci chiaro. La Partula è uno spirito femminile che soccorre le partorienti, proprio come Mater Lucina. Si tratta di una divinità pagana, non di una santa cristiana. Non potete mentirmi al riguardo».

«Non intendo mentirvi», dichiarò la donna, accusando il colpo. «Ma vi prego di smettere».

«Non posso. Come ho già detto vado cercando risposte e ho bisogno di alcune conferme. Il riferimento alla Partula riguarda le Parche? E queste ultime coincidono con le tre *fatae*?»

«E anche se fosse?»

«Non siate evasiva, madre», ammonì il mercante. «Ho udito la litania sulle tre *fatae*... La *vostra* litania. È zeppa di riferimenti pagani. Non so cosa succederebbe se la udissero gli agenti del vescovo Folco».

A quella intimidazione, la donna giunse la mani. Se non cadde in ginocchio, lo fece per evitare di spaventare le consorelle che la osservavano. «Se queste parole trapelassero, noi tutte saremmo condannate al rogo! Non siamo streghe. Il nostro béguinage ospita le vedove e le orfane sopravvissute alla crociata contro i catari. Perché volete farci del male?».

Ignazio addolcì lo sguardo, non intendeva umiliare la badessa. «Rassicuratevi, reverenda madre. Io vi stimo e vi rispetto. Il mio unico interesse verte sul legame occulto tra le *fatae* e Airagne. Ecco la ragione dei miei quesiti».

«Airagne?». La donna sbarrò gli occhi. «Conoscete quel luogo?»

«Non proprio, su di esso però formulo congetture». Ignazio non trattenne la curiosità. «Voi sapete dove si trova? Ci siete mai stata?»

«Io non sono mai stata prigioniera ad Airagne».

Il mercante si pentì: nonostante gli iniziali propositi, aveva posto domande troppo dirette. Fu costretto a fare un passo indietro: «E le *fatae*? Sospetto che nascondano un legame con Airagne. Potete confermarlo?».

La badessa accennò di voler parlare. Forse decise di farlo perché credeva di non avere scelta, o forse, più semplicemente, perché iniziava a fidarsi del forestiero. Il mercante optò per una terza ipotesi: in cambio delle sue rivelazioni, gli avrebbe chiesto qualcosa.

«Come avete intuito, la Partula si riferisce alle tre Parche. Nel tempo il loro nome è stato storpiato in "*fatae*", ma il significato non cambia», spiegò. «Le Parche avvolgono il filo del destino intorno a una colonna di luce, dentro la quale è sospeso il fuso della necessità...».

Ignazio corrugò la fronte. «State citando un passo del *Repubblica* di Platone...».

«Lasciatemi concludere», lo tacitò la donna. «Questa colonna di luce, per noi, rappresenta Mater Lucina, *Mère Lusine*, colei che libera dal buio della materia». Lo fissò dritto negli occhi. «Colei che dissipa l'oscurità di Nigredo».

«Lucina rappresenta quindi Arianna, il filo luminoso che aiuta a uscire dal labirinto. Il labirinto dell'Opera alchemica. Il labirinto di Airagne».

«Ariane è anche il ragno che resta intrappolato nella propria tela. L'anagramma corretto è però "Ariagne", che deriva dal greco». La donna fece una pausa. «Ma è altro ciò che volete sapere, giusto?».

Ignazio annuì. «Mi interessa svelare il significato di una frase: "*Tres fatae celant crucem*"».

La badessa apparve stupita. «Dove l'avete udita?»

«L'ha pronunciata giorni fa un uomo fuggito da Airagne, un supposto indemoniato di nome Sébastien che sosteneva d'aver trovato rifugio presso il vostro béguinage. Ecco perché sono giunto fin qui. La frase tradotta recita: "Le tre *fatae* celano la croce". Ora so delle *fatae*, e del loro legame con Airagne, ma ignoro il significato della parola "croce"».

«Per "croce" non si intende il simbolo religioso», chiarì la donna, «ma l'Opera alchemica. La croce è il crogiolo, dove la materia grezza subisce la cottura. I quattro bracci della croce indicano le fasi della trasmutazione metallica: Nigredo, Albedo, Citrinitas e Rubedo. Ma come saprete, il crogiolo allude anche alla sofferenza».

«La sofferenza del metallo che subisce la trasformazione...».

«Ma anche la sofferenza degli uomini che si espongono ai procedimenti alchemici: le alte temperature, le esalazioni degli acidi, dei vapori e dei materiali incandescenti».

«Parlate dei segreti di Airagne come se ne aveste fatto esperienza... Di certo, Sébastien non è stato l'unico a essersi rifugiato qui. Avete offerto ospitalità a molti altri uomini fuggiti da quel posto?».

La badessa aprì le braccia, non in segno di resa al nemico, bensì di chi ha agito secondo coscienza. «Come avrei potuto non farlo? Quando gli abitanti dei villaggi vicini li trovano a girovagare per i boschi e le campagne, non sapendo come curarli li portano fin qui. Altrove i monaci li brucerebbero vivi, scambiandoli per ossessi o per catari».

«E lo sono? Catari, intendo dire».

«Per la maggior parte sì».

«Lo immaginavo. Anche le consorelle di questo béguinage sono catare. E voi, in specie, siete una perfecta».

La badessa soppresse un fremito. «Come riuscite ad ammetterlo con tanta certezza?»

«L'ho intuito appena sono entrato in questo giardino. Le beghine vi chiamano "bona mater". Inoltre durante la nostra conversazione non avete mai cercato di mentire, ma solo di sviarmi, anche a costo di esporvi a dei rischi. Chiunque conosca i fondamenti del catarismo sa che i perfecti non mentono mai. Dopotutto "cataro" significa "puro"».

«Siete un uomo di indubbio acume, Ignazio Alvarez. L'ammetto».

Il mercante intrecciò le braccia al petto e chinò il capo, riordinando le idee. «Ora vi pregherei di confermare la mia ricostruzione dei fatti. Gli abitanti di queste terre vengono rapiti dagli Archontes e condotti nel luogo chiamato Airagne, dove vengono costretti a fabbricare oro applicando i procedimenti dell'alchimia. La produzione dev'essere ingente se necessita di tanta manodopera. Per la maggior parte, i rastrellamenti degli Archontes colpiscono gli insediamenti catari, dato che la scomparsa degli eretici non interessa a nessuno. Non certo alla Chiesa, né alla corte parigina. E in fondo non importa neppure ai nobili locali, che nel catarismo vedono soltanto un pretesto politico per opporsi alla monarchia cattolica. In questo modo gli Archontes si procurano schiavi agendo indisturbati, senza infastidire nessun uomo di potere. Ecco il motivo per cui tralasciano il Tolosano, dove già imperversa la Confraternita bianca di Folco».

«Avete intuito molto, monsieur, ma non tutto», ammise la badessa.

«Ne sono consapevole. Non so ad esempio chi sia l'artefice di tutto ciò, ovvero chi si nasconda dietro il nome del Conte di Nigredo. E ignoro l'ubicazione di Airagne».

«Potrei fornirvi indicazioni sull'itinerario da seguire, ma dovrete guadagnarvelo».

«Me l'aspettavo», disse il mercante, restando tuttavia un po' deluso. Per un attimo si era illuso di parlare con una persona che non agiva per il proprio tornaconto. «Nessuna informazione si cede a buon mercato», ribadì a se stesso. «Cosa devo fare?»

«Vi state facendo un'idea sbagliata», disse la donna intuendo i suoi pensieri. «Dovrete soltanto rispondere ad alcune domande. Innanzitutto confessate di quale natura siano i vostri interessi per la vicenda».

Ignazio era sul punto di replicare, ma delle grida d'allarme lo fecero sobbalzare. Una consorella sbucò da un casolare che faceva angolo con il retro della pieve e attraversò in fretta il giardino, correndo verso la badessa con il volto arrossato e le mani strette alle sottane.

«Bona mater! Bona mater!», vociava trafelata. «È successa una cosa terribile!».

«Calma figliola». La badessa si impettì battagliera. «Cos'è accaduto?»

«Il giovane occitano! Il giovane occitano!».

22

Il campanile di Fontfroide aveva appena battuto i rintocchi dell'ora nona, e i monaci cantavano i salmi dentro l'abbazia. All'improvviso i battenti dell'ingresso si spalancarono e la luce del pomeriggio irruppe dissipando la penombra delle navate. I confratelli smisero di cantare, voltandosi in direzione del vestibolo, e dopo una breve attesa videro la sagoma di un uomo dai capelli biondi emergere in controluce. Avanzava deciso, a pugni stretti, fendendo il silenzio con occhiate rabbiose. Neppure il saggio abate Guarin osò fiatare.

Lo straniero si piazzò in mezzo alla navata maggiore e si guardò intorno come un felino in agguato. Dopo aver fissato uno a uno i monaci assiepati tra le panche, esclamò a gran voce: «Frenerius de Gignac si faccia avanti!».

Un brivido attraversò la folla di religiosi. Nessuno rispose.

L'intruso attese pochi istanti, quindi spezzò di nuovo il silenzio: «Frenerius de Gignac abbia il coraggio delle proprie azioni. Si faccia avanti!».

Non appena l'eco di quelle parole svanì, emerse un suono ben più fioco. Un sussurro. Lo straniero, insieme a molti presenti, puntò lo sguardo in direzione di quel rumore e vide un monaco nell'atto di bisbigliare all'orecchio di un confratello. Con un balzo gli fu appresso e lo agguantò per la tonaca. «Siete voi Frenerius?», gli ringhiò in faccia.

«No, no...», barbugliò il malcapitato, tremebondo. «È lui, lui...». Indicò il suo compagno di panca.

L'uomo dai capelli biondi lasciò la presa e scoccò un'occhiata torva verso il monaco che gli era stato indicato. «Ebbene, siete voi Frenerius de Gignac».

L'interpellato era un ometto insignificante con il viso pallido e la tonsura monacale appena accennata, seminascosta da una zazzera castana. Contro ogni aspettativa, si alzò in piedi con aria di sfida. «Sì, sono io. Gradirei tuttavia mi si chiamasse "padre", giacché non sono un villano ma un religioso».

«Al mio cospetto siete solo un uomo, anzi ancor meno», sentenziò lo straniero, divorandolo con lo sguardo. «Dovete rispondere di un'azione molto grave».

Frenerius arrossì in volto, confermando di avere la coscienza sporca, ma contrastò l'imbarazzo con voce altisonante: «Voi non potete accusarmi di nulla. Il mio operato è interamente rivolto al Signore».

«Serpente bugiardo, avete abusato di una ragazza! E in nome di Dio o del Demonio, ora la pagherete!». Con un unico gesto, il biondo lo ghermì per i capelli e nonostante avesse la spalla ferita lo trascinò a terra.

I monaci che si erano raccolti intorno alla scena arretrarono in fretta, accalcandosi ai piedi delle colonne. Lo straniero non si curò di loro, sguainò la scimitarra che portava al fianco e posò la lama alla gola della sua preda.

«In nome del Signore...», squittì Frenerius.

«Ammettete la vostra colpa!», ruggì Willalme.

«È stata lei a sedurmi, con un maleficio», recitò il monaco. «*Diabolica mulier, magistra mendaciorum, homines seducit libidini carnis...*».

«Taci!». Il francese lo fece mettere in ginocchio e lo batté sul fondoschiena con il piatto della spada. «Di' la verità! L'hai convinta ad appartarsi con te per ricevere il sacramento della confessione, l'hai minacciata in seguito al suo rifiuto, poi l'hai costretta e percossa quando non hai più avuto altri espedienti per persuaderla!».

«È stata colpa sua! Della sua bellezza!».

Willalme lo scaraventò a terra e sollevò la scimitarra con ambo le mani. Le volte a botte del soffitto parvero tremare. «Viscidi omuncoli! Vi riempite la bocca di orazioni e di precetti, e intanto tiranneggiate il mondo!».

L'abate Guarin si precipitò dalle gradinate dell'altare e schiuse le labbra per ammonire l'intruso, ma non fu lui a scongiurare l'evento. Fu Ignazio.

«Non risolverai nulla uccidendolo», esclamò il mercante, varcando l'ingresso del monastero al seguito di due donne.

«Egli non merita di vivere», sentenziò Willalme di tutta risposta. Ignorò come il compagno fosse riuscito a trovarlo. «Deve espiare la sua colpa».

«Non è per mano tua che dovrà farlo». Ignazio si fermò a pochi passi da lui, il respiro sospeso. «Se lo ucciderai, pagherai il tuo gesto mille volte».

Ci fu un attimo di silenzio, la tensione era palpabile nell'aria.

Risuonò una voce femminile, una voce giovane che portava sofferenza: «Uccidere è peccato!». Era Juette, che in compagnia della badessa aveva seguito Ignazio fino in quel luogo.

Quelle parole, anziché ammansire la furia di Willalme, l'accesero di un risentimento ancora più grande: «Deve pagare! Chi compie il male deve pagare!».

Il mercante si avvicinò al francese, ma non osò toccarlo. Conosceva la burrasca che si agitava nel suo cuore. Nasceva da un dolore profondo, mai sopito, sempre pronto a esplodere in tempesta. «Condivido il tuo sdegno, amico mio. Ma non è necessario uccidere quell'uomo per punirlo».

«Se lo farai, sarai dannato in eterno», ammonì l'abate Guarin, che assisteva alla scena con apprensione.

Willalme fece una smorfia sprezzante e impugnò più saldamente la spada. «Io sono già dannato. La mia vita è maledetta».

A quelle parole, Ignazio lo schiaffeggiò.

La folla di religiosi levò un'esclamazione stupita.

Il francese restituì al compagno un'occhiata incredula, la faccia congestionata dall'ira e dallo stupore.

«La tua vita conta, stolto! E i tuoi gesti scatenano conseguenze su chi ti vuole bene», lo rimproverò il mercante. «Se pensi di dare libero sfogo alla tua rabbia uccidendo un uomo senza valore, fallo pure. Ma non riparerai al male che ha commesso. Vuoi provvedere realmente?». Indicò Juette con un gesto brusco. «Pensa a lei, piuttosto. Lei ti chiede aiuto, non sangue».

Willalme guardò la giovane rannicchiata a terra, schiacciata dal peso del mondo. Avrebbe desiderato stringerla a sé e dirle che non doveva temere nulla. Le stesse promesse fatte a sua sorella poco prima che morisse... Ed emettendo un profondo sospiro, abbassò la lama e lasciò andare l'ostaggio.

Frenerius sgattaiolò dietro la tonaca dell'abate, ma questi lo allontanò da sé con un colpetto del piede. "È vero quanto affermano?", lo interrogavano i suoi occhi.

Ignazio strinse le mani sulle spalle di Willalme. L'avrebbe abbracciato se la sua ritrosia a esternare sentimenti gliel'avesse concesso. Ma quell'atto fugace manifestò a sufficienza ciò che provava, e il francese lo percepì molto bene.

Nessuno ebbe il tempo di aggiungere altro, poiché un assembramento di arcieri irruppe nel monastero e circondò gli intrusi.

Il mercante alzò le mani per placare ogni intenzione bellicosa. «Aspettate! Sono stato ospitato in questa abbazia la notte scorsa», chiarì. «Parlate con Gilie de Grandselve, il portarius hospitum del cenobio. Lui mi conosce, stamane gli ho elargito una ricca offerta».

«Gilie de Grandselve?», mormorò l'abate con sospetto. «Non mi rammento di nessun monaco, nel nostro cenobio, che si chiami così. E di certo questo non è il nome del nostro portarius hospitum».

Colto di sorpresa, Ignazio gli rivolse un'occhiata granitica. Com'era possibile? Chi era il monaco con cui aveva parlato la notte scorsa? Da dove proveniva Gilie de Grandselve, se non apparteneva all'abbazia di Fontfroide? Rievocò alla memoria il volto grifagno di quel vecchio e gli sovvennero alcuni suoi tratti d'espressione, per nulla piacevoli.

Filippo di Lusignano uscì dalla selva e frenò il suo cavallo bianco davanti all'accampamento degli Archontes. Come già Thiago prima di lui, non aveva dovuto faticare per trovarlo, nonostante quel luogo fosse distante dai centri abitati e dai sentieri del bosco più battuti.

Si era avvicinato guardingo. Un'ampia tonaca nera gli nascondeva la tenuta da cavaliere, rendendolo simile a un pellegrino. Pur di non farsi riconoscere, aveva persino rinunciato a portare con sé il proprio armamentario.

Smontò da sella e guidò il cavallo ai margini del bosco tenendolo per le briglie.

Incedette a passi nervosi, quasi bruschi, sotto gli arabeschi di luce che filtravano dalle chiome degli alberi. I suoi lineamenti non apparivano più spavaldi, ma assumevano una piega preoccupata. Le ustioni provocate dall'aqua fortis gli chiazzavano la fronte, il naso e le gote. Per fortuna era stato in grado di proteggersi gli occhi con le mani.

Lo scontro con Ignazio da Toledo si era concluso molto male. Non solo si era giocato la collaborazione del mozarabo, ma se l'era fatto nemico. Un nemico temibile, che conosceva il segreto dell'oro di Airagne e che nutriva pericolosi sospetti.

Assicurò il destriero sotto un albero dalle fronde spioventi e si calò il cappuccio sul volto tirandolo giù fino al naso, poi aggirò l'accampamento degli Archontes senza farsi notare. Si mosse con passi leggeri, la mano destra stretta al pugnale, seguendo un fossato che delimitava il perimetro del campo, dove la vegetazione era abbastanza alta e consentiva di strisciare non visti.

Voleva spiare.

All'ingresso della tendopoli, un gruppetto di soldati si era radunato intorno a un vecchio monaco. Lo riconobbe a prima vista: era il portarius hospitum di Fontfroide! Possibile? Cosa ci faceva lì? Sembrava stesse spiegando qualcosa o addirittura impartisse ordini, e i miliziani annuivano con rispetto. Chiaramente quel Gilie de Grandselve non era un semplice religioso, come aveva voluto dare a intendere. Cosa poteva significare la sua presenza all'accampamento degli Archontes?

Tra i presenti spiccava la faccia volgare di Jean-Bevon, una vecchia conoscenza del Lusignano. Vedendolo assieme a tutti quegli sgherri, Filippo si ricordò dei tempi andati, quando li aveva reclutati di persona uno a uno. Provenivano da luoghi ed esperienze di vita differenti, ex miliziani, mercenari, assassini, predoni. Anni addietro gli avevano giurato fedeltà. Si chiese cosa li avesse spinti al tradimento.

Nel tentativo di avvicinarsi maggiormente, per poter spiare meglio, percorse carponi un altro tratto del fosso fino a giungere nel punto in cui convergevano i liquami scaricati dall'accampamento. Procedette ai margini dei ristagni d'acqua fetida, attento a non affondarvi i calzari, ma d'un tratto dovette fermarsi. In mezzo alla melma galleggiava un cadavere.

La salma presentava uno squarcio all'addome e uno sfregio al volto. Avanzò smanioso, colto da un senso di familiarità, e quando gli fu appresso lo riconobbe. Era il cadavere di Thiago de Olite.

Un ronzio molesto si levò dalla carogna e Filippo fu investito da uno sciame di mosche. Per poco non scivolò tra i liquami, ma mantenne l'equilibrio aggrappandosi a un cespuglio. Riprese subito il controllo. Quei movimenti bruschi potevano aver allertato qualcuno. Si guardò intorno, acquattandosi. Una sentinella dall'aria distratta stava camminando verso di lui. Se fosse rimasto appostato in quel luogo l'avrebbe scoperto. Doveva andarsene.

Ma prima di allontanarsi lanciò un'occhiata di sdegno in direzione dell'accampamento. L'uccisione del fedele Thiago era l'ennesima conferma dei suoi sospetti. L'avevano tradito.

«Miserabili», ringhiò fra i denti. «Me la pagherete tutti».

Strisciò in mezzo all'erba, raggiunse il cavallo e fuggì nel bosco.

23

Una lieve pressione sul petto lo fece svegliare.

Uberto era coricato all'ombra di un olmo, il viaggio l'aveva spossato e si era resa necessaria una pausa. Ma aprendo gli occhi si accorse che era tardo pomeriggio. Aveva dormito più del dovuto.

Il torpore del risveglio durò solo un istante, poi vide davanti a sé due occhi verdi circondati da una cascata di capelli neri.

Moira si era piegata su di lui, gli premeva il petto con le mani e lo fissava così da vicino che Uberto poteva sentire il suo respiro. Il fatto che fosse stata lei ad avvicinarsi gli diede un'intensa sensazione di intimità, ma si sentì anche vulnerabile. Si rimproverò di aver provato entrambe le emozioni.

«Abbiamo superato Tolosa e non mi hai ancora consegnata a nessun tribunale», disse lei, quasi per sfida. «Perché non l'hai fatto?».

Non era facile rispondere. Sarebbe stato come cedere a una provocazione, perciò il giovane decise di non dargliela vinta: «E tu perché non hai più tentato di fuggire?».

Lei tacque, l'accenno di un sorriso.

Uberto scorse nel suo viso un'inaspettata risolutezza, come se Moira avesse preso una decisione importante. Poteva trattarsi di una svolta positiva, si disse, e tuttavia quel sorriso lo innervosiva. Cosa celava la ragazza dietro il suo silenzio? Perché gli si era avvicinata in quel modo? La prossimità del suo volto e la pressione del suo corpo lo inebriavano.

Non si trattava di semplice attrazione fisica... E lei doveva esserne consapevole. Si vedeva chiaramente. Giocava con lui lanciandogli occhiate fuggevoli, incatenandolo con legami invisibili. Uberto mascherò le emozioni come meglio poteva per resistere a quel sottile assedio, e si riscoprì ancora una volta incapace di ragionare. «Non rispondi?», la incalzò con voce ferma, più che altro per scuotere se stesso.

Le parole risuonarono più dure del previsto e Moira si ritrasse. Allora lui agì ancora una volta d'istinto, la afferrò con dolcezza e avvicinò il proprio viso al suo. La sfiorò con le labbra e la baciò. La baciò più volte, mentre lo stupore di entrambi veniva sommerso da qualcosa di più grande.

"Tu non sai nulla di me", lo mettevano in guardia quegli occhi marini socchiusi di piacere. "Tu non sai chi sia io, né da dove provenga".

Ma lui ormai aveva raggiunto una certezza. Pur di continuare a stringerla a sé, avrebbe affrontato qualsiasi dubbio.

Restarono abbracciati sotto la chioma dell'olmo, e Uberto si rese conto che Moira non era così misteriosa come credeva. Non aveva mai provato simili emozioni per una donna, e tuttavia non era tranquillo. La parte razionale di sé, quella ereditata dal padre, non cessava di pungolarlo con mille quesiti e gli impediva di abbandonarsi all'innamoramento. Quella però non era l'unica ragione della sua inquietudine. Non riusciva a mettere da parte il rimorso di avere ucciso un uomo. Il volto del moro lo perseguitava nei sogni e a volte anche durante la veglia. "Mi hai ammazzato come un cane", gli dicevano quegli occhi neri come l'inferno.

Moira, nella dolcezza dell'abbraccio, placò i suoi turbamenti e gli rivelò la sua storia. Era figlia di un mercante genovese insediatosi ad Acri, in Palestina, per cercare fortuna nel commercio con la Georgia. I rapporti stretti con gli intermediari del Mar Nero si erano fatti così intensi che aveva addirittura preso in moglie una georgiana di nobili origini. Al ricordo della madre, la ragazza sospese il racconto e versò lacrime amare.

Moira aveva vissuto un'infanzia felice ad Acri, amata e protetta dai genitori, crescendo nel borgo genovese, tra la Fonda e la chiesa di San Saba. Ma gli eventi avevano preso una brutta piega. La regina georgiana Russunda aveva deciso di partecipare alla quinta crociata per liberare Damietta dagli Ayyubidi, la pressione mongola spingeva genti asiatiche verso est e infine i cristiani subivano gli attacchi della cavalleria di Jalal al-Dīn proveniente dal Khwārizm. Molte delle carovane dirette verso il Mar Nero si perdevano nel deserto siriaco e tra gli altopiani turchi, senza fare più ritorno ad Acri, e chi sopravviveva diffondeva la voce dell'incombere dei Selgiuchidi d'Anatolia.

Il padre di Moira aveva temuto per la propria famiglia, e, poiché in molti anni d'affari aveva accumulato una fortuna sufficiente per garantirsi una vita agiata anche altrove, si era imbarcato con moglie e figlia su una galea diretta in Liguria. Il viaggio si era svolto senza inconvenienti e gli scali a Creta, nel Peloponneso e a Messina avevano assicurato rifornimenti di acqua e di vettovaglie, nonché l'acquisto di pregiate merci di scambio. Poi era accaduto l'imprevedibile: presso le coste liguri una tempesta aveva sconvolto la superficie del mare.

Era come se il diavolo si fosse impossessato dei venti e delle acque, rendendoli furiosi come belve. Sballottata dalla procella, la galea aveva lottato con tenacia, poi si era ribaltata tra i flutti come un guscio d'uovo.

Quando Moira aveva riaperto gli occhi si era ritrovata sola, sulle rive di un Paese sconosciuto, la Linguadoca. Il mare l'aveva trascinata lì come un relitto. La sua famiglia le era stata rubata, spazzata via da ciò che appariva un incubo confuso e intangibile. Aveva chiamato a lungo il padre e la madre scrutando fra le onde del mare. Ma nulla. Erano scomparsi per sempre, e il dolore per la perdita era stato tale che le era parso di impazzire.

Guidata da un istinto di sopravvivenza che non immaginava di possedere, aveva vagabondato per giorni mendicando aiuto e ospitalità fino a trovare rifugio presso un tessitore di Fanjeaux, ma poco tempo dopo si era abbattuta su di lei un'altra sciagura. Un contingente di soldati aveva assaltato quel villaggio. Archontes, si facevano chiamare. L'avevano catturata assieme a molte altre persone, compresi i vecchi e i bambini.

Dapprincipio Moira aveva creduto che gli Archontes volessero venderli come schiavi, poi si era resa conto che le cose sarebbero andate diversamente. Furono condotti sui monti, per un sentiero selvaggio, fino a raggiungere una rocca tremenda: il castello di Airagne. Mai avrebbe pensato che potesse esistere un luogo tanto terribile. Mai si era immaginata tanta sofferenza, neppure quando ad Acri le giungevano voci sulle stragi commesse dai soldati mongoli e saraceni.

Ma dopo pochi giorni di prigionia era riuscita a fuggire, e si era diretta verso occidente. Desiderava raggiungere la Catalogna, dove vivevano alcuni parenti di suo padre.

Strada facendo aveva incontrato un gruppo di religiosi, si era fidata di loro e aveva raccontato le sue disavventure. Aveva parlato del naufragio, degli Archontes e del Conte di Nigredo, sperando che quegli uomini pii la comprendessero e l'aiutassero. Per tutta risposta, era stata condotta al cospetto di Blasco da Tortosa.

«Quel buon frate ti aiuterà», le avevano assicurato...

Uberto notò come lo sguardo di Moira si fosse indurito. «Cerca di rilassarti», le disse, riportandola alla realtà. «Ora non hai più niente da temere».

L'occhiata che gli rivolse non fu per nulla conciliante. «Invece avrò da temere finché non la smetterai di parlare di Airagne. Tu non immagini cosa succede in quel luogo. Sei ancora convinto di voler andare fin là?».

Come a ribadire il quesito, il cane nero, accucciato vicino a loro, drizzò le orecchie.

Uberto si alzò in piedi, guardandosi intorno con aria perplessa. Moira aveva mutato espressione e tono di voce così rapidamente da apparirgli di nuovo un'estranea. Temeva molto quel luogo e forse anche lui avrebbe dovuto condividere tale sentimento, ma non ci riuscì. Ormai, come Ignazio, era ansioso di giungere ad Airagne, anche se per motivazioni diverse, e più Moira gli ribadiva di tenersi lontano da quel castello, più smaniava di trovarlo. Era la sua missione, si disse, e intendeva onorare la parola data a Galib e a Corba de Lantar. Se davvero si riteneva un uomo di principio, doveva fare il possibile per portare a termine l'incarico che gli era stato dato. E doveva farlo ancor più per se stesso che per gli altri, se voleva conservare stima di sé. Con simili pensieri nella testa, soffermò l'attenzione sui due cavalli che brucavano poco distanti. Uno era l'elegante Jaloque, l'altro il roano appartenuto prima a Kafir e ora a Moira. Con due cavalcature avevano potuto viaggiare veloci, senza affaticare un'unica bestia.

Inconsciamente posò la mano destra sulla bisaccia, dov'era custodito il *Turba philosophorum*, e preso com'era dai pensieri non si avvide delle occhiate curiose lanciate da Moira. Quel libro l'avrebbe aiutato nella missione. Ma come? Cosa lo aspettava ad Airagne?

C'era un'unica cosa da fare.

«Dobbiamo assolutamente trovare mio padre», disse infine, rilassando l'espressione del viso.

24

«Ve lo ripeto, nessuno in questo cenobio porta il nome di Gilie de Grandselve», disse l'abate Guarin, scrutando accigliato il mercante di Toledo. «La vostra menzogna è palese».

Dopo l'irruzione degli arcieri di Fontfroide, Ignazio non aveva più avuto modo di spiegarsi. Era stato scortato con i suoi compagni nella sala capitolare che sorgeva presso i giardini, lontano da sguardi indiscreti. Tale disposizione era stata decisa dall'abate affinché non si creasse ulteriore scompiglio nella comunità monastica. La quiete del cenobio, aveva affermato, era sacrosanta. Non era ammissibile che entro un'abbazia si assistesse a scene di brutalità e ad accuse infondate.

Il mercante ascoltò le dure parole rivoltegli da Guarin senza tradire emozioni. Il suo sguardo vagava tra le ogive del soffitto, imperturbabile, mentre Willalme, la badessa e Juette attendevano vicino alle panche di pietra addossate ai muri, scrutando ora le guardie appostate all'ingresso, ora l'immagine autoritaria dell'abate di Fontfroide.

«Il portarius hospitum che mi ha accolto ieri sera in questa abbazia rispondeva al nome di Gilie de Grandselve», insistette il mercante, pacato. Avrebbe voluto essere sicuro di sé come sembrava. «Posso provare quanto affermo».

L'abate Guarin non si scompose. «Abbiate la bontà di spiegarvi».

«La vostra foresteria ospita un gruppo di cavalieri giunti stanotte. Dico bene?»

«Sì, sono stato informato della loro presenza. Si tratta di crociati diretti a Narbonne. Intendono imbarcarsi al più presto per Sidone».

Ignazio parve soddisfatto dalla risposta. «Ebbene, li ho visti giungere agli stallaggi. Sono stati accolti dallo stesso monaco di cui vi parlo: Gilie de Grandselve. Fate convocare uno di loro. Confermerà senz'altro la mia versione».

L'abate diresse un cenno a una delle guardie appostate davanti all'ingresso; questa annuì, prese congedo e uscì dalla sala.

Guarin tornò a fissare l'interlocutore, serioso. «Non abbiate a compiacervi di siffatti espedienti, monsieur. La vostra condizione resta precaria. Quel Willalme, vostro protetto, ha aggredito un monaco a causa di una fanciulla tacciata di stregoneria. Comprendete l'enormità del delitto?». Puntò l'indice verso gli accusati. «Come già ieri spiegai alla badessa di Santa Lucina, la stregoneria è un crimine di lesa maestà e un abominio contro la fede».

Willalme si parò davanti a Juette e fece per ribattere a tono, ma Ignazio lo bloccò con lo sguardo. "Fidati di me", dicevano i suoi occhi.

Le iridi del mozarabo tornarono a fronteggiare l'abate, scintillanti d'astuzia. «Comprendo le vostre ragioni, reverendo padre, ma non potete trattenerci in questo luogo per un semplice incidente, seppure increscioso».

«Avete per caso intenzione di sfidare la mia autorità?»

«Non oserei». Il mercante chinò il capo per nascondere l'orgoglio, non voleva misurarsi con l'interlocutore, ma saggiarne la tempra. E lo fece con una menzogna: «Lasciatemi spiegare, mi trovo qui per ordine del vescovo Folco di Tolosa. Indago in sua vece».

«Ammesso che diciate il vero, la cosa non migliora la vostra posizione. Anzi, l'aggrava». Guarin si lasciò sfuggire un risolino nervoso. «L'abbazia di Fontfroide appartiene alla diocesi di Narbonne, quindi non è soggetta ai capricci dei prelati di Tolosa. Per giunta, a quanto mi risulta, Folco non riesce a farsi valere neppure in casa propria. È stato cacciato dalla sua sede dai protettori degli eretici. Uno smacco vergognoso per l'autorità ecclesiastica».

Ignazio era certo di poter sfruttare la conversazione a proprio vantaggio, ma doveva trovare un argomento valido su cui insistere. E si ricordò delle spie di Folco infiltrate tra i conversi nell'abbazia di

Fontfroide, sicuramente all'insaputa di Guarin. Una simile informazione doveva avere un certo peso, ma per il momento si limitò a mettergli una pulce nell'orecchio: «Sebbene all'apparenza debole, il vescovo Folco esercita grande influenza in molte terre della Linguadoca, finanche in quest'abbazia. La sua ombra si estende sui vostri feudi».

Guarin si irrigidì. «Badate a quel che dite, monsieur. La vostra situazione potrebbe aggravarsi di molto».

«Non siete curioso di sapere come Folco riesca a controllarvi, reverendo padre?», lo stuzzicò Ignazio. «Egli si serve di spie. E io so dove si nascondono».

«Tradireste la fiducia del vostro signore?». L'espressione dell'abate assunse una smorfia curiosa. «Sareste veramente disposto a parlarne?».

"Scacco matto", pensò Ignazio. Forse Guarin sospettava già della presenza di spie tolosane presso la sua abbazia e magari ne aveva addirittura le prove, ma non sapeva come stanarle. Il mercante non doveva fare altro che compiacerlo, indicandogli ciò che stava cercando. «Data la mia posizione attuale, mi vedo costretto ad acconsentire», disse, fingendosi riluttante.

«Immagino che tali informazioni abbiano un prezzo. Cosa pretendete in cambio?»

«La libertà mia e dei miei compagni. E pure che cadano le accuse di stregoneria».

Prima che l'abate potesse pronunciarsi, risuonò dall'uscio la voce di un soldato: «Il cavaliere che avete fatto convocare è qui, reverendo padre».

«Fatelo entrare», ordinò Guarin, fregandosi le mani. Animato di nuova energia, si rivolse a Ignazio. «Ordunque avremo prova della vostra sincerità, monsieur. Vi tengo in pugno».

Il cavaliere entrò nella sala capitolare a testa alta. Aveva una lunga barba bionda che cadeva su una casacca di cuoio ricoperta da scaglie metalliche. Guardò di sfuggita i presenti e disegnò un inchino dinanzi all'abate. Rollant d'Auxerre era il suo nome.

Guarin accantonò le formalità e interrogò subito il cavaliere su quanto accaduto la notte precedente.

Rollant apparve spiaciuto di dover rinunciare a un cerimonioso ossequio. «Mi avete convocato per sapere chi ci abbia accolti stanotte all'abbazia? Tutto qui?»

«Per l'appunto».

Il cavaliere tentennò, poi rispose: «Un vecchio monaco piuttosto scorbutico. Grandselve... Gilie de Grandselve, mi pare si chiamasse. Non c'era nessun altro in giro al nostro arrivo, quindi ci siamo rivolti a lui».

L'abate annuì, indicando Ignazio con un gesto distratto. «Avete mai visto quest'uomo prima d'ora?»

«Mai, in vita mia», assicurò Rollant. «Quando vedo una faccia non la scordo più».

Guarin camminò meditabondo verso una finestra. «D'accordo, signor d'Auxerre. Potete andare».

«Ma come? Di già?», protestò il cavaliere.

Guarin l'apostrofò con fare sospettoso: «Ebbene, Rollant? Avete forse compiuto misfatti, atti di brigantaggio o altre scelleratezze da confessare?».

Il cavaliere indietreggiò. «Oddio, no. Per carità».

«Allora vi do la mia benedizione. Levatevi dai piedi».

Quando finalmente il d'Auxerre abbandonò la sala capitolare, lo sguardo dell'abate si posò di nuovo sul mercante. «Pare siate in buonafede, monsieur. Evidentemente lo sfuggente Gilie de Grandselve è una di quelle spie di cui mi accennavate: un agente di Tolosa che è riuscito a farsi passare per il portarius hospitum».

Ignazio confermò con un cenno del capo, per quanto non ne fosse convinto. L'identità di Gilie de Grandselve era l'ennesimo mistero che andava a infittire la vicenda. Si chiese se mai l'avrebbe incontrato ancora sul suo cammino, ma ora doveva completare l'opera di persuasione nei confronti dell'abate. Se voleva tornare libero, doveva dargli ciò che gli aveva promesso: gli uomini di Folco infiltrati nella sua abbazia. Guarin non poteva sapere che le spie cui alludeva Ignazio erano interessate al vicino béguinage di Santa Lucina, e non al cenobio di Fontfroide. Sarebbero quindi state sufficienti a soddisfare i suoi sospetti.

La voce dell'abate interruppe i suoi pensieri: «Dove si trovano queste spie?».

Il mercante indicò Juette: «E l'accusa di stregoneria?».

L'abate alzò le spalle. «Non esistono verbali in merito, ergo non sussiste».

«Siamo dunque tutti liberi d'andare?»

«Nessuno vi tratterrà».

Ignazio scambiò un'occhiata complice con Willalme. «Molto bene».

«Parlatemi ora delle spie di Folco», insistette Guarin.

«Ebbene, reverendo padre», disse il mercante con fare confidenziale, «di recente avete accolto nel vostro cenobio qualche nuovo converso?»

«Sì, alcuni».

«Cercate le spie fra di loro». Gli occhi di Ignazio si strinsero insinuanti. «Fra i conversi...».

Dopo aver congedato la compagnia di Ignazio, Guarin mandò a chiamare padre Frenerius de Gignac, che era stato accusato e aggredito da Willalme. Il religioso non fece attendere l'abate, attraversò i corridoi abbaziali con passetti rapidi, il petto in tumulto, mentre preparava il discorso da pronunciare al cospetto del suo superiore. In fin dei conti era lui, Frenerius, la vittima di tutta quella faccenda.

Di certo i colpevoli avevano già ricevuto il giusto castigo, pensò. Sarebbero stati senz'altro consegnati al braccio secolare, come si conveniva in quei casi. D'altro canto non era ammissibile che un monaco cistercense e l'abbazia stessa si prostrassero davanti alle sottane di un'orfanella! Sarebbe stato come se un feudatario avesse acconsentito di umiliarsi dinanzi a un servo della gleba.

Padre Frenerius gonfiò di fierezza il suo cuore superbo, alzò il mento e proseguì deciso... O almeno si illuse di farlo. Quando entrò nella sala capitolare, appariva ancora segnato dallo spavento provato un'ora prima, quando la scimitarra di Willalme gli aveva sfiorato la gola.

Guarin lo attendeva immobile in mezzo alla sala e non appena lo vide il suo sguardo lo colpì come una freccia.

Frenerius fu scosso da un tremito. Il silenzio dell'abate gli pesava addosso come il giogo di un bove. Si rese conto di non poter mantenere la posizione eretta, quindi si gettò ai suoi piedi.

Guarin si ritrasse con disgusto e anziché apostrofarlo giunse le mani sulla cintura della tonaca. I suoi pugni erano talmente stretti da imbiancare le nocche.

«È dunque vero?», gli chiese infine.

Frenerius mantenne lo sguardo basso. «Padre reverendissimo... io... quella donna...».

«Alzati in piedi, figliolo. Dillo guardandomi in faccia».

Il monaco obbedì, ma quel gesto gli costò un'immensa fatica. «È stata lei...».

Prima che potesse concludere la frase, l'abate lo colpì con uno schiaffo.

Frenerius cadde quasi a terra. Si portò la mano al volto, gli occhi sbarrati. «Ma padre...».

«Basta con le menzogne!», sentenziò Guarin. Benché conservasse un'apparenza di venerabilità, le sue pupille si erano ristrette per la rabbia fino a diventare due puntini di spillo. «Confessa il tuo peccato! Hai usato violenza a quella ragazza?».

Il monaco strinse il capo fra le mani e iniziò a singhiozzare come un bambino.

Se c'era una cosa che l'abate di Fons Frigidus non tollerava, era il pianto di un uomo malvagio.

Il carro del mercante si allontanò ballonzolando da Fontfroide.

Ignazio conduceva alla serpa e nonostante l'accaduto appariva sereno, quasi soddisfatto. La badessa, che gli sedeva accanto insieme a Juette, lo osservava perplessa, senza capire se doveva temere quell'uomo o provare riconoscenza. Le parole che gli erano uscite dalla bocca nella sala capitolare erano false o veritiere?

Willalme seguiva il carro a cavallo, impensierito. Dopo un silenzioso esame di coscienza, mugugnò in direzione del mercante: «Non intendevo metterti in pericolo con il mio gesto, tanto meno le donne».

Ignazio si limitò a rispondere con un'alzata di spalle.

Il francese aggrottò la fronte. «Dovevi restarne fuori, lasciarmelo uccidere».

«Sfogando la tua rabbia avresti semplicemente anticipato l'inevitabile, pagando per di più un caro prezzo». Il mercante gli strizzò un occhio. «Se può consolarti, Frenerius de Gignac avrà quel che si merita: è affetto da morbo gallico. Patirà per molto tempo prima di spirare. L'inferno può attenderlo ancora un po', non credi?»

«E tu come fai a conoscere il suo stato di salute?».

Fu la badessa a rispondere: «Quel monaco ha contratto il morbo a causa dei suoi vizi. Noi beghine conosciamo l'entità della sua corruzione. Frenerius si vergogna di farsi curare dai suoi confratelli e si rivolge da tempo al béguinage per procacciarsi medicamenti in grado di alleviare le sue sofferenze. Durante l'ultima visita, come ormai avrete intuito, ha aggredito la nostra povera Juette».

A quelle parole, la ragazza si strinse nel suo abito bigio.

«Credo che quel Frenerius non si farà più vivo», disse il mercante.

Willalme chinò il capo. «Vogliate perdonare la mia irruenza, reverenda madre. Ho rischiato di peggiorare la vostra situazione».

«In ogni caso non tutto il male vien per nuocere», l'interruppe Ignazio. «La nostra "chiacchierata" con l'abate ci è stata utile per diversi motivi».

Il francese rialzò lo sguardo in direzione del compagno. «Spiegati».

«Ho smascherato Gilie de Grandselve, il portarius hospitum che stanotte mi ha ospitato all'abbazia. Non conosco la sua identità, ma probabilmente è una spia incaricata da qualcuno di controllarci. Forse dallo stesso Conte di Nigredo». Il mercante aggrottò la fronte. «Tuttavia non è stato lui a tentare di uccidermi prima dell'alba...».

«Hanno tentato di ucciderti? Ma chi... Come...».

«Filippo di Lusignano non è l'uomo che credevamo», si limitò a rispondere Ignazio. «Ti racconterò più tardi, amico mio, in privato. Ora lasciami concludere il discorso. Fomentando i sospetti dell'abate Guarin, ho reso un servigio alla comunità di Santa Lucina».

«L'ho intuito», ammise la badessa, «seppure non abbia compreso del tutto».

Ignazio lasciò trapelare dalla sua impassibilità un sorriso sincero. In fin dei conti quella beghina gli era simpatica. «Sappiate, madre, che quanto ho riferito all'abate è vero solo per metà. Il vescovo Folco ha realmente infiltrato alcune spie tra i conversi di Fontfroide, ma con l'intenzione di indagare sul béguinage di Santa Lucina, non su Guarin». Le puntò l'indice contro, senza minaccia. «Folco sospetta, a giusta ragione, che voi consorelle possediate informazioni su Airagne, perciò vi tiene sotto controllo».

La donna sbiancò.

«Per fortuna», proseguì il mercante, «le spie di Folco non hanno ancora scoperto nulla di concreto. Ignorano il nesso tra Airagne e l'alchimia. Per di più, ora ci penserà l'abate Guarin a stanarle, credendosi lui l'indagato. Le rispedirà al mittente».

«Mi sfugge una cosa». La badessa non dava l'impressione di volersi rasserenare. «Se siete al corrente di tutte queste cose, significa che anche voi siete al servizio del vescovo Folco. Perché l'avete tradito?»

«Io non sono al servizio di Folco ma del sovrano di Castiglia», chiarì Ignazio. «In questa vicenda, il vescovo di Tolosa è un semplice intermediario e i suoi interessi non mi riguardano. Inoltre disapprovo i suoi metodi». Abbozzò un ghigno compiaciuto. «Sabotare quel fanatico, oltre a essersi rivelata una necessità del momento, è stato un piacere».

«Per un attimo ho creduto che fossero interessi personali ad avervi spinto in questa vicenda», ribatté la donna.

«In un certo senso avete ragione: non sono solito agire per conto di terzi senza ottenere il mio interesse. E non farò sconti neppure a re Ferdinando».

«Cosa intendete?»

«Intendo che eseguirò l'incarico a mio modo, soddisfacendo la mia curiosità».

«Si può sapere cosa vi incuriosisce tanto?»

«L'alchimia», rispose Ignazio. Le espressioni interrogative dei presenti erano un chiaro invito a spiegarsi meglio. «Secondo un'opinione diffusa esistono metodi grazie ai quali si può ricavare l'oro dai metalli "vili", come sostiene Teophilus Presbyter fra le pagine del suo *De diversis artibus*».

Willalme spalancò gli occhi, incredulo.

Il mercante continuò: «Tuttavia qualsiasi procedimento noto dà origine a volgari imitazioni dell'oro, trattandosi più che altro di derivati dell'ottone. Come afferma Avicenna, i metalli sembrano non potersi trasmutare». Sospirò, quasi dispiaciuto. «Ma l'oro di Airagne è diverso. Può ingannare un occhio esperto ed è necessario sottoporlo all'acido per smascherarlo. Evidentemente il Conte di Nigredo adotta un metodo perfezionato, forse di scuola orientale. Vorrei scoprirlo».

La badessa assunse un'aria di rimprovero. «Per quale motivo? Volete fabbricare oro alchemico anche voi?»

«A me non interessano le cose in sé, reverenda madre, ma capire il modo in cui esse avvengono». Ignazio le rivolse un'occhiata d'intesa. «E voi mi aiuterete, in cambio del servigio che vi ho reso».

«Lo farò, non dubitate. Quando avremo fatto ritorno al béguinage, vi farò parlare con un uomo sfuggito da Airagne. Ma vi avverto, la vostra vita non sarà più la stessa, poiché capirete quali siano gli orrori della croce nascosti dalle tre *fatae*».

25

La badessa fu di parola. Giunti che furono al béguinage di Santa Lucina, invitò Ignazio a seguirla dentro la vecchia pieve. Intendeva mostrargli qualcosa nei sotterranei dell'edificio: il segreto custodito in quel luogo.

Il mercante acconsentì di buon grado. Non era ancora il vespro, ma il cielo, già incupito, si adagiava sui monti come una tenda di velluto.

Willalme smontò da sella e si portò al fianco di Ignazio, che stava già dirigendosi verso il portale della chiesa. Gli tornò alla memoria il rumore misterioso udito la notte precedente. L'aveva sentito salire dal basso, legnoso e insistente. Cosa si nascondeva là sotto?

La badessa scrutò il francese e lo fermò con un cenno di diniego. «Voi no», gli disse perentoria. «Attenderete qui fuori».

Willalme, sebbene contrariato, non replicò. Aveva già causato abbastanza problemi a quella donna. Tornò sui propri passi e aiutò Juette a scendere dal carro, ma quando le fu di fronte si sentì goffo. Non trovava le parole adatte per entrare in quel pozzo di silenzio, tanto più profondo del suo. «Nessuno mi deve toccare!», gli aveva gridato poche ore prima. Forse, si disse il francese, con il suo atteggiamento la stava offendendo. Invece la ragazza gli afferrò le mani. Lui abbozzò un sorriso e la aiutò a spiccare un salto a terra, poi si ritrasse.

Nel frattempo la badessa guidò il mercante all'interno della pieve. Willalme li vide sparire sotto l'arcata del portale e li immaginò proseguire in direzione dell'abside, immersi in un silenzio di antiche preghiere.

Ignazio seguì la badessa attraverso la navata della pieve, ben misera cosa rispetto a quella di Fontfroide, e quando giunsero vicino al coro notò che sulla parete di mattoni, alla luce dei ceri, si stagliava un usciolo a malapena visibile.

La donna chinò il capo e fece per entrare, ma prima gli rivolse la parola: «Desidero precisare che non vi sto aiutando per il favore reso».

Ignazio la interrogò con lo sguardo e la badessa lo fissò dritto in faccia, come volesse leggergli dentro. «Vi aiuto perché sotto il mantello di cinismo che indossate scorgo il viso di un uomo buono. Qualunque sia la ragione che vi spinge, spero che al momento opportuno facciate la scelta giusta».

Il mercante alzò le spalle e si avviluppò nella cappa, in quel luogo l'aria era particolarmente fredda e umida. «Temo di non capire, madre».

«Quando avrete visto cosa si nasconde quaggiù, capirete».

L'usciolo dava accesso a una scala dai gradini angolosi.

Iniziarono la discesa. Per evitare di inciampare, fu necessario tenere le mani appoggiate alle pareti.

Incuriosito da strani rumori che salivano dal fondo, il mercante rivolse un'occhiata diffidente alla donna. Lei lo ignorò, continuando a precederlo silenziosa.

Giunti sul fondo, una porta si aprì e Ignazio sbarrò gli occhi, incredulo.

La discesa terminava in uno stanzone saturo di aria stantia e illuminato da poche candele. Forse si trattava di un'antica cripta, ma ogni cosa passava in secondo piano rispetto al rumore che rimbombava fra quelle pareti.

Prima di capire cosa provocasse il frastuono, Ignazio riconobbe una ventina di uomini curvi su strani ripiani di legno. Sembravano amanuensi seduti in uno *scriptorium*, ma il loro aspetto era grottesco. Erano tutti pelle e ossa, simili ai dannati dipinti negli affreschi infernali. Ripetevano di continuo gesti frenetici e tremanti.

Il mercante evitò di lasciarsi suggestionare. Dovette quasi gridare perché il baccano non coprisse la sua voce: «Sono questi i fuggiaschi di Airagne?»

«Solo una minima parte», spiegò la badessa, anche lei ad alta voce. «Si tratta dei sopravvissuti».

«Intendete che molti di loro sono...».

«Morti». L'accento della donna tradì amarezza, ma anche una certa rabbia. «A causa di un morbo sconosciuto contratto durante la prigionia ad Airagne».

«Lasciatemi indovinare: alito dolciastro, isteria, paralisi degli arti e una colorazione anomala delle gengive».

«Sì, avete elencato i sintomi principali». La badessa lo fissò di sottecchi. «Come fate a saperlo?»

«Saturnismo», si limitò a rispondere l'uomo. D'un tratto aveva perso la voglia di parlare. Il suo stato d'animo era al di là di ogni emozione esprimibile. Ribrezzo, pietà e stupore formavano un groviglio senza forma. Intanto continuava a scrutare nella penombra, cercando di indovinare a cosa lavorassero quei derelitti con tanta dedizione, o pazzia, e come facessero a produrre un simile baccano. «Si può sapere che stanno facendo?»

«Tessono».

Il mercante le rivolse un'occhiata incredula.

La donna si spiegò: «Li teniamo occupati. Le loro menti sono annebbiate dalla malattia che così bene avete descritto. Se venissero lasciati inattivi, manifesterebbero reazioni violente simili al comportamento degli ossessi».

«Dunque, facendoli lavorare, li mantenete tranquilli».

La badessa annuì. «Molti di questi uomini, prima di cadere nelle grinfie degli Archontes, svolgevano mestieri di artigianato, così abbiamo pensato di impiegare questa manualità in qualcosa che fosse loro congeniale. La tessitura meccanica».

Ignazio cercò la conferma visiva di quanto gli era stato detto. Era vero. La maggior parte dei reclusi armeggiava con telai meccanici. Ecco la fonte di tutto quel rumore.

Gli ordigni erano dotati di una coppia di subbi, e sul cilindro superiore scorrevano i fili dell'ordito e dall'inferiore usciva il tessuto ultimato. I fili di lana passavano attraverso aste di legno munite di occhielli che, azionate da appositi pedali, sollevavano l'ordito per consentire il passaggio della spola. A ogni movimento corrispondevano botte, scatti e cigolii.

Ignazio aveva già sentito parlare della tessitura meccanica, che gli apparve funzionale ma rumorosa al punto da risultare insopportabile. Sapeva inoltre che quell'arte veniva additata dal clero come attività vergognosa, a causa del rumore dei telai e dei luoghi sotterranei in cui veniva praticata. Ma il vero motivo della condanna era un altro. Quegli ambienti oscuri davano spesso rifugio ai catari.

Quando ritenne d'aver visto abbastanza, il mercante si rivolse di nuovo alla badessa: «Perché tenete questi uomini al buio?»

«Dopo aver trascorso molto tempo nelle tenebre di Airagne, i loro occhi non sopportano più la luce intensa del giorno. E poi non possiamo permetterci di lasciarli girare all'aperto. Qualcuno, prima o poi, noterebbe i loro comportamenti anomali».

Ignazio rammentò come Sébastien, l'ossesso di Prouille, rifuggisse la luce, e fu pervaso da una gran pena. «Devono aver vissuto un'esperienza orribile».

«Disumana. Questa è la parola giusta». La beghina lo scrutò per indovinare i suoi sentimenti, ma si trovò di fronte a uno scudo impenetrabile. «Non perdiamo tempo», sospirò. «Desideravate parlare con uno di loro, e credo non abbiate cambiato idea nel frattempo».

«Infatti».

«Aspettate qui», gli raccomandò, incamminandosi verso il centro della sala.

Ignazio la perse di vista per un istante, poi la individuò in un angolo, intenta a confabulare con qualcuno nascosto nell'ombra.

L'attesa fu breve. La badessa ritornò in compagnia di un uomo alto e nerboruto. Non aveva l'aria abulica della maggior parte dei reclusi, incedeva ritto, senza difetti di portamento, ma quando il mercante poté osservarlo da vicino si accorse che recava una terribile deformità. Indietreggiò d'istinto, abbozzando un saluto.

L'uomo lo squadrò senza troppe cerimonie, incurante di suscitare ribrezzo. Il lato sinistro del suo viso presentava un'ustione orribile. La pelle sembrava essersi sciolta e rimodellata come cera fusa. Anche il braccio sinistro, che spuntava dall'abito smanicato, era ridotto nelle stesse condizioni. «Salute, straniero. Mi chiamo Droün», esclamò. «La reverenda madre dice che volete parlare con me».

Ignazio annuì. «Sto cercando informazioni su Airagne».

«A quale scopo?»

«Voglio recarmi in quel luogo».

L'uomo strabuzzò l'occhio buono. «Voi siete pazzo».

«Può darsi, ma non vi riguarda. Sapreste condurmi fin là?»

«Piuttosto mi ucciderei». Droün si portò le mani al petto, quasi volesse offrirsi in sacrificio. «Sottoponetemi a tortura, se volete, ma la mia risposta resterà sempre la stessa».

«Perché Airagne vi spaventa tanto?»

«Perché rappresenta il *draco*, la dimora degli Arconti descritta nel libro di *Pistis Sophia*». L'uomo sembrava sicuro di quel che diceva. Evidentemente le sue conoscenze derivavano dalla frequentazione degli ambienti ereticali, e infatti citò a memoria: «Come disse Gesù a Maria, quando il sole tramonta e sprofonda sottoterra, il soffio del draco vela la luce e l'alito delle tenebre ricopre la terra assumendo l'aspetto di fumo notturno».

«Rispetto la vostra paura, non vi chiederò di accompagnarmi. Ma potreste indicarmi il tragitto da seguire».

Droün tacque a lungo, incerto su cosa rispondere. Il suo sguardo si posò a più riprese sulla badessa, poi superò l'indugio. «Se lo desiderate...».

«Molto bene. Ve la sentite di descrivere Airagne? Cosa avviene al suo interno?».

Droün sbuffò con nervosismo. «Non ne so molto, come tutti i qui presenti del resto, e c'è una ragione: quando i prigionieri giungono al castello di Airagne vengono divisi in gruppi e indirizzati in punti separati. Gran parte della manodopera è destinata alle cave sotterranee».

«E gli altri?»

«I restanti vengono distribuiti in ambienti di fusione e di sublimazione. Nessuno dei prigionieri sa a cosa serva l'intera struttura. Si lavora e basta, senza porre domande. Chi si ferma, viene ucciso dai guardiani. Molti, del resto, si sottomettono senza discutere. Quel luogo è talmente orribile che pensano di essere precipitati all'inferno».

Ignazio si avvicinò all'interlocutore, ormai insensibile al suo aspetto deforme. La curiosità dominava. «Voi a cosa eravate addetto? Quali mansioni svolgevate?».

Droün si grattò il lato destro della faccia. «Lavoravo insieme ad altri nel sottosuolo, dove un vapore sconosciuto veniva incanalato dentro un calderone di metallo. Non chiedetemene il significato, poiché non saprei rispondervi».

«Quel che avete descritto basta e avanza. Ma ditemi, come siete riuscito a fuggire?»

«La sorveglianza è rigida, eppure io sono rimasto prigioniero soltanto per pochi mesi. È stato possibile grazie a queste». Droün indicò con fierezza le ustioni al viso e al braccio sinistro. «Mentre lavoravo sono stato investito da una fuoriuscita di vapore bollente e sono svenuto. Le guardie devono avermi creduto spacciato e si sono sbarazzate di me. Cose del genere capitano di frequente ad Airagne... Quando ho ripreso conoscenza mi trovavo sulle sponde del fossato esterno del castello, dove si gettano le acque di scarico. Per fortuna le ferite non erano mortali, e sono fuggito».

«Acque di scarico?»

«Sì. Nel sottosuolo di Airagne abbondano due cose: cristalli di galena e sorgenti d'acqua. L'acqua viene usata per raffreddare i metalli e per altri processi, poi viene scaricata fuori, nel fossato».

Ignazio esaminò con attenzione l'interlocutore. «Pochi mesi di permanenza, avete detto... Ecco perché ragionate ancora lucidamente. Non avete contratto il male di Saturno. Vi siete sottratto in tempo all'avvelenamento del piombo».

«Non comprendo le vostre parole, straniero, ma è vero. Sono uno dei pochi, qui dentro, ad aver conservato l'uso della ragione».

«Bene». Il mercante parve soddisfatto. «Quindi non avrete difficoltà a indicarmi il cammino giusto da seguire».
«Voi siete pazzo», biascicò Droün. Tuttavia, anche se sconcertato, soddisfece la richiesta del suo interlocutore.

Poco distante dal béguinage di Santa Lucina, Filippo di Lusignano entrò in un villaggio rurale senza nome, percorse al trotto la strada polverosa e frenò il cavallo davanti a una taverna dall'aspetto non proprio rispettabile. Dopo essere smontato da sella, si aggiustò la tonaca e coprì il volto con il cappuccio, poi entrò nel locale.
Non fece in tempo a richiudere il battente che una donna gli finì tra le braccia, premendogli addosso il petto e la faccia. Era vecchia e scarmigliata, il suo alito puzzava di vino e di qualcos'altro di ributtante. Senza degnarla di uno sguardo, le artigliò i capelli con una mano e la allontanò da sé, facendola cadere a terra.
«Ehi, forestiero, lascia stare quella baldracca!», sghignazzò qualcuno annidato nella penombra.
Filippo non rispose. Attraversò l'ambiente con alterigia, sfilando tra afrori indefiniti e sguardi avvinazzati. Si fermò davanti a un tavolo di armigeri intenti a bere e a giocare a dadi.
«Siete mercenari?», domandò con aria altera.
Uno fra quelli alzò le iridi torbide dal bicchiere. «Vattene, prete», ringhiò. «Torna al monastero da dove provieni».
«Non sono un prete», rispose il Lusignano, «ma anche se lo fossi non prenderei ordini da un bestione ubriaco».
A tali parole lo sgherro emise una bestemmia irripetibile e portò la mano alla cintura, dove spuntava l'impugnatura di un coltellaccio. Filippo, più svelto di lui, sguainò da sotto l'abito un pugnale e lo conficcò sul tavolo, davanti al suo viso.
Il soudadier restò inchiodato al proprio posto, basito. I suoi commensali invece scattarono in piedi, come se i loro sgabelli fossero diventati improvvisamente roventi. Il rossore dell'ubriachezza svanì dalle loro facce.
«Si può sapere chi è costui?», sbottò uno di loro.

Il forestiero rinfoderò il pugnale e abbassò il cappuccio. Sul volto era scolpito un ghigno feroce. «Mi chiamo Filippo di Lusignano», disse.

Dato che nessuno tra quelli si azzardava a fiatare, seguitò: «Cerco mercenari disposti a seguirmi. Siete disponibili?».

I presenti si consultarono con un fugace gioco di sguardi.

Prese la parola il più anziano del gruppo: «Al momento siamo disoccupati. Pensavamo di accodarci a qualche esercito nei paraggi. Di questi tempi c'è solo l'imbarazzo della scelta. Ma se pagate bene, potremmo accordarci».

«Il denaro non è un problema». Il Lusignano fece cenno agli interlocutori di tornare a sedersi. Lui stesso si stravaccò su uno sgabello e iniziò a esaminare le fiasche di vino distribuite sul tavolo. «In quanti siete?». Si riempì un bicchiere e lo portò alla bocca con fare schizzinoso.

«Un pugno di cavalieri e una quarantina di fanti».

«Può bastare», continuò l'uomo, annusando con disgusto il contenuto del bicchiere.

«Quale missione intendete affidarci?».

Filippo bevve un sorso e deglutì a fatica, poi si fece serio. «Devo riprendermi qualcosa di molto prezioso. Qualcosa che mi è stato sottratto». Si concesse un sorriso malvagio. «Prima però devo sistemare una questione personale con un mozarabo, un certo Ignazio da Toledo».

«Uccidere, predare, menar battaglia... Per noi non fa differenza, signore. Sappiate però che i nostri servigi vi costeranno».

«Mi sembra d'aver chiarito che il denaro non rappresenta un problema. Vi pagherò in scudi d'oro», sottolineò Filippo. Intanto pensava: "Ben misera cosa è il vostro compenso rispetto al sacrificio che vi chiederò di offrire in cambio!".

26

Nel rifugio sottostante la pieve di Santa Lucina gli occhi di Ignazio, così come il suo stato d'animo, si erano completamente assuefatti all'ambiente. Il deforme Droün l'aveva messo al corrente sull'itinerario da seguire per raggiungere Airagne e, con frasi dirette, quasi brutali, gli aveva parlato di un cammino impervio fra i monti selvaggi delle Cévennes. Quelle zone erano note per l'inospitalità dei loro abitanti, pastori rudi e sprezzanti, discendenti dei popoli gallici e custodi di leggende tramandate da una memoria senza nome. Sebbene si dichiarassero cristiani, professavano ancora i culti pagani dei loro avi.

Il resoconto di Droün, anziché intimorire l'interlocutore, ne aveva stuzzicato la curiosità. Ormai Ignazio era convinto che l'oscurità di Airagne nascondesse i segreti dell'alchimia orientale: la filosofia dei metalli che l'Occidente cristiano aveva conosciuto soltanto in parte e in modo imperfetto. L'impiego di calderoni, di piombo e di vapori particolari doveva sottostare a un metodo preciso, a una scuola di cui si ignorava l'origine e il nome. Per di più non doveva trattarsi di una scienza teorica, ma empirica. E ciò rappresentava per il mercante un'attrattiva irresistibile. Fu così che, non appena fu uscito all'aria aperta, manifestò l'intenzione di voler riprendere il viaggio.

Ma ormai imbruniva e la badessa gli consigliò di attendere fino al mattino seguente. Offrì a lui e a Willalme un alloggio all'interno del béguinage, cosicché potessero trascorrere la notte sotto un tetto.

Il mercante guardò verso occidente, dove il tramonto iniziava a sciogliersi nella risacca delle ombre, e accettò l'invito con un sorriso amabile.

PARTE QUARTA
SPIRALI DI TENEBRA

Calò una tenebra spaventosa e al contempo odiosa che si diffuse a spirali come un serpente. Poi la tenebra si trasformò in qualcosa di umido e di turbolento oltre ogni dire, che emetteva fumo come da fuoco e produceva un suono lamentoso, inspiegabile. Infine uscì da essa un grido inarticolato, paragonabile a una voce di fuoco.

Corpus hermeticum I, 4

27

I due compagni partirono dal béguinage di Santa Lucina alle prime luci dell'alba. Salutarono le consorelle e si allontanarono verso oriente. Juette restò per lungo tempo alla finestra con gli occhi puntati sul loro carro, sempre più piccolo.

Willalme conduceva alla serpa mentre Ignazio rimuginava sull'accaduto. Nelle ultime ore erano cambiate molte cose. Il tradimento di Filippo aveva sbilanciato una situazione già di per sé incerta, ma il mercante non lo valutava con timore, bensì in modo oggettivo, quasi con distacco. La reazione del Lusignano rappresentava ai suoi occhi una variabile del gioco e anche un'opportunità che gli avrebbe permesso di agire finalmente libero, senza dover rendere conto a nessuno.

Quella notte aveva sognato Uberto, una visione nitida, quasi reale. Ma non essendo avvezzo ad attribuire ai sogni significati premonitori, gli parve una cosa naturale. La sera precedente, prima di prendere sonno, si era soffermato a pensare a suo figlio, per valutare se fosse conveniente tornare indietro a cercarlo o lasciarlo invece procedere per la sua strada. Il problema era che non immaginava dove si trovasse in quel momento, i feudi e gli itinerari circostanti erano troppo estesi per potersi illudere di rintracciarlo. L'unica soluzione era lasciargli indicazioni lungo la via, nella speranza che lo stesse seguendo. Proprio a tale scopo, prima di partire dal béguinage, Ignazio aveva affidato alla badessa un messaggio per lui, nel caso fosse giunto fin là. Aveva scritto poche righe, sufficienti per metterlo in guardia: "Troppo rischioso proseguire. Attendi qui il mio ritorno".

Il tragitto serpeggiava verso nord-est, in direzione delle Cévennes, e a un certo punto uscì dal bosco per attraversare un pascolo tagliato da un muretto di pietre sconnesse.

All'improvviso Willalme strattonò le redini, facendo arrestare bruscamente il carro. Ignazio, che aveva rischiato di finire sbalzato in avanti, si guardò intorno allarmato.

Un gruppo di armati bloccava il sentiero.

Il francese indicò al compagno un secondo drappello sbucato dalla macchia alle loro spalle. Stava serrando i ranghi per impedire la via del ritorno.

«Ce l'hanno con noi», esclamò Willalme.

Il mercante increspò la fronte e scrutò la soldataglia. Mercenari, senz'ombra di dubbio. L'istinto gli suggeriva che non avessero nulla a che fare con gli Archontes, ma evitò di trarre conclusioni affrettate.

La schiera di fanti si aprì, facendo passare un uomo in sella a un cavallo bianco. Portava la tonaca, ma il suo atteggiamento non aveva nulla di monacale. Willalme digrignò i denti. «Filippo di Lusignano!».

L'uomo abbassò il cappuccio rivelando i segni di ustione impressi sul volto. Al suo collo pendeva il ciondolo a forma di ragno.

Il mercante dominò la tensione. «Messer Filippo», esordì, «noto che l'aqua fortis ha giovato alla vostra espressione».

«Nulla di grave, mastro Ignazio. Una piccola escoriazione». Il Lusignano gli scoccò un'occhiata minacciosa. «Quando avrò finito con voi sarete ridotto molto peggio, siatene certo».

Il mercante si adombrò, i soldati stavano circondando il carro e in assenza di vie di fuga non gli restava che affidarsi all'improvvisazione. «Questa marmaglia non vi sarà sufficiente a prendere Airagne. Perché è là che siete diretto, non è forse vero?»

«Avete ragione, come al solito», rispose Filippo.

«State agendo per padre Gonzalez?»

«Continuate a sorprendermi». Il Lusignano aprì le braccia, quasi divertito. «Anche in una situazione del genere non riuscite a frenare la curiosità. Ma stavolta vi sbagliate. Sono stato io a convincere il Gonzalez a imbarcarsi in questa faccenda, non il contrario. Appena ho saputo del rapimento della regina Bianca, gli ho suggerito di avviare un'indagine sull'accaduto. Il Gonzalez ha intravisto nel mio piano l'occasione di espandere la sua influenza oltre i Pirenei e ha accettato. È stato facile, in seguito, ottenere il beneplacito di Ferdinando III».

«Altro che missione di soccorso! Questo è un impiccio diplomatico. Persino il vescovo Folco deve essersi insospettito. E scommetto che dell'incolumità di Bianca di Castiglia non vi importa nulla, né a voi né al Gonzalez».

«Non siate ipocrita», gli rinfacciò Filippo. «A voi la salute di Bianca importa ancor meno. Se avete scelto di intraprendere questo viaggio è stato per saziare la vostra eretica sete di conoscenza».

Il mercante lo sfidò con lo sguardo. «Le vostre motivazioni, invece?»

«Reclamare ciò che in principio era mio. Airagne».

«Intendete che...». Ignazio si interruppe, ritornando più volte sui propri pensieri. «Voi siete il Conte di Nigredo?»

«Sì». Filippo disegnò un sorriso gelido. «Anzi, *lo fui*. Qualcun altro si è impadronito di Airagne mentre risiedevo in Castiglia, ha usurpato il titolo di Conte di Nigredo e, come ho scoperto da poco, ha assunto il controllo degli Archontes».

«Quindi avete inscenato la missione in Linguadoca perché vi serviva un pretesto per correre fin qui. Nutrite sospetti su chi vi abbia spodestato?»

«Ne so quanto voi al riguardo. Ignoro l'identità dell'attuale Conte di Nigredo e il motivo che l'abbia spinto a rapire Bianca. Ma chiunque egli sia, presto assaggerà il taglio della mia spada».

«E tuttavia conoscete il mistero di Airagne». Ignazio non intravedeva vie d'uscita, se non quella di guadagnare tempo prolungando il discorso. Confidò sull'egocentrismo dell'interlocutore. «Ormai mi avete in pugno, potete rivelarmelo. Cosa nasconde quel luogo?».

Il cavallo bianco nitrì. Filippo scrutò verso ponente, come attendesse un segnale. Una sottile impazienza gli trapelava dal volto. Poi riprese a fissare il mercante e annuì. «Scoprii Airagne molto tempo fa, mentre attraversavo i sentieri deserti delle Cévennes. All'epoca ero un cavaliere errante, discendente da un ramo cadetto della nobile stirpe del Poitou. Per caso trovai quel luogo, abbandonato da secoli, forse un rifugio dei popoli galli, una catacomba o un tempio dedicato ai loro culti. In ogni modo era molto spazioso e ben difendibile, perciò decisi di farne il mio nascondiglio. Là, servendomi dell'alchimia, iniziai a produrre oro e vi radunai l'armata degli Archontes. Fu il primo passo verso ambizioni più grandi».

«I segreti dell'alchimia sono inaccessibili persino ai dotti. Come ne veniste a conoscenza voi, semplice cavaliere?»

«Fui erudito da una cerchia di sapienti provenienti da Chartres che incontrai durante i miei viaggi. Mi spiegarono che, secondo certe dottrine fondate sul platonismo e sull'alchimia, era possibile ricavare l'oro dal piombo».

«Filosofi chartriani...», mormorò Ignazio.

«Il loro sapere differiva da quello dei comuni filosofi, si basava sull'empirismo. Ma essi non disponevano dei mezzi per metterlo in pratica, perciò offrii una sede adeguata: il rifugio che avevo scoperto tra i monti. In cambio chiesi di ottenere l'oro filosofale. Essi accettarono e sfruttarono la conformazione di quel luogo e i suoi giacimenti di galena, trasformandolo in un'enorme officina sotterranea. Così nacque Airagne».

«Che fine ha fatto questa cerchia di sapienti?»

«Una volta acquisiti i loro segreti, me ne sbarazzai». Filippo fece un cenno infastidito. «Non accettavano i miei metodi per ricavare l'oro alchemico. Li giudicavano brutali».

«In altre parole», disse Ignazio con tono accusatorio, «si opposero al vostro intento di mettere in schiavitù degli esseri umani».

Filippo abbozzò una smorfia di disgusto. «Esseri umani? Proposi di utilizzare eretici! Nessun cattolico mi avrebbe biasimato. Ma quei sapienti, anziché disprezzarli, ne provavano addirittura simpatia».

«Perciò ve ne sbarazzaste», tagliò corto Ignazio. «Ma qualcosa andò storto».

«Sì». Il Lusignano inasprì l'espressione del volto. «Non appena l'Opera fu avviata, uno di quei sapienti riuscì a fuggire. Una donna. E si portò via un libro, il *Turba philosophorum*».

«Perché vi accanite tanto per quel libro?»

«Tra i libri utilizzati dai sapienti chartriani, il *Turba philosophorum* era il più importante. Nelle sue pagine si racchiudono i principi del funzionamento di Airagne, ma anche molti altri segreti che mi consentirebbero di migliorare la produzione dell'oro, e forse di renderlo autentico. Capite ora perché dovevo ritrovare quella donna? Affidai ai miei sottoposti il controllo di Airagne, mi finsi templare e inseguii quella maledetta fino in Spagna. Mi insediai a Toledo, dove indagai per anni guadagnando favore negli ambienti di corte... Ma quella strega sembrava svanita nel nulla. Poi, negli ultimi mesi, scoprii che il maestro Galib era venuto a conoscenza del *Turba philosophorum*...».

«E lo avete ucciso per farvi rivelare il nascondiglio del libro», soggiunse Ignazio. «Piuttosto maldestro da parte vostra».

«Dovevo forzare i tempi», spiegò Filippo. «Ero appena venuto a sapere che qualcuno aveva preso il controllo di Airagne e per di più aveva rapito la regina Bianca. Non potevo restare in Castiglia con le mani in mano, dovevo intervenire. Quindi, fingendo di voler soccorrere Bianca, ho ispirato il Gonzalez a compiere la missione in Linguadoca».

Ignazio aggrottò le sopracciglia. «Chi altri è al corrente di questa storia?»

«Cosa intendete?»

«Volete farmi credere che Ferdinando III e padre Gonzalez non ne sappiano nulla? E quella vecchia volpe di Folco? Non temete una sua intrusione?»

«Sono completamente all'oscuro. Neppure Folco, accecato dal suo odio per l'eresia, intuisce che dietro Airagne si nasconda il segreto dell'oro e dell'alchimia». Il Lusignano notò un moto inquieto tra la soldataglia. Era bastato pronunciare la parola "oro" per mettere in agitazione i mercenari. Fece cessare il parlottio con un gesto autoritario, poi lanciò un'occhiata rapace in direzione dell'interlocutore. «Ma quel che dite non è del tutto infondato. Forse è stato un bene che non vi abbia ancora ucciso, mi sarete più utile da vivo».

Sorrise. «Inoltre, per dimostrarvi di non essere uno sprovveduto, posso accennare che, per quanto riguarda il vescovo Folco, sto già prendendo provvedimenti».

Ignazio stava per chiedere spiegazioni in merito, ma dovette tacere. Un rumore di zoccoli tambureggiò dal fondo della strada, preannunciando l'arrivo di un cavaliere.

Filippo puntò lo sguardo verso il sentiero, ormai disinteressato alla conversazione. Appariva di nuovo impaziente, doveva attendere notizie importanti.

Il cavaliere si avvicinò a spron battuto. Era un ragazzo in cotta di maglia in groppa a un corsiero baio. Salutò i mercenari, rallentò il trotto e smontò da sella.

Dall'alto del suo cavallo bianco, il Lusignano lo interrogò: «Ebbene?»

«Tutto eseguito secondo i vostri ordini, monsieur». Il messaggero sfilò la testa biondiccia dalla cuffia dell'usbergo. Era molto giovane, ma aveva lo sguardo di un carnefice. «Abbiamo rinchiuso le beghine dentro la pieve, poi è stato appiccato il fuoco».

«E la badessa?»

«Svanita nel nulla. La stanno ancora cercando».

«Dannata strega!», sbottò il Lusignano. «Torna indietro e di' ai tuoi compagni di continuare a cercarla. Dovete portarmela viva».

Ignazio sbarrò gli occhi, incredulo. «Parlate delle consorelle di Santa Lucina?», domandò con trepidazione.

«Proprio loro», rispose Filippo, osservandolo quasi divertito. «A quanto pare, esiste qualcosa in grado di incrinare la vostra impassibilità».

«Cosa c'entravano quelle povere donne? E cosa volete dalla badessa?»

«Secondo il vescovo Folco possedevano informazioni su Airagne, e forse anche su di me». Il cavaliere mimò un gesto disinteressato. «Non posso permettere che simili notizie trapelino. Nessuno deve sapere la verità. Quando riprenderò il controllo di Airagne, il Conte di Nigredo dovrà tornare a essere una leggenda».

Willalme, che aveva ascoltato in silenzio, sentì il petto gonfiarsi di un sentimento straziante e benché si trovasse lontano dal béguinage gli parve di assistere al rogo della pieve, e di udire le urla delle donne... Levando un grido furioso, balzò giù dal carro e sguainò la scimitarra. Avanzò con velocità fulminea aprendosi una breccia in mezzo alla schiera di fanti e puntò contro il Lusignano, un demone posseduto dall'ira contro una decina di armati. Roteò la spada con la potenza di un maglio, colpendo di taglio, di stocco e persino di piatto. I mercenari gli si disposero intorno, impressionati da quella manifestazione di furore, e cercarono di bloccarlo senza restare feriti.

«Fermatevi!», gridò Ignazio, temendo il peggio per il compagno. Fece per corrergli in soccorso, ma un paio di soldati glielo impedirono.

Il francese nel frattempo continuava a combattere, incurante delle percosse e degli insulti. Avanzò contro Filippo, intenzionato a ucciderlo, trascinando dietro di sé un grappolo di uomini che tentava di bloccarlo. Gridò ancora, minaccioso, e alcuni soldati lasciarono la presa. Ma i più restarono saldi.

Poi si sentì schiacciare per terra dalla moltitudine e fu tempestato da una pioggia di calci e pugni. Cercò di farsi valere, dimenandosi in furiosi tentativi di ribellione, ma i soldati sopra di lui erano troppi.

Sollevò dall'erba il viso arrossato, le mascelle contratte, un odio indicibile scolpito negli occhi. Tutta quella rabbia era rivolta a un solo uomo.

Il Lusignano smontò dalla sella e camminò nella sua direzione, consapevole di essere seguito dallo sguardo attonito di Ignazio. Un armigero raccolse da terra la scimitarra di Willalme e gliela porse.

Il francese digrignò i denti e cercò di rialzarsi, ma i mercenari lo tenevano immobilizzato. Filippo gli si fermò davanti, alzò un piede e pestò la sua spalla sinistra, nel punto in cui era stato trafitto dal verrettone.

Willalme deformò i lineamenti gentili, ma non volle dare spettacolo di sé mettendosi a gridare, sebbene la sofferenza fosse grande. Sentì la ferita riaprirsi e riprendere a sanguinare, mentre il piede del

Lusignano continuava a calcare con forza. Sopportò le fitte tendendo i muscoli allo spasimo e riversò negli occhi tutto l'odio che aveva in corpo. Se fosse stato possibile, l'avrebbe ucciso con lo sguardo.

Senza allontanare il piede dalla spalla, Filippo brandì la scimitarra e minacciò di colpirlo. Ma prima di calare il colpo rivolse la parola a Ignazio, che osservava impotente: «Cosa sapete del *Turba philosophorum*? Galib vi ha rivelato qualcosa?»

«Nulla. È la verità!», disse il mercante.

«Sperate allora che vostro figlio ne sia venuto a conoscenza, e che io riesca a scovare lui o quel libro maledetto». Puntò la spada alla gola di Willalme. «Nel frattempo la vita di questo attaccabrighe dipende da voi, mastro Ignazio. O decidete di collaborare, o lo farò a pezzi davanti ai vostri occhi».

Il mozarabo strinse le mani ai bordi del carro. La sua presa fu così forte che alcune schegge di legno gli entrarono nella carne. «Farò ciò che volete», sibilò a denti stretti.

Lo stesso giorno, in ora molto tarda, un messaggero raggiunse l'abitato di Prouille. Scese da sella e guidò il cavallo sfinito a un abbeveratoio. La bestia scrollò il capo e affondò il muso nell'acqua, bevendo con avidità. Anche il cavaliere tuffò la testa nell'abbeveratoio e sciacquò ripetutamente la faccia, senza usare il minimo contegno. Non era in vena di finezze, aveva cavalcato per oltre un giorno ed era distrutto dalla fatica. Ma non poteva ancora riposarsi. Doveva portare a termine una missione importante.

Spostò i capelli dalla fronte e si guardò intorno per cercare qualcuno a cui rivolgersi. Vide un soldato di ronda appostato poco distante, si avviò con passo svelto verso di lui e gli chiese senza troppe cerimonie di essere condotto dal vescovo Folco.

La guardia lo scrutò con sospetto. «Frena la foga, forestiero», gli disse burbero. «Innanzitutto come fai a sapere che il vescovo si nasconde qui?»

«Lo so, lo so», rispose il messaggero con modi sbrigativi. «Portami da lui».

Il soldato storse la bocca, non riusciva a capire chi gli fosse capitato di fronte. In ogni caso si trattava di un uomo esausto. Doveva aver viaggiato molto ed era allo stremo delle forze. Se avesse causato problemi, non sarebbe stato difficile ridurlo all'impotenza. «In questo momento sua grazia sta riposando. Non può essere disturbato fino a domattina».

«Per me farà un'eccezione, vedrai». Con un gesto confidenziale, il messaggero gli pose una mano sulla spalla e lo guardò dritto negli occhi. «Ho una notizia molto importante per lui».

«Quale genere di notizia?»

«Oro, amico mio», gli sussurrò all'orecchio. «Un castello pieno d'oro».

A quel punto il soldato non esitò oltre e lo scortò all'interno della Sacra Praedicatio.

Dopo un'intensa conversazione, il vescovo Folco congedò il messaggero con un sorriso compiaciuto. Ordinò che venisse rifocillato e ospitato per la notte, quindi si lasciò cadere su uno scranno di legno, nell'angolo più buio del suo studio. "L'oro di Airagne", pensò frastornato, quasi ne percepisse il luccichio. Tanto oro da poter riprendere il controllo della diocesi di Tolosa.

Portò le dita ossute sul volto e massaggiò le palpebre prive di ciglia. Era vecchio, ma si sentiva ancora pieno di energie. Aveva forza sufficiente per rimontare in sella e combattere. E dopo mesi passati nell'impotenza, quella notte gli aveva portato un insolito dono. Un nuovo alleato. Un uomo imprevedibile e ambizioso gli chiedeva aiuto. Filippo di Lusignano. Poteva fidarsi di lui? La posta in gioco era alta. Ma in fondo, perché tentennare?

"Non ho scelta. Ecco perché messer Filippo si è rivolto a me", pensò con una punta di amarezza, ed era talmente assorto che quasi non notò un armigero appena entrato nella stanza.

«Sua grazia ha chiesto di me?», chiese il soldato, rompendo il silenzio.

Folco strinse gli occhi miopi nella sua direzione. «Sì».

«Ordini?»

«Fai preparare la cavalleria per la battaglia. Partiremo domani, all'alba».

Il soldato annuì senza tradire emozioni. «La destinazione?»

«Cavalcheremo verso il castello di Airagne. Il messaggero del Lusignano mi ha appena riferito dove si trova».

L'armigero scrutò il vescovo per un istante, senza ribattere, poi disegnò un inchino e si allontanò. Il buio della notte lo avvolse come una tenda.

Folco restò immobile, raggomitolato sullo scranno, inespressivo. Fissava qualcosa nell'oscurità. Un elmo cilindrico con una ventaglia appuntita sul mento e le strette feritoie della visiera. Era il suo elmo da battaglia. Un simbolo del potere che rappresentava. In tanti anni non l'aveva mai indossato.

Ma quella notte, per la prima volta, desiderò farlo.

28

Uberto raggiunse una vallata che si apriva come una gola fra i monti, guidò Jaloque lungo il corso di un fiume e si fermò in cima a un dosso, a pochi passi da un mulino ad acqua. Da quella postazione aveva una buona visuale del paesaggio.

Schermò gli occhi dalla luce solare e, nella speranza di scorgere un carro ben noto, scrutò la rete di sentieri che striava gli agri e le colline. Nulla da fare, di suo padre nessuna traccia. Allora smontò da sella e scese verso la riva del fiume. Nel frattempo Moira era comparsa dietro di lui. Cavalcava su una bestia più lenta, seguita dal fido cane nero. Faticava a tenere il ritmo di Jaloque, sebbene durante l'ultimo tratto di strada avessero proceduto con calma.

«Visto niente di interessante?», chiese la ragazza.

«Proprio nulla», rispose Uberto, affondando fino alle ginocchia nell'erba del dosso.

La calura andava aumentando. Benché il paesaggio suscitasse un certo fascino, Uberto non riusciva ad apprezzarne la vista. Era nervoso e demoralizzato. Aveva seguito le tracce di suo padre fin lì, attenendosi al messaggio che Ignazio gli aveva lasciato alla foresteria di Tolosa. Un'impresa tutt'altro che semplice. Il mercante, nella lettera, gli aveva consigliato di raggiungere il vescovo Folco a Prouille e chiedergli indicazioni sulla direzione da prendere. Uberto si sentì assalire da una vampata di indignazione al ricordo di come era stato trattato. Non solo Folco si era rifiutato di dargli udienza, ma c'era mancato poco che gli sguinzagliasse contro i suoi scagnozzi. Il giovane aveva dovuto allontanarsi in fretta senza capire il perché di quella reazione.

L'unica soluzione possibile era stata battere i sentieri circostanti alla ricerca di Ignazio. Un'impresa problematica, considerato il gran numero di pellegrini che attraversavano quelle terre, ma nei pressi di Carcassonne aveva avuto fortuna. Qualcuno aveva notato una piccola comitiva diretta verso l'abbazia di Fontfroide. Il gruppo comprendeva due cavalieri anziché uno, ma per il resto corrispondeva alla descrizione: un distinto mercante, un uomo taciturno dai capelli biondi e un armigero somigliante al Lusignano. Aveva buone probabilità di raggiungerli.

Il giovane tuffò le mani nell'acqua del fiume e le preoccupazioni parvero alleggerirsi. Cavalcava già da mezza giornata nei feudi di Fontfroide. Presto avrebbe ritrovato suo padre, si disse. Non doveva cedere allo sconforto.

Guardò davanti a sé, attratto dal rumore delle pale del mulino che battevano sull'acqua, e si chiese come mai non ci fosse gente nei dintorni. Regnava un'insolita quiete.

«Che fanno quegli uomini?», chiese all'improvviso Moira dalla sommità del dosso.

Uberto le rivolse un cenno interrogativo e la ragazza indicò una processione che avanzava per la valle, ai margini di un campo incolto. "Ecco dov'è finita tutta la gente", pensò lui, aguzzando lo sguardo.

Si trattava di una fila di persone, forse gli abitanti di più villaggi riuniti insieme, comprese donne e bambini. Avanzavano al seguito di croci e stendardi, recitando preghiere. Davanti alla processione sfilava un fantoccio di paglia simile a un drago serpentiforme.

Uberto si affiancò a Moira. «È un rito per esorcizzare la miseria di queste terre», le spiegò. «Vedi il drago portato in testa alla processione?»

«Sì».

«Rappresenta il diavolo. La processione si ripeterà per due giorni allo stesso modo, poi il drago verrà svuotato della paglia e sfilerà dietro le croci, per simboleggiare la sconfitta del male».

«E i contadini continueranno a morire di fame...».

Lui sospirò. «Per porre fine alle loro sciagure, i contadini dovrebbero abbattere altri draghi. Quelli che ingrassano a loro spese dentro i castelli».

Dopo aver osservato la processione, fecero abbeverare i cavalli e rimontarono in sella.
«Proveremo a chiedere informazioni all'abbazia di Fontfroide», suggerì Uberto. «Dev'essere vicina. Magari mio padre vi ha alloggiato».
La ragazza acconsentì.
Imboccarono un sentiero che portava al cuore della vallata. La vegetazione si infittì e il cielo sparì dietro una trama di foglie lobate.
A un certo punto Uberto frenò Jaloque, facendo cenno a Moira di stare in silenzio. Poco distante un cinghiale scavava fra le radici di un ippocastano, in cerca di cibo. Aveva il muso affondato nel terriccio e pareva non averli notati.
Era passato molto tempo da quando Uberto aveva mangiato carne fresca. Tenendo gli occhi fissi sull'animale, impugnò l'arco e sfilò una freccia dalla faretra, ma mentre prendeva la mira gli venne in mente l'ultima volta in cui aveva usato l'arma... Gli balenò davanti agli occhi il volto del moro, e la presa divenne scivolosa.
Scoccò con eccessiva incuria. La freccia sibilò nell'aria e si conficcò per terra, a una spanna dalla coda del cinghiale. L'animale alzò il muso, grugnì spaventato, poi fuggì caricando sulle zampe tozze.
Uberto scosse la testa per liberarsi di quei pensieri, estrasse una seconda freccia e aggiustò la mira. La presa era tornata salda, lo sguardo deciso, ma il cinghiale si era ormai tuffato in un intreccio di rovi, scomparendo dalla sua vista.
«Ben fatto, complimenti», lo sbeffeggiò Moira, quasi contenta che l'animale si fosse salvato. «Come cacciatore non vali un granché, lo sai?», continuò canzonatoria. Anche in quel momento le appariva bello e solare, e il solo guardarlo le provocava un'intima euforia che la faceva arrossire. Ma d'un tratto si accorse che l'espressione di Uberto si era fatta seria. «Che succede?», gli chiese.
Lui indicò qualcosa in lontananza, nel cielo. Una colonna di fumo nero. «Un incendio vicino». Aggrottò le sopracciglia. «Andiamo a controllare».

«Sei certo di fare la cosa giusta?», obiettò la ragazza. «Non sarebbe meglio stare alla larga?».

Uberto non rispose. Aveva già spronato il cavallo in quella direzione. Con una punta di allarme, Moira notò che teneva l'arco ancora stretto in pugno.

La colonna di fumo si alzava da un insieme di baracche raccolte intorno a una pieve, di cui non restava quasi nulla eccetto una massa di travi carbonizzate, mattoni anneriti e terra bruciata. Tutta l'area circostante era segnata da impronte fresche di cavalli. Lo scempio era avvenuto da poco.

Uberto si aggirò fra le rovine, interrogandosi sulle ragioni che potevano aver portato la devastazione in quel posto. Non si trattava di un castello e neppure di un villaggio. Era un luogo romito senza ricchezza e importanza strategica. Nemmeno un saccheggio giustificava tanta efferatezza. Soffermò lo sguardo sullo scheletro della pieve. Il tetto era crollato e rovinando al suolo aveva provocato il cedimento di parte delle murature. La navata, all'interno, doveva essere sommersa dalle macerie. Soltanto la facciata restava intatta, e sebbene fosse annerita dalle fiamme si distingueva ancora la decorazione scolpita sopra il portale. Tre donne mostruose con i seni a forma di serpe.

Davanti alla pieve giacevano dei corpi ammonticchiati come stracci. Cadaveri di donne. Moira scese da sella e corse subito in loro direzione, preceduta dal cane che annusava l'aria.

«Stai lontana. Non guardare», le intimò Uberto.

Lei gli rivolse un sorriso freddo, quasi di sfida. «Cosa credi? Ad Airagne ho visto di peggio».

Ferito da quello sguardo, il giovane la lasciò fare e riprese a camminare tra le rovine. Aggirò l'edificio e trovò un giardino di erbe officinali che non era stato raggiunto dal fuoco, sebbene la maggior parte delle colture fosse stata calpestata dai cavalli. Ancora una volta, si chiese chi potesse essere l'artefice di quella distruzione. Soltanto degli uomini malvagi potevano massacrare delle monache.

"Io sono forse migliore?", chiese a se stesso con un certo fastidio.

"Ho ucciso un uomo senza esitare, senza neppure guardarlo in faccia".

L'abbaiare del cane lo distolse da quei pensieri e lo guidò fino ai resti di una cappella colma di macerie. L'animale stava accucciato proprio nel mezzo, intento a raspare ai bordi di una grande lastra. Uberto lo tranquillizzò con una carezza e si chinò per esaminare quel blocco di marmo squadrato, più simile al coperchio di una botola che a un elemento pavimentale. Proprio quella considerazione lo spinse a bussare sopra la superficie per sentire se sotto fosse cava... E un attimo dopo delle grida risuonarono dal basso.

Quasi sconvolto dalla rivelazione, il giovane accostò l'orecchio e si mise in ascolto... Erano voci di donne! Non esitò oltre, afferrò i margini della lastra e provò a sollevarla, ma non riuscì a smuoverla, allora si voltò indietro per cercare la sua compagna. «Moira», vociò. «Ho bisogno d'aiuto!».

La ragazza sbucò dal lato anteriore della pieve e corse verso di lui. Capì al volo la situazione, gli si mise al fianco e l'aiutò. La lastra si alzò di un palmo, poi di un altro ancora, mentre il cane infilava il muso nella fessura che andava allargandosi, eccitatissimo. Con uno sforzo estremo riuscirono a sollevarla quanto bastava per trascinarla di lato.

Avevano liberato l'imboccatura di un sotterraneo.

Qualcosa si mosse nel buio, poi, timidamente, affiorò in superficie una donna abbigliata con una tunica bigia. Dopo di lei ne uscirono altre, tutte vestite allo stesso modo, il terrore scolpito sui volti. Erano sporche di cenere e avevano gli occhi gonfi di lacrime, le pupille dilatate per essere state a lungo nell'oscurità.

Per ultima uscì una signora dall'aria veneranda. Non era la più anziana, tuttavia sembrava senz'altro la più saggia. Dal suo volto non trapelava spavento, ma un profondo rammarico, come se sostenesse sulle spalle la sofferenza dell'intera comunità. Si guardò intorno spaesata, quasi non riconoscesse il luogo in cui si trovava. Poi vide la sagoma della pieve diroccata e allora si portò le mani alla bocca, per trattenere un grido.

Quando fu riuscita a dominare le emozioni, si rivolse a Uberto: «Vi dobbiamo la vita, monsieur. Non ho parole per esprimere la gratitudine».

«Sono felice che vi siate salvate, signora».

Dopo essersi spolverata sommariamente l'abito, la donna giunse le mani in grembo e assunse un certo contegno. «Come posso sdebitarmi?»

«Sdebitarvi?». Uberto la fissò incredulo. Era raro assistere a simili esempi di autocontrollo. Eccettuato suo padre, naturalmente. «Non mi dovete proprio nulla. L'unico mio rammarico è per quanto è accaduto alla vostra pieve». Si chiese se quella donna sarebbe riuscita a mantenere quel contegno anche davanti ai cadaveri ammonticchiati presso la facciata.

La signora cercò di abbozzare un sorriso, ma non ci riuscì. Il suo volto era una maschera di amarezza. «La pieve si ricostruirà. È solo un edificio inanimato. L'importante è che quanto risiede dentro di noi non venga smantellato».

«Siete molto saggia. Ma dite, cos'è accaduto a questo luogo?»

«Un gruppo di armigeri è giunto di primo mattino e ha appiccato il fuoco, poi ci hanno rinchiuse dentro la pieve e hanno bruciato ogni cosa». Sospirò. «Saremmo morte tutte se non ci fossimo rifugiate nei sotterranei. Il loro accesso principale risiede proprio all'interno della pieve, in un punto ben nascosto».

Il giovane si accorse che Moira, al suo fianco, era sbiancata. Le parole della signora dovevano aver risvegliato in lei ricordi terribili. La abbracciò per rassicurarla, accorgendosi che quel gesto faceva bene anche a lui. Dopodiché fissò la badessa. «Chi erano quegli armigeri? Quale motivo avevano di farvi del male?»

«La crudeltà e la violenza non hanno bisogno di ragioni», si limitò ad accennare la donna.

«E tuttavia il vostro non è un caso isolato. Provengo dalla Castiglia e da quando mi trovo in Linguadoca non faccio che imbattermi in simili efferatezze. Se non fosse per l'eccidio delle vostre consorelle, attribuirei questa devastazione alle milizie del Conte di Nigredo...».

«Non pronunciate quel nome con leggerezza, monsieur. Un forestiero non può sapere cosa significa esattamente».

«Invece so, reverenda madre. So del Conte di Nigredo, così come di Airagne».

La badessa mutò la sua espressione e si fece attenta. «Non abbastanza, a quanto pare, poiché non li menzionate con il dovuto timore».

La consapevolezza che balenò nello sguardo della donna spinse Uberto ad approfondire il discorso. «Sto cercando quel luogo, Airagne», disse reciso. «Potete aiutarmi?».

A tali parole la signora fu folgorata da un'intuizione. «Anche voi, dunque...». Tese la mano in sua direzione, quasi incredula, poi la ritirò e lo scrutò con sospetto. «Un altro uomo, giunto qui da poco, mi ha chiesto la stessa cosa... Un castigliano come voi. Non può essere un caso...».

Uberto spalancò gli occhi, illuminandosi di speranza. «Avete forse incontrato mio padre? Ignazio Alvarez da Toledo?»

«Sì, sì...», balbettò la donna, frastornata dalla scoperta. «Se n'è andato dal nostro béguinage poco prima che avvenisse questa sciagura».

«Forse è in pericolo». Il giovane strinse i pugni, guardandosi intorno. «Quale direzione ha preso? L'avete indirizzato verso Airagne?»

«Sì, l'ho fatto, ma si raccomanda che non lo seguiate», lo avvertì la badessa. «È troppo rischioso».

«Invece devo raggiungerlo al più presto», controbatté lui. Si rivolse a Moira. «Questa donna mi indicherà la strada da seguire. Tu resterai qui, è più sicuro. Non voglio esporti a ulteriori rischi».

«No». La ragazza gli si strinse al braccio, lo sguardo infiammato. «Voglio venire con te».

Lui la fissò stupito. «Sei impazzita? Finora hai sempre ammesso di temere quel posto».

«Lo temo, è vero, ma non voglio separarmi da te».

«Tornerò a prenderti, te lo prometto».

«Non sopporto l'idea di doverti aspettare», disse lei con gli occhi umidi. «Non voglio più restare sola. Non capisci? Dopo tanta solitudine, dopo tante sciagure, mi ero indurita come una pietra... Ma poi, con te, ho riscoperto di avere un cuore...».

Uberto chinò il capo, indeciso. Suo padre – ne era certo – non si sarebbe lasciato minimamente condizionare dai sentimenti. Ma lui era diverso, aveva imparato sulla propria pelle che seguire la fredda ragione non portava sempre alle scelte migliori. Solo Dio sapeva quanto avesse sofferto da piccolo a causa della mancanza di affetto.

La signora, intenerita da quello scambio di parole, si sentì in dovere di intervenire: «Restate qui entrambi». Diresse lo sguardo speranzoso verso Uberto. «Anche voi, figliolo. Perché volete mettere a repentaglio la vita? Di che utilità potreste essere a vostro padre?»

«Di un'utilità essenziale», rispose lui. «Possiedo il libro in grado di annientare il Conte di Nigredo. Voi non potete sapere, ma...».

La donna strabuzzò gli occhi e lo interruppe: «Avete ritrovato il *Turba philosophorum*?».

Uberto la fissò disorientato, poi con sospetto crescente. «Come fate voi a sapere? Chi siete?».

Per la prima volta, la signora manifestò un cedimento emotivo. Senza badare al contegno, chinò il capo e cadde sulle ginocchia. «Una stupida donna, ecco chi sono...». Le lacrime le rigarono il volto. «Una stupida donna che non ha raccontato a vostro padre tutta la verità... È colpa mia se hanno incendiato la pieve: i soldati cercavano me...».

Il giovane le si inginocchiò di fronte. Raddolcì l'espressione, ma parlò con tono deciso: «Raccontatela a me, questa verità».

La signora alzò lo sguardo. «Va bene, lo farò». Si asciugò il viso. «Ma prima tenete questo...».

Uberto la guardò cercare fra le pieghe dell'abito e sfilare un incartamento. «Cos'è?».

La donna glielo porse con un gesto solenne. «Fa parte della verità che non ho rivelato a vostro padre».

29

"Perché non mi ha ucciso?", rimuginava Ignazio senza darsi requie. Era trascorsa una settimana da quando gli uomini del Lusignano l'avevano fatto prigioniero e da allora il cavaliere non si era più degnato di rivolgergli la parola.

Filippo aveva risparmiato Willalme e si era raccomandato che venisse tenuto sotto rigido controllo insieme al mercante, poi aveva stabilito che i prigionieri lo seguissero con il reparto di mercenari fino ad Airagne. Non si era curato di motivare le sue scelte, tanto meno aveva spiegato la tattica che intendeva adottare una volta giunto a destinazione. Ciò innervosiva il già irrequieto Ignazio, timoroso soprattutto che il Lusignano potesse rintracciare Uberto e fargli del male.

Ai due compagni fu permesso di proseguire sul loro carro, scortati dai mercenari, ma Filippo dispose che nei momenti di sosta venissero legati ai piedi di un albero, per evitare che fuggissero.

Dopo l'umiliazione subita, il francese era sprofondato in un torvo mutismo. Il mercante percepiva le sue emozioni di sdegno e ferocia, anche se Willalme cercava di nasconderle. Prima o poi quelle nere sementi avrebbero dato i loro frutti.

Proseguirono verso est e, una volta raggiunti i monti, iniziarono la scalata delle Cévennes. Il paesaggio offriva alla vista imprevedibili scorci. Dirupi e massicci si alternavano a rilievi dal profilo morbido, buoni per i pascoli.

Durante il tragitto incontrarono un solo villaggio. Le case erano piccole, abbarbicate al declivio, con tetti e pareti fatti di pietre grigie. Gli abitanti erano di natura ostile, perciò proseguirono senza fermarsi attraverso un castagneto popolato da cervi e codirossi.

Il clima subiva repentine variazioni. Nei momenti caldi della giornata l'aria diventava densa, gravava come una cappa sugli uomini fomentando la stanchezza e il malumore, poi si faceva improvvisamente secca. Simili bizzarrie si dovevano ai venti che spiravano verso l'alto, portando a valle l'umidità che ristagnava.

Filippo guidò gli uomini per un anfratto di pietra calcarea, lungo un sentiero nascosto. I cavalieri dovettero smontare da sella e condurre le cavalcature tirandole per le redini così da evitare di farle azzoppare sul fondo ghiaioso. La visibilità nel frattempo si era fatta precaria, una nebbia improvvisa si era alzata furtiva tra le rocce.

L'anfratto era troppo stretto per consentire il passaggio dei carri, perciò Ignazio e Willalme dovettero abbandonare il loro mezzo e proseguire a piedi. Più che per il disagio, il mercante soffrì al pensiero di abbandonare il suo baule a bordo del carro. Vi custodiva strumenti e libri preziosi, troppo pesanti per portarli con sé.

Il capo della spedizione non accennò a fermarsi. Sempre avviluppato nella tonaca nera, continuò a marciare nella nebbia fino al calare delle tenebre, affiancato dal suo cavallo bianco. E quando superò l'anfratto, si arrestò ai margini di una scarpata.

Ignazio, spossato dal cammino, si appoggiò a un masso e osservò il paesaggio. La nebbia non consentiva una visione dettagliata, ma capì di essere giunto in una depressione montuosa. Da un lato si apriva la scarpata, dall'altro si ergeva un rilievo a forma di cupola, ammantato da una foresta. E tuttavia, oltre alla nebbia, incombeva una strana oscurità. Non si trattava dell'imbrunire, ma di nubi di fuliggine così spesse da offuscare il cielo.

Poi notò qualcosa di ancora più inquietante. In cima all'altura sorgeva un castello. Era enorme e circondato da torrioni perimetrali. Più che bastioni difensivi, sembravano grandi comignoli dalle cui sommità uscivano dense colonne di fumo nero. Ecco da dove proveniva la fuliggine!

Al pensiero che l'aria fosse satura di quelle misteriose esalazioni, Ignazio avvertì una sensazione di untuosità sulla pelle, ma la ignorò e concentrò l'attenzione sulle torri. Nonostante la scarsa visibilità, potevano essere identificate grazie alle nere colonne di fumo, ben distinguibili. Sul versante sud-occidentale ne contò quattro, quindi valutò che sul lato opposto ve ne fossero altrettante.

Otto. C'erano otto torri, edificate a eguale distanza l'una dall'altra...

E d'un tratto una concordanza lo fece vacillare. La forma del castello riproduceva il marchio del ragno impresso sulle monete d'oro alchemico. Le spirali delle zampe indicavano l'esatta posizione delle torri perimetrali. E il simbolo centrale del ragno doveva rappresentare il mastio...

Anche l'oscurità innaturale di quel luogo, a ben vedere, confermava le sue intuizioni. Qualcuno gliene aveva già parlato. *L'alito delle tenebre ricopre la terra assumendo l'aspetto di fumo notturno.* Così gli aveva detto il deforme Droün, nel sotterraneo di Santa Lucina. Possibile? Era quello, dunque, il luogo che aveva tanto cercato?

Quasi a conferma di tali sospetti, il Lusignano gli passò accanto, sussurrandogli all'orecchio: «Airagne».

Ignazio gli rivolse un'occhiata interrogativa, ma il cavaliere passò oltre e chiamò a raccolta i soudadiers per pianificare l'attacco. Difficile intuire i suoi piani. Filippo disponeva di un numero esiguo di uomini. Sfruttando la scarsa visibilità, avrebbe forse potuto procedere all'ombra della foresta fin sotto le mura. Ma a cosa sarebbe servito? Le difese di Airagne apparivano solide e di certo erano ben guarnite. I guastatori sarebbero stati crivellati dalle frecce prima di scavalcare i fossati, i sopravvissuti sarebbero stati falciati via dalla cavalleria che sicuramente stazionava all'interno delle mura.

Ignazio si accorse che anche Willalme stava studiando la situazione e di certo stava facendo le sue stesse considerazioni, ma c'era dell'altro. Il francese seguiva ogni movenza del Lusignano con uno sguardo così intenso che chiunque avrebbe percepito il suo odio. Eppure Filippo pareva non curarsene, mantenendosi imperturbabile. Era così determinato da infondere sicurezza negli uomini, che pendevano praticamente dalle sue labbra. Se fosse stato necessario, avrebbe guidato quei mercenari al massacro senza ricevere la minima replica. Dopotutto le circostanze la dicevano lunga su quale tipo d'uomo egli fosse. Astuto, battagliero e dotato di un'intelligenza da stratega.

Il Lusignano indicò ai soudadiers il versante occidentale del castello. Forse da quel punto era possibile infiltrarsi o aprire una breccia nelle difese di Airagne, ma Ignazio, per scoprirlo, avrebbe dovuto attendere fino al mattino seguente. Secondo le poche parole che riusciva ad afferrare, l'attacco sarebbe stato sferrato prima dell'alba, con il favore della nebbia.

Il mercante non poté assistere ad altro. Secondo le consuetudini serali, fu trascinato da un gruppo di mercenari a un tronco d'albero e legato a terra assieme a Willalme. Cercò di protestare, dicendo che quel giorno non era stato dato loro da mangiare né da bere.

«Mangerai domani, all'inferno», gli ghignò in faccia un armigero, stringendo i lacci che lo bloccavano al fusto.

Filippo dispose che i soldati si accampassero sotto gli alberi circostanti e raccomandò che non accendessero fuochi, né facessero baccano. Poi, stabiliti i turni di guardia, i soudadiers mangiarono cibo freddo e si coricarono all'aperto, esponendosi all'umidità della nebbia.

Dopo giorni di fatiche e di prigionia, Ignazio aveva la schiena a pezzi. Era un po' rinfrancato dal fatto che la ferita alla spalla di Willalme si fosse rimarginata, ma ormai contava poco. Presto si sarebbero decise le loro sorti e non avrebbero potuto fare nulla per evitarlo.

Se solo fosse riuscito a fuggire... Mosse le braccia per forzare la resistenza dei vincoli, ma li trovò stretti e impossibili da sciogliere. Dall'altro lato del tronco, il francese accennò col capo un mesto diniego, a intendere che era tutto inutile. Doveva aver fatto il medesimo tentativo.

Ignazio sospirò con amarezza e pensò alla moglie e al figlio, sperando che entrambi fossero al sicuro. Poi pensò alla sua casa dal tetto d'ardesia, avvolta in una quieta vallata castigliana, e a tutta la pace di cui avrebbe potuto godere, se solo non avesse desiderato sapere e vedere troppo.

Chiuse gli occhi, cercando di immaginare cosa sarebbe cambiato se in gioventù avesse scelto una vita diversa, o se magari fosse stato un uomo diverso... Ma in fondo lui non aveva mai potuto scegliere nulla. Il destino l'aveva trascinato come una foglia rapita dal vento, sbattendolo con forza e capriccio per i quattro cantoni del mondo. E al mercante non era restato altro che aggrapparsi ai pensieri, ai sentimenti, lasciandosi strapazzare dalla furia della bufera. E ciò sarebbe continuato fino al termine della vita, o all'oscurarsi della ragione...

Dopo molto tempo, spossato dalla fame e dalla stanchezza, si addormentò.

«Svegliati!», gridò un armigero.

Ignazio riaprì gli occhi e scrutò l'uomo che aveva di fronte, il volto scalmanato e le braccia tese. Si rese conto di essere stato appena schiaffeggiato. Alle spalle, un secondo uomo gli stava sciogliendo i vincoli e lo invitava ad alzarsi con modi più indulgenti.

Mormorò qualcosa per dare a intendere di avere capito e, non appena fu libero, si massaggiò le braccia e le mani. Sbatté le palpebre, ma per quanto si sforzasse non riuscì a scorgere alcunché. Vedeva opaco. La vista non era appannata dalla sonnolenza, ma dalla nebbia, che avvolgeva ogni cosa in una coltre cinerea. Scorse soltanto il bagliore dell'alba che occhieggiava a sud-est, ma era lontano e troppo debole.

Si appoggiò al tronco dell'albero, fece forza sulle ginocchia e si rimise in piedi. Le ossa della schiena scricchiolavano in più punti e la testa pulsava con ritmo martellante.

Il mercante indugiò ancora un attimo, restando appoggiato all'albero, ma l'armigero non gradì il suo temporeggiare e gli urlò di nuovo in faccia: «Muoviti mozarabo!», poi fece per schiaffeggiarlo. Ignazio però era pronto a reagire e lo afferrò per il polso prima che potesse colpirlo.

L'armigero articolò un gemito di dolore, sorpreso dalla velocità e dalla forza del prigioniero. Tirò indietro il braccio per liberarsi dalla presa, ma il mercante glielo torse, costringendolo a inginocchiarsi a terra. E subito dopo, senza farsi notare, gli sfilò il pugnale dalla cintura e lo nascose sotto l'abito.

«Vedo che vi siete egregiamente ripreso dalle fatiche del viaggio, messere».

Il mercante alzò lo sguardo, e si trovò di fronte a un sagoma nera. Il Lusignano. Non si era accorto di averlo vicino e si chiese se l'avesse visto mentre si nascondeva addosso il pugnale. Lo affrontò con tono deciso: «Se questo è il meglio dei soldati di cui disponete, vi conviene abbandonare l'impresa», ghignò, torcendo con un altro strattone il polso all'armigero, che grugnì di dolore e di vergogna.

Filippo fece tanto di spalle. «Nonostante la vostra condizione serbate una buona dose di orgoglio». Nell'aria si percepiva il nervosismo per l'imminente battaglia, ma lui appariva sereno e imperturbabile come la sera prima. «Lasciate stare questo pover'uomo e preparatevi, è giunta l'ora decisiva». Infine lanciò un'occhiata autoritaria verso due soldati nelle vicinanze. «Voi, venite qui. Non perdete mai di vista questo prigioniero. D'ora in poi assicuratevi che mi stia sempre al fianco».

Gli uomini annuirono e si apprestarono a condurre via l'ostaggio.

«Un attimo». Il mercante indicò Willalme, ancora legato ai piedi dell'albero. «E lui?».

In quel momento il francese aprì gli occhi e fissò con sprezzo il Lusignano. Lo stava sfidando.

«L'attaccabrighe?». Filippo sorrise con cattiveria. «Sarebbe solo d'impiccio. Lo lasceremo qui». Si avvicinò al francese e gli mostrò la scimitarra, quindi gliela gettò ai piedi. «Non mi serve neppure la sua arma da saraceno. Che se la tenga».

Willalme si dimenò per liberarsi. La scimitarra era proprio davanti a lui. Riusciva quasi a sfiorarla con la punta dei piedi, ma non poteva brandirla.

Il Lusignano gli si chinò dinanzi e lo afferrò per i capelli. «La pena più grande, per te, sarà quella di stare qui a fissare la tua spada senza poterla impugnare. Rassegnati, hai perso».

Le iridi azzurre di Willalme saettarono furenti. Neppure in quella situazione intendeva piegarsi.

Filippo parve compiacersi del suo odio. «Guardami pure con quegli occhi carichi di rabbia. Spero che i corvi te li strappino dalla faccia mentre sei ancora vivo».

Un gruppetto di mercenari che aveva assistito alla scena scoppiò in una grassa risata.

Il Lusignano lasciò la presa e si allontanò dal prigioniero, facendo cenno agli uomini di prepararsi.

In pochi minuti il campo fu sgombrato. Sellati i cavalli e imbracciate le armi, i soudadiers si rimisero in marcia verso il castello di Airagne. Ignazio fu trascinato al loro seguito. Ebbe appena il tempo di rivolgere uno sguardo di addio al compagno.

Willalme rimase solo, immerso nella nebbia, mentre strani pensieri gli sfilavano nella mente. Un'eco di fantasmagorie, volti e parole. Forse, una volta morto, sarebbe diventato come quelle immagini, un viso senza lineamenti, un corpo privo di tatto...

All'improvviso si ridestò. Aveva udito un rumore... Un rumore che non proveniva dalla sua mente, ma da *fuori*. Poi vide due ombre uscire dalla nebbia e incombere su di lui. Gli rivolsero la parola, ma non riuscì a capire. Avevano voci maschili, quasi brutali.

Sorrise. La morte era venuta a prenderlo.

I soudadiers attraversarono la nebbia come un branco di lupi, e muovendosi tra gli alberi raggiunsero il versante occidentale del castello. A quel punto il Lusignano ordinò che si fermassero e li divise in due gruppi, cavalleria e fanteria.

I cavalieri non erano numerosi, una ventina al massimo, ma Filippo li ritenne sufficienti ai suoi scopi. Ordinò che proseguissero lungo la cinta fino a raggiungere l'ingresso sbarrato. Avrebbero dovuto appostarsi nelle vicinanze, nascosti nella boscaglia, in attesa che il portale venisse aperto dall'interno.

I cavalieri, obbedienti, si disposero in formazione sparpagliata e sparirono nel grigiore.

A quel punto il Lusignano prese il comando della fanteria e la guidò verso un'altra direzione. «C'è un passaggio nascosto», spiegò a Ignazio, che procedeva crucciato vicino a lui.

Il mercante intuì la sua strategia. Non avrebbe preso parte a un assedio vero e proprio, ma a una penetrazione nel castello attraverso vie segrete. Forse l'unica attuabile, a rigor di logica. Tuttavia considerò che il Lusignano disponesse di pochi uomini da impiegare al momento inevitabile dello scontro. Possibile che non ci avesse pensato? Più rifletteva su quel dettaglio, più aveva la sensazione di tralasciare qualcosa di importante.

L'aria vicino al castello aveva un odore mefitico, a causa del fetore esalato dai fossati intorno alla cinta e, man mano che si avanzava, il tanfo diventava sempre più intenso. I soudadiers, disgustati, procedettero tappandosi naso e bocca.

«Silenzio», ammonì il Lusignano, indicando le merlature velate dalla caligine. Era quasi incredibile, ma là in cima erano senz'altro appostati arcieri e vedette.

Le mura del castello affioravano tra sbuffi di fumo e nebbia. Apparivano all'improvviso, come miraggi, per svanire un attimo dopo. I mercenari sembravano stregati da quelle visioni sfuggenti, quasi dimentichi dell'imminente battaglia.

"Tutto ciò fa parte delle malie di Airagne", pensò Ignazio, e proprio in quel momento si accorse di camminare vicino alle sponde del fossato. Si sporse per guardare all'interno e vide un ristagnare di liquami torbidi. Doveva trattarsi delle acque di scarico usate per raffreddare i metalli lavorati dentro il castello, e a giudicare dall'odore vi erano presenti anche gli acidi impiegati per purificare le sostanze grezze.

Filippo seguì per un po' il fossato, in cerca di riferimenti, poi guidò gli uomini di nuovo nella boscaglia. Non fu facile seguirlo, la vegetazione era fitta e priva di sentieri, i fanti dovettero armeggiare con le loro lance per non restare impigliati nell'intreccio di rami e cespugli.

Il Lusignano si addentrò per un buon tratto finché non si fermò davanti a una lastra di marmo adagiata a terra. Era simile al coperchio di un sarcofago. Chiamò quattro armigeri e ordinò di spostarla.

La lastra scivolò senza opporre resistenza e davanti allo stupore generale comparve sotto di essa una grata in ferro battuto che presentava al centro una serratura con un pertugio ottagonale. Filippo vi inserì il medaglione a forma di ragno facendo scattare un meccanismo interno, poi aprì l'accesso, rivelando l'ingresso a un sotterraneo. «Passeremo da qui».

«Nessuna sentinella sta di guardia?», chiese Ignazio.

«Feci scavare io questo passaggio segreto, anni fa», disse il Lusignano, entrando nel sottosuolo. «Probabilmente, chi occupa Airagne al momento non ne è a conoscenza».

Uno dopo l'altro, i soudadiers si calarono nel sotterraneo, preceduti da Filippo. Ignazio gli camminava vicino, sorvegliato di continuo da una coppia di armigeri. Si domandava a cosa sarebbe valsa la sua presenza. Di sicuro il Lusignano serbava qualcosa di particolare per lui.

Seguirono una galleria scavata nella pietra finché all'improvviso non udirono un gocciolio. Filippo fece cenno di prestare attenzione. Da un punto del soffitto grondava del liquido. «Infiltrazioni dall'alto», spiegò. «Significa che ci troviamo sotto il fossato». Strisciò con cautela lungo le pareti e passò oltre senza bagnarsi.

Ignazio, fra i primi a seguirlo, fece altrettanto. Raccolse i lembi del suo abito, schiacciandosi contro la parete. Se quel liquido proveniva dal fossato, era preferibile non entrarvi a contatto.

Proseguirono senza incappare in altri ostacoli fino a un punto in cui la galleria si biforcava, assumendo la forma di una Y. Allora il Lusignano ordinò che Ignazio e due armigeri proseguissero insieme a lui per l'imboccatura di sinistra, mentre il resto della fanteria sarebbe passato per quella di destra, che portava alla corte interna del castello. Una volta giunti all'aperto, i soudadiers sapevano cosa fare.

Uno dopo l'altro, strisciarono dentro l'imboccatura. Quando Ignazio rimase in compagnia del solo Lusignano e dei due armigeri, non fu più capace di tenere la bocca chiusa: «Perché ci siamo separati dagli altri?»

«Presto vedrete», rispose Filippo, imperscrutabile. «Camminate. Seguitemi senza fare storie».

L'imboccatura di sinistra li portò a una scala a chiocciola, salirono i gradini e raggiunsero una guardiola collocata all'interno delle mura. Le feritoie delle pareti offrivano la vista degli spazi interni del castello. Filippo si accostò a una di quelle aperture, invitando Ignazio a fare altrettanto.

Il mercante si affacciò e, nonostante la nebbia, vide una corte dominata da un mastio e circondata da torri perimetrali, lungo le quali si aprivano ampi portali contrassegnati dall'insegna del Sole Nero. Senza dubbio gli alloggi delle milizie.

Poi scorse qualcosa muoversi di soppiatto nella corte. Quattro uomini correvano rasenti ai muri verso l'ingresso principale del castello. Dovevano appartenere alla fanteria del Lusignano. Avrebbero cercato di aprire il portale del maniero per consentire l'irruzione della cavalleria appostata all'esterno, a cui sarebbe seguito l'attacco simultaneo dei due gruppi, fanti e cavalieri.

I quattro infiltrati scivolarono nella nebbia verso l'ingresso, un grande portale ad arco incastonato nelle murature. Era ostruito da una solida cancellata di ferro e, all'esterno, da un ponte levatoio sollevato. I quattro soudadiers avrebbero dovuto raggiungere due ruote di legno posizionate ai bordi opposti del portale. La prima avrebbe azionato gli argani collegati alla cancellata, la seconda serviva a calare il ponte levatoio.

Due sentinelle erano appostate nei paraggi, ma gli infiltrati non si fecero scoprire, aggirarono i guardiani e li sgozzarono senza emettere rumori. "Gente avvezza al mestiere", pensò Ignazio. Poi adagiarono i cadaveri a terra e iniziarono a manovrare la prima ruota.

Lo stridio degli argani turbò la quiete del castello.

Dopo aver sollevato la cancellata, i quattro soudadiers si raccolsero in fretta intorno alla seconda ruota per sbloccarla. Fu allora che si udirono fischiare nell'aria le prime frecce. Uno di loro cadde, trafitto alle reni, mentre un secondo, vedendo il compagno stramazzare a terra, lasciò la presa e si diede alla fuga.

Rimasero in due a manovrare la ruota. Non erano più coraggiosi, ma più avveduti. Anche fuggendo non avrebbero trovato scampo dagli arcieri. L'unica speranza era dare libero accesso alla cavalleria. Ignazio li osservava dalla sua postazione, aspettandosi che quei due uomini venissero trafitti dalle frecce da un momento all'altro. Se erano ancora vivi, lo dovevano soltanto alla nebbia che impediva agli arcieri di prendere bene la mira, costringendoli a tirare alla cieca verso la ruota.

Seguì il brusco rollare di macchinari, poi il ponte levatoio precipitò con un tonfo assordante. Batté contro la sponda e rimbalzò più volte, sollevando sbuffi di caligine, ma prima che il rimbombo si attenuasse fu sommerso dal crescere di un altro rumore, ancora più intenso. Un trepestio di cavalli da guerra proveniente dal bosco.

Ignazio si sporse dalla feritoia e vide la cavalleria dei soudadiers irrompere all'interno del castello e scorrazzare in formazione compatta intorno al perimetro della corte. Nel frattempo l'intera fanteria prese posizione in campo aperto, cercando riparo dalla pioggia di frecce.

Il piano d'assedio procedeva alla perfezione. Ma, come presagito dal mercante, il nemico non stette a guardare: le porte alla base delle otto torri si spalancarono e vomitarono una masnada di armati, sia a piedi che a cavallo.

«Gli Archontes rispondono all'attacco», confermò il Lusignano, che seguiva la scena a pochi passi da Ignazio. Il suo tono era pacato, quasi stesse confermando un'aspettativa. «Impiegheranno tutte le forze disponibili per respingere l'intrusione».

I mercenari del Lusignano furono accerchiati dalla moltitudine. La cavalleria degli Archontes premeva contro di loro, respingendoli verso il punto di ingresso. Ma il grosso del lavoro veniva svolto da un drappello di armigeri sopraggiunti a piedi: erano omoni erculei che si gettavano nella mischia roteando enormi martelli dalle estremità uncinate. I loro terribili mazzapicchi non lasciavano scampo, percuotendo e lacerando ovunque colpissero.

«I guerrieri con il bec de corbin sorvegliano le cave di galena», disse Filippo, indicando i colossi che brandivano i martelli uncinati. «Se sono usciti allo scoperto, significa che Airagne, al suo interno, non dispone di altri soldati».

Ignazio lo guardò di sbieco. «Ora capisco il vostro piano. Avete creato un diversivo per infiltrarvi nel castello senza essere notato né ostacolato».

«Per l'esattezza», rispose il Lusignano. «Ora dentro le torri non si trova più nessuno, eccetto il Conte di Nigredo».

«Il Conte di Nigredo e Bianca di Castiglia», lo corresse il mercante.

«Ovviamente. Di sicuro sono entrambi nel mastio».

«I vostri soudadiers non reggeranno abbastanza», osservò Ignazio. «Entro breve lo scontro sarà concluso e gli Archontes rientreranno nel castello. Non avrete il tempo necessario per agire».

«Aspettate a parlare. Ignorate un dettaglio importante». Filippo lo invitò a guardare da una feritoia affacciata a meridione, sul versante esterno delle mura.

Ignazio notò un ghigno trattenuto sui volti dei due armigeri che lo scortavano. Evidentemente sapevano a cosa alludesse il cavaliere. Si avvicinò quindi alla feritoia e guardò fuori. Vide, oltre il fossato esterno, un assembramento di cavalieri appena usciti dalla boscaglia che si dirigeva verso il ponte. Erano almeno una cinquantina. Non si trattava di mercenari, ma di un esercito regolare. I colori degli stendardi e delle uniformi gli suscitarono un presentimento che si tradusse in certezza non appena riconobbe l'individuo in testa alla formazione: un vescovo ammantato di bianco in groppa a un cavallo. Benché bardato di tutto punto, compresa la mitria e il pastorale, appariva vecchio decrepito. Ignazio sbarrò gli occhi incredulo. Era Folco di Tolosa.

Il vescovo sollevò il pastorale e lo scudiero al suo fianco suonò un corno, il segnale dell'attacco, cui seguirono le grida di battaglia, i nitriti e lo scalpitare degli zoccoli. La cavalleria della Congregazione bianca si gettò alla carica puntando compatta verso l'entrata del castello.

Frattanto, all'interno delle mura, i soudadiers del Lusignano annaspavano in seria difficoltà: ormai decimati, stavano ripiegando verso il grande portale, schiacciati dalla foga nemica. Tutto sembrava perduto quando dal ponte levatoio risuonò un frastuono agguerrito e comparve la carica dell'armata di Folco. A quella vista, i mercenari riacquistarono forza e coraggio. Cercarono di dilatare la loro formazione, aprendosi in due schieramenti per lasciar passare la carica alleata.

I cavalieri dei Bianchi attraversarono il corridoio umano dei soudadiers e penetrarono nel cuore dello scontro, abbattendosi contro le linee nemiche per sfondarle. L'impatto fu devastante. Colta di sorpresa, la formazione degli Archontes indietreggiò. La cavalleria di Folco aprì una breccia al suo centro e la spaccò in due parti, agitando lance e mazze a ogni tentativo di resistenza.

Filippo sorrise vittorioso, si scostò dalla feritoia e fece cenno ai due armigeri di prepararsi all'azione. Parlò a Ignazio con tono impaziente: «Basta guardare. Dobbiamo muoverci».

Trattenendo un fremito, il mercante annuì. Il suo stato d'animo era attraversato da sensazioni sfuggenti. Il momentaneo successo di Filippo gli provocava un senso di frustrazione, ciò nondimeno era ben conscio che la sua vita fosse legata a quell'uomo. Se il Lusignano fosse stato scoperto, lui sarebbe passato per suo complice e trattato di conseguenza. Tale consapevolezza non attenuava però un'intima euforia: comunque si fosse conclusa la vicenda, entro breve avrebbe scoperto i segreti di Airagne e l'identità del Conte di Nigredo.

Prima di seguire il Lusignano indugiò un attimo alla feritoia. Guardò per l'ultima volta all'esterno del castello: gli era parso di scorgere alcune sagome di cavalieri ai margini della boscaglia. Qualcuno non aveva preso parte al combattimento ed era rimasto in disparte fra gli alberi. Ignazio aguzzò lo sguardo verso l'uomo in testa alla formazione, protetto da una piccola scorta. La sua immagine, benché distante, aveva risvegliato in lui un senso di familiarità che lo indusse a sforzare la vista finché non riconobbe Folco.

Il vescovo fissava l'ingresso del castello, in attesa dell'esito dello scontro. E nonostante l'oscurità e la nebbia, il mercante percepì la sua febbrile brama di conquista.

Le due ombre uscirono dalla nebbia e Willalme, quasi deluso, constatò che non si trattava di spettri ma di una coppia di soldati male assortiti. Uno basso e corpulento, l'altro allampanato e con la testa simile a una capocchia di spillo.

«E questo chi è?», disse il primo.

«Per me è morto», soggiunse il secondo.

«Non è morto, muove gli occhi». Il grassone si chinò sulla scimitarra, la raccolse e sfiorò con la punta il volto del francese. «Vuoi parlare, villano? Chi ti ha legato a quest'albero?».

Prima di rispondere, Willalme studiò i due armigeri. Parlavano con accenti occitani ma non gli sembrava facessero parte delle milizie del Lusignano. Nondimeno, era impossibile stabilire a quale esercito appartenessero, quindi decise di mentire: «Sono stati i predoni...». Si accorse di avere la gola riarsa, deglutì a fatica. «Mi hanno rubato tutto e lasciato qui a morire».

«Menti», ribatté il soldato grasso, mostrandogli la spada ricurva. «Se dicessi il vero, avrebbero portato via anche questa».

«Me l'hanno lasciata perché è maledetta. Porta sciagura».

Lo spilungone sghignazzò divertito. «In effetti a te non ha portato un gran bene».

Willalme lo assecondò, ridendo a sua volta. «Se siete predoni anche voi, vi è andata male». Mimò un'espressione tra il comico e il rassegnato. «Non mi è rimasto più niente da darvi».

Un altro sghignazzo del soldato allampanato. «Non siamo predoni, ma soldati della Confraternita bianca».

«Facciamo parte della retroguardia», specificò il compare.

«Combattete per il vescovo Folco?», chiese Willalme.

«Proprio lui», rispose lo spilungone. «Stiamo cercando il castello dell'oro».

«Taci, ebete!», intervenne il soldato grasso. «Deve restare un segreto».

Il francese aveva udito abbastanza. «Io so dov'è il tesoro». I due lo guardarono di stucco. Lui si finse costernato e proseguì: «I predoni mi hanno legato qui apposta, perché mi si sciogliesse la lingua. Torneranno presto e se non parlerò mi uccideranno. Non ve l'ho rivelato subito perché temevo foste dei loro, ma poiché siete uomini del vescovo, le cose cambiano molto. Se mi liberate, vi condurrò nel luogo che cercate...».

Il soldato grasso gli sfiorò la gola con la lama ricurva. «Se menti ti sgozzo».

«Conosco un sentiero nascosto che porta direttamente all'oro», proseguì Willalme, cercando di apparire convincente. Era stanco di parlare, aveva una sete del diavolo. «Pensate alla riconoscenza di Folco, quando glielo mostrerete».

«Siamo in due, mentre lui è da solo. Tanto vale provare». Lo spilungone si chinò alle sue spalle e tagliò i vincoli con un pugnale. «Non corriamo alcun rischio».

«Ottima mossa, amico mio». Willalme si alzò in piedi, opponendosi al torpore delle membra. Batté i piedi per terra e si massaggiò le braccia, mentre i due armigeri gli si facevano appresso. «Posso avere dell'acqua?».

Il grassone scosse il capo. «Prima dovrai guadagnartela», e gli puntò contro la scimitarra per incitarlo a incamminarsi.

«D'accordo, seguitemi», disse il francese, avviandosi fra i cespugli. «È vicino».

Con la coda dell'occhio li guardò mentre lo seguivano, ignari.

Non appena ebbe riacquistato il pieno controllo dei movimenti, si voltò di scatto e strappò la scimitarra dalle mani del soldato grasso, poi sferrò un fendente diretto al ventre del suo compare. Lo spilungone levò un grido disperato e trattenne con le mani le viscere che gli fuoriuscivano dalla pancia, mentre l'armigero disarmato sguainava in fretta la sua spada. Ma era lento e goffo, Willalme parò con facilità il suo attacco e lo colpì d'affondo.

Quando fu certo che entrambi fossero morti, raccolse una fiasca d'acqua da uno dei due cadaveri e bevve a sazietà, poi inguainò la scimitarra al fianco. «Ve l'avevo detto che portava sciagura», mormorò, un sorriso freddo come l'acciaio.

Si orientò fra gli alberi, tornò al punto di partenza e allungò il passo verso la direzione presa dagli uomini del Lusignano. Non aveva idea di come avrebbe agito una volta ritrovato Ignazio. Avrebbe improvvisato, si disse. Prima di tutto era necessario recuperare il tempo perso.

Non si era rimesso in cammino da molto quando udì un rumore di passi alle sue spalle. Sguainò la spada e si nascose dietro un albero, temendo di imbattersi in altri soldati. Ma d'un tratto fu sorpreso da un ringhio proveniente dai cespugli. "Un lupo", pensò, pronto a difendersi, e, nell'attesa che la bestia balzasse fuori dai fogliami per aggredirlo, percepì in ritardo la presenza di un uomo alle spalle.

Si voltò con la velocità di un serpente, fendendo l'aria con la scimitarra, ma una mano gli si strinse con forza intorno al polso e bloccò il calare della lama.

Willalme digrignò i denti per lo sforzo e un attimo dopo si ritrovò faccia a faccia con quell'uomo. Quando incrociò il suo sguardo, non poté trattenere un'esclamazione di stupore.

30

Uberto allentò la presa e sorrise, poi cinse con un abbraccio l'amico.

«Come hai fatto a trovarmi?», gli chiese Willalme.

Uberto rispose descrivendo per sommi capi i suoi spostamenti: «Sono giunto a Tolosa e ho trovato il messaggio lasciato da mio padre alla foresteria della cattedrale. Diceva di raggiungere Prouille per chiedere udienza a Folco. Così ho fatto, ma il vescovo si è rifiutato di ricevermi, sembrava più indaffarato a organizzare una spedizione militare. Non sapendo quale direzione prendere, ho seguito le vostre tracce fino a incappare nel béguinage di Santa Lucina. È stata una vera fortuna perché, da lì, ho trovato le indicazioni per Airagne».

Willalme annuì, scrutando la ragazza che accompagnava l'amico. Era molto bella, quasi ammaliante, ma con occhi ferini e diffidenti. Nonostante l'apparente ritrosia, sembrava fidarsi di Uberto.

«Strada facendo», continuò Uberto, «ho avvistato un contingente di mercenari. Mi sono tenuto alla larga, finché non ho riconosciuto il nostro carro. Allora mi sono insospettito, li ho spiati e mi sono accorto che eravate loro prigionieri, perciò vi ho seguiti in attesa del momento propizio».

Willalme lo interruppe, tormentato da un dubbio. «Hai fatto cenno al béguinage di Santa Lucina... Come è possibile che...».

Uberto gli pose una mano sulla spalla. «Alcune beghine si sono salvate».

«Juette, la ragazza che si è presa cura di te», intervenne Moira, «è viva e sta bene».

Tali parole, più di ogni altra cosa, sollevarono l'animo del francese. Persino l'oscurità di quella foresta sperduta gli sembrava meno minacciosa.

A quel punto Uberto gli porse la jambiya. «Te la rendo, amico mio. Mi ha portato fortuna, e in un'occasione mi ha persino salvato la vita».

Il francese sistemò il pugnale nella sua cintura e fissò i compagni con aria risoluta. «Dobbiamo affrettarci. Ignazio è in pericolo».

Uberto si adombrò. «Sai dov'è stato portato mio padre?».

Willalme rispose indicando il castello in cima al rilievo.

Il maniero si intravedeva appena nella nebbia, eppure dominava minaccioso sulla foresta. Sembrava un'enorme creatura di granito che sbuffava fumo dalla sommità. A tale vista, Moira fu sopraffatta dall'immagine spaventosa di uomini scarni e provati dalla fatica, distrutti dalla fame e dalla sofferenza. Sotto quelle mura, lo sapeva bene, correvano gomitoli di gallerie dentro le quali aveva strisciato a lungo prima di trovare una via di scampo. Fu pervasa da un tremito. Uberto se ne avvide e la strinse a sé per rassicurarla.

«Airagne!», esclamò la ragazza. «Quello è Airagne».

«Così ha detto pure il Lusignano», soggiunse Willalme. «Ignazio è là dentro».

Uberto fissò il castello. Qualsiasi cosa si nascondesse fra quelle mura, doveva cessare di nuocere. L'aveva promesso non solo a Corba de Lantar, ma anche alla badessa di Santa Lucina. Tuttavia, di fronte all'imponenza di Airagne, la sua sicurezza vacillò. Era stato facile da parte sua prendere impegni a parole, ignorando l'enormità della prova che avrebbe dovuto sostenere. Accettando, si era comportato in modo incauto e superficiale. Ma anche le persone che avevano riposto fiducia in lui non erano state da meno. Come potevano pensare che un giovane inesperto fosse in grado di adempiere a una simile missione? Se lui era stato un ingenuo, Galib e Corba avevano agito a dir poco da sconsiderati. Cosa avevano pensato di risolvere mandandolo davanti a quelle torri? Come poteva un uomo solo smantellare qualcosa di tanto grande?

Fu allora che Uberto, dopo aver superato ogni sorta di traversia per giungere fino a quel punto, dubitò per la prima volta della riuscita dell'impresa. Tanto per cominciare, non gli sarebbe stato facile infiltrarsi e muoversi indisturbato entro le mura di Airagne. E poi, non avrebbe mai trovato il modo di orientarsi all'interno di una struttura talmente vasta. Senza contare che avrebbe dovuto eludere la sorveglianza di molte guardie. Sarebbe stato un miracolo se fosse riuscito a salvare Ignazio e a fuggire senza farsi catturare.

Eppure doveva tentare. Sentiva il peso della responsabilità.

D'altra parte Uberto era ben consapevole di non potersi permettere errori. Se l'avessero catturato ad Airagne, nessuno sarebbe accorso per liberarlo com'era accaduto a Montségur. La fortuna l'aveva già assistito abbastanza. Era necessario riflettere bene su come agire e valutare attentamente la situazione. Ma se voleva farlo, doveva prima liberarsi del rimorso che lo perseguitava da giorni, facendolo dubitare della sua bontà d'animo. Prima di rimettersi in cammino, decise dunque di prendere in disparte Willalme e di confidarsi con lui. Era l'unico amico a cui poteva rivolgersi con sincerità. Al solo pensiero di parlarne con Moira, provava imbarazzo. Non era ancora pronto a mostrarle le proprie debolezze.

Non sapendo come iniziare il discorso, il giovane si limitò a mormorare in direzione di Willalme: «Ho ucciso un uomo».

Il francese indicò con discrezione la ragazza. «L'hai fatto per lei?».

Uberto annuì. Era vero, aveva agito per passione. All'amico era bastato uno sguardo per comprenderlo. Dopotutto lui e Willalme si conoscevano da anni ed erano legati da sentimenti fraterni. Il francese gli aveva insegnato a combattere, a tirare con l'arco e ad andare a cavallo. Il loro affiatamento era diverso da quello che Uberto aveva creato con il padre, con cui era difficile confidarsi.

«Sei pentito?», gli chiese il francese, battendogli una mano sulla spalla.

«No, ed è questo che non sopporto».

«Succede quando si agisce d'istinto. Quando non si ha il tempo di meditare sulle azioni perché immediate». Willalme gli rivolse un sorriso comprensivo. «Ma i mostri uccidono per brama, non per difendere le persone amate».

Uberto annuì. Il suo amico aveva ragione. La passione l'aveva portato ad agire con rapidità, non con leggerezza. Gli aveva fatto compiere ciò che era giusto senza dargli il tempo di riflettere. Era stato quello scarto emotivo a disorientarlo, quella momentanea perdita di controllo. Raggiungere una simile consapevolezza gli alleggerì di molto la coscienza.

Era tempo di muoversi.

Attraversarono a piedi la distesa di alberi. Willalme e Uberto procedevano fianco a fianco, uno con la mano stretta sull'impugnatura della spada, l'altro con una freccia incoccata nell'arco. Moira li seguiva conducendo i cavalli per le briglie.

A un certo punto il cane nero rizzò le orecchie ed emise un guaito. Uberto, ormai avvezzo a interpretare le reazioni di quell'animale, si guardò intorno con un tumulto nel petto. Forse si ingannava, ma gli era parso di udire un nitrito. Infatti, dopo poco, affiorò dalla nebbia un cavallo bianco legato a un tronco. Era stato dissellato e brucava l'erba con fare schizzinoso.

«È il destriero del Lusignano», disse Willalme, mentre i battiti del suo cuore aumentavano. Se quel cavallo si trovava lì, anche Filippo doveva essere nei paraggi. E questa volta nessuna corda gli avrebbe impedito di ucciderlo. Strinse più forte l'impugnatura della scimitarra e lo cercò fra gli alberi.

Ma quel luogo si rivelò deserto. Dov'erano Ignazio, il Lusignano e tutti i soudadiers? In cerca di risposte, il francese frugò tra i rami e i cespugli, in direzione del castello. La nebbia ne offuscava la visione, ma tendendo l'orecchio gli parve di udire dal suo interno grida e cozzare di armi. Dietro quelle mura si stava combattendo.

D'un tratto la voce di Uberto richiamò la sua attenzione. Aveva un tono euforico e sorpreso al tempo stesso: «Ho trovato l'imboccatura di una galleria!». Un attimo dopo il giovane sbucò dagli alberi, gli occhi sbarrati, e invitò i compagni a seguirlo. «Forse so da dove sono passati!».

Condusse Willalme e Moira verso una lastra di pietra, vicino alla quale si trovava una grata di ferro sollevata.

31

Il Lusignano aveva condotto Ignazio nuovamente nei sotterranei. Camminarono a lungo, illuminando il percorso con le torce. Le gallerie si snodavano in un labirinto senza fine dove ci si orientava a fatica. Il mercante si chiese quanto potessero essere estese e chi le avesse realizzate, ma intuiva che presto l'avrebbe scoperto.

Poco per volta la temperatura aumentò e l'aria fu impestata da un lezzo di sostanze acri.

Dopo aver percorso l'ultimo tratto di galleria, il Lusignano entrò per primo in un ambiente spazioso e invitò i compagni a seguirlo con un gesto sicuro, come rincasasse nella propria dimora. E tuttavia Ignazio e i due armigeri si guardarono intorno prima di raggiungerlo. Quella non era una grotta naturale, ma una sorta di cripta sovrastata da un soffitto a cupola, interamente scavata nel granito. Lungo le pareti comparivano invece otto imponenti ingressi a volta, sbozzati nella pietra, tutti eguali ed equidistanti.

«Le porte dell'inferno!», esclamò un armigero.

Il mercante si impose di ragionare con freddezza. Ciascuno di quei portali doveva condurre a una delle otto torri dislocate intorno alle mura. Ne erano di certo gli accessi. Al momento si trovava quindi nel ventre di Airagne, sotto il mastio.

Gli otto portali non erano gli unici passaggi presenti. Miriadi di usci più piccoli comparivano alle pareti, nascosti nell'ombra.

Obbedienti a Filippo, i due armigeri trovarono delle torce infisse ai muri e le accesero; le fiaccole diffusero subito un odore di resina bruciata, riverberando luce fumosa fino al soffitto. Il chiarore permise a Ignazio di scorgere al centro dell'ambiente un piccolo stagno formato da una polla d'acqua, in mezzo al quale affiorava una statua a grandezza d'uomo. Era una scultura in pietra nera venata di galena, piuttosto rozza ma molto espressiva. Rappresentava una donna.

«Questa statua simboleggia Airagne?», chiese il mercante d'impulso.

«Non saprei», rispose il Lusignano. «Dev'essere opera dei primi abitanti di questo luogo, come gran parte delle gallerie. Ma rappresenta alla perfezione il mistero di Airagne».

Ignazio notò una parola incisa alla base della statua: MELVSINE. Gli suonò familiare, ma in quel momento non ne afferrò il significato. «Immaginavo già che dietro Airagne si celasse un'entità femminile», soggiunse. «L'ho capito vedendo gli scudi d'oro alchemico. Il loro marchio, il ragno, si compone di simboli muliebri. Otto spirali e, al centro, uno specchio di Venere. Le spirali alludono alla filatura e al mito di Arianna, ma anche all'alchimia».

L'immagine che aveva in mente era chiara.

«Il marchio del ragno è una mappa simbolica del castello», continuò Ignazio. «Le torri sono gli otto fusi che Airagne usa per "tessere" l'oro».

«Non le torri, ma i sotterranei sottostanti», lo corresse Filippo. «Airagne è la signora del labirinto oscuro, la *Dea Draco*. Nel suo ventre palpita il segreto di Nigredo».

Il mercante annuì, poi ripensò all'iscrizione sotto la statua. Quel "Melusine" destava la sua attenzione. Il suono di quella parola, la pronuncia delle sillabe aveva un che di familiare che persisteva a sfuggirgli. La voce del Lusignano lo distolse dalle considerazioni: «Sembrate piuttosto riflessivo, mastro Ignazio. State forse cercando di capire perché vi abbia condotto fin qui?»

«Credo vogliate usarmi come ostaggio, ma non ne sono sicuro. Forse vi preoccupa cosa possa aver trovato mio figlio seguendo le indicazioni di Galib».

Il Lusignano apparve contrariato. «Mi occuperò di vostro figlio in un altro momento, dopo aver ripreso il controllo di Airagne. Del resto, non ho la minima idea di dove possa trovarsi. Quanto a voi, ho interessanti programmi».

«Spiegatevi».

«Ai piani superiori, in una stanza segreta del mastio, sono custoditi i libri dei sapienti che organizzarono l'Opera di Airagne. Alcuni manoscritti sono però in lingua araba, e voi avete fama di essere un ottimo traduttore, conoscete l'idioma moresco e le scienze ermetiche. Se tradurrete quei testi, potreste aiutarmi a migliorare la produzione dell'oro alchemico. Senza contare che apprendereste molto...». Sorrise mellifluo. «Credo che lo stesso Gherardo da Cremona sarebbe stato tentato da una simile proposta. Vi alletta?»

«Se dovessi rifiutare, mi uccidereste come i vostri filosofi chartriani?»

«A ogni rifiuto vi amputerei un arto», lo minacciò il Lusignano. «Sono certo che prima o poi vi convincerete a collaborare».

Il mercante temporeggiò. Era tentato di scoprire i segreti di quei libri, tuttavia non si sarebbe mai messo al servizio del subdolo Filippo. Si avvicinò alla statua di donna. «Prima di decidere, vorrei parlare ancora di questa scultura. Mi incuriosisce l'iscrizione alla base: Melusine». Indicò la parola incisa. «Contrariamente alla statua, il graffito sembra recente. Chi l'ha realizzato?»

«I sapienti di cui mi servii per fondare l'Opera», rispose il Lusignano.

«Melusine. È questo il nome della vostra Dea Draco?»

«Melusine, o Melusina, è legata alla mia stirpe da generazioni.

Rappresenta la donna serpente che dà potere a chiunque abbia il coraggio di amarla. Pare che il suo nome derivi da Mère Lusine».

«Lusine deriva da "*lux*", la luce della sapienza...». Ignazio fu folgorato da un'intuizione. Melusine, Mère Lusine... Strinse i pugni. Come aveva fatto a non capirlo subito? Si trattava di Mater Lucina! Il béguinage! Tutto all'improvviso gli fu chiaro.

«Mère Lusine è molto di più», continuò il Lusignano. «Si riferisce a Lucifer, l'elemento divino che i platonici chiamano *anima mundi*, "l'anima del mondo". Gli alchimisti lo identificano invece con la purezza di Albedo».

Ignazio, ormai certo dei suoi ragionamenti, gli puntò il dito contro. «Questo è ciò che vi insegnò la badessa di Santa Lucina, quando ancora non aveva fondato il béguinage, non è forse vero? Lei faceva parte della vostra cerchia di sapienti! È lei la donna che anni fa vi sottrasse il *Turba philosophorum*, fuggendo incolume da questo luogo».

«Avete intuito giusto», disse Filippo, quasi divertito da una simile affermazione. «Dopo tanti anni di ricerche, me la sono ritrovata davanti all'improvviso. Potete immaginare il mio disappunto».

Ignazio continuò a ricostruire i fatti: «Dovete averla riconosciuta quando l'abbiamo vista uscire dall'abbazia di Fontfroide in groppa al mulo. Ma probabilmente vi aspettavate di incontrarla già prima, quando Folco ci ha parlato del béguinage di Santa Lucina... Lucina, sì, come la vostra Mère Lusine. La coincidenza dei nomi deve avervi insospettito, ecco perché avete tentato di uccidermi. Volevate impedirmi di incontrare quella donna. Temevate che potesse rivelarmi i segreti di Airagne. Poi avete ordinato ai vostri mercenari di incendiare il béguinage e di trovarla».

«E invece quella strega è riuscita di nuovo a sfuggirmi». Filippo si batté un pugno sul palmo. «Fu lei ad aizzarmi contro la cerchia di sapienti. Maledetta! Non ho mai capito perché l'avesse fatto».

La fronte di Ignazio si aggrottò severa. Sotto le sopracciglia, due occhi da sparviero. «Lo fece perché snaturaste la sua Mater Lucina, la sua benefica fata, trasformandola nella Dea Draco, un mostro capace di generare le sofferenze di Airagne e la devastazione degli Archontes».

«E voi siete davvero convinto che quei sapienti avessero concepito Airagne come un luogo destinato al bene? Cosa ve lo fa supporre?»

«In base al nome stesso di Airagne. Quando ne ho parlato con la badessa, l'ho paragonato ad Arianna. Lei ha annuito, ma ha anche accennato al suo anagramma corretto, Ariagne, in riferimento a una parola greca. Non l'ho capito, ma ora ci sono arrivato. La parola greca è *agnós*, che designa la castità e la purezza, proprio come Mater Lucina. Airagne, in origine, fu concepito per il progresso dell'uomo, non per la sua dannazione».

Il Lusignano serrò le labbra, reprimendo l'irritazione. Rimuginò sulle parole appena udite e scosse il capo più volte, come per rifiutarle, ma prima che potesse ribattere fu messo in allarme da qualcosa di inaspettato: un movimento nell'ombra.

Una freccia sibilò nell'aria. Uno dei due armigeri stramazzò per terra, trafitto.

Seguì un'attesa snervante, poi tre persone spuntarono dalla semioscurità. Erano Uberto, Willalme e Moira, seguiti dal cane nero. Filippo li guardò avvicinarsi con una smorfia di rabbioso stupore. "Inammissibile", pensò. Airagne era un labirinto! Anche ammesso che quei tre l'avessero seguito nel bosco fino all'imboccatura della galleria, come erano riusciti a raggiungerlo?

«Il fiuto del cane ci ha guidati fin qui», disse Uberto, offrendo una risposta alle occhiate interrogative del Lusignano. Il suo sguardo si posava ora su quest'ultimo, ora su Ignazio. «Lasciate andare mio padre, vi conviene!». Sembrava più maturo e deciso rispetto al giovane avventato partito dalla Castiglia un mese prima. Per dare maggior enfasi alle sue parole, si preparò a scoccare una seconda freccia.

L'unico armigero rimasto in piedi si sentì preso di mira. Sguainò una daga e trattenne Ignazio per farsi scudo con il suo corpo, ma il mercante estrasse il pugnale che aveva nascosto fra le pieghe dell'abito e con una mossa velocissima glielo infilzò sotto l'ascella, sfruttando una fessura del giaco. Il soudadier cadde sulle ginocchia, piegato in due per lo strazio, e prima di spirare emise un rantolo simile a un vagito.

Il Lusignano digrignò i denti e si scagliò contro Ignazio, ma prima di raggiungerlo si trovò faccia a faccia con l'indomito Willalme.

Filippo sguainò la spada. «Maledetto, come osi?», gli ruggì in faccia. «Dovevi restare legato a quell'albero, dove ti avevo lasciato. Ora ti farò a pezzi!», e gli si avventò contro.

Impugnando sia la scimitarra che la jambiya, il francese respinse una serie di colpi furiosi. Nell'oscurità sotterranea, le scintille generate dalle lame sprizzavano come lucciole. Il duello si preannunciava duro. Filippo era un formidabile guerriero e si destreggiava con un'abilità mai vista, sferrando rapidi fendenti che ostentavano un'esperienza affinata in anni di battaglie. Uberto lo seguiva con lo sguardo, tenendolo di mira con l'arco. Il rimorso era svanito, la sua presa era tornata salda.

«Non colpirlo!», gli gridò il francese. «Questo fellone è mio!».

Nella mente di Willalme balenavano i numerosi torti subiti da quell'uomo: l'inganno, l'umiliazione, la prigionia e il rogo della pieve. Sentimenti incontenibili lo rendevano furibondo. Parò con accanimento finché, spostandosi verso un angolo cieco dell'avversario, fu in grado di organizzare l'offesa. Mulinò la scimitarra nell'aria e vibrò un potente colpo trasversale, dal basso verso l'alto. Il Lusignano lo parò, ma il francese girò su se stesso e diresse un secondo fendente all'addome.

Filippo bloccò il colpo con la spada, torcendo il braccio in modo innaturale. Avvertì una fitta al polso e allora capì di aver sottovalutato il rivale. Indietreggiò per disimpegnarsi da uno scontro serrato. Willalme lo incalzava, alternando ai fendenti della scimitarra gli affondi della jambiya. Lo costrinse spalle al muro e gli fu addosso, pronto a colpire. Ma il Lusignano fu più svelto: con la mano sinistra afferrò una torcia infissa alla parete e gliela puntò contro il viso.

Willalme gridò di dolore e si portò la mano agli occhi, accecato da un lampo scarlatto. Arretrò goffamente, dimenando la spada. Quel maledetto l'aveva giocato! Le palpebre bruciavano e quando riuscì ad aprirle la vista era appannata. Eppure riusciva a distinguere la sagoma del nemico che correva lontano da lui, verso un'uscita, e si lanciò all'inseguimento in preda all'impeto.

Il Lusignano aprì in fretta una porta e la richiuse dietro di sé, bloccandola con una sbarra. Willalme picchiò con forza contro il battente, che tremò ma non cedette: era in legno borchiato, fasciato da listelli metallici. Solamente un ariete avrebbe potuto sfondarlo.

Il francese continuò a battere con rabbia. All'improvviso sentì una mano posarsi sulla sua spalla. Si voltò di scatto, trasfigurato dall'ira. Era Ignazio.

Emesso un profondo sospiro, Willalme si chetò.

«Calmati amico mio, lo riprenderemo», disse il mercante. «L'importante è che siamo tutti salvi». Si rivolse a Uberto, poi alla ragazza che lo accompagnava. «Tutti salvi».

«Padre, finalmente», esclamò Uberto, sorridendo. Per un attimo si sentì tornare fanciullo, e fu pervaso da tanto affetto per il genitore da scordarsi di tutti i difetti caratteriali che era solito imputargli. Indicò la giovane al suo fianco. «Lei è Moira. L'ho incontrata sul mio cammino, non distante da Montségur. Da allora siamo rimasti insieme. Mi ha aiutato a trovare la strada per Airagne».

Ignazio annuì, poi diresse un cenno di approvazione alla ragazza.

«La badessa di Santa Lucina ti manda i suoi saluti», proseguì il giovane.

Il mercante alzò un sopracciglio. «È viva?»

«È sopravvissuta all'incendio rifugiandosi nei sotterranei della pieve», spiegò brevemente Uberto. Poi soggiunse: «Ho visto cosa si nasconde là sotto. Quella donna mi ha mostrato i tessitori, e...».

«E poi ti ha detto d'aver fatto parte del gruppo di sapienti che fondò Airagne», lo anticipò suo padre.

Uberto spalancò gli occhi, basito. «Come fai a saperlo? La badessa mi ha assicurato di non avertene fatto parola!».

«Non guardarmi come se fossi un aruspice», ribatté Ignazio.

«Un attimo», intervenne Willalme rivolgendosi al mercante, «tu mi hai riferito che la badessa ti ha confessato di non essere mai stata ad Airagne».

«Infatti non ha mentito», rispose Ignazio. «Lei mi ha detto di non essere mai stata prigioniera ad Airagne, ed è stata sincera, poiché i sapienti che fondarono questo luogo seguirono spontaneamente il Lusignano, nessuno li obbligò. Ma in seguito messer Filippo iniziò ad agire di testa propria, fece rapire i catari per obbligarli a produrre ingenti quantità di oro alchemico, e così facendo diede origine alla leggenda del Conte di Nigredo. Leggenda a cui i sapienti si opposero, pagando tutti con la loro vita».

«Tutti eccetto la badessa», specificò Uberto. «Lei riuscì a fuggire da Airagne, portò con sé il *Turba philosophorum* e lo fece nascondere a Montségur. Poi si rifugiò per qualche tempo in Spagna, e quando decise di fare ritorno in Linguadoca fondò il béguinage di Santa Lucina. Non appena si imbatté nei primi fuggiaschi di Airagne, decise di soccorrerli e di proteggerli».

«Ora che ci siamo chiariti, parlami del *Turba philosophorum*», disse Ignazio. «Sempre che tu ne sappia qualcosa».

«Posso fare di meglio», rispose il giovane, frugando nella sua bisaccia. «Posso mostrartelo».

Il mercante lo fissò con incredulità mentre estraeva un piccolo codice e glielo porgeva con una certa urgenza. Se davvero si trattava del manoscritto di cui aveva sentito parlare, si trovava di fronte a uno dei testi più importanti non solo della cristianità ma dell'intera ecumene. Non appena l'ebbe tra le mani, inspirò profondamente per dominare un'intima euforia e iniziò a sfogliarlo, divorando con gli occhi le righe di inchiostro, per verificare che fosse l'autentico *Turba philosophorum*.

«L'ho sottratto dalla Pietra di Luce, nei sotterranei di Montségur». Uberto gli strizzò un occhio. «Il maestro Galib mi aveva incaricato di recuperarlo per te. Fra le sue pagine si celano i segreti dell'alchimia di Airagne».

«Il maestro Galib è morto per questo libro». Ignazio si oscurò. Aveva imparato quella lezione molti anni prima, a Tolèdo: il sapere più prezioso, quello rivelato a pochi, richiedeva spesso il sacrificio più alto. Forse anche lui, un giorno, avrebbe dovuto pagare un simile tributo. Ma ora doveva pensare ad altro. «Grazie a questo libro potremo comprendere il funzionamento di Airagne. Dato il poco tempo a disposizione, lo consulterò sommariamente. Spero che ciò ci dia qualche vantaggio sul Lusignano».

«Così potremo fermarlo», sentenziò Willalme. Le bruciature al viso gli conferivano un aspetto feroce. Fortunatamente non aveva riportato danni alla vista.

Il mercante fece un cenno di diniego. «Filippo di Lusignano non è l'unica persona da fermare, né la più pericolosa. Fra queste mura risiede il Conte di Nigredo, l'uomo che ha preso il suo posto e che tiene prigioniera Bianca di Castiglia. Non sarà facile elaborare un piano d'azione».

Moira si sentì in dovere di intervenire: «Dovremo anche occuparci della gente intrappolata nel sottosuolo. Gli schiavi di Airagne. Non possiamo permettere che restino a morire qui sotto».

Gli sguardi degli astanti conversero su di lei. Tutti acconsentirono.

Quando il Lusignano chiuse la porta dietro di sé, emise un profondo sospiro. C'era mancato poco che quel demonio scatenato avesse la meglio su di lui.

Uno spasmo al polso destro lo riportò alla realtà dei fatti. Un attimo prima, nella foga del duello, non aveva percepito un dolore tanto intenso. Ora invece le fitte si ramificavano fino a raggiungere il gomito, come accadeva sempre al termine degli scontri, quando il corpo si rilassava.

Si tastò l'avambraccio in più punti. Nulla di grave, ma gli avrebbe causato problemi se fosse stato necessario usare di nuovo la spada. Per fortuna non correva rischi immediati: il mozarabo e i suoi compagni non potevano raggiungerlo. Quei dannati avrebbero impiegato molto tempo per orientarsi nei cunicoli di Airagne. Quanto a lui, non aveva scelto un ingresso a caso. Di fronte ai suoi occhi partiva il corridoio più agevole e veloce per risalire fino al mastio.

Le cose non andavano così male...

Organizzò le idee. Innanzitutto doveva trovare il Conte di Nigredo e toglierlo di mezzo. Una volta ripreso il controllo di Airagne, avrebbe provveduto a disfarsi degli intrusi. Ignazio da Toledo, suo figlio Uberto e quel maledetto Willalme si erano presi gioco di lui, avevano osato sfidarlo. Tanto peggio per loro.

Non aveva un minuto da perdere.

Si incamminò di buon passo lungo il corridoio. Doveva accedere al mastio finché la sorveglianza era blanda. Una volta eliminato il suo misterioso usurpatore, sarebbe stato facile riportare all'obbedienza gli Archontes. Se volevano l'oro di Airagne, avrebbero dovuto sottomettersi a lui. In quanto a Folco e ai soudadiers, non rappresentavano una seria minaccia, ma un semplice diversivo.

"Povero Folco, mi fa quasi pena", ghignò il Lusignano. "I suoi cavalieri verranno spazzati via. È tanto interessato all'oro che non si è neppure reso conto di essere stato usato".

Superò un'arcata di pietra e giunse alle radici del mastio. Non si trovava più in una galleria, ma fra pareti perpendicolari e ben squadrate. Avanzava in un tale stato di euforia che quasi non si accorse di una sagoma ingobbita sbucata dall'ombra di fronte a lui.

Era un vecchio monaco.

Appena lo vide, l'ometto decrepito ebbe un sobbalzo, poi si diede alla fuga.

La memoria di Filippo fu attraversata da un lampo, aveva già visto quel vecchio. Era accaduto per ben due volte. Prima all'abbazia di Fontfroide, poi all'accampamento degli Archontes. Era Gilie de Grandselve! Ecco chi era in realtà! Si trattava di un emissario del Conte di Nigredo, mandato a Fontfroide per spiarlo. Non c'erano altre spiegazioni!

Il Lusignano si gettò all'inseguimento. Doveva acciuffare quel monaco.

Gilie de Grandselve si muoveva come un ratto spaventato, ansimava scalpicciando sulle sue gambette magre. Filippo era certo che l'avrebbe raggiunto in un baleno, e a quel punto si sarebbe fatto confessare da lui ogni cosa. Pregustando quel momento, attraversò di volata un corridoio sempre più largo.

Il Lusignano era a pochi passi dal monaco quando percepì un movimento alle sue spalle. Una porta laterale si apriva. Con la coda dell'occhio vide uscirne un energumeno che brandiva una mazza, e prima ancora che Filippo potesse reagire ricevette un colpo alla testa.

Vide una luce bianca, poi sprofondò nel buio. Ma ancora cosciente, scorse Gilie de Grandselve ritornare sui propri passi e ridere maligno sopra di lui.

32

Castello di Airagne

Lettera quarta – Rubedo

Mater luminosa, la virtù et l'intelletto mi furono bastevoli a concludere l'Opera. Le fatiche di Nigredo, *di* Albedo *et di* Citrinitas *mi fecero da guida nel jardino dell'alchimia, e fui capace di giungere al rossore di* Rubedo. *Ma il modo in cui ottenni questo miracolo è un mysterium che tengo segreto, et ne parlerò soltanto in modo simbolico. Lavorai il filo di lana come si fa nella texitura et ricavai un panno dorato simile al vello di Giasone. Ma ora che ammiro una simile meraviglia, mi coglie la nostalgia del mio antico claustro, il rifugio di preghiera et silenzio che mi portò alla pace dello spirito. Mater luminosa, mi chiedo se mai potrò farvi ritorno.*

Il Frangipane ripose la lettera nel cofanetto e si premette le palpebre con i pollici. Aveva gli occhi gonfi e accusava un nevrotico pulsare dentro le orbite.

A cosa alludevano quelle lettere? Chi mai poteva averle scritte? Inutile sforzarsi di capire, i pensieri sprofondavano nel nulla. La testa era buia e vuota come una buca scavata a colpi di vanga. Per di più provava un imbarazzante disagio, come se avesse commesso qualcosa di grave ma non ne serbasse memoria. Si trattava di un evento recente.

Si sforzò di rievocare l'accaduto e afferrò un ricordo. Dapprima non fu certo che fosse reale, ma presto dovette farsene una ragione. Quel ricordo era proprio suo!

Ricostruì i fatti. Si era comportato come un folle, aveva perso il controllo. E quel che era peggio, lo aveva fatto davanti a lei, la Dame Hersent. Si era reso ridicolo ai suoi occhi, aveva dato spettacolo di sé.

Cosa gli capitava? Da quando si trovava prigioniero era come se una volontà sconosciuta avesse preso il controllo della sua persona, facendogli compiere azioni incomprensibili. Si chiese se, oltre all'episodio appena rievocato, ve ne fossero stati altri di cui non serbava memoria. Quel pensiero lo spaventò. Si sentì impotente, incapace di comprendere se stesso. Era sempre stato un uomo inflessibile e morigerato, non aveva mai dato occasione a nessuno di compatirlo, tanto meno alle donne. Tutti temevano il suo carattere deciso e autoritario. Era il cardinale di Sant'Angelo, legato pontificio, un uomo di potere. Nessuno l'aveva mai visto inginocchiarsi se non per pregare.

Doveva essere colpa di Bianca, non c'era altra spiegazione. La regina l'aveva ammaliato, insinuandosi come un serpente nelle sue fantasie. L'aveva sfidato, spingendosi oltre il limite consentito dal loro rapporto. Mentre formulava quei pensieri, si scoprì a sorridere come un ebete e provò disgusto per se stesso.

Scattò dallo scranno e gironzolò per la stanza a grandi falcate, l'ansietà gli oscillava dentro come il battaglio di una campana. Non era la prigionia a esasperarlo, ma la prossimità di quella donna. La sua immagine lo inseguiva nei pensieri e persino nei sogni. La odiava. Sì, odiava Bianca di Castiglia! Si aggrappò con tutto se stesso a quel sentimento, perché se così non fosse stato, avrebbe dovuto ammettere cose che temeva a tal punto da non volere neppure pronunciare.

"L'odio è un sentimento puro e inflessibile", pensò, con temporaneo sollievo. "È un bastione solido. E se imbrigliato a dovere, può lasciarsi guidare dalla razionalità".

Si premette ancora una volta le palpebre, ma a dispetto di quel gesto il mal di capo crebbe. Era un dolore provocato dal nervosismo, ormai l'aveva capito, e più cercava di respingerlo, più si acuiva e affondava i tentacoli dentro la sua testa. Ma il cardinale preferiva soffrire anziché affrontare se stesso. Aveva deciso di punirsi in quel modo, per estirpare le proprie malie. Doveva liberarsi delle debolezze dell'infatuazione, bandirle dall'animo. Un conto era desiderare una donna, sfogare la propria virilità su di lei, bramare di sottometterla. Ciò era naturale, quasi plausibile, forse addirittura perdonabile.

«Io... non... la... amo...».

Per espellere il veleno dall'anima, aveva iniziato a parlare ad alta voce. Si morse la lingua prima che potessero udirlo. Ma proprio in quell'attimo, qualcuno era entrato.

La regina.

Il cardinal legato acquisì l'espressione di un bambino colto nell'atto di una marachella.

Bianca gli si avvicinò con passo lieve, come se camminasse sull'acqua. I suoi movimenti ricordavano un fluttuare di alghe. «Eminenza, finalmente vi siete ripreso. Iniziavo a temere per voi».

Sembrava sincera, addirittura premurosa.

Romano Frangipane non ebbe modo di ribattere, poiché ella gli passò al fianco, lo superò e si affacciò a una finestra. Solo allora udì risuonare dall'esterno i rumori di una battaglia, e assumendo una smorfia contrita si domandò come avesse potuto ignorare fino ad allora un simile frastuono.

«Eminenza, guardate cosa sta accadendo!». Bianca si sporse verso l'esterno in preda a un entusiasmo incontenibile e indicò lo scontro che si svolgeva ai piedi della torre. «Era ora che qualcuno giungesse a soccorrermi! Ah, che impeto! Quegli uomini si stanno battendo come leoni». Si voltò stupita. «Ma cosa fate lì impalato? Venite, venite a guardare. Avete forse paura di starmi accanto?».

Il cardinale avanzò riluttante e si affacciò, accostandosi alla regina. Lo spettacolo che si prospettò sotto il suo sguardo lo lasciò senza fiato. Aveva assistito a molte battaglie negli ultimi anni, ma ogni volta l'orrore e lo sconforto che provava erano identici. Davanti alla guerra, la vita gli appariva un concatenarsi di fenomeni grotteschi e privi di significato. Una burrasca che travolge ogni cosa, un'orgia di corpi e di emozioni priva di qualsiasi scopo, eccetto quello di trasformare gli uomini in belve.

Due eserciti si stavano fronteggiando entro la cerchia muraria. La nebbia non permetteva di scorgere i colori delle uniformi, ma la situazione appariva abbastanza chiara. Gli invasori si trovavano in netto svantaggio rispetto ai difensori del castello.

Il Frangipane si rese conto che Bianca, al suo fianco, fremeva in preda all'eccitazione. Il misurarsi dei due schieramenti, anziché turbarla, esercitava su di lei un fascino segreto. I suoi occhi brillavano di luce selvaggia. Per un attimo avvertì quasi il suo desiderio di partecipare di persona allo scontro. Fosse stata un uomo, pensò, sarebbe diventata un grande condottiero.

A un certo punto Bianca si scostò dalla finestra e si avvicinò a un tavolino di legno, dov'era riposta una brocca di terracotta. Riempì un calice e lo portò alle labbra. «Siete ancora pallido, eminenza», disse. «Un sorso di vino gioverebbe anche a voi. Assaggiate quest'Aygue ardent».

«Sua maestà dovrebbe sapere che non bevo vino. Peggiorerebbe il mio mal di capo». Il cardinale indicò una brocca metallica sullo scrittoio. «Preferisco l'acqua».

La regina fu sul punto di ribattere, ma si trattenne. Bevve un sorso di vino e deglutì lentamente, assaporandolo. Un tenue rossore affiorò sulle sue gote.

Senza quasi rendersene conto, Humbert de Beaujeu varcò un angusto passaggio e si ritrovò in superficie. Finalmente, dopo vani tentativi, era riuscito a trovare un'uscita dai sotterranei!

Non avrebbe saputo dire quale ora del giorno fosse, poiché il paesaggio era avvolto da una nebbia plumbea, ma capì di trovarsi ancora entro la cinta. E benché fosse pronto ad affrontare qualsiasi situazione, restò immobile a fissare una scena che aveva dell'incredibile. Mai si sarebbe aspettato di trovare lo spiazzo del castello invaso da una torma di soldati in combattimento. Le loro sagome si agitavano nel grigiore, più simili a ombre che a corpi tangibili, se non fosse stato per il clangore delle armi e per le loro grida di battaglia.

Humbert fece qualche passo in avanti. Tutto sommato, la situazione per lui non cambiava: doveva comunque uscire indenne dal castello e organizzare un piano per liberare la regina. Si guardò intorno. Se un esercito aveva fatto irruzione, significava che l'ingresso delle mura era aperto. Doveva trovarlo, e una volta fuori avrebbe valutato come sfruttare al meglio la situazione.

Il lieutenant era sul punto di mettersi in movimento, quando un cavallo da battaglia gli si piazzò di fronte emettendo un nitrito acutissimo. L'animale si impennò, dimenando gli zoccoli sporchi di fango sopra la sua testa.

Quando il corsiero atterrò sulle zampe anteriori, comparve il cavaliere che lo montava. I colori dell'uniforme erano inconfondibili: appartenevano al vescovo di Tolosa. Humbert invece recava sul petto le insegne del re di Francia, perciò si sentì al sicuro, stava davanti a un probabile alleato.

Ma al contrario di quanto previsto, il cavaliere sollevò la spada imbrattata di sangue e gli si avventò contro. «Eccone un altro!», gridò. «Maledetti Archontes, prima di morire ne manderò all'inferno quanti più posso!».

Humbert cercò d'istinto il pomo della sua spada ma, ricordandosi di essere disarmato, si gettò a terra per schivare una stoccata. Ruzzolò nella polvere e si rialzò in fretta mentre il cavaliere che l'aveva aggredito girava il destriero per predisporre un nuovo attacco, tuttavia non sembrava rappresentare una reale minaccia. Aveva l'aria di essere esausto, i suoi movimenti erano lenti e poco efficaci. Probabilmente combatteva da ore e forse era addirittura ferito. Il lieutenant lo aggirò con un'abile mossa e scivolò al suo fianco senza farsi colpire, poi lo afferrò per una gamba e lo fece cadere a terra. L'impatto al suolo dovette tramortirlo.

Senza più curarsi dell'aggressore, Humbert afferrò il cavallo per le briglie, balzò in sella e si lanciò al galoppo, attraversando il campo di battaglia a testa bassa. Doveva raggiungere il varco delle mura e uscire dal castello, ma nel frattempo non smetteva di chiedersi cosa stesse accadendo e perché quel cavaliere l'avesse attaccato.

Si portò verso l'uscita, dove il combattimento era serrato, e per poco non rischiò di lasciarsi coinvolgere nello scontro tra fanti e cavalieri, contrapposti in un fitto cozzare di scudi, spade e lance. Il cavallo era esausto, schiumava dalla bocca e mordeva il freno per la paura, ma lui lo spronò al massimo. Non poteva permettersi di rallentare.

L'ultimo tratto prima del varco fu il più difficile. La mischia era un autentico intreccio di corpi, impossibile da valicare senza rischiare di morire, perciò Humbert brandì un mazzapicchio fissato alla sella e si batté con audacia, facendosi largo a suon di colpi e atterrando quanti più uomini gli si paravano di fronte, senza badare a quale schieramento appartenessero. Avanzò a denti stretti, alzando e abbassando il mazzapicchio infinite volte, il braccio destro ormai dolorante per lo sforzo, e, quando si trovò sul ponte sopra il fossato, fece impennare il destriero per liberarsi dell'ultimo gruppo di fanti che gli impediva il passaggio. Quindi schizzò via al galoppo, finalmente libero.

Al limitare della foresta, un gruppo di uomini a cavallo emerse dalla nebbia e gli andò incontro.

«Io vi conosco», disse uno di quelli, un vecchio dai modi aristocratici.

«Anch'io», ribatté Humbert, osservandolo con attenzione. Sopra l'usbergo indossava una casula e un pallio, e sfoggiava un pastorale. Non poteva sbagliarsi. «Siete Folco, il vescovo cacciato da Tolosa».

«Voi invece siete il cugino del defunto re Luigi», soggiunse il prelato. «Ma come siete conciato? La vostra faccia e i vostri abiti sono sporchi di fuliggine. Sembrate appena uscito da una fucina».

«In un certo senso vostra grazia ha ragione». Il lieutenant indicò la rocca alle sue spalle. «Sono vostri i soldati che assediano il castello?»

«Per buona parte sì, coadiuvati da un gruppo di mercenari».

«Dovreste ordinare la ritirata. Entro breve non resterà molto di loro».

«Inaudito». Folco apparve sgradevolmente stupito. «Mi era stato assicurato che le difese del Conte di Nigredo fossero sguarnite».

«Tutt'altro eccellenza». Humbert capì che il prelato si era appena reso conto d'aver commesso un errore di valutazione. Probabilmente era vittima di un inganno. Chi poteva averlo giocato tanto abilmente?

Il vescovo tacque per un momento, poi mutò espressione: sul suo volto incartapecorito si accese una debole speranza. «Ebbene, signor de Beaujeu, come proponete di rimediare alla situazione?». Sguainò la spada d'arme fissata all'arcione posteriore: un simbolo, non un'arma destinata all'uso. Gliela porse con riguardo. «Luigi il Leone riponeva fiducia in voi, tanto da affidarvi le sue milizie in punto di morte. Ebbene, in tale circostanza io farò lo stesso».

Humbert trattenne un sorriso trionfale. Quelle erano proprio le parole che desiderava sentirsi dire. Ma non gli bastava. «Una possibilità ci sarebbe. Tuttavia, prima di entrare nei dettagli, vostra grazia dovrebbe spiegarmi cosa sta esattamente accadendo. Ho visto cose là dentro di cui non riesco a capacitarmi».

«Parlate dell'oro di Airagne?», chiese Folco, dopo un attimo di esitazione. Una sfumatura di avidità ravvivò il reticolo delle sue rughe.

«No, eccellenza. Parlo dei soldati che stanno difendendo il castello».

33

L'ombra sotterranea tremava al crepitio delle fiaccole. Dopo aver sfogliato a lungo, forse più del necessario, Ignazio soffermò lo sguardo su una pagina del *Turba philosophorum* e si trovò di fronte alla verità. Tutte le domande che si era posto nel corso della sua vita sulla natura delle cose e sulla trasmutazione della materia sembravano trovare risposta in quelle righe d'inchiostro. Avrebbe appreso segreti che solo a pochi eletti era concesso conoscere. Ma tutto ciò non gli arrecò alcun sollievo, anzi, accentuò in lui un senso di vuoto, come se nel suo animo si fosse aperto un baratro. Gli fu necessario uno sforzo di concentrazione per dominarsi, dopodiché fissò suo figlio, che dopo interminabili peripezie gli stava di nuovo accanto. Quel pensiero gli diede forza.

Fu così che iniziò a leggere ad alta voce, ponendo fine all'attesa dei compagni: «*Huius operis clavis est nummorum ars...*».

«Spiega con parole semplici», chiese Willalme.

Il mercante sollevò un occhio dall'incartamento e annuì. «Il contenuto del libro è suddiviso in una quantità di sermoni di difficile comprensione. Naturalmente non abbiamo il tempo di leggerli tutti, ma ne ho notato uno, uno soltanto, contrassegnato da appunti a margine. Qualcuno deve averlo studiato a fondo, quindi proporrei di partire da qui. Si tratta del decimo sermone e riguarda proprio la fabbricazione dell'oro. Non può trattarsi di una coincidenza. Se Galib aveva ragione, e se questo libro è davvero appartenuto al Conte di Nigredo, forse siamo a un passo dallo scoprire il mistero di Airagne». Ottenuto un unanime cenno di consenso, proseguì: «Il testo prescrive di fondere il piombo e di raffreddarlo con un vapore chiamato *ethelie*. In questo modo il piombo si trasmuterà nel "magnete", che è destinato ad attrarre la colorazione dell'oro nel momento della tinctura. Il procedimento viene descritto in questo modo: "Prendete l'argento vivo e coagulatelo nel corpo del magnete perché non bruci; otterrete la natura bianca, quindi aggiungete il bronzo, e diverrà bianco, e se lo farete diventare rosso, diverrà rosso, e poi, se lo cuocerete, diverrà oro"».

«Queste parole non ci saranno di alcuna utilità», obiettò Willalme, che aveva preso a fissare i cadaveri dei due soudadiers stramazzati al suolo.

«Ti sbagli», ribatté Moira, «comprendendole capiremo come funziona Airagne».

«E una volta scoperto il suo funzionamento», aggiunse Uberto, «potremo fermarlo».

«Infatti», confermò Ignazio. «E se riusciremo nell'intento, otterremo due vantaggi: creeremo un diversivo per consentire la fuga ai prigionieri e renderemo inservibile l'intera struttura. Il Conte di Nigredo, chiunque egli sia, si troverà in estrema difficoltà».

Uberto annuì. «Da come parli, sembra che tu sappia come agire».

«Ancora no». Il mercante tornò a consultare il *Turba philosophorum* nella speranza di trovare una soluzione pratica e veloce. Teorizzare un piano era ben altro dal concretizzarlo. Voltando pagina, esattamente alla fine del decimo sermone, notò un piccolo schema geometrico disegnato a margine del testo. All'inizio non gli diede importanza, scambiandolo per una miniatura realizzata dall'amanuense, poi, guardandolo con maggior attenzione, si accorse che era tutt'altra cosa.

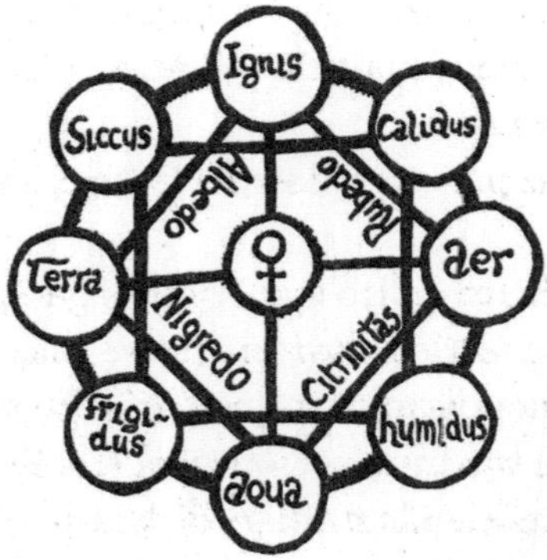

A quel punto Ignazio venne folgorato da un'intuizione e fu finalmente certo di avere fra le mani il libro giusto. Richiamò di nuovo l'attenzione dei compagni e mostrò loro il disegno. «Guardate! Questo è senz'altro lo schema adottato dai filosofi del Conte di Nigredo per creare Airagne». La sua voce tremava per l'entusiasmo. «Se osservate bene, noterete che riproduce esattamente la pianta del castello, ma non solo: sovrappone a essa le otto fasi dell'Opera, quattro fondamentali – *ignis*, *aqua*, *aer*, *terra* – e quattro secondarie – *calidus*, *frigidus*, *siccus*, *humidus*. Ognuna è messa di fronte al proprio opposto, in modo da creare equilibrio. Al fuoco si contrappone l'acqua, alla terra l'aria, e così via. Questo principio deve stare alla base della trasmutazione dei metalli».

«Otto fasi, come le torri di Airagne», commentò Uberto.

«Non le torri, ma i sotterranei. Si tratta degli otto fusi di Arianna. Nel disegno, la signora del labirinto è rappresentata al centro dallo specchio di Venere, fra quattro settori intermedi: Nigredo, Albedo, Citrinitas e Rubedo. È nei sotterranei che si svolgono i procedimenti alchemici. Le torri servono soltanto ad agevolare la fuoriuscita dei fumi e a difendere il castello».

Willalme serbava un atteggiamento scettico. «Come possiamo sabotare una struttura tanto grande e complessa?».

Ormai certo di essere nel giusto, Ignazio rispose con prontezza: «Secondo il decimo sermone del *Turba philosophorum*, la trasformazione e il raffreddamento dei metalli dipendono in buona parte dall'ethelie. Questo vapore viene impiegato in molte fasi dell'Opera. Perciò, se troviamo i punti da cui viene emesso e li blocchiamo, possiamo fermare tutto».

«Non ci resta che provare», disse il francese, impaziente di entrare in azione.

«Un attimo». Uberto indicò uno a uno gli otto portali che circondavano l'ambiente. «Prima dovremo capire quale tra questi ingressi conduca a un punto di emissione di ethelie. Se ne scegliamo uno a caso, rischiamo di smarrirci nel sottosuolo di Airagne».

«Se il disegno è fedele alla struttura di Airagne, dovremmo trovare l'accesso del sotterraneo designato dalla parola "calidus", dove il fuoco incontra le sostanze volatili».

A udire quella parola, Moira ebbe un sussulto. «So dov'è», disse d'un tratto. «Conosco quel sotterraneo».

Ignazio la scrutò dubbioso. «Com'è possibile?»

«Sono già stata qui». La ragazza afferrò una torcia infissa a una cavità della parete e si incamminò risoluta verso uno degli otto ingressi. «La via giusta è questa».

Non ci furono obiezioni. I tre uomini la seguirono. Camminandole alle spalle, nessuno di loro riuscì a guardarla in viso. Nessuno vide le lacrime che Moira stava piangendo.

Erano lacrime di terrore.

Oltre l'ingresso trovarono una discesa che si avvitava in tornanti sempre più stretti. La forma di quel luogo rammentò a Ignazio un passo di Ermete Trismegisto in cui le tenebre venivano paragonate alle spire di un serpente. Le spire della Madre Terra e di Nigredo. Le spire di Melusina, la Dea Draco... Allontanò dalla mente ogni suggestione prima che i pensieri degenerassero in delirio. In fondo, si disse, quello era un semplice sotterraneo, e se per certi versi gli appariva singolare, per altri somigliava alla catacomba dove aveva perduto suo fratello Leandro. Forse anche Airagne in passato era stata una necropoli, o qualcosa del genere.

Percorsero rampe di scale scolpite nel granito mentre la luce delle fiaccole vivificava i riflessi bluastri delle vene di galena. Più scendevano, più l'aria diventava calda e irrespirabile.

Moira conduceva impassibile, l'angoscia era svanita dal suo volto. Ora appariva calma, quasi impaziente di giungere a destinazione. Era riuscita a isolare i ricordi orribili in un anfratto della memoria e per restare tranquilla aveva iniziato a pensare ai suoi genitori, alla fanciullezza e alla felicità prima del naufragio. Finché d'un tratto Uberto le aveva sfiorato un polso e l'aveva presa per mano. Una parte di lei era stata sul punto di maledirlo per averla riportata con quel semplice gesto nel mondo reale, ma allo stesso tempo trasse forza da quel contatto. In fondo era stato per lui che aveva scelto di ritornare in quel luogo.

«Attenzione!», li mise in guardia Ignazio.

Tutti si bloccarono. A pochi passi da loro levitava nell'aria un pulviscolo argentato, iridescente alla luce delle torce. Fuoriusciva da una crepa nella parete.

«Sembra caligine», osservò Uberto, «non ha un aspetto pericoloso».

«Non è caligine, ha una consistenza diversa», disse il mercante, esaminando un po' di quella sostanza sulla punta dei polpastrelli. Poi si coprì il viso con il cappuccio, per proteggere il naso e la bocca, e invitò gli altri a fare altrettanto. «Passate oltre senza respirare! Può essere velenosa».

La discesa proseguì senza altri inconvenienti. Mancavano ancora due rampe di scale quando finalmente comparve la struttura collocata sul fondo. Era un cilindro di metallo alto almeno quanto cinque uomini e sormontato da una cupola di pietra refrattaria. La base poggiava su una fornace, sbuffi di fumo e vapore fuoriuscivano da sfiatatoi praticati intorno al suo corpo.

Sul pavimento, presso la bocca della fornace, scorreva un rigagnolo di metallo fuso. Forse piombo. Usciva da una feritoia del muro e scivolava lucido in un alveo di pietra, defluendo in uno smaltitoio aperto in una parete.

Ignazio, affascinato, si chiese a cosa servisse un simile luogo, ma per la risposta dovette attendere. Stavano per scendere dall'ultimo tornante quando Moira fece cenno di fermarsi. Indicò verso il basso: uno sciame di uomini lavorava presso l'enorme cilindro. Alcuni controllavano la struttura in più punti, arrampicandosi verso la sommità tramite apposite scale a pioli, altri invece alimentavano la fornace.

Willalme osservò con attenzione quegli operai. Erano emaciati, ingobbiti e vestiti di stracci. Alcuni di loro gesticolavano come ebeti, altri camminavano sporgendo le mani in avanti o appoggiandosi agli altri. Sembravano muoversi in un tale stato di sottomissione da non accorgersi che nessuno stava più di guardia. Avrebbero potuto fuggire, ma l'assuefazione e la paura li tenevano vincolati alle fatiche di Airagne.

Gli sguardi dei quattro si spostarono alla fine verso la grande struttura cilindrica.

«È un *athanor*», disse Ignazio, «un forno alchemico».

Uberto lo guardò sorpreso. «Ne sei sicuro?»

«Un athanor», ripeté il mercante. «Molto più capiente rispetto alla norma, questo è certo, ma non credo di sbagliarmi. Il principio del suo funzionamento è semplice. Contiene un recipiente interno in cui viene depositato un composto da esporre al calore e alle sostanze volatili».

«Sostanze volatili... Ti riferisci al vapore di ethelie? Quello che stiamo cercando?»

«Credo di sì».

Proprio in quel momento un gruppo di operai si arrampicò in cima alla struttura e ne sollevò il coperchio emisferico, lasciando fuoriuscire un getto di vapore solforoso. L'emissione fu così violenta che gli uomini dovettero scostarsi e attendere che diminuisse d'intensità. Quando il getto ebbe trovato la sua via di fuga, si avvicinarono con cautela, estrassero dall'interno un recipiente colmo di pagliuzze metalliche e ne depositarono al suo posto un altro contenente metallo fuso. Fatto ciò, richiusero la calotta e scesero dal cilindro.

«Hai notato il vapore fuoriuscito dall'athanor?», disse il mercante in direzione del figlio. «Dovrebbe essere ethelie. Siamo nel posto giusto».

Uberto annuì, poi osservò il recipiente estratto da sotto la calotta. «Quello invece cos'è?»

«Credo sia il "magnete" ricavato dal piombo. Quelle pagliuzze, ben presto, verranno sottoposte alla tinctura e assumeranno il colore dell'oro».

«Bene. Adesso ne sappiamo abbastanza». Uberto sembrava determinato ad agire. «Dobbiamo liberare questa gente, poi manometteremo l'athanor».

«In assenza di guardie non sarà difficile». Ignazio indicò la sommità del cilindro. «Hai notato una cosa? Quando gli operai hanno sollevato la calotta, la fuoriuscita del vapore è stata dapprima violenta, poi è cessata quasi del tutto. In quel momento l'athanor non conteneva più ethelie. Era vuoto, quindi inservibile».

«Capisco cosa vuoi dire. Tenendo sollevata la calotta, l'ethelie continuerebbe a evaporare verso l'alto e il processo di trasformazione ne risentirebbe».

«Esatto. E per completare il lavoro, si dovrebbe smettere di alimentare la fornace».

«Basterà fare evacuare gli operai per ottenere questo risultato». Uberto ebbe un ripensamento, intrecciò le braccia e guardò suo padre di sottecchi. «Così facendo, però, non arrecheremo danni permanenti alla struttura. Chiunque, in un secondo momento, potrebbe riprendere il controllo di Airagne e servirsene di nuovo».

«Non accadrà se fermeremo il Conte di Nigredo», volle rassicurarlo il mercante.

Uberto non si lasciò convincere. Conosceva troppo bene suo padre da intuire che non avrebbe mai danneggiato uno strumento in grado di accrescere la sua conoscenza. Non prima di averlo studiato minuziosamente, almeno. Immaginò il dramma inespresso che Ignazio dovesse vivere in quel momento, diviso tra la necessità di distruggere Airagne e il desiderio di scoprirne i segreti. Benché ostentasse la solita maschera impassibile, da ogni sua piega d'espressione trapelava un'incontenibile smania di sapere.

Gli pose una mano sulla spalla. «Lascia fare a me, padre».

Il mercante apparve contrariato. «Cosa intendi?»

«Seguendo i tuoi consigli, bloccherò l'athanor e libererò i prigionieri». Con un gesto eloquente, il giovane indicò verso l'alto. «Tu nel frattempo avrai un altro compito da svolgere».

«Il Conte di Nigredo...», mormorò Ignazio, quasi se ne fosse dimenticato.

«Sì, il Conte di Nigredo. E non scordarti di Bianca di Castiglia. La situazione è propizia per liberarla».

«Sei sicuro di riuscire a cavartela da solo, qua sotto?»

«Non avrò problemi».

«D'accordo». Il mercante si rivolse a Moira per interrogarla. «Una volta risaliti i tornanti, sai per caso quale direzione debba prendere per raggiungere il mastio?»

«Se ricordo bene, c'è un piccolo ingresso di fronte alla statua della donna», disse Moira. «Conduce a una salita. È la via più veloce che conosco per raggiungere la base del torrione».

«Grazie». Facendosi molto serio, il mercante guardò suo figlio. «Grazie anche a te, per avermi salvato da me stesso». Poi si rivolse a Willalme e gli fece cenno di seguirlo verso la salita.

«Aspetta», lo trattenne Uberto. «Prima che tu vada, devo consegnarti una cosa».

«Di che si tratta?», chiese Ignazio, ritornando sui suoi passi.

«Una lettera». Il giovane sfilò una pergamena dalla bisaccia e gliela porse. «Me l'ha affidata la badessa di Santa Lucina, per te».

Il mercante prese la pergamena. Conteneva un breve testo vergato in bella grafia, dal titolo *Lettera quinta*.

«Non capisco...».

«E non capirai finché non avrai trovato le quattro lettere che la precedono», spiegò suo figlio, enigmatico. «Così almeno mi ha riferito la badessa».

«È lei l'autrice di questo messaggio?».

Uberto annuì. «L'ha definito il testamento di un'altra vita, quando era talmente accecata dalla sete di conoscenza da contribuire alla creazione di Airagne. Ha detto che ti servirà a comprendere molte cose... su te stesso».

Il mercante sorrise. La badessa di Santa Lucina non faceva che sorprenderlo. Con un profondo sospiro, ripose la pergamena nella bisaccia e si incamminò con Willalme per la salita tortuosa. «Ci rivediamo fuori», disse, «e state all'erta».

Mentre Uberto lo guardava allontanarsi sui tornanti di granito, Moira si ricordò all'improvviso di trovarsi ad Airagne e per un attimo si sentì pervasa da un ben noto orrore. «Che si fa ora?», chiese tentando di allontanare quella sensazione di paura.

«Smantelliamo tutto quello che possiamo».

«Ma tuo padre ha detto...».

«Se dipendesse da lui, questo luogo continuerebbe a esistere in eterno». Il giovane alzò le mani verso l'alto, infastidito dal dover parlare delle debolezze di Ignazio. Un conto era conoscerle e cercare di porvi rimedio, un altro era ammetterne l'esistenza davanti a una terza persona. Ma con Moira era diverso. «Non pensare male di lui. È troppo assetato di conoscenza per ragionare obiettivamente in una circostanza del genere. I segreti di Airagne e dell'alchimia lo ammaliano come un canto di sirene».

La ragazza parve comprendere. «Ecco perché hai voluto allontanarlo».

«Infatti».

«Dunque, come pensi di procedere?».

Uberto non poté trattenere un sorrisetto astuto. «Facendo l'esatto contrario di ciò che lui mi ha detto».

34

I due giovani scesero dall'ultimo tornante, discutendo su come manomettere l'athanor, ma nel preciso istante in cui giunsero al termine delle scale si trovarono di fronte a un uomo. Uberto, che precedeva Moira, arretrò di scatto, impressionato dall'aspetto di quell'individuo. Era magro fino all'osso, completamente calvo, e continuava ad avanzare, ingobbito, le mani luride protese in avanti.

Uberto lo spinse lontano da sé, nauseato dal fetore che emanava. «Vattene!», gli intimò, in preda a un misto di pietà e repulsione. «Dovete fuggire tutti!».

L'ometto lo fissò, articolò un singulto, poi si gettò ai suoi piedi. «*Benedicite, bone homme*», lo scongiurò con morbosa devozione. «*Benedicite, benedicite*».

In quel mentre sgusciò dall'ombra un secondo individuo. Era alto e muscoloso, con un'espressione apatica sul volto. A Uberto sembrò che le sue condizioni fossero migliori rispetto al primo, e fu a lui che si rivolse: «Non è da molto che siete prigioniero qui dentro, vero?»

«Da circa un mese», rispose l'uomo. Indicò l'ometto rachitico inginocchiato a terra. «Dopo un anno si diventa così, se non si muore prima».

«Dovete fuggire da qui. Andarvene tutti e subito». Il giovane lo fissò con uno sguardo gravoso. «Intendete le mie parole?».

L'uomo titubò. Si trovava ad Airagne da appena un mese e già mostrava difficoltà nell'organizzare pensieri elementari. «Le guardie...», balbettò guardandosi intorno. «Le guardie non...».

«Le guardie sono impegnate altrove, in superficie. Nessuno vi ostacolerà».

Ricevette come risposta uno sguardo incredulo.

Così non andava, pensò Uberto. Stava perdendo troppo tempo.

Prese l'uomo per la spalla e lo condusse al centro del sotterraneo. Subito una folla di operai gli si radunò intorno.

All'approssimarsi della ressa, Moira fu colta dal panico. Uberto la tranquillizzò con lo sguardo. Aveva previsto la reazione della massa e contava di sfruttarla a proprio vantaggio. Alzò le mani per attirare maggiormente l'attenzione. Sentì il peso di decine di sguardi su di lui: era proprio quel che voleva. «Le guardie non ci sono più!», gridò. «Approfittatene! Dovete andarvene! Fuggite tutti!».

Tra la folla si levarono alcune voci ossessive: «*Miscete, coquite, abluite et coagulate! Miscete, coquite, abluite et coagulate!*».

Il giovane continuò a gridare: «L'Opera è terminata! Andatevene! Siete liberi!».

Gli operai iniziarono a parlare tra loro, a gesticolare concitati. Alcuni sembravano comprendere la situazione e agire di conseguenza. Chi serbava un minimo di buonsenso spronava alla fuga i compagni di sventura. La massa fremette eccitata, quindi si disperse poco alla volta. Sempre più numerosi, gli uomini si lanciarono verso la salita dei tornanti; altri invece imboccarono uscite situate a pianterreno, probabilmente comunicanti con i sotterranei attigui.

Un vecchio allampanato si fece largo tra la calca e afferrò Uberto per un braccio. Lo interrogò con occhi allarmati, ma lucidi: «E gli altri prigionieri? Non possiamo abbandonarli!», esclamò. «Vi sono altri sette ambienti simili a questo sotto il castello, comprese le miniere di galena. Dobbiamo pensare anche ai prigionieri che si trovano là».

«Qualcuno sa come raggiungerli?», gli chiese il giovane.

«Sì. Alcuni di noi sanno come muoversi in questi sotterranei».

«Bene. Allora dividetevi e raggiungete tutti gli ambienti possibili. Ma sbrigatevi, non c'è molto tempo».

Il vecchio annuì, si avviò verso un pugno di uomini che lo attendevano e spiegò loro la situazione. Molti, probabilmente i meno colpiti dal saturnismo, si scambiarono occhiate piene di urgenza, poi si affrettarono in direzione delle uscite.

Finalmente libero d'agire, Uberto si rivolse a Moira. «Vieni con me», le disse, «abbiamo un compito da portare a termine».

Il centro del sotterraneo era rimasto incustodito. I due giovani raggiunsero l'athanor e vi salirono in cima mediante una scala a pioli collegata alla sommità.

All'apice del grande cilindro si trovava la calotta di pietra. Sembrava la cupola di una moschea, ma molto più piccola. Sotto la sua superficie si udivano gli sbuffi di sostanze volatili. Ignazio si era raccomandato di sollevarla, affinché il vapore di ethelie fuoriuscisse. Uberto invece voleva fare l'esatto contrario, cioè sigillarla in modo da accumulare all'interno una pressione tale da danneggiarlo.

Ai margini della calotta oscillavano grosse catene che terminavano in uncini di ferro. Erano saldate alle pareti del cilindro tramite anelli metallici. Probabilmente servivano per tenere appesi gli attrezzi degli operai. Uberto si aggrappò a una catena e si arrampicò in cima alla cupola. La superficie di pietra bruciava oltre il previsto, il rischio di ustionarsi le mani e di scivolare era alto. Si mosse con cautela finché non riuscì a mettersi in piedi.

«Sei pazzo!», gli gridò Moira, appesa alla scala a pioli. «Cosa vuoi fare lassù? Scendi immediatamente».

«Scenderò, non preoccuparti», rispose lui, mantenendo un equilibrio precario. «Prima però passami le catene che penzolano ai bordi del cilindro».

«Quale uso intendi farne?».

Uberto le rivolse un risolino astuto. «Cosa succede se sigilli il coperchio di una pentola in ebollizione?»

«Esplode...», rispose lei, esitando.

«Esattamente».

Moira non fece più domande e iniziò a collaborare, ma l'operazione si rivelò tutt'altro che semplice. Le catene erano molto pesanti. Dovette dare fondo a tutte le sue energie per sollevarle fino a Uberto, che le afferrò una per volta e le agganciò in cima alla calotta servendosi degli uncini di ferro.

Dopo numerosi tentativi, il giovane riuscì a bloccare il coperchio dell'athanor. E dopo essersi assicurato che le catene fossero ben fissate tra loro, si decise a scendere mentre la struttura cominciava a sobbalzare. L'ethelie si stava già accumulando sotto la cupola e spingeva per uscire, le emissioni degli sfiatatoi fischiavano rabbiosamente.

Prima di andarsene, Uberto volle prendere un'ulteriore precauzione: deviare il flusso del metallo fuso che scorreva in una canaletta e finiva dentro uno smaltitoio regolato da una chiusa mobile collegata a una leva. Sigillando lo smaltitoio, il metallo fuso sarebbe dilagato verso l'athanor, riversandosi in parte dentro la fornace. Ciò avrebbe aumentato spaventosamente l'emissione di vapore. Uberto ignorò le conseguenze e tirò la leva, desideroso di arrecare il maggior danno possibile a quel complesso. Non appena azionò il meccanismo, una lastra di pietra calò a ghigliottina sull'imboccatura dello smaltitoio, impedendo al metallo fuso di defluire e facendolo traboccare dal proprio letto. Il fluido incandescente invase il pavimento in direzione della fornace, dove il suolo formava una sorta di depressione.

«Il cane», vociò Moira in quel momento, guardandosi intorno. «Dov'è finito?»

«Sarà fuggito», rispose Uberto.

«Dobbiamo cercarlo».

«Non c'è tempo», insistette lui, afferrandola per un braccio. «Dobbiamo andare via!».

Improvvisamente l'athanor ruggì, come se dentro le sue pareti metalliche si fosse risvegliato uno spirito furioso. Le emissioni degli sfiatatoi divennero assordanti. I getti di vapore, dapprima plumbei, si fecero bianchi, poi gialli e infine rossi.

Uno degli ultimi fuggiaschi vide quel mutare di colori e gridò terrorizzato: «*Cauda pavonis!*».

«Cosa sarà mai la "Coda del pavone"?», chiese Moira, trafelata.

«Non lo so», disse Uberto. «Ma non promette nulla di buono».

La fuoriuscita di metallo fuso invase il pavimento, allargandosi a macchia d'olio fino all'accesso dei tornanti, perciò i giovani dovettero ripiegare verso l'unico ingresso collocato al pianterreno. Moira lo attraversò di corsa e Uberto, prima di seguirla, lanciò un'ultima occhiata in direzione dell'athanor. L'enorme cilindro vibrava, animato da un'energia incontenibile, mentre vampe di calore fuoriuscivano sibilando dai margini della calotta.

L'ingresso li portò a un bivio. Scelsero di proseguire verso l'alto e si ritrovarono a inerpicarsi per una salita claustrofobica, assordati dal rimbombo che echeggiava dal basso. Gli ululati emessi dall'athanor facevano tremare l'aria e le pareti.

Dopo un'ascesa estenuante, raggiunsero un varco. Uberto lo imboccò per primo, guardingo, mentre un refolo d'aria gli accarezzava la fronte sudata. Finalmente si trovava all'aperto.

«Dove siamo?», gli chiese Moira.

Lui scrutò verso il basso, attratto dai rumori di una battaglia. «Siamo finiti sulle mura del castello», rispose affacciandosi tra le merlature di granito.

Più in basso, nella corte, era in corso un tentativo di assedio, ma il giovane non poté riconoscere i combattenti. La visibilità era scarsa, la nebbia avvolgeva ogni cosa.

Uberto guardò davanti a sé e in mezzo al grigiore identificò il profilo del mastio. Sembrava che in cima vi fosse una pira sormontata da una pertica. Non vide altro, ma al pensiero che Ignazio dovesse ormai trovarsi in quella torre fu colto dallo sgomento.

Le mura della cinta non sembravano solide, anzi, apparivano in pessimo stato, quasi fossero state edificate in fretta o da manovali inesperti. A pochi passi da lui si ergeva una torre, dalla quale fuoriusciva un pennacchio di vapore. Il sotterraneo da cui era uscito si doveva trovare esattamente sotto di essa.

Ma non fece in tempo a pensare ad altro, che una scossa di terremoto squassò l'intera struttura. Uberto abbracciò Moira, consapevole di non poter fare altro per proteggerla, poi percepì un boato rumoreggiare dal fondo della torre vicina. Capì allora che quei sussulti non si dovevano a un terremoto... Quello era il ruggito dell'athanor!

Poi tutto si chetò.

Con il cuore in gola, Uberto fissò incredulo la torre: aveva smesso di tremare, almeno per il momento. Guardò ai suoi piedi e notò una scala di pietra che scendeva verso la corte sottostante. Senza indugiare, prese Moira per mano e si lanciò di corsa verso quei gradini.

«Andiamocene da qui!», la incitò. «Le mura non sono più sicure».

35

Filippo di Lusignano rinvenne con un desiderio quasi voluttuoso di assaporare un calice di vino. Un Malvasia speziato avrebbe fatto al caso suo. Lo immaginò scendere lungo la gola, brioso e ruffiano, e al solo pensarci quel desiderio crebbe.

Un sorso di vino l'avrebbe distolto dal dolore che gli pulsava alla nuca e agli arti, lo avrebbe forse inebriato anche un po', alleggerendo il suo stato d'animo.

Quando si rese conto delle condizioni in cui si trovava, capì che avrebbe dovuto rinunciare a quel calice, forse per sempre. Era legato a un palo, sopra una catasta di legno impregnata di pece. Doveva trovarsi sulla terrazza in cima al mastio. Quello era l'unico punto del castello da cui, nonostante la nebbia, si riuscissero a scorgere le otto torri perimetrali.

Ai piedi della catasta, due uomini attendevano taciturni che riprendesse i sensi. Il più alto era un giovane corpulento, sicuramente nobile, elegante nel vestiario. Impugnava ancora la mazza con cui l'aveva colpito alla testa. Il secondo individuo era invece Gilie de Grandselve.

«Cosa sta succedendo?», domandò il Lusignano, dopo essersi riavuto.

«Avete l'onore di trovarvi al cospetto di Thibaut IV, conte di Champagne», rispose il monaco, indicando il ragazzone che gli stava accanto.

«E voi invece? Chi siete?». Filippo lo scrutò rabbioso. «L'ultima volta che vi ho visto, se ben ricordo, avevate detto di chiamarvi Gilie de Grandselve. Vi siete fatto passare per monaco».

Il vecchio parve quasi divertito. La sua faccia sembrava diluirsi intorno agli occhietti malvagi, cerchiati di rosso. «Se è per questo, monaco lo sono davvero, ma negli ultimi anni ho cambiato parecchi nomi. Potete chiamarmi "alchimista"».

«Un alchimista». Il prigioniero pronunciò quella parola con disprezzo. «Tanti affermano di esserlo, pochi lo sono davvero». Poi alzò il tono della voce, dando sfogo alla sua collera: «Che ci faccio qui? Liberatemi».

«Ci mancherebbe!», esclamò quello. «Con tutta la fatica che abbiamo fatto per catturarvi e trascinarvi fin quassù...».

Ruminando imprecazioni, il Lusignano si accorse di essere in una posizione tanto elevata da poter estendere lo sguardo oltre i bordi del mastio. Poteva contemplare la battaglia sottostante. Per i soudadiers era finita e ciò che avanzava della cavalleria di Folco ripiegava in ritirata.

L'esito era scontato, ma tra le fila degli Archontes la situazione stava mutando: i soldati sembravano indecisi, abbandonavano il combattimento, scioglievano le formazioni. Molti di essi gettavano le insegne del Sole Nero e si radunavano intorno a un uomo a cavallo. Chi poteva essere quell'individuo?

Non sapendo cosa pensare, Filippo puntò lo sguardo verso i suoi interlocutori. Il conte Thibaut era sprofondato in un'espressione laconica. Il monaco invece sembrava impaziente di parlare. Era con lui che avrebbe dovuto vedersela. «Si può sapere quali intenzioni avete?»

«Eliminarvi, naturalmente», squittì il vecchio. «Dopo aver introdotto nel castello tutti quei soldati nemici, contavate di ricevere un trattamento migliore?».

Dall'alto della pira, il Lusignano gli ringhiò in faccia. «Voi non sapete con chi parlate. Questo castello è mio!».

«Lo sappiamo benissimo, messer Filippo. Sappiamo *tutto* di voi». Il monaco gli mostrò un ciondolo a forma di ragno. «Mentre eravate svenuto, vi ho trovato questo addosso». Gettò il pendente a terra, a pochi passi dalla pira, cosicché il prigioniero potesse averlo sott'occhio. «Solo un uomo può sfoggiare questo simbolo: il primo Conte di Nigredo, colui che diede inizio all'Opera di Airagne».

Filippo osservò per un istante il suo ciondolo, poi continuò a parlare: «Dato che siamo in vena di rivelazioni, alchimista, ditemi cosa ci facevate all'abbazia di Fontfroide».

«Ero giunto fin là appositamente per spiarvi. Sapevo del vostro imminente arrivo dalla Castiglia. Avevate preso contatti con alcuni degli Archontes che reputavate fedeli, come quel rozzo Jean-Bevon». Il vecchio si concesse una nota di biasimo: «Siete stato piuttosto incauto nel confidare in simili sgherri. È stato facile, *per noi*, conquistare il loro favore».

Quel "noi" era fin troppo eloquente. Alludeva a un'ombra che portava il nome di Conte di Nigredo. Il Lusignano però non era nelle condizioni di scoprirne l'identità, né di chiedere chi fosse. «La soldataglia è sempre facile al tradimento», commentò con amarezza. «Tuttavia mi sfugge una cosa: come siete riuscito a farvi scambiare per il portarius hospitum di Fontfroide? Eravate forse in combutta con l'abate?»

«Non è stato necessario. In quell'abbazia, come ovunque, i chierici odiano i catari, perciò vedono di buon occhio i rastrellamenti degli Archontes. Pur evitando di pronunciarsi in merito, alcuni di essi parteggiano per il mio signore: il Conte di Nigredo».

Filippo commentò con una smorfia dolente.

«Sì, sono stato aiutato», continuò il vecchio, scoprendo le gengive sdentate. «Una cosa che a voi, al contrario, non riesce bene...».

«Tutta colpa di Ignazio da Toledo!». Il Lusignano fu assalito da una collera feroce. «Quel dannato mozarabo mi è sgusciato via dalle mani come un'anguilla. È riuscito a farsi beffe di me».

«Non curatevi di lui, farà presto la vostra fine», lo rintuzzò il monaco. «Veniamo al dunque, piuttosto. Se siete ancora vivo, è perché desidero che mi sveliate i segreti di Airagne».

«Quali segreti? Da quanto ho potuto constatare, non ve ne servono».

Il monaco scosse la testa. «Sono in grado di far funzionare gli ordigni nascosti nelle gallerie, è vero, ma non ne comprendo i principi. Se si dovessero guastare, non saprei come ripararli». Impugnò una torcia accesa e la avvicinò alla base della pira. «Parlate, quindi, se non volete fare una brutta fine».

Filippo sudava freddo. I legacci lo soffocavano. Si sentiva umiliato e spaventato. Allo stesso tempo, provava il desiderio irrefrenabile di uccidere quel vecchio. «D'accordo, lo farò! A patto che mi lasciate libero». Porre simili condizioni era puerile, ne era consapevole, ma al momento rappresentava l'unica speranza di sopravvivenza.

«Dimostrate di essermi utile, allora».

Il prigioniero non sapeva cosa rispondere. Non era pratico dell'empirismo applicato dai suoi sapienti chartriani. Se solo avesse potuto chiedere consiglio alla badessa... Le parole gli rotolarono fuori dalla bocca: «L'oro di Airagne non è autentico, tanto per cominciare. Non è frutto di una reale trasmutazione, ma di una vile tintura».

Udito ciò, Thibaut affondò una mano nella scarsella che portava alla cintura ed estrasse uno scudo di Airagne. Lo esaminò in silenzio, rigirandolo fra le dita.

«Fandonie». Il vecchio dimenò la torcia. «Certo che è oro autentico! Ha lo stesso peso, lo stesso colore e la stessa lucentezza dell'oro. Gli Archontes lo scambiano tranquillamente ai banchi di pegno. I banchieri lo rivendono alle zecche perché venga usato per battere moneta. A quanto pare, preferite mentire piuttosto che svelare i segreti di Airagne. Non vi preme la vostra salvezza? Vi concedo un'ultima possibilità».

Il Lusignano non riusciva a staccare gli occhi dalla fiamma. Bastava una scintilla perché la pira si trasformasse in un inferno ardente. «Non sono stato io a fondare l'Opera», disse infine. «Mi sono servito di una cerchia di sapienti. Volete apprendere sul serio come produrre l'oro? Trovate il *Turba philosophorum*!».

«Il *Turba philosophorum*?». Il monaco lo guardò con diffidenza. «Cos'è?»

«Un libro».

«Non ne ho mai sentito parlare. Dove si trova?».

Filippo digrignò i denti. «Chiedetelo al mozarabo. Lui lo sa».

«Lo farò, non dubitate». Il monaco allontanò la torcia, ma non di troppo. «Voi però sapete qualcosa... Vi ho spiato nel sottosuolo, mentre parlavate con Ignazio da Toledo vicino alla statua di Melusina. Parlavate di una cosa... Ho udito un nome... Lucifer. Sì, parlavate di Lucifer. Cos'è?»

«Lucifer è lo spirito imprigionato nella materia». Filippo aveva assunto un'espressione folle. Troppo odio, troppo terrore si erano impadroniti di lui. Ormai certo di non potersi salvare, invocava il delirio. «Lucifer si libera dalla corruzione di Nigredo, rivelandosi all'alchimista nella fase di Albedo».

«Non capisco. State parlando di alchimia, di platonismo oppure di eresia catara?»

«Perché?», sbavò il prigioniero. «Non si tratta forse della stessa cosa? Non sapete che i filosofi sono tutti eretici?».

A quel punto intervenne Thibaut: «Dobbiamo aspettare ancora molto? Sono stanco di ascoltare gli sproloqui di questo pazzo».

Il monaco gli rivolse uno sguardo supplichevole. «Vostra signoria, un po' di pazienza... Costui è stato il primo Conte di Nigredo... Il fondatore di Airagne... Possiamo apprendere molto da lui».

«Cos'altro ci serve?», sbottò Thibaut, agitando per aria la moneta che teneva fra le dita. «Quest'oro è autentico, si vede a colpo d'occhio! Il resto non mi interessa. Fatelo tacere una volta per tutte, che non se ne parli più!».

Il Lusignano gridò in preda all'orrore. Messo al rogo come un eretico! Non poteva essere vero. Doveva trattarsi di un incubo. Un incubo mostruoso.

La torcia fu gettata sulla pira. In un crescendo di orrore, Filippo sentì le fiamme sibilare verso l'alto e lambirgli i piedi. Urlò dimenandosi, mentre il fuoco penetrava la sua carne, straziandola. Ancora cosciente, allungò lo sguardo verso le mura del castello e vide una scena assurda: una delle otto torri perimetrali stava tremando. Sembrava squassata dal terremoto, ma quando parve imminente al crollo si fermò.

Il condannato sbarrò gli occhi, persuaso di essere stato vittima di un'allucinazione. Lo strazio cui veniva sottoposto, del resto, era inaudito.

Dopo breve la torre riprese a tremare, questa volta con maggior violenza. Non era un'allucinazione! Risuonò un boato, poi la torre rigurgitò dalla sommità una vampata di fumo purpureo. Uno spettacolo spaventoso.

Sebbene martoriato delle fiamme, il Lusignano comprese che l'athanor nascosto nel sottosuolo era appena stato distrutto.

La fuoriuscita di ethelie sibilò nel cielo squarciando il velo della nebbia, finché la torre si accasciò su se stessa, sgretolandosi in una pioggia di macerie. Le costruzioni più vicine furono travolte dallo sfacelo. Merlature, camminamenti e cinte murarie crollarono, pregiudicando la stabilità delle torri vicine.

Di Airagne sarebbe rimasto ben poco.

Accompagnato da quella certezza, Filippo di Lusignano sentì le fiamme avvolgergli il petto, il viso e i capelli.

Humbert de Beaujeu, dando prova di coraggio e lealtà, era rientrato nel castello. Con i talloni saldi alle staffe e la spada stretta in pugno, aveva attraversato la mischia e si era fermato ai piedi del mastio, presso la motta su cui poggiava il torrione. Da quella posizione poteva vedere ed essere visto. Tutt'intorno il combattimento si protraeva senza quartiere.

Seguendo il suo piano, catturò l'attenzione di alcuni armigeri che militavano tra le fila degli Archontes e li intimò ad ascoltarlo. Gli uomini si avvicinarono guardinghi.

«Combattete per la regina di Francia!», gridò il luogotenente, svuotando i polmoni. «Combattete per Bianca di Castiglia, la regina madre!».

I soldati lo guardarono stupiti mentre altri iniziavano a staccarsi dalle fila degli Archontes per ascoltare. «Il lieutenant!», vociarono alcuni fra quelli, indicandolo. «Il cugino di Luigi il Leone! Cosa ci fa qui?»

«Seguitemi!», perseverò Humbert, levando la spada al cielo. «In nome della regina! In nome della Francia!».

In breve, un terzo dell'armata degli Archontes abbandonò il combattimento e gli si radunò intorno. La presenza del de Beaujeu non passava inosservata e sembrava attrarre i soldati irresistibilmente. Gli uomini gettarono le insegne del Sole Nero, prestando attenzione alle sue parole. Ormai sembravano del tutto disinteressati alla difesa del castello.

«Servite la corona!», li spronò il lieutenant, sempre più ardito e paonazzo. «Servite la regina!».

La situazione era drammatica, ma Humbert era assolutamente certo che gli avrebbero obbedito. Sapeva come ottenere il rispetto di quella gente. Non aveva a che fare con una marmaglia di miliziani comuni: per la maggior parte si trattava di soldati appartenenti all'esercito regio. Non sapeva come fosse potuto capitare, ma era vero. Se n'era accorto appena uscito dai sotterranei, quando un cavaliere di Folco l'aveva scambiato per uno degli Archontes. Humbert, guardandosi intorno, si era reso conto che buona parte delle milizie di Airagne indossava, come lui, uniformi dell'esercito regio.

Quegli uomini erano stati distolti dalla loro obbedienza alla corona e indotti a servire il Conte di Nigredo. Ma chi poteva averli guidati fino ad Airagne? Quali diabolici stratagemmi erano stati impiegati per abbindolarli? E soprattutto, perché? Folco non gli aveva dato spiegazioni.

Humbert non era mai stato un uomo di grande acume. Era coraggioso, sempre pronto a battersi per lealtà, tuttavia, sebbene fosse dotato di grande carisma, non era portato per i ragionamenti ma solo per eseguire e impartire ordini. E con crescente sollievo notò che il suo carisma gli guadagnava il favore dei soldati. Gli erano fedeli! Ma allora perché avevano tradito la causa del re? Non riusciva a capirlo, sfuggiva al suo intendimento. Poco male, si disse, avrebbe cercato spiegazioni in seguito. Prima doveva agire.

Le sorti dello scontro, nel frattempo, si stavano ribaltando. Gli Archontes che ancora perseveravano a combattere, brancolavano spiazzati. Non comprendevano cosa stesse accadendo. La cavalleria di Folco, decimata ed esausta, ne approfittò per battere in ritirata.

Humbert si guardò intorno e rifletté su come sfruttare la situazione. Tuttavia non ne ebbe il tempo: dalle uscite alla base delle otto torri sbucò una fiumana di persone vestite di stracci, dalle lunghe barbe e dai capelli scarmigliati. Uomini, donne, vecchi, urlanti e stravolti. I prigionieri di Airagne fuggivano dal sottosuolo.

I fuggiaschi invasero la corte, sciamando ovunque in nugoli impazziti, correvano da ogni parte senza rendersi conto della battaglia in corso.

Humbert, attonito, non fu in grado di realizzare l'accaduto, poiché un secondo imprevisto lo pietrificò: la torre più orientale delle mura iniziò a tremare spaventosamente, senza cause apparenti. L'enorme struttura fu scossa dalla base fino alla sommità, minacciando di scardinarsi dalla cinta. Le vibrazioni attraversarono il suolo, facendolo tremare come una pelle di tamburo.

Tutti a quel punto interruppero ciò che stavano facendo, smisero di combattere o di fuggire, di colpire o di gridare. Molti caddero in ginocchio, altri gridarono di stupore. Si guardarono intorno allibiti, le armi in pugno, gli occhi sbarrati.

Il terremoto cessò per circa un minuto. I presenti rimasero inerti.

Poi un violento boato risuonò dalle profondità e le scosse ripresero più forti. Un getto di fumo del colore del sangue fuoriuscì dalla sommità della torre. Quel fenomeno, più ancora del terremoto, fomentò il panico generale.

Senza che nulla potesse trattenerli, i soldati ruppero i ranghi e se la diedero a gambe. Si mischiarono ai prigionieri fuggiaschi e corsero sotto una pioggia di detriti. Era impossibile trattenerli. Alcuni furono schiacciati dai massi; altri, sbalzati da sella, si accasciarono per terra, forse feriti o semplicemente incapaci di reggersi in piedi. La calca sommerse i caduti, calpestandoli.

Simile a una mandria impazzita, l'abnorme ressa fuggì verso l'uscita del castello. L'ingresso non poteva consentire il passaggio simultaneo di tutti, perciò i corpi si schiacciarono tra loro, spingendosi, sovrapponendosi in pose disperate. Alcuni morirono lì, stritolati, a un passo dalla salvezza.

La massa proseguì spintonando lungo il ponte, diretta verso la foresta. Molti scivolarono oltre i margini del camminamento o delle sponde, precipitando nelle acque del fossato. Le mura orientali, nel frattempo, si accartocciavano in uno spettacolare frastuono.

Humbert, rimasto ai piedi del mastio, si guardò intorno trattenendo il respiro. Airagne cadeva a pezzi. Il piano di conquista auspicato da Folco era ormai inattuabile. Ma in fondo che importava?

Trovatosi nuovamente solo, l'impavido lieutenant capì che c'era un'unica cosa da fare. Salvare la regina.

Ignazio si scostò da una bifora interna del mastio, molto inquieto. Aveva appena assistito al crollo della torre orientale e delle strutture a essa vicine. Accanto a lui, il trepidante Willalme cercava di decifrare le pieghe mutevoli del suo volto.

Il francese lo osservava in silenzio, chiedendosi chi fosse veramente il mercante di Toledo. Stava lì, a pochi passi da lui, eppure gli sembrava vago e inconsistente. Prima d'allora aveva già provato simili sensazioni, ma quella volta erano state più intense. Percepiva in Ignazio l'ossessione per il sapere, un rovello continuo dell'animo. Ma coglieva in lui anche un tormento più profondo, più umano: un istinto che lo spingeva a reprimere un'emotività temuta, smarrita o dimenticata.

«Dobbiamo proseguire», lo esortò il mercante.

«Entrare nel mastio è stato facile». Willalme si guardò intorno con circospezione. L'ambiente appariva deserto. «Credi che lo sarà altrettanto risalire fino in cima?».

Senza rispondere, il mercante si incamminò per una scala a chiocciola. La sommità del torrione appariva una gola nera senza fondo.

Mentre superava i gradini due alla volta, Ignazio ripensò ai soldati che aveva visto combattere nella corte. Osservandoli dalla bifora, aveva trovato le risposte che cercava. «Hai notato le uniformi degli Archontes?», chiese a Willalme, a conferma dei propri sospetti.

«Sì. Molte di esse somigliano alla tenuta dei soldati del re di Francia, come quelle indossate da alcuni dei miliziani che abbiamo visto giorni fa, prima di raggiungere il béguinage di Santa Lucina».

«Esatto. Ma non credo che si limitino a somigliare... Quelle uniformi per me sono autentiche».

«Intendi che quei soldati appartengono all'esercito regio?»

«Per l'appunto».

«Ma cosa ci fanno qui?».

Ignazio esitò un attimo, poi rispose: «È una delle cose che siamo in procinto di scoprire».

Terminarono le scale e raggiunsero una sala buia e piuttosto spaziosa. L'unica luce proveniva da una bugia posta su uno scrittoio, accanto a un cofanetto di legno intarsiato. Nella stanza aleggiava una quiete ostile.

Ignazio si avvicinò al ripiano, guidato dalla fiammella. Quella candela non doveva essere stata accesa da molto, la cera fusa aveva appena iniziato a colare dal moccolo. «Fino a poco fa, qui c'era qualcuno», dedusse. «Devono averci sentiti arrivare».

Allungò le mani verso il cofanetto, in cerca di indizi, e quando lo aprì trovò al suo interno quattro fogli di pergamena. Li lesse in silenzio. Willalme ebbe l'impressione che la vaghezza emanata dalla sua persona svanisse, riacquistando tangibilità.

«Sono lettere», spiegò Ignazio. «Si rivolgono a una certa Madre luminosa. Probabilmente un riferimento a Mater Lucina».

Oltre al contenuto delle carte, il mercante esaminò la calligrafia con cui erano state vergate. «Sono senza dubbio opera della badessa di Santa Lucina. Riconosco la grafia». Portò la mano alla bisaccia ed estrasse la pergamena che gli era stata consegnata poco prima da Uberto. La mostrò al compagno. «Questa è l'ultima lettera scritta dalla badessa: la quinta, in cui si svela il segreto dell'alchimia di Airagne».

Detto ciò, inarcò le lunghe sopracciglia e sprofondò nella lettura.

PARTE QUINTA
LA CODA DEL PAVONE

Questa pietra, da cui nasce l'Opera, racchiude in sé ogni colore.

Khalid ibn Yazīd, *Liber trium verborum*, I

36

Castello di Airagne

Lettera quinta – Cauda Pavonis

Mater luminosa, l'ordito che ho tessuto con grande cura si disfece tra le mie mani, e soltanto quando non potei più ammirare la sua bellezza scoprii l'errore che avevo compiuto. Le quattro fatiche dell'alchimia non sono – come avevo creduto – i gradini di una scala, ma fanno parte di una ruota in moto eterno. Questa ruota è il fuso di Necessitas, *che si avvolge dinanzi alle Parche in perpetuo. Questo continuo mutare di colori, che io nomino* Cauda Pavonis, *è il principio et la fine dell'Opera. Tu, Mater bona, mi facesti da guida in questo labirinto. Tu che sei* Lux, *la Luce, e pure* Laus, *la Ricompensa. Tu, Mater Lucina, sei* Ariagne, *il filo della Sapienza.*

Ignazio ripose l'ultima lettera nel cofanetto, assieme alle altre quattro già lette. Quegli scritti non contenevano un'esposizione organica sull'alchimia, ma erano piuttosto una guida alla comprensione dei procedimenti descritti nel *Turba philosophorum*. Secondo le parole della badessa, il segreto non risiedeva tanto nel conseguimento del risultato quanto nel perpetuarsi delle fasi alchemiche, ovvero nella ciclicità detta "Cauda Pavonis"... E tuttavia le regole di Airagne non rappresentavano soltanto un metodo per trasmutare i metalli, ma erano soprattutto la chiave per comprendere la contingenza del mondo e il cuore degli uomini. Se si voleva sfuggire al baratro di Nigredo, bisognava liberarsi dall'ansia di perseguire un risultato e comprendere che ogni attimo della vita era una parte unica e irripetibile del Tutto.

Un rumore di passi interruppe i suoi pensieri. Qualcuno doveva essere entrato nella sala.

Ignazio sollevò la bugia e illuminò due sagome comparse sotto l'arcata di un ingresso. La prima apparteneva a un prelato di mezz'età, probabilmente un cardinale. Nonostante la mole imponente incedeva ingobbito, lo sguardo cupo. La seconda persona era una dama imperiosa, elegantemente vestita.

Mise da parte gli indugi e si rivolse alla dama, riconoscendo subito in lei la regina di Francia: «Maestà, finalmente». Disegnò un profondo inchino, intimando a Willalme di fare altrettanto. «Vi abbiamo cercata a lungo».

L'altezzosa Bianca lo scrutò con un'occhiata obliqua. «Chi vi manda?»

«Ferdinando III di Castiglia, vostro nipote. Ho l'ordine di trarvi in salvo».

La donna si limitò a portare una mano al petto. Era ancora turbata dalle recenti scosse di terremoto e dal frastuono del crollo. Ciononondimeno appariva energica. Il suo sguardo aveva una luce vivida e combattiva.

Al suo posto rispose il prelato che le stava al fianco: «Non credo sia possibile. Il Conte di Nigredo lo impedirà».

Ignazio scrutò quell'individuo, che sembrava animato da un'aggressività flemmatica. Riconobbe in lui il cardinale di Sant'Angelo, l'italiano Frangipane. Si vociferava esercitasse una grande influenza sulla regina. Ma considerando il suo atteggiamento succube, ritenne più verosimile il contrario. «Il Conte di Nigredo?», lo assecondò. «Dove si trova in questo momento?».

Il prelato accartocciò i lineamenti in una smorfia brutale. Fece per replicare, ma una voce stridula risuonò nell'ombra, anticipandolo: «Il Conte di Nigredo vi sta più vicino di quanto immaginiate, monsieur».

Il mercante localizzò la provenienza di quelle parole e scorse un vecchio monaco sbucato da chissà dove. «Gilie de Grandselve», disse, per nulla sorpreso. «Giusto voi mancavate all'appello. Mi domandavo quando vi avrei rincontrato. Di certo non a Fontfroide. Tanto meglio qui, ad Airagne, dove mi sembrate più a vostro agio».

Il vecchio avanzò cauto, facendo strisciare a terra i calzari dalla punta affusolata. I suoi abiti emanavano odore di fumo. «Ho appena terminato un colloquio con una vostra conoscenza», ghignò. «Un certo cavaliere piuttosto orgoglioso, ma poco loquace».

«Vi riferite a Filippo di Lusignano? L'avete...».

«Eliminato. Bruciato vivo per l'esattezza». Gli occhietti del monaco brillarono malvagi. «La notizia, a quanto pare, non sembra turbarvi».

Ignazio mimò un cenno disinteressato, era ben altro a dargli da pensare. Quel vecchio non poteva essersi liberato da solo di un valente guerriero come il Lusignano. Qualcun altro doveva averlo aiutato: una persona forte e prestante, non certo il Frangipane e tanto meno la regina. Ciò significava che un quarto individuo si nascondeva nel mastio, magari proprio in quella stanza, e forse li stava spiando.

Il monaco aggrottò le sopracciglia. «Spero di non dover ricorrere agli stessi metodi anche con voi, monsieur».

Ignazio sorrise cinicamente, dominando l'ansietà nel petto. Willalme, al suo fianco, fremeva per l'impazienza, ma lui lo trattenne con un gesto autoritario: non era ancora il momento d'agire. Fissò l'interlocutore. «Si tratta di una minaccia?»

«Lo scoprirete presto, a meno che non mi parliate del *Turba philosophorum*. Secondo messer Filippo, voi siete preparato in materia».

Il mercante fece per porre la mano sulla bisaccia, dov'era celato il libro, ma si trattenne. Doveva stare in guardia. Ora che conosceva le mire del vecchio, doveva scoprire quale pericolo stesse correndo. «Se mi ponete questa domanda, significa che al momento voi siete l'alchimista che presiede all'Opera di Airagne».

«Infatti».

«Scommetto però che non siete il Conte di Nigredo, ma un suo servitore».

«Come fate a dirlo?»

«Mi credete uno sciocco?». Il mercante enfatizzò la battuta con un gesto teatrale. «Non basta l'oro per assicurarsi l'obbedienza di una grande armata. Occorrono autorità e carisma, doti di cui siete evidentemente privo».

«Stiamo divagando. Torniamo al quesito che vi ho posto. Il *Turba philosophorum*».

«Un argomento spinoso». Ignazio fingeva di riflettere, intanto scrutava fra le ombre. Avvertiva la presenza di un osservatore nascosto. Si chiese quanto avrebbe atteso prima di intervenire. Se voleva spingerlo allo scoperto, doveva provocare una reazione tra gli astanti. «Facciamo un patto. Io vi svelerò il mistero, ma voi mi lascerete portare via la regina».

Il vecchio si morse le labbra. Non ebbe il tempo di ribattere, poiché il Frangipane scattò come un cane da guardia: «Ve l'ho già detto», abbaiò. «Sua maestà non va da nessuna parte!».

Fremendo in tutta la sua corpulenza, il cardinale di Sant'Angelo sembrava in procinto di uscire di senno. Minacciò di avventarsi contro il mercante, ma Bianca lo trattenne per un braccio.

Il prelato digrignò i denti, scoprendo gengive chiazzate di scuro. «Chi siete? Chi siete voi tutti?», gridò forsennato. «Andatevene, maledetti! Lei è mia! Mia!».

«Non è in sé», spiegò la regina, tenendolo a bada con una forza che apparve sorprendente. «Da quando si trova ad Airagne, è affetto da allucinazioni. Tende a peggiorare».

Il mercante annuì. «Evidentemente è entrato a contatto con il plumbum nigrum o con la galena estratta nelle cave sottostanti».

«No. L'acqua di fonte...», disse Bianca. «Ha bevuto l'acqua che sgorga da sottoterra».

«Consiglio a vostra maestà di allontanarlo da qui finché è ancora recuperabile. Prima che si ammali seriamente di saturnismo, intendo». La voce di Ignazio si incupì. «Anche voi, mia signora, correte lo stesso pericolo. Senza contare che ormai le torri di Airagne stanno cadendo a pezzi».

Il vecchio monaco si parò davanti alla regina: «Nessuno se ne andrà da qui!», gracchiò. «Non finché non mi avrete rivelato il segreto di Airagne! Dov'è quel maledetto libro?»

«Taci!», esclamò Willalme, dopo aver ricevuto un segnale di via libera dal compagno. «Non ti trovi nella posizione di dettare regole. Fatti da parte o sarà peggio per te».

Il vecchio arretrò sconfitto, la testa stretta fra le mani. «Conte, conte!», piagnucolò, mentre i suoi occhietti non smettevano di saettare odio. «Venite in nostro soccorso! Questi intrusi ci minacciano!».

Esasperando la drammaticità della situazione, Ignazio lo afferrò per un braccio e lo spinse indietro, facendolo cadere a terra. Non riusciva a provare un briciolo di pietà per quell'ometto disgustoso. «Non c'è nessun Conte di Nigredo, giusto? Nessun Conte di Nigredo risiede in questa dannata torre». Il suo sguardo indagò fra i presenti. «Il responsabile si trova qui, in questa sala».

Nessuno osò contestarlo. Persino l'altezzosa Bianca sprofondò tra i veli del suo abito, meravigliata. Prima d'allora non aveva mai dimostrato riverenza a un plebeo. Ma quell'ispanico non era un uomo comune: era diverso, affascinante e carismatico. Disarmante, in un certo senso. Per un attimo credette quasi di temerlo.

«Venite maestà», la invitò il mercante. «Usciamo di qui. È tutto finito».

«Al contrario, i giochi si aprono adesso!», urlò qualcuno.

Lo sguardo di Ignazio corse dal Frangipane al vecchio Gilie, accasciato a terra, entrambi troppo malconci per rappresentare una minaccia. No, la voce appena udita era focosa e battagliera. L'uomo nascosto nell'ombra era in procinto di rivelarsi!

Qualcosa si mosse.

Pronto a reagire, Ignazio schivò un colpo di mazza vibrato alle sue spalle. Si voltò guardingo, provando una sensazione di sudore gelido lungo la schiena. Aveva rischiato molto.

Dietro di lui comparve un giovane imponente.

«Thibaut!», esclamò Bianca, atona. «Cosa ci fate voi qui?»

«Vi difendo, maestà», rispose il nuovo arrivato.

Il conte de Champagne si guardò intorno, fremente come un animale in procinto di attaccare. Tra Ignazio e Willalme, dovette sembrargli più minaccioso il secondo, poiché dopo un attimo di indecisione, gli si avventò contro con la mazza sollevata. Ma il francese fu veloce, lo afferrò per i polsi e lo trascinò a terra. Thibaut perse subito l'arma.

Approfittando della confusione, padre Gilie si rialzò in piedi e scattò contro Ignazio come una lucertola. Gli saltò sulle spalle, cercando di graffiargli la faccia e di piantargli le unghie negli occhi. «Dimmi il segreto di Airagne!», gridava. «Dimmi del *Turba philosophorum*! Dimmelo! Dimmelo!».

Il mercante si protesse il viso dalle sue mani grinzose, e dimenandosi bruscamente se lo scrollò di dosso.

Il vecchio cadde riverso, a bocca aperta, battendo la testa contro uno spigolo. Non si sarebbe più rialzato.

Di fronte a tale visione, la regina levò un grido strozzato. Si portò le mani alle tempie e la sua maschera superba si infranse. Ignazio non si lasciò sfuggire quella reazione: non sembrava generata dall'orrore, ma dallo smacco.

Nel frattempo Willalme e Thibaut avevano iniziato a prendersi a pugni e gomitate. Il francese ebbe facilmente la meglio, balzò sopra il rivale e lo percosse colpendolo al volto.

«Fermatevi!», gridò Bianca. «Basta! Basta ho detto!».

Ignazio accorse per dividerli. Il cardinale di Sant'Angelo, invece, si accomodò come se niente fosse allo scrittoio. Aveva lo sguardo ebete, gli occhi spenti.

Richiamato dal mercante, Willalme abbandonò lo scontro e si rialzò in piedi, contemplando il rivale accasciato a terra e ansimante. Era quello, dunque, il famigerato Conte di Nigredo? Era stato lui a sottrarre Airagne al controllo del Lusignano? A rapire Bianca di Castiglia? A sguinzagliare gli Archontes per il Sud della Francia? Thibaut lo scrutava adirato, la faccia gonfia e arrossata, praticamente irriconoscibile.

In quel preciso istante fece ingresso nella sala Humbert de Beaujeu, con la spada stretta in un pugno e una torcia nell'altro. Si guardò intorno disorientato, avvicinandosi alla regina e al cardinal legato.

«Voi siete il luogotenente regio?», gli domandò Ignazio, andandogli incontro a lunghi passi.

«Io... sì», rispose Humbert.

«Molto bene. Portate in salvo la regina. Nessuno vi ostacolerà».

L'urgenza della situazione non ammise repliche.

Ignazio diede le spalle a Humbert e si rivolse a Willalme: «Tu andrai con loro».

Il francese lo guardò perplesso. «E tu?»

«Vi seguirò al più presto. Prima di abbandonare il mastio voglio controllare una cosa».

«Ti aspetto».

«No». Ignazio lo condusse in disparte e gli sussurrò qualcosa all'orecchio: «Tieni d'occhio la regina».

«Ma ormai è fuori pericolo...», obiettò Willalme. «Il conte de Champagne non può più nuocerle».

«Non capisci?». Il mercante lanciò un'occhiata sospetta verso Bianca. «*È lei che rappresenta il vero pericolo*».

Colpito dalla gravità dell'affermazione, il francese lo fissò incredulo. «Spiegati meglio. Come fai a esserne sicuro?»

«Questo non è il momento per discutere. Ti spiegherò tutto più tardi, quando vi avrò raggiunti. Ora vai!». Ignazio gli pose le mani sulle spalle e lo allontanò da sé. «Scendi da questa torre maledetta e cerca mio figlio! Assicurati che sia sano e salvo».

«Ma tu...».

«Io devo sapere... Questa torre nasconde dei segreti, lo capisci?».

Willalme lo guardò con amarezza. «No, non capisco», sospirò. «Non ti capirò mai, amico mio».

Ignazio abbassò gli occhi, accigliato. Il suo sguardo era impenetrabile, quasi febbrile. Ancora una volta, il suo atteggiamento sfuggiva alla comprensione di tutti, persino di se stesso.

Non c'era nulla da aggiungere. Il francese si allontanò con lunghi passi, evitando di voltarsi. Seguì il quartetto che scendeva per le scale: la regina Bianca, il malconcio Thibaut e il vacillante cardinale di Sant'Angelo, prontamente sorretto da Humbert. Il Frangipane era il più provato dalla vicenda, il plumbum nigrum disciolto nell'acqua aveva annientato il suo intendimento.

Quando uscirono fuori dal mastio, Willalme si trovò di fronte a una situazione ben diversa da quanto si attendeva.

37

Quando Ignazio rimase solo si concesse un rapido esame di coscienza. La lotta interiore che credeva essersi sopita si era riaccesa con maggiore violenza. E non potendo più tenere a freno la curiosità, si lasciò sospingere come una nave nella tempesta. Ora che aveva provveduto alla regina, poteva sbrigare una faccenda che gli stava a cuore.

Scavalcò il cadavere di padre Gilie e si diresse in fretta verso i piani superiori. Salì una rampa di scale, ripensando a quanto gli aveva rivelato il Lusignano: nel mastio esisteva una stanza dove si custodivano libri rari di alchimia. Il mercante non poteva abbandonare quel luogo senza prima aver tentato di recuperarli.

Cercò in ogni dove, ma giunse fino alla cima senza aver notato nulla. Non si era imbattuto in nessun cubicolo adibito a biblioteca. A meno che i libri non fossero stati nascosti dietro un passaggio segreto! Doveva scendere da quella terrazza e cercare ancora.

Fece per tornare sui suoi passi, ma qualcosa lo trattenne. Un odore di bruciato gli impose di voltarsi. E ciò che vide gli strappò un grido soffocato.

Ai margini della terrazza vi era un cumulo di legna carbonizzata sopra il quale, legato a un palo, compariva un bozzolo nero e fumante: i resti di un essere umano. Gli arti inferiori erano ridotti a macabre appendici. Sul viso, in parte riconoscibile, risaltavano i fori degli occhi e della bocca scavati in un grido lamentoso.

Il cadavere non si era completamente deteriorato, e ciò lo rendeva ancora più raccapricciante. Ignazio aveva sentito parlare di fenomeni simili, che capitavano quando i condannati venivano arsi sotto la pioggia. In quei casi la loro sofferenza si prolungava all'indicibile e le membra subivano una combustione lenta e parziale.

Stessa sorte doveva essere capitata al Lusignano. Probabilmente la nebbia e le misteriose esalazioni delle torri si erano depositate sul suo corpo, rallentandone la corruzione.

Il mercante, disgustato, abbassò lo sguardo. Fu allora che notò a terra un piccolo oggetto lucente, a pochi passi dalla pira: un ciondolo dall'aspetto familiare. Raffigurava un ragno dalle zampe ricurve. L'aveva già visto al collo del Lusignano. D'istinto si chinò e lo raccolse.

Guardò di nuovo il cadavere. Benché in vita propria avesse assistito a spettacoli peggiori, quella visione lo turbava. Anzi, lo terrorizzava. Perché temeva che prima o poi, se avesse continuato a seguire la curiosità, quella sarebbe stata la sua fine.

Soffocato dall'odore di bruciato, si aggrappò a un merlo della torre e respirò a pieni polmoni. La frescura della notte gli accarezzò il viso, rasserenandolo. Si accorse di poter vedere le stelle. L'oscurità di Airagne si stava diradando e offriva alla vista larghi squarci di sereno. In seguito al crollo, le emissioni delle torri erano cessate.

Le alture delle Cévennes affioravano al bagliore lunare, aspre e sinuose al tempo stesso. Una quiete profonda scivolava tra le rughe dei crepacci.

L'incanto durò solo un istante, poi il raziocinio riprese il sopravvento. Il mercante scrutò verso il basso, dove stava accadendo qualcosa di inatteso. La battaglia era cessata, la corte quasi deserta. Tutti i combattenti e la maggior parte dei prigionieri erano fuggiti. Ma alcuni, anziché darsela a gambe, si erano radunati ai piedi del mastio. Cosa stavano facendo? Impugnavano delle torce accese con le quali avevano appiccato il fuoco alla torre.

Ignazio ebbe una stretta al cuore. La reazione di quegli uomini era sacrosanta. Volevano distruggere il simbolo di ciò che aveva provocato tutte le loro sofferenze. Ma per lui, che si trovava in cima, la situazione si prospettava drammatica.

Per la maggior parte, le pareti del torrione erano edificate con blocchi di pietra. Le fiamme non avrebbero attecchito facilmente. Ma le travature, i pavimenti e i soffitti erano di legno. L'incendio sarebbe divampato all'interno, propagandosi velocemente verso l'alto. Una volta intaccati i sostegni, l'edificio sarebbe crollato.

Terrorizzato dall'idea di finire bruciato vivo, Ignazio fece per correre via. Prima però si affacciò un'ultima volta: in mezzo alla corte, distanti dal gruppo incendiario, aveva notato tre persone. Riconobbe Uberto, Moira e Willalme. Gli parve gridassero in sua direzione, probabilmente per intimargli di scendere. Improvvisamente vide Uberto lanciarsi di corsa verso la base del mastio, seguito dagli altri due. Intendevano soccorrerlo.

«Cosa state facendo?», gridò a squarciagola Ignazio. «Fermatevi!».

Ma non lo ascoltarono. Probabilmente non l'avevano neppure udito.

Stolti! Perché non fuggivano? Cosa pensavano di fare?

Con il volto congestionato, si precipitò verso i piani inferiori. Quella era l'unica mossa ragionevole. Non poteva fermare i suoi compagni. Raggiungendoli a metà strada, li avrebbe se non altro esposti a un minor rischio.

Scese a rotta di collo per le scale, mentre un fumo sempre più spesso saliva dal basso. Gli occhi iniziarono a bruciare, mentre un intenso crepitio rumoreggiava tutt'intorno. Ovunque si udiva lo scoppiettare del legno e il sibilare dell'incendio.

Quando si trovò a metà della discesa, comparvero le fiamme. Divoravano ogni cosa, ricoprendo i soffitti come festoni ululanti. Vi furono schianti e crolli ripetuti. Procedere verso il basso divenne arduo, ma non c'era altra via di uscita. Ignazio era sempre più convinto che Airagne sarebbe diventata la sua tomba. Sperò almeno che Uberto e Willalme, accortisi dei rischi, avessero rinunciato a soccorrerlo.

Camminò rasente ai muri verso le rampe inferiori, finché riuscì a scorgere il pianterreno. Sembrava ancora molto distante, ma non c'erano alternative: doveva proseguire. Il fragore dell'incendio lo assordava, il calore era insopportabile.

Poi udì una voce in mezzo al frastuono. La riconobbe: era quella di Uberto che lo stava chiamando. Lo vide spuntare da una nuvola di fumo, a pochi passi da lui, appena più in basso.

Si affrettò per raggiungerlo, ma all'improvviso i gradini di legno tremarono, cedettero e la scala si squarciò.

Colto di sorpresa, Ignazio precipitò in una breccia che si era aperta sotto i suoi piedi. Batté più volte la testa, la schiena e le braccia. Riuscì ad aggrapparsi a una trave, salvandosi la vita, poi scivolò e stramazzò al suolo. Si rialzò lentamente, scoprendosi ammaccato ma illeso.

Era finito in un sottoscala: un ambiente che in precedenza non aveva notato. In quel punto l'incendio non si era propagato, ma il fumo si stava già insinuando fra le assi spezzate sopra la sua testa.

Si guardò intorno. Quel luogo era una specie di laboratorio, al centro del quale si trovava un tavolo circolare ricoperto di vasi e di tubi di vetro; lungo le pareti correvano scaffali stipati di libri.

Quelli dovevano essere i libri menzionati dal Lusignano! Si avvicinò alle scansie, scorrendo lo sguardo avido sui tomi. Ne sfilò alcuni, leggendo velocemente i titoli e i nomi sui frontespizi. Per la maggior parte erano scritti in latino, altri in arabo. Partì da questi ultimi, sfogliando con furia e meraviglia le opere del principe alchimista Khalid ibn Yazīd, le traduzioni dal greco di Hunain ibn Ishāq, *I settanta libri* di Giabir ibn Hayyān, noto come Geber. Poi vide il *Libro dei segreti* e il *Libro degli allumi e dei sali* di Abu Bekr Muhammad ibn Zakariyya detto ar-Rāzi, *L'epistola del sole alla luna crescente* e la *Tabula chemica* di Muhammed ibn Umail Al-Tamini, anche conosciuto con il nome di Senior Zadith. Riconobbe *Il cammino del saggio* di Māslama ibn Ahmad al-Magriti e *Le particelle dell'oro* di Ibn Arfa Ras. E ve ne erano molti altri. Si trovava di fronte a un tesoro inestimabile.

Incurante dei forti dolori in seguito alla caduta, cominciò a prendere dagli scaffali quanti più libri poteva, accumulandoli uno sopra l'altro nel disperato tentativo di sottrarli alle fiamme. Ormai carico di molti più volumi di quanti ne avrebbe potuti trasportare, sentì aprirsi una porta laterale. Era Uberto! L'aveva ritrovato.

«Padre, che fai?», gli domandò il giovane, fuori di sé per la preoccupazione. «Ti sembra il momento di pensare ai libri?»

«Arrivo», rispose Ignazio, sorreggendo una pila di tomi in equilibrio precario. «Ho quasi fatto...».

In quel momento entrarono anche Willalme e Moira.

«Presto, dobbiamo andarcene!», incitò il francese. «Fuori da questa stanza sta bruciando tutto!».

Il mercante annuì di nuovo, avviandosi pian piano per non rovesciare il suo prezioso bottino. Sembrava in preda a una malia, incapace di valutare la gravità della situazione. Uberto lo afferrò per un braccio e lo scosse con forza, facendo cadere alcuni libri. Allora Ignazio riemerse da quella sorta di sonnambulismo e si lasciò trascinare via, senza abbandonare con lo sguardo i tomi caduti a terra. Quando si trovò fuori dalla stanza, di nuovo tra le fiamme, riprese appieno il controllo di sé.

Giunsero sani e salvi al pianterreno. Sul pavimento, cumuli di macerie in fiamme ostruivano l'uscita. Uno stridere di travi annunciava che l'intera struttura sarebbe crollata. Era necessario trovare subito una via di fuga.

«Passiamo per i sotterranei!», suggerì Moira.

«Per di qua», disse il mercante, indicando una botola.

Entrarono in quel pertugio e scesero nel sottosuolo di Airagne. Percorsero a ritroso la galleria che in precedenza aveva portato Ignazio e Willalme all'interno del mastio, finché raggiunsero l'ambiente in cui si trovava la statua di Melusina. Lì, fortunatamente, la fuoriuscita di ethelie e il crollo delle torri non avevano ancora provocato danni, ma scricchiolii dall'alto preannunciavano un imminente cedimento.

Moira individuò la via d'uscita e dopo poco, finalmente, affiorarono alla superficie. Erano fuori dal castello, nella foresta.

Nelle vicinanze brucavano tre cavalli: Jaloque, il roano e lo stallone bianco di Filippo.

Senza proferire verbo, osservarono in lontananza la sagoma del mastio divorata dalle fiamme. L'oscurità della notte la avvolgeva, profonda e spietata. Il segreto di Airagne sarebbe andato perduto per sempre.

«Allontaniamoci da qui», disse Ignazio con una punta di delusione.

38

Uscirono dalla foresta e si avviarono a piedi lungo il sentiero accidentato finché non fu possibile proseguire a cavallo. Ignazio montò in sella al roano, caricandovi un sacco contenente i libri che era riuscito a salvare. Uberto prese con sé Moira in groppa a Jaloque, mentre Willalme salì sul cavallo bianco di Filippo, ormai rimasto senza padrone. Prima di mettersi al galoppo, sentirono abbaiare in lontananza. Un grosso cane nero, coperto di fuliggine, spuntò dai cespugli e corse verso di loro con la lingua al vento. Moira si lasciò sfuggire un'esclamazione di gioia, smontò da sella e lo accarezzò. L'animale guaì, poi trottò festoso intorno a Uberto.

Il giovane sorrise. «Va bene, va bene. Ti riprendiamo con noi, cagnone».

Proseguirono verso ponente. Erano stanchi, affamati e provati dalle traversie, desideravano trovare al più presto un alloggio dove ristorarsi.

Alle prime luci dell'alba, mentre il declivio iniziava ad addolcirsi, avvistarono una colonna di soldati al seguito di una carrozza. A fianco della vettura cavalcava Humbert de Beaujeu.

Seguito dai suoi compagni, Ignazio spronò il cavallo in direzione di quell'uomo. Il lieutenant gli rivolse un cenno di saluto. «Mi domandavo proprio dove foste finito, monsieur», gli disse.

«I sentieri di questi monti sono intricati», si giustificò il mercante. «Dobbiamo essere scesi a valle seguendo strade diverse».

«Mi fa piacere rivedervi». Dal volto di Humbert trapelò un sorriso amichevole. «Non so ancora capacitarmi di alcuni avvenimenti, ma credo che noi tutti vi siamo debitori, in un modo o nell'altro».

«Troppo buono, mio signore. Esattamente cosa vi sfugge dell'accaduto?».

Il signor de Beaujeu esitò un attimo, poi si decise a rispondere: «Sono tormentato da un dubbio atroce. Non capisco perché parte dell'esercito regio abbia scelto di servire il Conte di Nigredo».

«Un mistero facilmente risolvibile, direi. Vi basterà interrogare i soldati». Il mercante lo fissò in tralice, con un pizzico di malizia. «Voi non avete idea di chi sia in realtà il Conte di Nigredo, giusto?»

«Assolutamente», rispose Humbert, aggrottandosi. «Del resto, neppure il vescovo Folco lo sapeva».

«Il vescovo Folco...», mormorò Ignazio. «Mi ero quasi scordato di lui. Che fine ha fatto sua grazia?».

Il lieutenant mimò un gesto disinteressato. «Dopo il crollo delle torri è battuto in ritirata con la coda fra le gambe, assieme alla sua cavalleria decimata. Mi sono sbagliato su di lui. Credevo fosse venuto in soccorso della regina, invece nutriva un morboso interesse per Airagne. Ha accennato a certi scudi d'oro, nulla di più».

«Sapete come sono fatti i prelati, non svelano mai gli scopi delle loro macchinazioni...».

«Mi trovate d'accordo. Ma voi non siete meno sfuggente, monsieur. Tanto per cominciare, ignoro il vostro nome. Mi avete rivolto la parola tralasciando di presentarvi».

Ignazio sorrise. «Veramente siete stato voi a iniziare la conversazione».

«Vedete? Continuate a essere sfuggente. Non ho ancora capito se il vostro atteggiamento mi diletti o mi irriti... Suvvia, ditemi il vostro nome e raccontate cosa ci facevate ad Airagne».

Ignazio era sul punto di rispondere quando una voce di donna risuonò dall'interno della carrozza: «Humbert, con chi state parlando?». Le tende dell'abitacolo si scostarono, lasciando comparire il volto della regina. «Ah, quell'ispanico», soggiunse la dama, per nulla entusiasta.

«Stavamo discorrendo sull'accaduto, maestà», spiegò il lieutenant.

«Fate entrare quell'uomo nella mia carrozza», ordinò Bianca. «Ho delle domande da porgli».

«Come sua maestà desidera». Humbert fece cenno al mercante di accostarsi alla vettura.

Ignazio smontò da sella ed entrò nella carrozza. La regina riposava su un sedile foderato di velluto rosso, ma non era sola. Il cardinale di Sant'Angelo stava rannicchiato in un angolo dell'abitacolo come un bambino sonnecchiante. A giudicare dall'espressione, era sereno.

«Contavo di trovarvi in compagnia del conte de Champagne, maestà», esordì il mercante, senza temere di apparire sfrontato.

«Si è defilato appena ha potuto», sospirò Bianca.

Ignazio si accigliò. Aveva un'espressione cupa, accentuata dalle escoriazioni riportate al volto durante la fuga dal mastio.

Bianca lo scrutò con freddezza. «So bene chi siete, Ignazio Alvarez», disse infine. «Ero informata sul vostro conto ancor prima che raggiungeste Airagne».

Il mercante si finse lusingato. «E io so chi siete voi, mia signora».

Per la seconda volta, nell'arco di poche ore, Bianca provò un timore reverenziale verso quell'uomo. «Cosa intendete?».

La conversazione si interruppe quando la carrozza sobbalzò sul sentiero accidentato. Gli occupanti dell'abitacolo sussultarono. Il Frangipane emise un borbottio, minacciando di volersi svegliare, poi si girò di lato e sprofondò di nuovo nell'incoscienza.

Appena la situazione tornò alla normalità, Ignazio rispose: «Ho iniziato a nutrire i primi sospetti circa due settimane fa, dopo essermi imbattuto in un accampamento degli Archontes. Fra le loro milizie ho notato la presenza di soldati appartenenti all'esercito regio. Indossavano le loro uniformi regolari ed erano troppo numerosi perché fossero tutti disertori». Socchiuse gli occhi, preparandosi alla battuta finale. «I soldati del re di Francia non sono comuni mercenari e non è facile corromperli: obbediscono solo al monarca, ai suoi diretti sottoposti e naturalmente... alla regina».

Il petto di Bianca ebbe un fremito. «Insinuate cose assurde. Ma anche se fossero vere, non ci sono prove né testimoni in grado di confermarle».

«C'è una spiegazione per tutto. I villaggi assediati dagli Archontes venivano spazzati via, gli abitanti rapiti o uccisi. I pochi sopravvissuti hanno scelto il silenzio per paura. Altri ancora, invece, hanno taciuto perché le cose sarebbero andate comunque a loro vantaggio. L'estinzione dei catari gioca a favore di molti, a partire dai religiosi cattolici».

«E come spiegate la defezione dei soldati del re?», gli chiese la regina con un inquieto battere di ciglia.

Ignazio trattenne un sorriso sornione. Sotto quel sembiante di rigidità, Bianca tremava. Non certo di paura, ma di rabbia. La tela dei suoi inganni si stava sfilacciando e non riusciva a mantenerne intatto l'ordito.

«Non c'è stata alcuna defezione, maestà», rivelò il mercante. «Quei soldati hanno continuato a servire la corona, rappresentata da voi stessa. Li avete indotti a marciare sotto i vessilli del Sole Nero e a difendere il castello di Airagne. L'hanno fatto senza indugi perché questa era la vostra volontà. A chi altri avrebbero potuto obbedire?». Incrociò le braccia, assorto. «In definitiva, si è svolto tutto in maniera "indolore". La storia del rapimento è una farsa e i vostri soldati hanno creduto di proseguire la crociata contro gli eretici intrapresa al fianco del vostro defunto marito. Si è trattato semplicemente di cambiare la sede del loro presidio e di farli collaborare con altri miliziani».

Bianca acuì lo sguardo serpentino. «Mi avevano detto che eravate un uomo accorto, Ignazio Alvarez. Avrei dovuto farvi uccidere».

Il mercante si strinse nelle spalle. «Oh, ma ci hanno provato, maestà. E più di una volta».

«Solo questo, dunque, vi è bastato per svelare l'inganno?»

«Mi hanno portato sulla buona strada alcuni dettagli. Primo fra tutti, la presenza del vecchio monaco, Gilie de Grandselve. Dovete esservi servita di lui in molti modi. Come messaggero e come spia, ma soprattutto come alchimista. Quando è morto, ho notato il dispiacere sul vostro volto, ma anche una punta d'ira. Era chiaro che avevate perso l'appoggio di un valido servitore. Ciò ha dato conferma ai miei sospetti: il vecchio non era un vostro carceriere, ma un vostro complice. Proprio come Thibaut de Champagne».

«Thibaut all'inizio non sapeva nulla», chiarì Bianca. «L'ho fatto convocare io stessa, quando mi trovavo già ad Airagne. Solo dopo essermi sincerata di potermi servire di lui, l'ho messo al corrente della situazione. Era meglio ottenere la sua complicità, anziché lasciarlo cospirare insieme ai baroni ribelli alla corona».

«Invece avete lasciato all'oscuro il cardinale di Sant'Angelo».

«Povero Romano Frangipane...». La regina accennò un risolino pietoso. «Ho dovuto farlo. La sua fedeltà va a Roma, non a me. Sua eminenza credeva davvero che fossimo stati rapiti dal Conte di Nigredo. Come Humbert de Beaujeu, del resto».

«Già, Humbert de Beaujeu. Ne era convinto al punto da pianificare un'evasione per potervi liberare».

«Molto cavalleresco da parte sua, ma poco intelligente», osservò Bianca. «Romano e Humbert non sanno nulla del mio piano. Mi sono messa in viaggio con loro, fingendomi interessata a partecipare al concilio di Narbonne, e durante il percorso li ho fatti addormentare con un potente sonnifero. Poi ho ordinato una variazione dell'itinerario e ho inviato dei messi affinché il grosso delle mie truppe mi raggiungesse presso le Cévennes, in un luogo stabilito. Da lì ho guidato l'esercito ad Airagne. Al loro risveglio, i miei due accompagnatori si trovavano già rinchiusi nel castello, ignari di tutto. Ho detto loro che eravamo stati rapiti dal Conte di Nigredo e che ci trovavamo prigionieri in un luogo sconosciuto. Naturalmente, mi hanno creduta sulla parola».

«Non ho nulla da aggiungere, maestà», concluse Ignazio. «Siete senz'altro un ottimo stratega. Serbate la forza di vostro padre, Alfonso VIII di Castiglia, e la tortuosità dei Plantageneti, da cui proveniva vostra madre. Rendete onore a entrambe le vostre famiglie di origine, se così si può dire». La fissò negli occhi. «Se mi è concesso, vorrei porvi una domanda».

«Dopo una simile dimostrazione di acume, credo vi sia dovuta».

«Ebbene, perché l'avete fatto?».

Il quesito gettò un'ombra sul volto della regina. «Credete sia facile, per me sola, mantenere unito il regno di Francia? Appoggiando gli eretici, i conti del Sud si sono coalizzati in una lega religiosa contro la corona. Come se ciò non bastasse, dopo la morte del mio sposo i baroni di Francia si sono ribellati contro di me, raccogliendosi intorno al duca Mauclerc. Non immaginate i miei sforzi per mantenere la neutralità dell'Inghilterra in questa faccenda».

«Così siete ricorsa ad Airagne per cercare di risolvere i vostri problemi. Ma come ne siete venuta a conoscenza?»

«Mi tengo sempre informata sui miei nemici, o presunti tali. Tra questi rientra la stirpe dei Lusignano. Indagando sui componenti della loro famiglia, ho scoperto il segreto di messer Filippo: Airagne. E approfittando della sua assenza, me ne sono servita. Grazie agli Archontes avrei domato la Linguadoca e con l'oro alchemico avrei corrotto le armate dei baroni ribelli. In più, simulando il mio rapimento, avrei disorientato tutti i miei nemici».

«Perché avete agito da sola?»

«Non posso fidarmi di nessuno, neppure del prode Humbert de Beaujeu», sospirò la dama. «Egli mi difende solo per una questione di dovere, ma mi ha sempre tenuta in spregio. E nemmeno potevo lasciarlo libero: la sua prigionia mi ha consentito di assumere il diretto controllo dell'esercito».

Ignazio capì di trovarsi di fronte a un'impareggiabile manipolatrice, tanto abile quanto spietata. Si ricordò di un episodio accaduto dieci anni addietro, quando Bianca e suo marito Luigi non erano ancora i reggenti. All'epoca Luigi era delfino di Francia e si trovava al di là della Manica, in lotta contro gli inglesi per recuperare l'eredità negata a sua moglie. In seguito a un pesante svantaggio riportato in battaglia, Bianca si era rivolta al padre di lui, il re Filippo Augusto, affinché inviasse in Inghilterra milizie di soccorso. Ricevuto un rifiuto, ella aveva minacciato di dare in pegno i suoi figli a chiunque potesse finanziare una spedizione di rinforzi oltremare. La determinazione della nuora, alla fine, aveva smosso Filippo Augusto.

«Il castello di Airagne rappresentava per voi un'ottima risorsa, non è vero?», disse il mercante, cercando di concludere.

«E mio nipote Ferdinando lo sapeva fin troppo bene, ve l'assicuro. Lui e quel suo confessore, quel Gonzalez de Palencia, hanno occhi e orecchie ovunque», confermò Bianca, mordendosi il labbro inferiore. «Il re di Castiglia non vi ha inviato fin qui per salvarmi, ma per recarmi danno. Cosa credete? Il suo apparente disinteresse per la questione francese è in realtà un tacito ricatto: per anni sono stata costretta a comprare la sua neutralità dando fondo alle casse reali, impedendogli di allearsi con l'Aragona ed espandersi oltre i Pirenei, nel mio regno».

«Buon sangue non mente», commentò Ignazio. «Dopotutto voi, assumendo il controllo di Airagne, avete portato miseria e distruzione a migliaia di famiglie».

«Fossi in voi mi toglierei quell'espressione compiaciuta dalla faccia». La regina lo fissò minacciosa. Era tornata indomabile e battagliera. «Se pensate che vi lasci libero per rivelare ogni cosa ai quattro venti, vi sbagliate di grosso».

«Io sono l'ultimo dei vostri problemi, maestà», minimizzò lui, senza scomporsi.

Lei parve cadere dalle nuvole. «Chi altri potrebbe scoprire la verità?»

«Il vostro luogotenente, tanto per iniziare». Usando un tono confidenziale, Ignazio si sporse verso l'interlocutrice. «Proprio in questo momento Humbert de Beaujeu si sta accingendo a interrogare i soldati. È curioso di sapere chi li comandava durante la vostra supposta prigionia. Immaginate il suo sconcerto quando si sentirà rispondere dagli uomini che non hanno mai smesso di prendere ordini da voi: gli riveleranno che dopo il concilio di Narbonne avete ordinato all'esercito regio di scortarvi fino alle Cévennes, con l'intento di insediarvi nel castello di Airagne. Lì, in seguito ad accordi precedenti, avete reclutato altri miliziani, gli ex seguaci del Lusignano, comprando il loro favore con gli scudi d'oro alchemico. Così facendo, grazie alla complicità di Gilie de Grandselve, avete "riesumato" gli Archontes e li avete uniti al vostro esercito».

«Sarebbe imbarazzante se Humbert venisse a scoprirlo. Perderei il suo appoggio». Bianca si rannuvolò di colpo, preoccupata. «Come suggerite di risolvere la faccenda?», chiese, sorprendendo se stessa per aver chiesto consiglio a un estraneo.

«Semplice», esordì il mercante, compiaciuto da quel mutare d'atteggiamento. In fin dei conti, era stato lui a indurre la regina a simili considerazioni. Aveva pianificato ogni cosa ancor prima di salire sulla carrozza, per tutelare la propria incolumità. «Ditegli che siete stata ricattata dal Conte di Nigredo, e che non potevate agire altrimenti. Dite che siete stata obbligata a dare ordini al vostro esercito secondo quanto vi veniva imposto».

«Ciò in effetti risolverebbe la questione», disse lei. «Ma entrambi sappiamo come ciò non corrisponda alla verità: ero io a controllare Airagne. Per di più, Humbert non si è imbattuto in nessun Conte di Nigredo. Dovrei accusare qualcuno al mio posto, ma chi? Non certo Thibaut, tanto meno il cardinal Frangipane».

Beandosi dell'angustia della regina, Ignazio alzò le sopracciglia con aria complice. «Per quel che mi riguarda, il Conte di Nigredo è sempre stato Filippo di Lusignano. Nessuno ha mai occupato il suo posto. Vi basterà dire che siete stata rapita dai suoi sgherri. Dopotutto, siete stata voi a ordinare il suo rogo».

«Infatti. Sono solita eliminare le persone che mi ostacolano, e quell'uomo rappresentava una minaccia. Voleva riprendersi Airagne».

Andava tutto come previsto. Al mercante non restava che spingere la regina verso la soluzione più ovvia. «Posso testimoniare d'aver visto i resti del Conte di Nigredo, cioè del Lusignano. Sosterremo che i suoi uomini l'hanno tradito, bruciandolo vivo poco prima che Humbert giungesse a salvarvi. Per sviare i sospetti sulla vostra persona, vi basterà confermare questa versione».

«Humbert però non ha assistito a nessun rogo», obiettò ragionevolmente Bianca. «Servono prove concrete, se vogliamo fugare qualsiasi dubbio».

«L'avevo previsto». Ignazio frugò nella bisaccia. «Prendete questo». Le porse un ciondolo dorato. «Era appeso al collo di messer Filippo. L'ho trovato vicino ai suoi resti carbonizzati».

«Sembrerebbe un amuleto pagano...». La regina esaminò il monile, poi sbarrò gli occhi. «Rappresenta un ragno dalle zampe ricurve. È identico a quello impresso sugli scudi di Airagne».

«È l'emblema del Conte di Nigredo. Tutti i soldati lo riconosceranno. Pensate che sia sufficiente come prova?».

Gli occhi di Bianca scintillarono soddisfatti. «Basterà senz'altro».

Così facendo, Ignazio si era assicurato un lasciapassare per la salvezza. «Quel ciondolo ha un prezzo, mia signora», insinuò, prima che fosse troppo tardi. Era impaziente di liberarsi dalla presa di quella terribile mantide.

«Quale, di grazia?»

«La mia libertà incondizionata».

«Sta bene», concordò la regina. «Recate i miei saluti al caro nipote Ferdinando».

«Contateci».

Il mercante di Toledo si congedò con ossequio. Uscito dalla carrozza, fornì una sintetica spiegazione a Humbert de Beaujeu sugli avvenimenti riguardanti Airagne. La sua ricostruzione dei fatti, tanto convincente quanto menzognera, combaciò alla perfezione con la versione data in seguito da Bianca.

Finalmente libero d'andarsene, Ignazio chiamò a sé i compagni e prese le distanze dalla processione regia, che puntava di certo verso Parigi.

39

Non appena il mercante e i suoi compagni si furono allontanati dalla comitiva della regina, il cielo si oscurò e scoppiò un violento temporale. Trovarono riparo in una locanda che sorgeva ai margini della vallata.

Sotto la veranda stava appostato un uomo. Era un tipo dall'aria rustica, con le sopracciglia unite e una barba cespugliosa fin sotto gli occhi. Passandosi un filo di paglia tra i denti, osservava annoiato il cadere della pioggia. Quando notò i quattro forestieri, gettò la pagliuzza e ridacchiò in modo burbero. «E voi da dove sbucate?», domandò. «Non è certo una giornata adatta per viaggiare, questa». Indicò il cielo con un gesto maledicente. «Se non smette di diluviare, anche quest'anno marcirà gran parte del raccolto».

«Cerchiamo alloggio», disse Ignazio, togliendosi il cappuccio fradicio.

«Accomodatevi pure», rispose l'uomo, senza degnarlo di ulteriori occhiate. Il suo sguardo era già perso altrove, nella pioggia.

Una donnina grassoccia sbucò dalla cucina e li guidò su per una scala cigolante, lasciandosi dietro una scia di odori speziati. Raggiunse uno stanzone al piano superiore e indicò una fila di paglierìcci separati da tende e tramezzi di legno.

Nel frattempo, Willalme condusse i cavalli alle stalle per dissellarli. Fu proprio allora che da una tasca della sella appartenuta al Lusignano caddero due lettere. Benché il francese, in quegli anni, avesse imparato a leggere e scrivere su insistenti pretese di Ignazio, non possedeva padronanza del latino. Perciò il contenuto integrale dei testi gli sfuggì, ma il significato di alcune parole destò la sua preoccupazione. Si avviò quindi all'interno della locanda per rivelare la scoperta all'amico.

Il mercante prese le lettere mostrate da Willalme e le esaminò alla luce di un caminetto, accigliandosi sempre più a ogni riga che leggeva. Di fronte a quelle parole fu quasi colto da un capogiro e combatté per non lasciarsi sopraffare da un'ondata di disperazione. Si trattava di due dispacci scritti da Filippo e destinati rispettivamente al vescovo Folco e a padre Gonzalez: messaggi della massima segretezza. Entrambi riportavano il medesimo testo. Si soffermò su alcune righe:

...Poiché considerato uomo infido e incline alle dottrine ereticali, nonché irrispettoso dell'autorità ecclesiastica e dei precetti della Santa Romana Chiesa, consiglio vostra grazia di prendere atto di tali parole e considerare l'eventualità di adottare severi provvedimenti contro mastro Ignazio Alvarez da Toledo, estirpando l'influenza nefasta che egli potrebbe esercitare presso la corte di re Ferdinando...

«Serpe schifosa». Ignazio accartocciò entrambe le lettere, gettandole con rabbia nel caminetto. Le fiamme le avvolsero, divorandole in pochi istanti. «Per fortuna è morto prima di poter inviare questi messaggi».

Accostandosi di malumore alla mensa della locanda, dove l'attendevano un pasto caldo e una fiasca di vino rosso, il mercante cercò di reprimere i cattivi pensieri, ma non ci riuscì. Si chiese perché il Lusignano avesse scritto quelle lettere e se l'avesse fatto su richiesta di qualcuno. Padre Gonzalez e il vescovo Folco erano due prelati temibili e, al pensiero che uno dei due – o addirittura entrambi – avesse chiesto a Filippo di indagare sul suo conto, iniziava a provare angoscia.

Ripensò alla pira carbonizzata in cima al mastio. Ora l'immagine gli si profilava vivida davanti agli occhi, reale e spaventosa. Sul palo annerito poteva vedere chiaramente se stesso, ritratto in un grido ossessivo.

Non sarebbe mai dovuto accadere! In futuro sarebbe stato più attento, avrebbe evitato gli ambienti di corte e le sedi prelatizie, si sarebbe ritirato a vita tranquilla con la sua famiglia. In fondo possedeva ricchezze sufficienti per vivere nell'agiatezza.

"Basta con le avventure e le ricerche forsennate", si disse. "Basta con i rischi insensati".

Doveva fermarsi. Sua moglie Sibilla l'aspettava.

L'aspettava da sempre.

Mise da parte l'ansia e si accostò con rinnovata speranza al desco. Di fronte a lui, i suoi compagni di viaggio gli sorrisero rassicuranti.

Nei giorni a venire proseguirono verso nord, costeggiando i feudi del Tolosano. In cerca di una strada sicura diretta verso la Spagna, trovarono un cammino pietroso battuto dai pellegrini diretti a Santiago de Compostela. Seguirono quella via fino a raggiungere l'abitato di Conques, dove sostarono per una tappa breve ma decisiva. In quel luogo sorgeva un'abbazia dove si custodivano le reliquie di santa Foy, martire taumaturga. Il sole, che aveva ripreso a splendere, illuminava gli eleganti bassorilievi scolpiti sulla facciata dell'edificio sacro.

Mentre Ignazio e Willalme si appartarono per discutere, Uberto si sedette con Moira all'ombra di un faggio. Il giovane non riusciva a darsi pace.

Ripensava al volto di Galib, alla prigione di Montségur, alla promessa fatta a Corba de Lantar, all'uccisione di Kafir e all'incontro con la misteriosa badessa di Santa Lucina. L'ombra di Airagne, che fino ad allora aveva oscurato quel concatenarsi di avvenimenti, era finalmente svanita. Eppure un senso di ansia continuava a tormentarlo. Sapeva bene di cosa si trattava.

Mentre Uberto rimuginava, la ragazza lo interrogava con lo sguardo. Lui si beava di quella visione ma intanto avvertiva un rovello. I sentimenti che provava lo facevano sentire vulnerabile.

«Non appena superati i Pirenei, ti accompagnerò in Catalogna, dove mi hai detto che abitano certi tuoi parenti», le disse, scuro in volto. Avrebbe voluto usare parole ben diverse, ma non sapeva esprimersi, né spiegarsi. Benché fosse dotato di sicurezza e di fin troppa razionalità, non era capace di affrontare certi discorsi. Voleva Moira, la voleva con tutto se stesso, ma si sentiva incapace di manifestare i suoi sentimenti. Avrebbe potuto semplicemente obbligarla a seguirlo e costringerla a sposarlo, come molti uomini erano soliti fare, e lui lo sapeva bene. Nessuno avrebbe avuto nulla da ridire. Ma lei era una creatura libera. Non l'avrebbe costretta a fare nulla di simile.

Moira gli si aggrappò al braccio, senza rispondere. Un gesto fin troppo eloquente.

«A meno che...», accennò Uberto.

Lei ebbe un piccolo sobbalzo. «A meno che?»

«A meno che tu non voglia stare con me», disse lui, pronunciando la frase tutta d'un fiato.

La ragazza restò a fissarlo, i lunghi capelli sfiorati dal vento. In silenzio gli accarezzò il viso, infine, piena di gioia, acconsentì.

Poco distante, Willalme si era avvicinato a Ignazio con fare serioso. Sembrava determinato, ma anche molto triste. «Amico mio», aveva esordito, «è giunto per me il momento di andare».

Piegando lo sguardo in un'espressione di dolcezza, il mercante l'aveva scrutato a lungo. Già da tempo aveva previsto una simile decisione. «Sei sicuro di quel che dici?». Il dispiacere trapelava da ogni sillaba.

«Ho bisogno di trovare pace», aveva risposto il francese, fissando il compagno con i suoi occhi azzurri. «La mia pace, dentro di me».

Il mercante si era limitato ad annuire. Sentiva una stretta allo stomaco e ciò in un certo senso gli procurava gioia. Era la prova dell'affetto che nutriva per Willalme. Si ricordò di quando l'aveva incontrato, molti anni prima, salvandogli la vita. Da allora l'aveva avuto sempre al fianco come un'ombra, un amico saggio e silenzioso. «Sai almeno dove andare?»

«Sì».

«Allora vai, non ti tratterrò». Ignazio lo abbracciò, come si abbraccia un figlio quando si teme di non rivederlo più. Lo strinse a sé, nascondendo la tristezza. «Trova la tua pace, amico mio. Trovala anche per me».

«La tua pace è facile da raggiungere», sussurrò il francese. «È davanti a te, e non te ne sei mai accorto».

Willalme se ne andò quel giorno d'estate, incamminandosi lungo sentieri pietrosi inondati di luce meridiana.

Per quanto si sforzasse, non riusciva a ricordare l'ultima volta che aveva pianto.

EPILOGO

Ferdinando III di Castiglia si agitò sullo scranno del suo studio per trovare maggior conforto possibile. Si sentiva a disagio. Il suo volto, sfiorato dal tremolio di una lucerna, appariva eccessivamente pallido. Teneva gli occhi fissi su una missiva compilata da Ignazio Alvarez. L'aveva ricevuta quel giorno stesso da un messaggero proveniente da Mansilla de las Mulas, dove si trovava la dimora del mercante.

Nel testo, l'Alvarez forniva un sunto piuttosto astruso su quanto aveva scoperto in Francia durante i mesi estivi. Le parole, vaghe solo in apparenza, alludevano implicitamente alla realtà degli eventi, senza tuttavia farne diretta menzione. Il mercante di Toledo, in sostanza, non voleva riportare affermazioni scandalose sul conto di chicchessia, dato che in seguito quelle stesse affermazioni avrebbero potuto essere impugnate contro di lui. Non poteva biasimarlo.

Ferdinando III terminò la lettura e gettò la missiva davanti a sé, sullo scrittoio ingombro. Pile di documenti, penne d'oca e boccette d'inchiostro affollavano il ripiano, esasperando il suo sfaccettato stato d'animo. Non sapeva davvero cosa pensare.

La voce di un frate domenicano che gli sedeva di fronte spezzò il silenzio, offrendogli uno spunto di riflessione: «Indubbiamente l'Alvarez ha svolto un egregio servigio. È andato al di là della semplice indagine ed è riuscito a liberare Bianca di Castiglia. Ci ha tolti proprio da un bell'impiccio».

Il monarca annuì, inespressivo.

«Nella sua lettera tuttavia», continuò il domenicano, «sostiene che l'oro di Airagne non era autentico».

Con una contrazione della mascella, il volto di Ferdinando III si rianimò. «E con ciò? Sosteneva lo stesso anche il maestro Galib, se ben ricordo».

«Io invece nutro forti dubbi al riguardo, maestà». Padre Gonzalez si aggrappò ai bordi dello scrittoio, emergendo lentamente dalla penombra. «Quel mozarabo la sa lunga, non fidatevi di lui». Strinse gli occhi. «Se solo si potesse interrogarlo a fondo... Sapete cosa intendo».

«Non credo sia opportuno procedere in questa direzione». Nella voce del re vibrò una nota di incertezza. «Suggerirei anzi di lasciar perdere. In fondo, l'Alvarez può esserci ancora utile».

Il domenicano sospirò deluso, come un gatto che si vede sfuggire la preda stretta fra le zampe. Osservò le mani del monarca allungarsi verso uno scaffale laterale, dov'era riposta la sua Madonna d'avorio. Seguendo quei gesti smaniosi, parlò quasi tra sé: «Avevo affidato a messer Filippo il delicato compito di indagare sull'Alvarez, nella speranza che trovasse qualche appiglio per formulare un'accusa di eresia, così da avere un pretesto per interrogarlo». Alzò le spalle. «Disgraziatamente, il Lusignano non ha fatto ritorno dalla missione».

Ferdinando III ripose la statuetta bianca e indicò la missiva sullo scrittoio. «Secondo il resoconto dell'Alvarez, Filippo di Lusignano è deceduto in seguito al crollo del mastio di Airagne».

«Un'altra menzogna, suppongo», insinuò malignamente il Gonzalez.

«In ogni caso, neppure voi siete completamente sincero. Ci avete tenuto all'oscuro sull'accordo che avevate preso con il Lusignano, e forse anche con altre persone». Lo sguardo del monarca si fece penetrante. «Sappiamo per altro che siete in contatto con il vescovo Folco di Tolosa per certi interessi di cui evitate accuratamente di parlare. Ciò è irritante: desideriamo ci si tenga informati su tutto, padre. Lo sapete bene».

Il domenicano si ritrasse nell'ombra. «Naturalmente, sire. Quell'Alvarez, tuttavia...».

«Lasciate perdere quell'uomo. In fin dei conti, la faccenda di Bianca di Castiglia può considerarsi risolta. Nostra zia non riuscirà a consolidare il suo dominio in Francia. E tanto basta». Il monarca fendette l'aria con un gesto secco, quasi volesse cancellare il discorso. «Dimentichiamoci dell'oro di Airagne. Vi sono questioni più urgenti a cui pensare». Srotolò alcune pergamene sopra lo scrittoio. «Concentriamoci sulla strategia da adottare contro l'emiro di Córdoba, tanto per cominciare...».

Teso in volto, il Gonzalez seguì con lo sguardo l'indice del monarca che scivolava su una grande carta topografica.

Per un attimo lo odiò intensamente. Desiderò afferrare la sua cara Madonna d'avorio e ridurla in mille pezzi.

A un mese esatto dal ritorno in Castiglia, Uberto e Moira si sposarono nel monastero mozarabico di San Miguel de Escalada, presso Mansilla de las Mulas. Era una splendida mattinata estiva. Ignazio e sua moglie Sibilla, in compagnia di pochi amici, assistettero alla cerimonia come si trovassero di fronte a un nuovo capitolo della loro esistenza.

Gli sposi si trovavano in fondo all'atrio, entrambi vestiti di rosso e coperti da un velo bianco. Il sacerdote, di fronte a loro, celebrava il rito con gioiosa solennità.

Il mercante ammirava suo figlio, esultante. Era bello, forte, di un'intelligenza sottile, e stava sposando la donna che amava. La gioia lo pervadeva. Sua moglie, accanto a lui, era in preda a una tenera commozione. Ignazio si voltò verso di lei. Sibilla era passionale e radiosa come la terra di Spagna. Così l'aveva sempre vista, da quando si erano conosciuti. Il passare degli anni aveva lasciato su di lei i segni di un'attesa ostinata e incrollabile. Era ben cosciente di esserne il responsabile e si ripromise, ancora una volta, di non lasciarla mai più sola.

Conclusa la cerimonia con lo scambio degli anelli, il sacerdote prese per mano gli sposi e li accompagnò all'esterno del monastero. L'aria era calda, addolcita dal suono di una ribeca.

Si ripararono dal sole di agosto sotto il colonnato del complesso.

Nel suo abito da sposa, Moira era raggiante. Secondo le usanze nuziali, portava i lunghi capelli neri sciolti, coperti da un velo bianco. Uberto la contemplò a lungo, pervaso da un'intima sensazione di familiarità. Solo allora si rese conto che gli sembrava di conoscerla da sempre. Negli occhi di lei lesse la medesima sensazione. E fu felice.

Oltre i Pirenei, in un vallone ombroso della Linguadoca, Willalme si fermò ad ammirare il paesaggio. Davanti ai suoi occhi, fra morbide sfumature silvestri, scorse i resti di una pieve distrutta dalle fiamme.

Un gruppo di beghine lavorava intorno all'edificio con l'aiuto di pochi volontari. Intendevano riedificarlo.

Un'immagine semplice, una visione di pace. Al suo cospetto, Willalme sentì l'anima diventare leggera. La fronte crucciata si distese.

Aveva trovato quel che cercava.

Senza indugio, proseguì in quella direzione.

NOTA DELL'AUTORE

Sebbene fondato su una trama di pura invenzione, questo romanzo è intessuto di riferimenti politici, culturali e leggendari riguardanti il XIII secolo, ma soprattutto si nutre delle suggestioni che ho provato documentandomi sull'alchimia medievale, sui suoi aspetti simbolici e sulle sue ripercussioni sul fronte della religione, della filosofia e del folklore. Qualsiasi citazione bibliografica presente nell'opera, compreso il *Turba philosophorum*, corrisponde pertanto a verità storica. Anche la terminologia pseudo-scientifica (o meglio, pre-scientifica) menzionata in vari punti della narrazione proviene dalla *traditio* manoscritta, poiché ritenuta funzionale alla trama e coerente alla *forma mentis* medievale. In simili elementi risiede la genuina storicità del romanzo, qualora il lettore volesse rintracciarla tra pagine di *fiction*. A tale riguardo, la suddivisione quadripartita delle fasi alchemiche (*Nigredo*, *Albedo*, *Citrinitas*, *Rubedo*) che offro nel romanzo si discosta consapevolmente da quella ben più diffusa nel Medioevo, basata soltanto su tre colori base (nero, bianco e rosso). Il riferimento deriva dal cosiddetto *Libro di Comario e Cleopatra* appartenente al *corpus* alchemico greco-egizio di età ellenistica e forse interpolato da un monaco bizantino (si veda al riguardo la *Collection des anciens alchimistes grecs* edita a Parigi nel 1888 a cura di Marcellin Berthelot). Mia, invece, è l'idea di accostare i processi dell'alchimia alla filatura.

Le tematiche di alchimia, filosofia e antropologia culturale affidate alla trama si intrecciano nella struttura simbolica di Airagne, che diventa metasemia. Altrettanto si intenda per l'armata degli Archontes, il cui nome richiama le dottrine gnostiche di *Pistis Sophia* ed evoca il binomio Oscurità-Materia rintracciabile sia nella tradizione ermetica sia in quella manichea, formando una coralità insieme ai concetti di Demiurgo e di Nigredo.

Per quanto riguarda i personaggi storici citati nel romanzo, sono autentiche le notizie biografiche riguardanti Ferdinando III di Castiglia, Pedro Gonzalez de Palencia, Folco di Tolosa, Raymond de Péreille e Corba Hunaud de Lantar.

Le ricostruzioni urbanistico-architettoniche di Teruel, di Tolosa e di Acri rispettano la verosimiglianza storica, come pure le descrizioni dei seguenti edifici: il ponte e il castillo di Andújar, la rocca di Montségur e la Sacra Praedicatio di Prouille (ma non i loro sotterranei), l'abbazia di Fontfroide e quella di Conques.

Ho invece liberamente utilizzato il nome di Galib (Galippus), personaggio storico di cui si sa pochissimo, tranne che figurò tra i collaboratori mozarabi di Gherardo da Cremona.

Tutti gli eventi storici citati sono autentici e documentati, compresi gli accenni alla Georgia e alla regina Russunda.

Il concilio di Narbonne del 1227 si tenne realmente e in tale occasione fu scagliato l'anatema contro i signori della Linguadoca che appoggiavano i catari. Del resto, sulle inclinazioni separatiste – di natura politico-religiosa – dei conti di Tolosa e di Foix si era già discusso nel 1215, in occasione del concilio Laterano IV. Altrettanto reale fu la spedizione punitiva nota come "Terra bruciata" e bandita dal vescovo Folco, cacciato da Tolosa dal movimento filoereticale capeggiato dal conte Raimondo VII. È attestata pure l'esistenza delle confraternite "dei Bianchi" e "dei Neri".

I comportamenti di monaci indisciplinati sono descritti in documenti dell'epoca.

L'esorcismo pronunciato dal vescovo Folco è stato tratto dal carme 54 dei *Carmina Burana*.

In seguito alla morte di Luigi VIII il Leone, la regina Bianca di Castiglia si ritrovò sola sul trono di Francia e attraversò un momento di crisi politica, poiché osteggiata da una nutrita schiera di baroni ribelli alleati al duca di Bretagna, Pierre de Dreux detto "Mauclerc". Romano Frangipane, legato pontificio, lavorò strenuamente al fianco della reggente per scongiurare il tracollo della monarchia; altrettanto si prodigò Humbert de Beaujeu.

Non è dato sapere se Bianca di Castiglia sia stata mai rapita, ma a rischi del genere fu certo esposto il delfino, suo figlio, il futuro san Luigi. Sempre riguardo la regina di Francia, sono ben note le testimonianze riguardanti il suo soprannome (Dame Hersent), il suo carattere combattivo e la sua osannata bellezza, cui certo non dovette restare indifferente lo stesso Frangipane. Incerti sono invece i rapporti intrattenuti da Bianca con Thibaut IV de Champagne, "il Principe trovatore", sebbene il monaco cronista Matteo di Parigi (*Historia maior*, anno 1226) non esitò a tramandare che Luigi VIII fu avvelenato a morte dall'amante di Bianca, il conte di Champagne, che però negli annali porta il nome di Henricus, anziché di Thibaut.

I riferimenti all'Herba diaboli e i suoi effetti allucinogeni in relazione alla stregoneria sono autentici, come pure le manifestazioni patologiche attribuite al saturnismo (intossicazione da piombo).

Riferimenti duecenteschi alla fata Melusina, la donna-serpente, si trovano nella leggenda di *Henno dai grandi denti* riportata da Walter Map (*De nugis curialium*, IX, 2). Interessante al riguardo è il racconto perduto di Hélinand de Froidmont, cui si rifà Vincent de Beauvais (*Speculum naturale*, II, 27). Al secolo successivo appartiene l'opera di Jean d'Arras tramandata con diversi titoli, tra cui *La noble histoire de Lusignan* o *Le roman de Melusine en prose*, ove si accenna alla discendenza della casata di Lusignano da questa creatura fantastica, a metà strada fra la strega e la sirena.

Si è cercato di ricostruire nei limiti del verosimile i rituali dei catari (in Linguadoca detti texerant, oltre che *albigenses*) e pure la vita comunitaria delle beghine, che proprio nella prima metà del XIII secolo iniziarono ad attecchire timidamente nel Sud della Francia.

È difficile stabilire cosa si nascondesse all'interno di Montségur, che fu assediata e travolta tra il 1243 e il 1244 dalla violenza dei crociati francesi: un esercito di almeno seimila uomini capeggiati da Hugues d'Arcis, comandante di Carcassonne, e da Pierre Amiel, arcivescovo di Narbonne. Si trattò di un evento drammatico, in cui gli ideali religiosi divennero un pretesto per dare sfogo all'intolleranza e alla brutalità umana. All'epoca la rocca ospitava una comunità di circa cinquecento persone, alcune delle quali insediate presso le grotte localizzate vicino alle fondamenta del castello.

Prima che gli abitanti di Montségur venissero catturati e arsi sul rogo (compreso Raymond de Péreille, il castellano, e la sua famiglia), si narra che grazie all'aiuto di Pierre-Roger de Mirepoix un gruppo di catari fuggiaschi riuscì a eludere la sorveglianza dei crociati e a portare via dalla rocca un prezioso quanto misterioso tesoro, sottraendolo dalle grinfie dell'arcivescovo Amiel ma facendolo anche sparire per sempre dalla storia. Ecco perché i catari sono stati spesso considerati, tra l'altro, gli ultimi depositari del Graal. La leggenda della Pietra di Luce è quindi autentica, sebbene allo stato attuale degli studi medievistici sia impossibile stabilire cosa fosse esattamente. E forse non si saprà mai.

RINGRAZIAMENTI

Il mio primo ringraziamento va a Ignazio da Toledo. L'ho incontrato una volta sola, di sfuggita, tra le pagine di un saggio storico o forse tra quelle di un romanzo d'avventura. Imbattersi in questo genere di personaggi comporta sempre conseguenze imprevedibili. Un grazie particolare va poi a Leo Simoni, senza i cui consigli, probabilmente, avrei perso la forza e l'entusiasmo di scrivere prima di compiere vent'anni. Nel ringraziarlo, gli chiedo perdono per non averlo mai capito fino in fondo. Del resto, ho spesso la sensazione di ricevere dalle persone care molto più di quello che sono disposto a dare. Ciò vale soprattutto per i miei genitori, che si sono sempre sforzati di indicarmi una via da seguire. Non sono sicuro di avere imboccato la direzione giusta, o quella che si aspettavano da me, ma spero apprezzino comunque i miei sforzi. E naturalmente un ringraziamento speciale è per Giorgia, che sa starmi vicino, consigliarmi e a volte sopportarmi con pazienza nei momenti in cui la fantasia mi porta altrove, facendomi dimenticare il mondo reale.

Ci sono altri ringraziamenti importanti da fare. Prima di tutto a Roberta Oliva e a Silvia Arienti, grandi professioniste e amiche fidate, e poi a Newton Compton. Trovare l'editore giusto non è soltanto una questione di contratti e di copie vendute, prima ancora significa instaurare un feeling con qualcuno che capisca e apprezzi la tua creatività. Perciò sarò sempre grato a Raffaello Avanzini e alla mia editor Alessandra Penna, nei quali riconosco la passione e l'entusiasmo di chi si batte ogni giorno per dare il meglio di sé. E non posso dimenticare Fiammetta Biancatelli, Maria Galeano, Carmen Prestia, Giovanna Iuliano e tutti gli altri componenti di questa fantastica squadra.

INDICE

Paperbacks
Sezione Gli Insuperabili
Pubblicazione settimanale, 3 ottobre 2013
Direttore responsabile: Raffaello Avanzini
Registrazione del Tribunale di Roma n. 16024 del 27 agosto 1975
Stampato per conto della Newton Compton editori s.r.l., Roma
Presso Puntoweb s.r.l., Ariccia (Roma)